memórias da casa dos mortos

dostoiévski

memórias da casa dos mortos

Tradução e notas:
Oleg Almeida

MARTIN CLARET

Sumário

FIÓDOR DOSTOIÉVSKI E SUA SAGA SIBERIANA

O ano 1849 prometia ser um dos mais felizes na vida de Fiódor Dostoiévski. Suas primeiras obras de ficção, o romance sentimental *Gente pobre* e a novela romântica *Noites brancas*, haviam entusiasmado inúmeros corações; precoce e vertiginosa, a fama viera bater à sua porta. Os leitores admiravam a criatividade e a mestria verbal do jovem autor; os críticos literários aclamavam-no como o futuro astro das letras russas; a cultuada revista *Diário pátrio*, com que sonhava timidamente qualquer escritor da época, oferecia-lhe suas páginas concorridas. Ainda bem novo (acabava de completar 27 anos), Dostoiévski colhia os frutos de seu invejável sucesso. Uma vez fora do serviço militar, que abandonara para se dedicar à literatura, estava persuadido de que sua carreira artística seria tão longa quanto brilhante e, igual a todos os felizardos de pouca experiência, achava-se invulnerável aos golpes do destino. Nem por sombras antecipava a terrível catástrofe que o atingiria dentro de alguns meses.

Desde a primavera de 1847 Dostoiévski frequentava as reuniões de um grêmio socialista, liderado por Mikhail Petrachévski,[1] que tencionava a reconstrução liberal do

[1] Mikhail Vassílievitch Butachévitch-Petrachévski (1821–1866): político e filósofo que tentou implantar na Rússia as ideias do socialista francês Charles Fourier e foi condenado por isso à prisão perpétua.

Império Russo, um país não apenas arcaico e subdesenvolvido em comparação às potências europeias mas também despótico a ponto de seus próprios cidadãos o apelidarem às esconsas de "cadeia dos povos". Os agentes do poderoso Terceiro Departamento[2] monitoravam cada passo desse grêmio, considerado subversivo, esperando por uma ocasião minimamente propícia para desmantelá-lo e prender seus participantes. Tal ocasião surgiu em 15 de abril de 1849, quando Dostoiévski teve a imprudência de ler aos seus companheiros a cópia da furiosa carta pessoal de Vissarion Belínski[3] a Nikolai Gógol,[4] cuja divulgação era criminalizada pelo governo imperial. "A Rússia não vê sua salvação em nenhum misticismo, ascetismo ou pietismo, mas, sim, nos avanços da civilização, da educação e da humanização" — constava desse documento que, apesar de proscrito, circulava de mão em mão. "Ela não necessita de sermões (já ouviu muitos!) nem de orações (já decorou muitas!), mas precisa restabelecer a dignidade humana de seu povo, durante tantos séculos enlameada e arrastada pelo esterco, precisa de direitos e leis que não sejam conformes aos ensinamentos da igreja e, sim, ao bom senso e à justiça..." O simples fato de saber de que tratava a

---

[2] O Terceiro Departamento da Chancelaria Particular de Sua Alteza Imperial, instaurado em 1826 e extinto em 1880, foi um dos mais truculentos órgãos de repressão política em toda a história russa.

[3] Vissarion Grigórievitch Belínski (1811–1848): jornalista e pensador russo, simpatizante dos valores ocidentais e ferrenho opositor do regime czarista.

[4] Nikolai Vassílievitch Gógol (1809 –1852): ilustre escritor russo, remoto precursor do surrealismo e do realismo mágico de nossos dias, autor do romance *Almas mortas*, da comédia *Inspetor geral* e de vários contos fantásticos e satíricos.

mensagem de Belínski, "repleta de expressões ofensivas contra a igreja ortodoxa e o poder supremo", configurava um caso de alta traição — quem nela tocava cometia um crime imperdoável. Uma semana mais tarde, no dia 23 de abril, Petrachévski e seus sequazes foram detidos por ordem do conde Orlov, chefe do Terceiro Departamento, e levados para a Fortaleza de São Pedro e São Paulo, a mais temida prisão política da Rússia, que, situada no centro de São Petersburgo, próximo dos palácios de Nikolai I,[5] simbolizava o domínio tirânico desse czar sobre milhões de súditos oprimidos. Interrogado pela polícia se tinha realmente nutrido más intenções contra a monarquia vigente, Dostoiévski não chegou a negar sua afinidade com os ideais do socialismo utópico. "Sou livre-pensador no mesmo sentido em que podem chamar de livre-pensador toda pessoa que sente, no fundo de seu coração, o direito de ser cidadão e de desejar o bem de sua pátria, pois encontra no coração o amor por ela e a consciência de que nunca a prejudicou de maneira alguma" — declarou de cabeça erguida. A crueldade da acusação que sucedeu ao seu temerário discurso foi descomunal, propondo a promotoria destituir o tenente reformado Dostoiévski "de todos os títulos e direitos de propriedade e submetê-lo à execução por fuzilamento". Bastava alguém contestar, àquela altura, a opinião das autoridades públicas ou então discordar das normas e leis por elas impostas para que o condenassem à morte! Aliás, mal entrara no cárcere, o escritor se vira riscado

---

[5] Nikolai I, o Inolvidável (1796–1855): imperador russo cujo governo (1825–1855) foi marcado por fortes tendências conservadoras e autocráticas.

das listas de seres vivos, motivo pelo qual seu romance *Nêtotchka Nezvânova: história de uma mulher*, inacabado por causa de sua captura, seria publicado no *Diário pátrio* de forma anônima, como se os cautelosos editores ignorassem mesmo quem o escrevera.

O processo judicial contra o grupo de Petrachévski foi concluído em novembro de 1849. De acordo com a sentença prévia do tribunal, Dostoiévski haveria de ser punido com a cassação dos seus direitos civis e oito anos de trabalhos forçados em presídios siberianos. O imperador Nikolai I, que estava a par do julgamento em curso, decidiu exibir sua clemência perante a nação amedrontada e despachou por escrito: "quatro anos, e depois servir como soldado raso", mitigando também a pena dos outros condenados. Dostoiévski não foi informado sobre a decisão soberana e, no dia 22 de dezembro, passou "dez horríveis minutos de desmedido pavor" a contemplar seus amigos, encapuzados e amarrados a postes de madeira, na mira do pelotão de fuzilamento. A imensidão da praça de armas Semiônovski, onde uma turba de curiosos se reunira de manhãzinha a fim de presenciar a execução dos conspiradores... O frio penetrante do alvorecer hibernal... O surdo rufar dos tambores cobertos de tecido negro... O brado entrecortado do comandante: "Apontar!"... O seco ranger dos rifles engatilhados — esses funestos detalhes ficariam para sempre gravados na memória do mártir. "Dividiram-nos em turnos de três homens cada um" — recordaria ele, em seguida, a sádica farsa que destruíra, de uma vez por todas, as belas ilusões de sua juventude. "Assim, eu estava no segundo turno e tinha, quando muito, um minuto para viver." Nesse momento em que tudo parecia irremediavelmente perdido, o galope febril de um cavalo ressoou através da praça: era um oficial da guarda imperial que trazia a sentença comutada de Petrachévski e seus partidários. Na mesma noite, ciente de que seria mandado para a Sibéria com uma caravana de presos, Dostoiévski escreveu ao seu irmão Mikhail: "Não estou triste nem abatido. A gente vive em qualquer lugar, a vida está cá dentro e não lá fora (...) ser homem entre os homens e permanecê-lo em quaisquer desgraças... sem ficar triste e abatido — eis em que consiste a vida e seu objetivo".

Em janeiro de 1850, de alma aflita e pés agrilhoados, Dostoiévski ingressou na chamada Casa dos mortos, presídio de regime especial que se encontrava (e, seja dita a verdade, encontra-se até hoje, tombado como parte do patrimônio histórico e arquitetônico russo) na cidade siberiana de Omsk.[6] Nela vivenciou a fase mais difícil da sua vida, quatro anos repletos de provações e pesares. "É de se espantar que o escritor não tenha morrido ali!" — comentou a respeito um renomado jurista russo. "O princípio de toda a administração carcerária daqueles tempos exigia que o presídio fosse transformado num ambiente exclusivo de penúria e sofrimento. E, se a administração carcerária conseguisse realizar esse princípio por completo, aquele cemitério dos vivos se tornaria o dos mortos". Fidalgo que era, Dostoiévski não teve a palavra BOP[7] estampada, com ferro incandescente,

---

[6] Grande centro urbano, localizado na Sibéria Ocidental, que hoje em dia não tem nada a ver com aquela cidadezinha "suja, militarizada e depravada no mais alto grau" que Dostoiévski conheceu em meados do século XIX.

[7] Ladrão (em russo).

no rosto, nem aturou nenhum dos sangrentos castigos corporais a que amiúde se submetiam os detentos de origem humilde, mas experimentou, rodeado de assassinos, salteadores e criminosos políticos, todas as mazelas da realidade penitenciária. "Vivíamos amontoados, todos juntos na mesma caserna..." — recontaria depois o drama de sua reclusão. "Estávamos empilhados como arenques num barril... Dormíamos nas tarimbas sem lençóis, sendo-nos permitido um só travesseiro. Cobríamo-nos com nossas peliças curtinhas... Internavam-me, volta e meia, no hospital. O desarranjo dos nervos causou-me a epilepsia... Contudo, não perdi o meu tempo em geral. Conheci... o povo russo tão bem como poucas pessoas talvez o conheçam." Na década de 1860, voltando a São Petersburgo e reavendo os direitos cassados pela justiça, Dostoiévski se valeria desse amargo conhecimento para criar uma das obras-primas que fariam seu nome fulgir, como antes e mais ainda, no firmamento literário, suas dolorosas *Memórias da Casa dos mortos*.

Este livro não é um romance em plena acepção do termo, mas antes uma reportagem objetiva e circunstanciada sobre aquela "treva infernal" que envolvia, segundo uma das antológicas expressões dostoievskianas, a cadeia russa. Por outro lado, seu conteúdo e os procedimentos estéticos que o autor utiliza para elaborá-lo são tipicamente romanescos. Já nas primeiras páginas ele apresenta aos leitores um personagem fictício, o degredado Alexandr Petróvitch Goriántchikov, que teria conhecido num dos rincões mais longínquos da Sibéria, e faz sua narração passar pelo diário íntimo desse homem, "fidalgo e proprietário rural" que assassinou por ciúmes sua esposa, foi condenado a dez anos de trabalhos forçados e cumpriu a sentença na Casa dos mortos. Isso lhe permite rememorar todas as peripécias de sua triste história com aparente imparcialidade, como se estivesse apenas divulgando um chocante depoimento de uma pessoa estranha. Desde os quadros iniciais que representam a fortaleza presidiária e seus habitantes, facínoras de crânios raspados e testas ferreteadas cuja multidão se agita, ameaçadora, em volta do protagonista intimidado, o relato adquire um colorido severo e lúgubre, tanto assim que muitas vezes nem queremos acreditar na veracidade dos horrores esmiuçados. Um mundo misterioso, tão singular que não poderíamos, fossem quais fossem o medo e o asco por ele causados, despercebê-lo ou fazer de conta que não existe em lugar algum, desdobra-se diante dos nossos olhos. A princípio, vemos uma caterva de malfeitores encarcerados por vários crimes hediondos — o tártaro Gázin, parecido com uma aranha gigante, que se comprazia em degolar crianças, o soldado Petrov a mascarar sua índole animalesca com uma conduta pacata e amigável, o camponês Chichkov, alcunhado de "marido de Akulka", que espancava sua mulher por mera diversão e acabou por matá-la sem o menor arrependimento — e pensamos, arrepiados, que não são gente e, sim, verdadeiros monstros, escória da humanidade; a seguir, defrontamos os comandantes do presídio — o tenente Jerebiátnikov, "uma espécie de gastrônomo refinadíssimo em matéria de torturar", e, sobretudo, o major, também comparado a uma aranha assustadora —, e nossa sensação de repúdio dobra e triplica, pois são piores ainda que os criminosos sujeitos ao seu domínio. Testemunha ocular e vítima das barbáries perpetradas, na mesma proporção, pelos vigias e vigiados, Dostoiévski não poupa ninguém: com seu habitual destemor, lanceta as úlceras morais, fornecendo a Casa dos mortos um excelente cenário para esse tipo de cirurgia, e deixa-as supurarem para que a sociedade gangrenada sinta, ao menos, um breve alívio e tente prevenir o alastramento da putrefação a que está exposta. No entanto, não se limita a mostrar a face atroz do presídio e reconforta-nos com uma tênue menção ao seu reverso esperançoso. Descreve o teatro amador que os detentos montaram em homenagem à festa natalina, bem como aquelas canhestras tentativas de domesticar animais sem dono que alguns deles fizeram no intuito de abrandar a sua melancolia carcerária, e tece, pouco a pouco, toda uma série de conclusões paradoxais acerca da natureza humana. "Cumpre-me dizer tudo: eram pessoas extraordinárias"— refere-se aos presos jovens e vigorosos que nunca se livrarão dos grilhões e escoltas e, mesmo se recuperarem um dia sua "liberdade libérrima", jamais ficarão à vontade no meio dos livres. "Quem sabe se não eram notadamente as pessoas mais talentosas e mais fortes de todo o povo nosso? Mas suas imensas forças pereceram em vão, pereceram de forma anormal, ilegal e irreversível." Arrasta uma pausa significativa e, de repente, questiona: "E de quem é que seria a culpa disso?".

É fácil apanhar um delinquente e castigá-lo com o maior rigor possível, afirma Dostoiévski em sua trágica saga siberiana; agora reeducá-lo após o delito que cometeu, ou mudar a condição sociocultural dele de modo a evitar esse delito antes que seja cometido, é uma tarefa complicadíssima. Por isso é que suas *Memórias* continuam atuais na Rússia, cujo sistema carcerário, enorme e, não obstante, sobrecarregado, não se tem humanizado muito desde que elas foram escritas. Por isso é que o Brasil, onde os temas de violência urbana, combate ao crime e ressocialização dos presidiários interessam e preocupam qualquer cidadão idôneo, precisa conhecê-las a fundo para concordar ou polemizar com Dostoiévski no contexto deste novo milênio atribulado por antigos problemas. No fim das contas, como dizem os céticos russos, não há garantia contra dois males: a pobreza e a cadeia.

Oleg Almeida

memórias da casa dos mortos

primeira parte

Introdução do autor

Em partes longínquas da Sibéria, no meio das estepes, montanhas ou florestas intransitáveis, surgem por vezes pequenas cidades, com um só ou, quando muito, dois mil habitantes, feitas de madeira, feiosas, munidas de duas igrejas — uma na própria cidade e a outra em seu cemitério: cidades mais semelhantes a uma boa aldeia nos arredores de Moscou que a uma urbe. De ordinário, elas são bem suficientemente providas de policiais, escribas e todos os demais subalternos. De modo geral, há cargos quentinhos, ali na Sibéria, não obstante o frio. O povo que vive por lá é simples, antiliberal; seus costumes são antigos, firmes, sacralizados por séculos. Os servidores públicos que desempenham, com pleno direito, o papel da fidalguia siberiana são gente da terra, isto é, siberianos dos quatro costados, ou então o pessoal vindo da Rússia, em sua maioria das capitais,[1] atraído pelos vencimentos pagos além da conta, pela dupla ajuda de custo para viagens e pelas cativantes perspectivas no futuro. Aqueles forasteiros que sabem resolver o enigma da vida quase sempre ficam na Sibéria, radicando-se nela com todo o gosto. Colhem, posteriormente, ricos e doces frutos. Entretanto outras pessoas, uma gentinha leviana e incapaz de resolver o enigma da vida, logo se aborrecem

[1] Dostoiévski tem em vista São Petersburgo, capital político-administrativa, e Moscou, capital histórica e espiritual do Império Russo.

com a Sibéria e perguntam, angustiadas, a si mesmas: por que elas foram morar tão longe? Cumprem, com impaciência, seu prazo legal de serviço, três anos, e, ao cumpri-lo, providenciam de imediato a sua transferência e voltam de mãos vazias, ralhando contra a Sibéria e caçoando dela. Essas pessoas não têm razão: não apenas em matéria de serviço como também de vários outros pontos de vista, pode-se viver felicíssimo na Sibéria. Seu clima é excelente; há muitos comerciantes ricos e generosos; muitos nativos têm patrimônio considerável. As moças florescem como rosas, e sua castidade chega aos últimos exageros. As aves de caça voam pelas ruas, deparando-se em pleno voo com o caçador. O consumo de champanhe é farto até a anomalia. O caviar é maravilhoso. A safra vem a render, em certos lugares, quinze vezes mais do que foi semeado... Em suma, aquela terra é abençoada. É preciso apenas saber usá-la. Sabem usá-la na Sibéria.

Numa de tais cidadezinhas alegres e contentes consigo, agraciadas com a população mais simpática possível, cuja lembrança permanecerá inapagável no meu coração, eu encontrei Alexandr Petróvitch Goriántchikov, degredado que nascera na Rússia, fora fidalgo e proprietário rural, mas acabara condenado a trabalhos forçados de segunda classe por assassinato de sua mulher, e que, terminados os dez anos de pena estabelecida pela lei, passava o resto de sua vida como um humilde e imperceptível morador da cidadezinha de K... Na verdade, ele tinha sido registrado numa *vólost*[2] suburbana, mas residia na

[2] A menor unidade administrativa na Rússia czarista e soviética até 1930.

cidade onde conseguia arranjar, pelo menos, algum sustento ensinando a crianças. É frequente os degredados serem preceptores naquelas cidades siberianas: não os desprezam. Eles ensinam principalmente a língua francesa, tão necessária nas lides da vida, língua de que não se teria, em sua ausência, a menor ideia nas partes distantes da Sibéria. Encontrei Alexandr Petróvitch pela primeira vez na casa de um servidor antigo, respeitável e hospitaleiro, chamado Ivan Ivânytch Gvózdikov e pai de cinco filhas que, tendo idades diferentes, possuíam todas um futuro promissor. Alexandr Petróvitch dava-lhes aulas quatro vezes por semana, cobrando trinta copeques[3] de prata por aula. Sua aparência me deixou intrigado. Era um homem extremamente pálido e magro, ainda não velho, de uns trinta e cinco anos, pequeno e mofino. Estava sempre vestido com muito asseio, de modo europeu. Se alguém puxava conversa com ele, fixava-o com profunda atenção, escutava-lhe cada palavra com uma austera polidez, como se cogitasse nela, como se a pergunta desse alguém lhe impusesse uma tarefa a resolver ou visasse revelar um dos seus segredos, e afinal respondia clara e brevemente, mas ponderando tanto cada palavra de sua resposta que, não se sabe por que motivo, seu interlocutor se sentia de chofre embaraçado e, feitas as contas, até contente de concluir a conversa. Na mesma ocasião, questionei Ivan Ivânytch sobre ele e fiquei sabendo que Goriántchikov levava uma vida moralmente irreprochável, senão Ivan Ivânytch não o teria convidado a dar aulas às suas filhas, mas era um ermitão horrível, escondia-se de todo mundo e, muitíssimo instruído,

[3] Moeda russa, uma centésima parte do rublo.

lia muito e falava bem pouco, sendo, em geral, bastante difícil conversar com ele. Havia quem afirmasse que era decididamente insano, embora achasse que, no fundo, esse defeito não tinha tanta importância assim, que muitos dos habitantes honrados da cidade estavam dispostos a cobrir Alexandr Petróvitch de diversos favores, que ele poderia, inclusive, ser útil, redigir petições, etc. Supunha-se que tivesse uma grande parentela na Rússia, talvez algumas pessoas do meio decente, porém se sabia que interrompera, desde o início de seu degredo, todas as relações com ela e, numa palavra, teimava em prejudicar a si próprio. Ademais, todos conheciam por ali a história dele, sabiam que matara sua mulher ainda no primeiro ano do matrimônio, que a matara por ciúmes e delatara a si mesmo (o que abrandara muito a sua sentença). Tais crimes são sempre tidos como desgraças e suscitam compaixão. Mas, apesar disso tudo, aquele homem estranho se afastava obstinadamente de todo mundo e só aparecia em público para dar aulas.

Eu não lhe dedicava, a princípio, atenção especial, mas aos poucos, sem que se soubesse o porquê, ele passou a interessar-me. Havia nele algo misterioso. Não existia a mínima possibilidade de travarmos conversa. É claro que ele sempre respondia às minhas perguntas e mesmo parecia, a julgar pela sua aparência, ver nisso o seu dever primordial; contudo, ao receber suas respostas, eu me sentia meio sem graça para fazer novas perguntas, ainda mais que após tais conversas seu rosto também ficava habitualmente marcado por uma espécie de sofrimento e exaustão. Lembro como nós dois voltávamos, numa bela tardinha de verão, da casa de Ivan Ivânytch. Veio-me de improviso a ideia de convidá-lo a entrar, por um minutinho, no meu quarto e fumar um cigarro. Nem posso descrever o horror que se estampou em seu rosto; ele ficou totalmente perdido, começou a balbuciar palavras sem nexo e, de repente, olhou para mim com raiva e foi correndo para o lado oposto. Espantei-me para valer. Desde então, deparando-se comigo, ele me fitava como que tomado de susto. Mas eu não me acalmei, já que algo me atraía a Goriántchikov; um mês depois, deu-me na veneta ir visitá-lo. Entenda-se bem que agi de maneira estúpida e indelicada. Ele alugava um quarto nos confins da cidade, na casa de uma velha burguesa, mãe de uma moça tísica que tinha, por sua vez, uma filha bastarda de uns dez anos de idade, uma menina bonitinha e toda alegre. Sentado perto desta, Alexandr Petróvitch a ensinava a ler no momento em que entrei no seu quarto. Ao avistar-me, ele ficou muito confuso, como se eu o tivesse flagrado cometendo um crime. Completamente perdido, saltou fora da sua cadeira e fixou em mim seus olhos arregalados. Sentamo-nos afinal; ele atentava para cada um dos meus olhares, como que aventando em cada um deles um significado peculiar e misterioso. Adivinhei que era um homem desconfiado até a loucura. Ele me mirava com ódio, prestes a perguntar: "Vais demorar ainda a sair daqui?". Comecei a falar-lhe da nossa cidadezinha, das notícias correntes; ele permanecia calado, sorrindo de modo maldoso; esclareceu-se que não apenas ignorava as mais ordinárias notícias que toda a cidade sabia, mas nem sequer estava interessado em sabê-las. Falei-lhe, a seguir, da nossa região, das suas necessidades; ele me escutava silencioso, encarando-me de forma tão estranha que acabei incomodado com nossa conversa. De resto, quase consegui despertar sua curiosidade com os novos livros e jornais que estavam em minhas mãos, trazidos diretamente dos correios; ofereci-lhos ainda não recortados. Goriántchikov examinou-os com avidez, mas logo mudou de intenção e declinou a minha proposta, alegando a falta de tempo. No fim das contas, despedi-me dele e, uma vez fora do seu quarto, senti um fardo insuportável cair do meu coração. Estava envergonhado e achava tolo em demasia atormentar um homem cujo objetivo principal consistia precisamente em esconder-se, da melhor maneira possível, de todo o mundo. No entanto, o estrago fora feito. Lembro-me de quase não ter reparado nos livros em seu quarto; não era, pois, justo dizer que ele lia muito. Passando, porém, umas duas vezes, bem tarde da noite, sob as janelas dele, vi-as iluminadas. O que ele fazia lá, acordado até o amanhecer? Estaria escrevendo? E, se fosse assim, o que escrevia?

As circunstâncias afastaram-me da nossa cidadezinha por uns três meses. Regressando para casa já no inverno, fiquei sabendo que Alexandr Petróvitch falecera no outono, falecera em seu recolhimento e mesmo sem ter chamado uma só vez o médico. A cidadezinha já quase se esquecera dele. Seu quarto permanecia vazio. De pronto, vim conhecer a locadora do finado, disposto a indagar-lhe de que notadamente se ocupava seu inquilino e se não escrevia porventura alguma coisa. Por duas *grivnas*[4] a velha me trouxe toda uma cesta de papéis deixados pelo finado. Reconheceu que já gastara dois cadernos. Era uma mulher carrancuda e taciturna, sendo

---

[4] Antiga moeda russa, equivalente à décima parte do rublo, isto é, a dez copeques.

difícil ela contar algo prestável. A respeito de seu inquilino não pôde dizer-me nada que fosse realmente novo. Segundo as suas falas, ele não fazia nada, quase nunca, passando meses sem abrir um livro nem pegar numa pena; em compensação, andava noites inteiras de lá para cá no seu quarto e não cessava de pensar, falando vez por outra consigo mesmo; apegara-se muito à sua neta, Kátia, e tratava-a com muito carinho, sobretudo desde que ficara ciente de que ela se chamava Kátia, e todo ano, no dia da Santa Katerina, ia encomendar uma missa em memória de alguém. Não suportava a gente estranha, não saía de casa senão para ensinar a crianças; olhava de esguelha até mesmo para ela, a velha, quando vinha, uma vez por semana, arrumar-lhe o quarto ao menos um pouco, e não trocara com ela quase nenhuma palavra nesses três anos passados. Perguntei a Kátia se ela se lembrava de seu preceptor. A menina fitou-me calada, virou-se para a parede e começou a chorar. Aquele homem soubera, pois, incitar pelo menos alguém a gostar dele. Levei seus papéis e passei o dia inteiro a revolvê-los. Três quartos dessa papelada eram inúteis pedaços sem nenhum valor ou então exercícios escolares de ortografia. Contudo, havia no meio deles um caderno assaz volumoso, cheio de anotações inacabadas em letras miúdas, talvez posto de lado e esquecido pelo próprio autor. Era uma descrição, embora desconexa, daqueles dez anos de vida carcerária que aturara Alexandr Petróvitch. De vez em quando, essa descrição era interrompida por outra narrativa, por suas recordações estranhas e terríveis, rascunhadas de modo irregular, espasmódico, como que sob coerção. Reli várias vezes esses fragmentos e fiquei quase persuadido de terem sido escritos num desvario.

Não obstante, essas memórias carcerárias — "Cenas da Casa dos mortos", como ele mesmo as denomina em alguma passagem de seu manuscrito — não me pareceram privadas de todo e qualquer interesse. Um mundo completamente novo, antes desconhecido, a esquisitice de certos fatos, algumas notas especiais sobre um povo decaído arrebataram-me; assim, li certas coisas com curiosidade. Entenda-se bem que posso estar enganado. Escolho, como amostra, dois ou três capítulos iniciais: que os leitores façam seu veredicto...

I
A casa dos mortos

Nosso presídio se encontrava na extremidade da fortaleza, ao pé do aterro externo que a circundava. A gente olha, às vezes, para o mundo de Deus através das frestas da cerca — será que não dá para ver alguma coisinha? — e não vê outra coisa senão a borda do céu e aquela alta muralha de terra amontoada, coberta de ervas daninhas, e as sentinelas que andam dias e noites, de lá para cá, pela sua crista; pensa-se logo que passarão longos anos e a gente vai, da mesma maneira, olhar através das frestas da cerca e ver a mesma muralha, as mesmas sentinelas e a mesma bordazinha do céu, mas não daquele céu que fica acima do presídio e, sim, daquele outro, longínquo céu livre. Imaginem um grande pátio, uns duzentos passos de comprimento e uns cento e cinquenta passos de largura, cercado de todos os lados, em forma de um hexágono irregular, por um alto *tyn*, isto é, uma paliçada de altos postes de madeira, cravados verticalmente no solo, de quinas bem juntas uma da outra, ligados por tábuas transversais e pontiagudos em cima: eis a cerca externa do presídio. De um lado da cerca havia um sólido portão, sempre trancado e vigiado, de dia e de noite, por sentinelas; destrancavam-no quando solicitado, para os presos irem ao trabalho. Além desse portão estendia-se um mundo luminoso e livre, viviam pessoas comuns. No entanto, aquém da cerca aquele mundo era imaginado como um sonho irrealizável. Lá dentro existia um mundo à parte, que não se parecia com nada mais; ele tinha suas leis particulares, seus trajes, seus usos e costumes, e a vida das pessoas confinadas, ainda vivas, na Casa dos mortos diferia de qualquer outra vida, e aquelas pessoas em si eram bem diferentes. É justamente aquele lugar extraordinário que vou descrever.

Assim que adentramos a cerca, vemos lá dentro alguns prédios. De ambos os lados do largo pátio interior alinham-se duas compridas construções de madeira, de um só andar cada uma. São as casernas. Ali moram os detentos repartidos em classes. Adiante, no fundo do cercado, há igual construção de madeira: é a cozinha dividida em duas partes; mais longe ainda, outra construção, onde se aglomeram, embaixo do mesmo teto, porões, armazéns, galpões. O centro do pátio está vazio, compondo uma área plana e bastante espaçosa. Nesse lugar reúnem-se os detentos, fazem-se chamadas e verificações de presença — pela manhã, ao meio-dia e à noite ou, em certas ocasiões, mais umas vezes por dia, em função da desconfiança dos guardas e de sua capacidade de contar rápido. Ao redor, entre os prédios e a cerca, sobra ainda um espaço bastante grande. Alguns dos presidiários, de índole menos sociável e mais sombria, gostam de andar por ali, atrás dos prédios, em suas horas desocupadas, mantendo-se longe de todos os olhos e refletindo sobre seus assuntos. Deparando-me com eles na hora de tais passeios, eu gostava de examinar seus severos rostos ferreteados e de tentar adivinhar os seus pensamentos. Havia um preso cujo passatempo predileto consistia, nas horas vagas, em contar as estacas da paliçada. Ele reparava em cada uma dessas, aproximadamente, mil e quinhentas estacas e dela tomava nota. Cada estaca significava para ele um dia, e todo dia ele marcava uma estaca, de modo que se via claramente, pela quantidade de estacas ainda não computadas, quantos dias lhe restavam a passar no presídio até o término de seus trabalhos forçados. Chegando ao fim de um dos lados do hexágono, o preso se alegrava sinceramente. Ainda tinha muitos anos de espera pela frente; no presídio, porém, não faltava tempo para aprender a paciência. Vi, certa vez, como se despedia dos seus companheiros um detento que passara vinte anos na prisão e, finalmente, estava prestes a ser solto. Havia quem se lembrasse de ele entrar no presídio pela primeira vez, jovem, despreocupado, sem pensar em seu crime nem em sua punição. Saía dali transformado num velho de cabelos brancos e semblante lúgubre e triste. Calado, passou pelas seis casernas nossas. Ao entrar em cada caserna, rezava perante os ícones e depois cumprimentava seus companheiros com uma profunda mesura, curvando o dorso e pedindo que não guardassem rancor contra ele. Recordo-me também de um preso, outrora um abastado mujique[5] siberiano, que foi chamado, certa noitinha, para junto do portão. Tendo recebido, meio ano antes, a notícia de que sua esposa se casara com outro homem, ele ficara muito entristecido. Fora ela mesma que se achegara, àquela hora, ao nosso presídio, pedira que o chamassem e dera-lhe uns trocados. Eles conversaram uns dois minutos, choraram ambos e despediram-se para sempre. Vi o rosto do preso quando ele voltava para a caserna... Pois é, podia-se aprender a paciência naquele lugar.

Quando escurecia, levavam-nos todos para as casernas e trancavam-nos lá pela noite toda. Sempre me era difícil retornar do pátio para a caserna. Era um cômodo comprido, baixo e abafadiço, parcamente iluminado por velas de sebo, com um cheiro pesado e sufocante. Nem compreendo agora como o suportei durante dez anos. Só tinha três tábuas na tarimba comum: era ali todo o meu espaço. Na mesma tarimba acomodavam-se, apenas em nosso compartimento, uns trinta detentos. No inverno as portas se trancavam cedo; precisava-se esperar umas quatro horas até que todos adormecessem. E antes disso... barulho, algazarra, gargalhadas, palavrões, tinir das correntes, golfadas de fumo e fuligem, crânios raspados, caras ferreteadas, roupas esfrangalhadas e todo o mais, vexado, arrastado pela lama... Sim, o homem tem fôlego de gato! O homem é um ser que se acostuma a tudo, e essa é, a meu ver, sua melhor definição.

Cabiam no presídio umas duzentas e cinquenta pessoas — um total quase permanente. Umas chegavam, outras finalizavam suas penas e saíam, outras ainda

---

[5] Apelido coloquial e, não raro, pejorativo do camponês russo.

morriam. E qual dos povos não estava presente ali! Acho que toda província, toda zona da Rússia tinha lá seus representantes. Havia até nativos, até alguns montanheses caucasianos em degredo. Toda essa multidão se repartia conforme o grau dos crimes cometidos e, consequentemente, o prazo de reclusão determinado para tais crimes. Suponha-se que não houvesse um só delito cujo representante não se encontrasse em nosso presídio. A principal massa de toda a população carcerária compunha-se de degredados civis (de *depredados*, como pronunciavam por ingenuidade os próprios detentos). Eram criminosos totalmente destituídos de quaisquer direitos sociais, pedaços cortados da sociedade, de rostos ferreteados para sempre testemunharem a sua condição de párias. Cumpriam no presídio as penas de oito a doze anos e, chegando ao término dos trabalhos forçados, eram distribuídos, como colonos, pelas distantes *vólosts* siberianas. Havia também criminosos militares, não privados de seus direitos sociais de acordo com a prática geral das companhias correcionais do exército russo. Ficavam presos por pouco tempo e, terminada a sentença, retornavam lá mesmo de onde provinham, ingressavam como soldados rasos nos batalhões de linha siberianos. Muitos deles estavam quase logo de volta ao presídio, novamente condenados por crimes maiores, mas dessa segunda vez não a prazos curtos e, sim, a vinte anos de reclusão. Essa classe de presos denominava-se "os de sempre". Contudo, nem "os de sempre" viam seus direitos sociais cassados por inteiro. Havia, afinal, um grupo à parte que incluía os criminosos mais terríveis, sobretudo os do meio militar, e era bastante numeroso. Chamava-se "a divisão especial". Os criminosos vinham integrá-lo de todos os cantos da Rússia. Eles mesmos se consideravam condenados à prisão perpétua e nem sabiam a duração de sua sentença. Em termos da lei, devia-se duplicar e triplicar o prazo de seus trabalhos forçados. Eram mantidos no presídio até a instauração dos mais penosos trabalhos carcerários na Sibéria. "Vocês têm um prazo, e nós vamos seguindo" — diziam eles aos outros detentos. Ouvi contarem mais tarde que esse grupo fora extinto. Extinguira-se, além disso, a classe de criminosos civis em nossa fortaleza, permanecendo apenas uma companhia correcional militar. Entenda-se bem que o comando do presídio também mudou entrementes. Estou descrevendo, pois, o passado, os fatos consumados há muito tempo...

Faz tempos que ocorreu tudo isso; vejo-o agora como em sonho. Lembro-me da minha entrada no presídio. Era um fim de tarde no mês de dezembro. Já estava escurecendo; o povo regressava do trabalho; ia começar a chamada. Um bigodudo sargento abriu para mim, finalmente, as portas dessa estranha casa onde me cumpria permanecer tantos anos e aturar tantas provações de que não poderia ter, se não as tivesse sofrido na realidade, nem uma ideia aproximada. Por exemplo, não conseguiria de modo algum imaginar o que havia de medonho e doloroso em não poder, ao longo de todos os dez anos de minha prisão, ficar sozinho, ao menos uma vez por um minutinho. Ora escoltado nas horas de trabalho, ora trancado com duzentos companheiros na caserna, mas nunca, nenhuma vez só! Aliás, não apenas àquilo é que teria de me acostumar!

Havia ali assassinos ocasionais e assassinos profissionais, ladrões miúdos e cabecilhas da ladroagem.

Havia simples malandros e vagabundos que mexiam com dinheiro falso e câmbio por baixo do pano. Havia também pessoas a respeito das quais seria difícil dizer que espécie de crime podia tê-las conduzido para a cadeia. No entanto, cada uma daquelas pessoas tinha sua própria história, turva e deprimente como a ressaca da bebedeira de ontem. De modo geral, elas falavam pouco do seu passado, não gostavam de recontá-lo e, pelo visto, buscavam não pensar no que lhes acontecera. Cheguei a conhecer, inclusive, alguns assassinos tão joviais e isentos de qualquer remorso que bem poderia apostar que sua consciência jamais lhes fizera o mínimo reproche. Havia, porém, detentos de cara fechada, quase sempre calados. Enfim, era raro alguém contar sobre a sua vida, e a curiosidade, como tal, não estava em voga, mas, de certa maneira, fora de hábito e de uso. Apenas de vez em quando é que um dos detentos se punha a prosear por ócio e um outro o escutava impassível e carrancudo. Ninguém conseguia ali espantar ninguém. "Somos um povo entendido!" — diziam frequentemente os presidiários com uma estranha satisfação. Recordo-me de um facínora que, todo embriagado (no presídio podia-se, certas vezes, encher a cara), começou a contar um dia como tinha degolado um menino de cinco anos, como primeiro o atraíra com um brinquedo e depois o levara até um galpão vazio e lá o matara. Toda a caserna, que até então se rira de suas piadas, rompeu a gritar numa voz só, e o facínora se viu obrigado a calar-se; todavia, não foi de indignação que os presos gritaram, mas simplesmente porque não era *preciso* falar *daquilo*, porque não se costumava falar *daquilo*. Notarei a propósito que aquele povo era, de fato, entendido e não no sentido figurado, mas até mesmo no literal. Mais da metade dos presos sabia, por certo, ler e escrever. Em que outro lugar, onde o povo russo se reúne em grande massa, seria possível selecionar um grupo de duzentas e cinquenta pessoas cuja metade fosse alfabetizada? Ouvi dizerem mais tarde que alguém passara a concluir, com base em semelhantes dados, que nosso povo perece por causa da instrução. É um erro: as causas são bem diferentes, embora não se possa deixar de concordar que a instrução acaba desenvolvendo, no meio popular, uma presunção. Aliás, não é nenhum defeito! As classes de presos distinguiam-se pelos trajes; uma delas usava blusões meio marrom-escuros, meio cinzentos, bem como suas calças tinham uma perna cinza e a outra marrom-escura. Um dia, na hora do trabalho, uma garota que vendia *kalatchs*[6] aproximou-se dos presos, fitou-me por muito tempo e, de repente, caiu numa gargalhada. "Arre, que coisa feia!" — exclamou ela. "Faltou pano cinza e pano preto também!" Outros detentos vestiam, por sua vez, blusões inteiros de tecido cinza, mas suas mangas eram, nada obstante, marrom-escuras. As cabeças também eram raspadas de formas distintas: uns presos tinham metade do crânio raspada ao comprido, os outros de atravessado.

Podia-se discernir, já à primeira vista, um nítido traço comum de toda aquela estranha comunidade; até os indivíduos mais notáveis e originais, que exerciam um domínio involuntário sobre os outros, esforçavam-se para seguir o rumo geral de todo o presídio. Eu diria, em suma, que todo aquele povo, à exceção de umas

[6] Pães de trigo cuja forma lembra cadeados.

poucas pessoas inesgotavelmente joviais e tratadas, por isso mesmo, com um desprezo generalizado, era soturno, invejoso, terrivelmente vaidoso e fanfarrão, suscetível e formalista no mais alto grau. A capacidade de não se espantar com nada era a maior das virtudes. Todos estavam doidos por manter as aparências. Entretanto o aspecto mais altivo ficava, não raro, fulminantemente substituído pelo mais pusilânime. Havia vários homens fortes de fato; aqueles ali se portavam com simplicidade e não se fingiam. Mas, coisa esquisita: alguns desses homens realmente fortes eram vaidosos ao extremo, quase de forma doentia. Em geral, a vaidade e as aparências encontravam-se em primeiro plano. A maioria dos presidiários ostentava vileza e depravação horrorosas. Os boatos e mexericos corriam incessantes: era um inferno, uma treva completa. Ninguém se atrevia, porém, a rebelar-se contra as regras internas e os costumes enraizados do presídio — todos se submetiam a eles. Havia personalidades bem destacadas, que obedeciam dificilmente, com muito esforço, mas ainda assim obedeciam. Chegavam ao presídio pessoas que tinham ido longe demais, tinham ido muito além das medidas do mundo livre, de modo que acabaram por cometer seus crimes como que sem querer e sem saber o motivo, como que delirantes ou estonteadas, muitas vezes por extrema excitação de sua vaidade. Mas no presídio viam-se reprimidas num instante, apesar de algumas delas terem sido, antes de sua prisão, o flagelo de aldeias e cidades inteiras. Olhando ao seu redor, o novato percebia logo que não estava mais num local de seu agrado, que não tinha mais a quem assombrar por ali, ficava aos poucos quieto e aderia à conduta geral. Aquela conduta geral equivalia, em aparência, a certa dignidade particular que impregnava praticamente cada habitante do nosso presídio, como se a condição assumida de presidiário constituísse, na realidade, um título verdadeiro e, ainda por cima, honorífico. Nem sinais de vergonha e arrependimento! De resto, havia também certa resignação aparente e, por assim dizer, oficial, certa filosofia apática. "Somos um povo perdido" — diziam os detentos. — "Não soubeste viver em liberdade, vai agora passar pela rua verde, conferir as fileiras".[7] — "Não deste ouvidos ao pai e à mãe, ouve agora a pele do tambor" — "Não quiseste bordar com linhas douradas, quebra agora as pedrinhas a marteladas". Tudo isso se dizia volta e meia, tanto a título de sermão quanto em forma de triviais provérbios e aforismos, mas nunca com seriedade. Tudo isso não passava do vanilóquio. É pouco provável que ao menos um dos detentos reconhecesse, no íntimo, a sua culpa. Se alguém de fora do presídio tentasse reprochar o crime ao criminoso, censurá-lo (se bem que não seja, aliás, um hábito russo censurar o criminoso), os palavrões que este diria em resposta não teriam mais fim. E como eles todos eram exímios em matéria de insultos! Xingavam rebuscadamente, artisticamente. Haviam atribuído ao xingamento os créditos de uma ciência, buscavam ofender nem tanto com uma palavra grosseira quanto com a grosseria de conteúdo, significado, ideia subentendida, o que era

---

[7] A expressão carcerária "passar pela rua verde" significava um castigo violento, sendo um preso arrastado, ao rufar dos tambores, por entre duas fileiras de soldados que simultaneamente batiam nele, de ambos os lados, com varas verdes ou mesmo com varetas de espingardas.

mais requintado e mais perverso. As brigas ininterruptas desenvolviam ainda mais essa ciência em seu meio. Todo aquele povo se via forçado a trabalhar, ou seja, era ocioso e, por conseguinte, corrompido por ócio; mesmo que não tivesse sido corrompido fora da prisão, corrompia-se nela. Ali reunidos por vontade alheia, todos os presos eram alheios uns aos outros.

"O diabo gastou três pares de *lápti*[8] antes que nos colocasse todos juntos!" — diziam eles sobre si mesmos; por isso é que os boatos, as intrigas, os ladrados de mulherzinha, a inveja, a rixa e a maldade estavam sempre em primeiro plano naquela vida infernal. Nenhuma mulher linguaruda teria condições de ser tão caluniosa como alguns daqueles celerados. Repito que no meio deles havia também homens fortes, indivíduos acostumados, durante a vida toda, a mandar e desmandar, gente firme e temerária. Aqueles ali eram tratados com certo respeito involuntário, e eles, por sua parte, procuravam em geral não ser um estorvo para os outros, embora muitas vezes prezassem em demasia a sua má fama, não participavam de bate-bocas, portavam-se com uma dignidade fora do comum, eram sensatos e quase sempre obedeciam aos comandantes — não por submissão em princípio nem por consciência de suas obrigações, mas como se estivessem cumprindo algum contrato ao reconhecer as vantagens mútuas. De resto, tratavam-nos de forma cautelosa. Lembro-me de um desses presos, um homem destemido e resoluto que o comando conhecia por suas inclinações animalescas, ter sido castigado, um

---

[8] Calçado tradicional dos camponeses russos: espécie de alpercatas feitas de entrecasca de árvores.

dia, por alguma falta. Era num dia de verão, nas horas vagas. O oficial superior, o chefe mais próximo e imediato de nosso presídio, viera pessoalmente ao *corps de gardes*,[9] que se encontrava bem ao lado do portão, a fim de presenciar o tal castigo. Esse major era um ente fatal para os detentos, tendo-os levado a tremer de medo em sua presença. Rigoroso até a loucura, ele "partia pra cima da gente", como diziam os presos. O que mais se temia nele era seu olhar penetrante, o de lince, do qual não se podia esconder nada. Ele enxergava como que sem olhar. Mal entrava no presídio, já sabia o que se passava em sua extremidade oposta. Os detentos chamavam-no de "oito olhos". Seus métodos eram equivocados. Ele não fazia outra coisa senão enfurecer, com suas ações cheias de raiva e maldade, as pessoas já furiosas, e, se não houvesse, acima dele próprio, o comandante, homem nobre e dotado de bom senso que moderava por vezes seus disparates, sua gestão teria produzido grandes estragos. Não compreendo como ele conseguiu um desfecho favorável, reformando-se são e salvo, ainda que perseguido pela justiça.

O detento ficou pálido quando chamaram por ele. De ordinário, deitava-se sob as varas calado e decidido, aturava o castigo sem uma palavra e levantava-se, uma vez terminada a tortura, como que pronto para outra, considerando o revés que lhe ocorrera tranquila e filosoficamente. Aliás, sempre o tratavam com cautela. Mas dessa vez ele se achava, por alguma razão, injustiçado. Ficou pálido e, sem que a escolta reparasse nisso, enfiou na sua manga um agudo trinchete inglês. O uso de facas

[9] Cômodo reservado aos guardas (em francês).

e quaisquer instrumentos cortantes era terminantemente proibido no presídio. As buscas se faziam frequentemente, inesperadas e sérias, as punições sucediam cruéis; mas, como é difícil encontrar algo que um ladrão resolve esconder de verdade e, sendo as facas e os instrumentos cortantes sempre necessários no presídio, eles nunca desapareciam apesar das buscas e, mesmo apreendidos, tornavam logo a circular. Toda a cadeia acorreu à cerca e pôs-se a olhar, de coração desfalecente, através das frestas entre as estacas. Todos sabiam que dessa vez Petrov não se deitaria sob as varas e que seria o fim do major. Contudo, no momento mais decisivo, nosso major subiu em seu *drójki*[10] e foi embora, delegando a execução do castigo a outro oficial. "Foi Deus quem o salvou!" — diziam depois os presidiários. Quanto a Petrov, ele suportou o castigo com toda a tranquilidade. Sua ira acabara com a partida do major. O detento está obediente e submisso até determinado ponto; há, todavia, um limite que não se deve ultrapassar. Diga-se de passagem: não pode haver nada de mais curioso que essas estranhas explosões de intolerância e rebeldia. Muitas vezes um homem sofre por vários anos, conforma-se, atura os mais severos castigos e, de repente, se enfurece por causa de uma ninharia, de uma banalidade, de coisa nenhuma. Há quem chegue, inclusive, a chamá-lo de louco; é isso que se faz de praxe.

Eu já disse que, ao longo de alguns anos, não tinha percebido no meio dessas pessoas nem o menor sinal de arrependimento, nem a menor cisma relacionada aos crimes cometidos, e que a maior parte delas se achava,

---

[10] Leve carruagem de quatro rodas.

no âmago, ter toda a razão. É um fato. A vaidade, o mau exemplo, a valentia e a falsa vergonha são, bem entendido, os principais motivos disso. Por outro lado, quem poderia dizer que perscrutara o fundo desses corações perdidos e lera neles aquilo que o mundo inteiro desconhece? Entretanto se poderia, em tantos anos, vislumbrar, apanhar, captar nesses corações, pelo menos, algum traço que manifestasse uma angústia interior, um sofrimento. Mas não houve nada disso, certamente não houve. Não, parece que o crime não pode ser avaliado sob os aspectos já prontos e definidos, e sua filosofia é um tanto mais complicada do que se pensa. Decerto os presídios e o sistema de trabalhos forçados não corrigem o criminoso, mas tão somente o castigam e preservam a sociedade dos novos atentados desse malfeitor contra a sua paz. Quanto ao criminoso, o presídio e o mais árduo trabalho forçado desenvolvem nele apenas o ódio, a sede de prazeres proibidos e uma leviandade horripilante. No entanto, tenho plena certeza de que o famigerado "sistema de solitárias"[11] só alcança um objetivo falso, ilusório, aparente. Ele suga a essência vital do homem, deixa a sua alma *énervée*,[12] enfraquece-a, intimida-a e depois apresenta uma múmia moralmente ressequida, uma pessoa meio enlouquecida, como o exemplo de correção e contrição. É claro que o criminoso rebelado contra a sociedade tem ódio por ela e quase sempre a considera culpada e a si próprio inocente. Ademais, ele já sofreu o castigo por ela determinado

---

[11] Sistema de reclusão carcerária proposto pelo imperador russo Nikolai I, que visava ao isolamento total dos presos em celas solitárias.

[12] Nervosa, irritada por impulsos externos (em francês).

e, dessa forma, acaba por se achar purificado, isento de maiores obrigações. É possível, no fim das contas, julgar o criminoso sob um ângulo tal que quase se chega a absolvê-lo. Mas, apesar dessa variedade de pontos de vista, cada qual há de concordar que existem tais crimes que sempre e por toda a parte, conforme todas as leis, desde os princípios do mundo são tidos como crimes incontestáveis e continuarão assim enquanto o homem for homem. Foi tão só no presídio que ouvi contarem dos feitos mais terríveis e mais antinaturais, dos assassínios mais monstruosos, com o riso mais desenfreado e puerilmente feliz. Em especial, não me sai da memória um parricida. Fidalgo e servidor público, era para o seu pai sexagenário uma espécie de filho pródigo. Comportava-se da maneira mais desregrada, vivia contraindo dívidas. Seu pai tolhia-o, exortava-o; contudo, tinha uma casa, uma chácara e, supostamente, algum dinheiro... então o filho o assassinou almejando a herança. O crime foi desvendado apenas um mês depois. O próprio assassino fora à polícia dar queixa de que seu pai teria desaparecido sem deixar rastros. Passara todo aquele mês chafurdando na maior crápula. A polícia acabou encontrando o corpo em sua ausência. No pátio da chácara, atravessando-o de par em par, ficava uma valeta de esgoto coberta de tábuas. O corpo jazia naquela valeta. Estava todo vestido e arrumado; sua cabeça branca, cortada do tronco, permanecia junto dele, tendo o assassino posto um travesseiro por baixo. O criminoso não se reconheceu culpado; destituído de seu título e dos direitos de fidalguia, foi condenado a vinte anos de trabalhos forçados. Ao longo de todo aquele tempo que eu passei ao seu lado, ele demonstrava um humor excelentíssimo, andava cheio de alegria. Era um homem estouvado, leviano, insensato no mais alto grau, embora não fosse nada bobo. Eu nunca lobrigara nele nenhuma crueldade peculiar. Os detentos desprezavam-no, mas não pelo seu crime, de que nem se lembravam mais, e sim pelo seu jeito estabanado, porque não sabia portar-se direito. Conversando, ele mencionava vez por outra seu pai. Um dia, falando comigo sobre a compleição robusta que era hereditária em sua família, acrescentou: "Eis o *meu genitor*, por exemplo: até o seu falecimento jamais se queixou de nenhuma doença". Tal insensibilidade animalesca é, bem entendido, impossível. É um fenômeno, há nisso algum defeito constitucional, alguma patologia física e moral que a ciência desconhece ainda, e não apenas um delito. Entenda-se bem que eu não acreditava naquele crime. Mas as pessoas da mesma cidade, que deviam conhecer todos os detalhes do caso, contavam-me toda aquela história. Os fatos estavam tão claros que seria impossível desacreditá-los. Uma noite, os presos tinham ouvido o assassino gritar sonhando: "Segura-o, segura! Corta sua cabeça... cabeça... cabeça!". Aliás, quase todos os presidiários falavam e deliravam à noite. Eram os palavrões, as gírias do submundo, as facas e os machados que lhes vinham, sobretudo, à língua em pleno delírio. "Somos um povo batido" — diziam eles —, "temos as tripas arrebentadas, por isso é que gritamos de noite".

O trabalho forçado oficial não era uma ocupação e, sim, um dever servil: o preso cumpria sua pena ou completava as horas de trabalho previstas por lei e voltava para o presídio. O trabalho lhe suscitava ódio.

Sem uma ocupação própria, pessoal, a que dedicasse toda a sua mente, todo o seu tino, um homem não poderia sobreviver no presídio. E como, de que maneira todo aquele povo esperto, vivido e sedento de viver, reunido à força numa caterva, afastado, também à força, da sociedade e da vida normal, poderia viver ali de modo normal e regular, por sua livre e espontânea vontade? Apenas por ócio é que se desenvolveriam nele as qualidades criminais de que ele próprio não tinha antes a menor ideia. O homem não consegue viver sem trabalho real, privado de propriedade legítima e normal: ele se degrada, transforma-se num animal. Portanto, em razão dessa necessidade natural e de certo sentimento de autopreservação, cada habitante do presídio tinha seu ofício e sua ocupação. Os longos dias de verão preenchiam-se quase inteiramente de trabalho oficial, as noites curtas mal permitiam descansar dormindo. Mas no inverno, segundo as regras, cumpria-se trancar o preso no presídio tão logo escurecesse. O que ele faria, pois, naquelas compridas e tediosas horas do crepúsculo hibernal? Por esse motivo e a despeito das proibições, quase toda caserna se transformava numa enorme oficina. Esse tipo de trabalho, essa ocupação propriamente dita não era proibido; porém se proibia severamente manter consigo, dentro do presídio, as ferramentas cuja ausência tornava o trabalho impossível. Entretanto os presos trabalhavam às escondidas e, pelo visto, em certas ocasiões o comando não dava àquilo tanta atenção. Vários detentos chegavam ao presídio sem saber nada, mas aprendiam com os outros e depois levavam o domínio de alguma profissão para a sua vida livre. Havia lá sapateiros, alfaiates, marceneiros, serralheiros, entalhadores e douradores. Havia um judeu, Issai Bumstein, que era ao mesmo tempo ourives e usurário. Todos trabalhavam assim e ganhavam seus copeques. As respectivas encomendas provinham da cidade. O dinheiro é uma liberdade cunhada, portanto vale o décuplo para quem estiver totalmente privado de liberdade. Apenas tinindo em seu bolso, o dinheiro se torna metade do seu consolo, mesmo que não se possa gastá-lo. Pode-se, todavia, gastar seu dinheiro sempre e por toda parte, ainda mais que o fruto proibido possui o dobro de doçura. E no presídio podia-se arranjar até mesmo o vinho. Os cachimbos eram formalmente proibidos, mas todos os fumavam. O dinheiro e o tabaco salvavam do escorbuto e de outras doenças. O trabalho, por sua vez, salvava dos crimes: sem trabalho os detentos teriam devorado uns aos outros como as aranhas confinadas num vidro. Nada obstante, tanto o trabalho quanto o dinheiro eram proibidos. Faziam-se, amiúde e de surpresa, revistas noturnas, apreendiam-se todos os objetos proibidos e, por mais que se ocultasse o dinheiro, os guardas encontravam-no de vez em quando. Em parte era por isso que os presos não o guardavam, gastando-o logo com bebidas; era por isso que até o vinho aparecia no presídio. Após cada revista, o culpado não apenas perdia todo o seu patrimônio como também sofria, de praxe, um doloroso castigo. Mas, após cada revista, as perdas eram logo recuperadas, surgiam de imediato novos objetos, e tudo continuava do modo costumeiro. Nem os comandantes estavam por fora disso, nem os detentos reclamavam das punições sofridas, embora essa vida se parecesse com a de quem fosse morar no topo do monte Vesúvio.[13]

Quem não tivesse profissão dedicava-se a outras atividades. Havia métodos bastante originais. Alguns, por exemplo, conseguiam dinheiro só com a revenda, sendo negociadas, por vezes, tais coisas que fora dos muros do presídio não passaria por nenhuma cabeça a ideia de não apenas comprá-las e vendê-las mas nem sequer de tomá-las por coisas. Os presidiários eram, porém, muito pobres e extremamente engenhosos. O último pedaço de pano tinha seu valor e prestava para alguma finalidade. Em razão da pobreza, o próprio dinheiro possuía no presídio um valor bem diferente daquele que tinha em liberdade: pagavam-se tostões por trabalhos extensos e complexos. Alguns dos presos logravam êxito praticando a usura. Endividado ou arruinado, o detento entregava seus últimos pertences ao usurário e recebia deste umas moedas de cobre com juros horríveis. Se não resgatava o penhor no prazo estipulado, seus teres eram vendidos sem demora nem clemência, e a usura prosperava tanto que se chegava a aceitar como penhores até mesmo os bens oficiais da cadeia, a saber: roupas de cama inventariadas, petrechos de sapateiro, etc., ou seja, coisas necessárias em qualquer momento para qualquer detento. Acontecia, contudo, que tais penhores levavam o negócio para outro lado — aliás, nem tão inopinado assim: ao receber o dinheiro, o dono do penhor procurava de imediato, sem muitos

[13] Dostoiévski alude ao famoso vulcão Vesúvio, situado nas cercanias de Nápoles (Itália), cuja erupção catastrófica de 79 d.C. tirou do mapa as cidades romanas Pompeia e Herculano.

rodeios, o sargento responsável, o comandante mais próximo dos presidiários, denunciava o empenho dos bens oficiais, e estes, mesmo sem a chefia superior ter sido informada a respeito, logo eram confiscados ao usurário. É interessante que às vezes nem se brigasse por causa disso: calado e lúgubre, o usurário devolvia o que tinha tomado, como se já tivesse previsto que isso ocorreria. Não podia, talvez, deixar de reconhecer consigo que, se estivesse no lugar de seu freguês, agiria do mesmo modo. Portanto, se ficava depois praguejando, fazia-o sem sombra de fúria, mas tão somente para aliviar a sua consciência.

Em geral, uns presos furtavam continuamente aos outros. Quase todos tinham seus baús com cadeados para guardar neles os bens inventariados. Isso se permitia, porém os baús não ajudavam. Pode-se imaginar, creio eu, como eram finórios aqueles ladrões de nosso presídio. Um dos detentos, que me testemunhava sua sincera lealdade (digo isso sem o menor exagero), furtou-me a Bíblia, o único livro que era permitido manter na cadeia; reconheceu sua culpa no mesmo dia, mas não porque se arrependera e, sim, por ter pena de mim, vendo-me passar muito tempo a procurá-la. Havia bodegueiros que vendiam bebidas e enriqueciam depressa. Ainda vou contar sobre esse comércio em separado: ele é bastante notável. Havia também muitos homens condenados por contrabando; assim sendo, não é de admirar que o vinho, apesar de tantas revistas e escoltas, fosse trazido para o presídio. Diga-se de passagem: o contrabando é, pelo seu caráter, um crime singular. Poder-se-ia, por exemplo, imaginar que o dinheiro, o lucro, desempenhe, para certos muambeiros, um papel secundário, fique relegado a segundo plano? Entretanto é exatamente isso que acontece. O muambeiro trabalha por paixão, por vocação. Em parte é um poeta. Ele arrisca tudo, corre imensos perigos, usa de subterfúgios, inventa ardis para escapar dos apuros; às vezes, chega a atuar como que por alguma inspiração. Sua paixão é tão forte quanto a por jogos de azar. Conheci um detento de tamanho descomunal por fora, mas tão dócil, sossegado e humilde por dentro que nem se podia imaginar como ele viera parar no presídio. Era pacato e sociável a ponto de não brigar com ninguém durante toda a sua permanência na prisão. Mas tinha vindo da fronteira ocidental da Rússia, preso por contrabando, e, bem entendido, não se conteve e começou a contrabandear vinho. Quantas vezes foi castigado por isso e quanto medo tinha das varas! O próprio contrabando de vinho rendia-lhe, ademais, lucros ínfimos. Quem enriquecia por conta do vinho era apenas o revendedor. E aquele esquisitão adorava a arte pela arte. Era choramingas que nem uma mulherzinha, e quantas vezes lhe acontecera, após o castigo, prometer e jurar que não mexeria mais com sua muamba. Bastava-lhe hombridade para superar o seu vício por um mês inteiro, mas, afinal de contas, o vício sempre o vencia... Graças a tais indivíduos é que não faltava vinho em nosso presídio.

Havia, por fim, mais um tipo de renda que, mesmo sem enriquecer os presidiários, era constante e benéfico. Era a esmola. As classes altas de nossa sociedade não têm a menor ideia de como cuidam dos "desgraçados" os comerciantes, os pequenos-burgueses e todo o nosso povo. A esmola vem quase o tempo todo, compondo-se quase toda de pães, *saicas*[14] e *kalatchs*, raras vezes incluindo o dinheiro também. Sem essas doações, os presos, sobretudo os réus que são tratados de modo bem mais rigoroso que os condenados, passariam enormes dificuldades em várias casas de detenção. Os detentos dividem sua esmola em partes iguais, religiosamente. Se não bastarem para todos, os *kalatchs* ficam recortados meio a meio, por vezes mesmo em seis pedaços, e cada preso recebe sem falta o seu quinhão. Lembro como eu recebi, pela primeira vez, um dinheirinho de esmola. Foi logo após a minha chegada ao presídio. Voltava do trabalho matinal sozinho, escoltado por um guarda. Uma mãe vinha ao meu encontro com sua filha, menina de uns dez anos, linda como um anjinho. Já as vira uma vez. A mãe era a viúva de um soldado. Seu marido, um jovem soldado, respondia a um processo criminal e acabou morrendo na enfermaria carcerária do hospital, quando eu mesmo estava internado lá. A mulher e a filha tinham vindo despedir-se dele; ambas choravam desesperadamente. Ao avistar-me, a menina enrubesceu, cochichou algo à sua mãe; esta se deteve logo, achou dentro da sua trouxa um quarto de copeque e passou-o para a filha. A menina foi correndo atrás de mim... "Toma, desgraçado, toma um copequezinho por amor de Cristo!" — gritou, adiantando-se e pondo a moedinha na minha mão. Tomei-lhe o tal copequezinho, e a menina voltou para junto da mãe toda contente. Guardei aquela moeda comigo por muito tempo.

---

[14] Espécie de pão de trigo.

II
Primeiras impressões

O primeiro mês e, de modo geral, o início da minha vida no presídio agora ressurgem vivamente em minha imaginação. Quanto aos anos posteriores que passei ali, recordo-me deles com uma vivacidade bem menor. Alguns desses anos ficaram como que embaçados, fundiram-se um ao outro, deixando uma só lembrança — triste, monótona e sufocante em sua integridade. Mas tudo aquilo que aturei nos primeiros dias de trabalhos forçados reaparece agora em minha mente como algo que ocorreu apenas ontem. Aliás, deve ser assim mesmo.

Lembro nitidamente que, desde o primeiro passo que dei nessa vida, fiquei surpreso por não achar nela nada que fosse sobremaneira chocante, extraordinário ou, melhor dito, inesperado. Tudo isso parecia já ter surgido, diversas vezes, na minha imaginação, quando eu vinha para a Sibéria e tentava adivinhar de antemão o meu destino. Mas logo, logo as viravoltas mais estranhas, os fatos mais monstruosos passaram a deter-me, feito um abismo, quase a cada passo. Apenas mais tarde, tendo vivido bastante tempo no presídio, cheguei à plena compreensão de toda a excepcionalidade e toda a imprevisibilidade de tal existência e não parei mais de admirar-me com ela. Confesso que essa admiração me acompanhou durante toda a minha longa reclusão: jamais consegui resignar-me a ela.

A primeira impressão que tive ao entrar no presídio foi, em traços gerais, a mais asquerosa possível; mas, apesar disso — que coisa estranha! —, pareceu-me que era muito mais fácil viver naquele ambiente do que eu tinha imaginado pelo caminho. Ainda que agrilhoados, os presos andavam folgadamente por todo o presídio, xingavam, entoavam canções, trabalhavam para si mesmos, fumavam seus cachimbos e até mesmo bebiam vinho (embora fossem bem poucos); de noite alguns deles jogavam baralho. O próprio trabalho, por exemplo, não me pareceu tão penoso, tão *forçado* assim; apenas muito tempo depois percebi que era penoso e *forçado* nem tanto em função de seu caráter difícil e prolongado quanto por ser um trabalho *compulsório*, obrigatório, feito à força. Em liberdade o mujique trabalha, quem sabe, incomparavelmente mais, por vezes mesmo à noite, sobretudo no verão; porém ele trabalha para si próprio, trabalha com um objetivo racional e sente-se bem mais à vontade que um detento a efetuar um trabalho compulsório e absolutamente inútil para ele. Pensei um dia que, se quisessem esmagar por completo, aniquilar um homem, puni-lo com a punição mais pavorosa, de maneira que até o assassino mais terrível ficasse tremendo de medo perante essa punição, antes mesmo que ela fosse aplicada, bastaria somente tornarem o seu trabalho forçado totalmente inútil e plenamente absurdo. Se o trabalho forçado de hoje não interessa a quem o fizer e causa-lhe tédio, não deixa de ser racional por si só, como uma atividade: o preso fabrica tijolos, escava o solo, constrói ou reboca as paredes; esse trabalho faz sentido e tem uma meta. De vez em quando o condenado chega mesmo a empolgar-se com ele, quer fazê-lo de modo mais hábil, mais correto, melhor. Contudo, se o obrigassem, por exemplo, a transferir água de uma tina para a outra e vice-versa, a triturar areia, a carregar terra amontoada de um lugar para outro e logo de volta, acho que tal preso se enforcaria dentro de alguns dias ou então cometeria mil crimes a fim de livrar-se, nem que morrendo, dessa humilhação, vergonha e tortura. Tal punição se transformaria, bem entendido, num suplício, numa vingança, e seria absurda por não alcançar nenhum objetivo racional. Mas, como certa parte desse absurdo, dessa tortura, humilhação e vergonha, está contida, sem falta, em todo trabalho forçado, o trabalho do presidiário revela-se incomparavelmente mais penoso que qualquer trabalho livre, pelo próprio fato de ser forçado.

De resto, entrei no presídio em pleno inverno, no mês de dezembro, ainda sem ter a menor ideia do trabalho estival, cinco vezes mais árduo. E no inverno havia geralmente pouco trabalho oficial em nossa fortaleza. Os presos iam até o Irtych[15] para desmontar velhas barcas carcerárias, trabalhavam em oficinas, retiravam montões de neve que as tempestades deixavam ao redor dos prédios oficiais, calcinavam e trituravam alabastro, etc., etc. O dia hibernal era curto, o trabalho terminava cedo, e todo o nosso povo voltava logo ao presídio, onde não teria quase nada a fazer se não surgisse, vez por outra, alguma ocupação pessoal. No entanto, apenas um terço de detentos se ocupava de trabalhos pessoais, e olhe lá; os outros estavam mandriando, perambulavam sem necessidade por todas as casernas do presídio, brigavam, tramavam intrigas entre si, mexericavam, embriagavam-se ao conseguir, pelo menos, algum dinheiro; à noite apostavam, jogando baralho, a última camisa, e tudo isso se fazia por tédio, por ócio, por falta de afazeres. Compreendi mais tarde

[15] Grande rio na parte asiática da Rússia.

que, além dessa privação de liberdade, além do trabalho forçado, havia na vida carcerária outra tortura, praticamente mais dolorosa ainda que todas as demais. Era *a convivência forçada* dos presos. Decerto há convivência em outros ambientes também; contudo, vêm ao presídio tais pessoas com quem nem todo mundo gostaria de conviver, e estou convencido de que cada presidiário sentia essa tortura, embora na maioria das vezes de forma inconsciente.

A comida também me pareceu assaz satisfatória. Os presos asseveravam que não havia comida igual nas companhias correcionais da Rússia europeia. Não me disponho a julgar a respeito disso, pois nunca estive ali. Ainda por cima, muitos detentos tinham a possibilidade de conseguir sua própria alimentação. Uma libra de carne de vaca custava um vintém em nosso presídio, vendendo-se no verão por três copeques. A alimentação pessoal era arranjada, porém, só por aqueles que tinham sua própria renda regular; quanto à maioria dos presos, esta se contentava com o cardápio oficial. Gabando-se, aliás, de sua comida, os presidiários se referiam apenas ao pão, dando graças a Deus notadamente porque o pão se distribuía à farta entre todos eles e não se media por peso. Esta última eventualidade deixava-os apavorados: se o pão fosse medido por peso, um terço do pessoal ficaria esfomeado, enquanto a distribuição livre supria as necessidades de todos. Nosso pão tinha um sabor algo especial e era apreciado, portanto, em toda a cidade. Atribuía-se isso à construção bem-sucedida dos fornos no presídio. O *chtchi*[16] era, por sua vez, muito precário.

---

[16] Sopa tradicional russa, feita de repolho, batata, cenoura e outros legumes.

Cozido num caldeirão comum, era levemente temperado com cereais e, sobretudo nos dias úteis, era ralo e magro. Terrificou-me a imensa quantidade de baratas que flutuavam nele. Quanto aos presos, eles não davam a isso a mínima atenção.

Nos primeiros três dias não fui trabalhar: assim tratavam qualquer novato, deixando-o descansar da longa viagem. Mas logo no segundo dia tive de sair do presídio para trocar de grilhões. Feitos de anéis, meus grilhões estavam fora do padrão — "tintim miúdo", como os chamavam os presos. Usavam-se por cima das roupas. E os grilhões padronizados do presídio, adaptados para o trabalho, não se compunham de anéis e, sim, de quatro varetas de ferro, quase de um dedo de grossura, ligadas entre si com três argolas. Cumpria-se usá-los sob as calças. Uma correia se prendia à argola do meio e, ao mesmo tempo, ao cinturão do presidiário, amarrado por cima da sua camisa.

Lembro-me da minha primeira manhã na caserna. Um tambor rufou o toque de alvorada no *corps de gardes*, ao pé do portão do presídio, e uns dez minutos depois o sargento da guarda pôs-se a destrancar as casernas. Os detentos acordavam. À tênue luz de uma "sextinha" vela de sebo,[17] os presos se levantavam, tremelicando de frio, das suas tarimbas. A maioria deles estava taciturna e carrancuda depois de dormir. Eles bocejavam, esticavam os membros, franziam as testas ferreteadas. Alguns se benziam, outros já começavam a brigar. O ar estava horrivelmente abafado. O frescor hibernal jorrou porta adentro, tão logo esta ficou aberta, espalhando pela

[17] Dostoiévski refere-se às velas de sebo vendidas em maços de seis unidades.

caserna baforadas de vapor. Os presos se agrupavam perto dos baldes com água; um após o outro, pegavam um púcaro, enchiam suas bocas de água e, cuspindo-a fora, lavavam as mãos e o rosto. A água tinha sido preparada, na noite anterior, pelo aguadeiro. Segundo as regras, em cada caserna havia um detento que seus companheiros escolhiam para cuidar da caserna. Ele se chamava de aguadeiro e não participava dos trabalhos comuns. Sua tarefa consistia em observar a limpeza da caserna, lavar e esfregar as tarimbas e o chão, trazer e levar embora a tina noturna e fornecer dois baldes de água fresca: de manhã para a toalete e de dia para beber. Por causa do púcaro, que era um só, as rixas começaram de imediato.

— Aonde é que vais, hein, testa manchada?[18] — resmungava um alto preso cenhoso, moreno e seco, com umas bizarras proeminências no crânio raspado, empurrando um companheiro baixo e gordo, de cara alegre e corada. — Espera!

— Por que tás gritando? Aqui com a gente, quem fica parado paga. Dá o fora, tu mesmo! Eta, que monumento se plantou. Quer dizer, manos, eis um carinha *nadaprestável*.

O termo "nadaprestável" surtiu certo efeito: muitos presos desandaram a rir. Era só isso que procurava o gorducho alegre, o qual parecia ser, em nossa caserna, uma espécie de palhaço voluntário. O alto detento olhou para ele com profundíssimo desprezo.

— Que porca gorda! — disse como que falando consigo mesmo. — Empanturrou-se de "puro"[19] no xilindró! Será que vai parir doze leitões, lá pela Páscoa?

O gordo ficou, afinal, zangado.

---

[18] Alusão à marca deixada na testa daquele presidiário pelo ferrete.
[19] Trata-se do pão feito de farinha pura, isto é, peneirada.

— Mas tu mesmo, que ave rara és, hein? — gritou de repente, todo vermelho.

— Pois sou uma daquelas aves ali!

— Qual?

— Tal.

— Qual tal?

— Tal e ponto-final.

— Mas qual?

Ambos cravaram os olhos um no outro. Esperando pela resposta, o gordo cerrou os punhos, como se estivesse a fim de começar logo um arranca-rabo. Eu pensava, de fato, que eles se atracariam. Para mim tudo aquilo era novo e despertava a curiosidade. Mais tarde, contudo, fiquei sabendo que semelhantes brigas eram todas bem inofensivas e encenadas, como numa comédia, para agradar aos espectadores; quase nunca se chegava a brigar de verdade. Aquilo tudo era bastante característico e representava os costumes do presídio.

O alto detento se mantinha calmo e majestoso. Sentia que todos estavam de olho nele para ver se acabaria por se desonrar com sua resposta ou não, que precisava defender-se, provar que realmente era uma ave rara e mostrar qual ave, precisamente, era. Com um desprezo inexprimível, olhou de soslaio para o adversário, buscando ultrajá-lo ainda mais com esse olhar por cima do ombro, como quem mirasse, de cima para baixo, um besourinho, e proferiu lenta e claramente:

— Kagan!...[20]

Queria dizer que era a própria ave Kagan. Uma explosão de gargalhadas saudou a engenhosidade do presidiário.

---

[20] Ave sobrenatural que, segundo a mitologia eslava, traz felicidade.

— Não és nenhuma ave Kagan aí, és um safadão! — berrou o gordo, sentindo que perdera todos os pontos e atingindo os extremos da fúria.

Mas, assim que a briga se tornou séria, ambos os valentões se viram apartados.

— Chega de alvoroço! — rebelou-se contra eles toda a caserna.

— Melhor que se batam em vez de forçar a goela! — bramiu alguém de um canto distante.

— Não se baterão coisa nenhuma! — estourou a resposta. — Nosso povinho aqui é ladino, sacana: só se forem sete contra um...

— Não prestam os dois! Um veio aqui por uma libra de pão, o outro é um puto miúdo: escapuliu uma vez da cadeia e levou por isso umas chibatadas.

— Xó-xó-xó! Basta! — gritou do seu canto um inválido[21] que punha ordem na caserna e dormia, portanto, num catre especial.

— Tamos fritos, rapaziada! O niválido Petróvitch acordou! Passem água pro niválido Petróvitch, nosso irmãozinho querido!

— Irmão... que irmão sou pra vocês? Nem um rublo beberam comigo e já me vêm com essa: irmão! — resmungava o inválido, envergando o seu capote.

Todos se preparavam para a chamada matinal; o dia vinha raiando; uma espessa multidão abarrotava a cozinha, tornando-a intransitável. De peliças curtas e *chapkas*[22] precárias, os detentos se reuniam perto dos pães recortados por um dos rancheiros. Os rancheiros eram

[21] Trata-se de um antigo combatente mutilado em tempos de guerra.
[22] Chapéu de peles usado no inverno.

escolhidos pelos presidiários, dois para cada cozinha. Cabia-lhes a responsabilidade pela faca de pão e carnes, uma só para a cozinha inteira.

De *chapkas* e peliças cintadas, os detentos se acomodaram em todos os cantos e em volta das mesas, prontos a começar seu trabalho logo após o desjejum. Alguns deles tinham na sua frente canecas de madeira cheias de *kvas*.[23] Os detentos jogavam no *kvas* o pão esfarelado e tomavam essa mistura aos goles. O barulho e o alarido estavam insuportáveis; contudo, havia quem conversasse, sensato e quieto, pelos cantos.

— Pão e sal[24] pro velhinho Antônytch, salve! — disse um jovem presidiário, sentando-se ao lado de um detento sombrio e sem dentes.

— Pois salve, se não estás brincando — respondeu este sem levantar os olhos, esforçando-se para mastigar o pão com suas gengivas desdentadas.

— É que eu pensava, Antônytch, que já bateste as botas... verdade pura.

— Não, morre tu mesmo primeiro, e eu só depois...

Vim sentar-me por perto deles. Dois imponentes presidiários conversavam à minha direita, procurando, pelo visto, manter seus ares de importância um diante do outro.

— No duro, não vão roubar de mim, não — dizia um deles. — Eu mesmo, mano, tenho medo de acabar roubando alguma coisa.

— Nem a mim pegarão com mão nua, que vou queimar.

— Não vais queimar coisa nenhuma! És um ladrão como todo mundo; não temos outro nome, nós todos,

---

[23] Bebida levemente fermentada, semelhante à cerveja.

[24] Símbolos tradicionais da hospitalidade russa.

né?... Qualquer putinha te roubará tudinho e até logo mais. Nisso, mano, o meu copequezinho também se escafedeu. Veio, ela mesma, um dia desses. Aonde é que a levaria? Fui pedir ajuda ao Fêdka-algoz,[25] àquele que tinha uma casa no *Vorstädt*,[26] comprada do Solomonka, judeu sarnento, que depois se enforcou, né?...

— Sei. Ele ficou aqui com a gente, três anos atrás: era um bodegueiro e tinha o apelido de Grichka[27] Bodega Escura. Conheço, sim.

— Não conheces coisa nenhuma. Era outro cara que se chamava Bodega Escura.

— Não era outro cara, não! Tu é que não sabes de nada! Posso trazer aqui tantos confirmadores...

— Podes trazer, né? E tu mesmo, quem és?

— Quem sou? Já te arrebentei todo, mas não me gabo nem um pouco daquilo!

— Tu me arrebentaste? Pois aquele que me arrebentará não nasceu ainda, e quem me triscou está embaixo da terra.

— Arre, peste de Bender![28]

— Tomara que a úlcera siberiana[29] te carcoma!

— Tomara que o sabre turco bata papinho contigo!...

Jorraram os palavrões.

— Xó-xó-xó! Parem com isso! — puseram-se a gritar os outros detentos. — Não souberam viver lá fora; agora que botaram a mão no "puro", estão alegres...

---

[25] Fêdka é uma forma diminutiva e pejorativa do nome Fiódor.

[26] Subúrbio, arrabalde (em alemão).

[27] Forma diminutiva e pejorativa do nome Grigóri.

[28] Alusão à cidade moldávia Bender, assolada, em 1765–1772, por uma epidemia de peste.

[29] Nome popular do carbúnculo (antraz), uma das doenças difundidas, àquela altura, na Sibéria.

Farão os dois se calar num piscar de olhos. É permitido xingar, "dar com a língua nos dentes". Em parte, é uma diversão para todos. Mas nem sempre se deixa brigar: apenas num caso excepcional é que os desafetos chegam a travar uma peleja. A briga será denunciada ao major; começarão a investigá-la, virá o major em pessoa — numa palavra, todos se darão mal; portanto a luta corporal não é tolerada. Aliás, os próprios desafetos brigam antes por diversão, para exercitar sua oratória. Não raro ficam empolgados, pondo-se a xingar com fúria medonha, com frenesi... A gente pensa: eis que vão atacar um ao outro! Mas nada disso: alcançam um certo ponto e tomam cada um seu rumo. A princípio, tudo isso me surpreendia enormemente. Foi de propósito que citei aqui um exemplo das conversas mais ordinárias dos presos. De início, nem conseguia imaginar como se podia brigar por mero prazer, achar nisso um entretenimento, um exercício agradável, um deleite. De resto, não se deve perder de vista a vaidade. O xingador dialético gozava de prestígio. Só não era aplaudido como um ator.

Ainda na noite anterior percebera que me fitavam de esguelha. Tinha captado uns olhares sinistros. Os outros detentos, ao contrário, andavam à minha volta, supondo que tivesse trazido comigo algum dinheiro. Passaram de pronto a bajular-me: ensinaram como se usavam os novos grilhões, arranjaram para mim — por dinheiro, bem entendido — um pequeno baú com cadeado para guardar nele os petrechos que já havia recebido no presídio e algumas roupas que trouxera comigo. Logo no dia seguinte, furtaram-me essas roupas e trocaram-nas por bebidas. Um desses presidiários me demonstraria mais tarde a máxima lealdade, se bem que nunca deixasse de furtar meus pertences em toda ocasião propícia. Faria isso sem embaraço algum, quase de modo espontâneo, como que por obrigação, sendo impossível que me zangasse com ele.

Os presos me explicaram, entre outras coisas, que eu devia ter o meu próprio chá, que não faria mal se arranjasse também uma chaleira; forneceram-me, por enquanto, uma chaleira provisória, emprestada de alguém, e indicaram-me um rancheiro, dizendo que por uns trinta copeques mensais ele me serviria qualquer comida, caso eu desejasse algum prato especial e resolvesse comprar vitualhas à parte... É claro que os detentos me pediram dinheiro emprestado e que cada um deles veio, naquele primeiro dia, solicitar uns três empréstimos consecutivos.

De modo geral, os fidalgos condenados a trabalhos forçados são vistos com maus olhos e tratados com hostilidade. Apesar de já terem sido privados de todos os seus direitos e serem plenamente iguais aos outros presos, estes nunca os reconhecem como seus companheiros. Isso não se faz nem mesmo por consciente preconceito, mas tão somente por instinto, com absoluta sinceridade. Os presos comuns reconheciam-nos francamente como fidalgos, embora gostassem de escarnecer-nos por causa de nossa degradação:

— Não, agora chega, pera aí! Agora Piotr não roda Moscou mais, agora Piotr suas cordinhas faz... e muitas outras delicadezas.

Eles se regozijavam com nossos sofrimentos que nós procurávamos não lhes mostrar. Passávamos, antes de tudo, especiais provações nas horas de trabalho, porque não tínhamos tanta força como eles e não podíamos, portanto, ajudá-los de modo consistente. Nada é mais difícil do que ganhar a confiança do povo (sobretudo, de um povo como aquele) e merecer o seu afeto.

Havia, em nosso meio, alguns fidalgos condenados a trabalhos forçados. Primeiramente, uns cinco poloneses. Na hora certa vou falar deles em separado. Os presidiários detestavam esses poloneses, ainda mais que os fidalgos russos em degredo. Os poloneses (refiro-me apenas aos criminosos políticos) tratavam-nos com uma polidez requintada e desafiadora, porém sem sombra de sociabilidade, e de maneira alguma conseguiam dissimular sua aversão aos presidiários; estes reparavam muito bem nisso e pagavam-lhes na mesma moeda.

Eu tive de passar quase dois anos naquele presídio para adquirir a simpatia de alguns detentos. Todavia, a maior parte deles acabou gostando de mim e reconheceu-me como uma "boa pessoa". Além de mim, havia lá quatro fidalgos russos. Um destes era uma criatura baixa e torpe, horrivelmente ignóbil, espião e delator por ofício. Ouvira falarem dele ainda antes de chegar ao presídio e, desde os primeiros dias, cortei todas as relações com ele. O outro era aquele parricida que já mencionara em minhas anotações. O terceiro se chamava Akim Akímytch; raras vezes tinha visto esquisitões como o tal Akim Akímytch. Ele se estampara nitidamente em minha memória. Era um homem alto e magro, de mente fraca e ignorância assombrosa, maçante em extremo e metódico que nem um alemão. Os presos zombavam dele; no entanto, alguns chegavam a temê-lo por causa de seu feitio crítico, rigoroso e rabugento. Desde o primeiro passo, criara intimidade com eles, censurando-os e mesmo travando pelejas.

Sua honestidade era fenomenal: tão logo vislumbrasse qualquer injustiça, vinha meter o bedelho, ainda que o assunto não fosse da sua conta. Ele se mostrava extremamente ingênuo: discutindo com os detentos, por exemplo, repreendia-os, às vezes, por serem ladrões e convencia-os com toda a seriedade de que deveriam parar de roubar. Havia servido, como alferes, no Cáucaso. Ficamos amigos desde o primeiro dia, e ele me contou logo toda a sua história. Começara a servir como cadete, ali mesmo no Cáucaso, num regimento de infantaria, passara muito tempo carregando o seu fardo e acabara promovido a oficial e designado o comandante de um fortim. Um principelho local incendiara a sua fortaleza, porém o ataque noturno que tinha empreendido não dera certo. Usando de astúcia, Akim Akímytch nem aludira a que conhecesse o malfeitor. A agressão fora atribuída aos rebeldes caucasianos, e um mês depois Akim Akímytch convidara o principelho a fazer-lhe uma visita amigável. O principelho viera sem suspeitar de nada. Akim Akímytch pusera o seu destacamento em fileiras, acusara e exprobrara o caucasiano em público, alegando que era uma vergonha incendiar os fortins. Pregara-lhe, na hora, um sermão pormenorizado de como um príncipe pacífico deveria portar-se dali em diante e fuzilara-o, à guisa de conclusão, levando imediatamente tal fato, com todos os detalhes possíveis, ao conhecimento de seus superiores. Por tudo isso fora julgado, condenado à pena de morte e, comutada a sua sentença, mandado para a Sibéria a fim de trabalhar em presídios, como degredado de segunda classe, por doze anos. Tendo plena consciência de ter feito algo errado, ele me dizia que estava bem informado e já sabia, antes de fuzilar aquele principelho, que lhe cumpria julgar a quem não fosse rebelde segundo as leis civis. Estava a par disso tudo e, nada obstante, parecia não conseguir, de fato, compreender sua culpa.

— Misericórdia! Pois ele incendiou a minha fortaleza! Então me restava fazer o quê — agradecer-lhe a gentileza? — dizia-me, rebatendo as minhas objeções.

Entretanto, apesar de caçoarem das esquisitices de Akim Akímytch, os presos respeitavam-no, ainda assim, por sua índole ordenada e suas habilidades. Não havia ofício que Akim Akímytch desconhecesse. Era marceneiro, sapateiro, pintor, dourador, serralheiro, e dominara todas essas profissões já no presídio. Era autodidata em tudo: olhava uma só vez e fazia. Fabricava, igualmente, diversas caixas, cestas, lanternas, bem como brinquedos para crianças, e vendia-os na cidade. Dessa maneira, arrumava um dinheirinho e logo o gastava com novas roupas de cama: comprou um travesseiro mais macio, arranjou um colchão dobrável. Morando na mesma caserna comigo, prestou-me vários serviços nos primeiros dias de minha reclusão.

Ao saírem do presídio para trabalhar, os detentos formavam duas fileiras diante do *corps de gardes*; na frente e atrás dos presos alinhavam-se os soldados de escolta com suas espingardas carregadas. Vinham, a seguir, o oficial engenheiro, o condutor[30] e alguns militares subordinados que supervisionavam os trabalhos. O condutor contava os presos e mandava-os, equipe por equipe, aonde se precisasse deles.

Junto dos outros presidiários, fui à oficina de engenharia. Era uma baixinha construção de alvenaria, situada

---

[30] Suboficial das tropas de engenharia.

num grande pátio atulhado de diferentes materiais. Havia lá uma ferraria, uma serralheria, uma marcenaria, um armazém de tintas, etc. Akim Akímytch vinha ali para trabalhar no armazém, cozer óleo de linhaça, compor tintas e tingir mesas e outros móveis da cor de nogueira. Esperando que me pusessem novos grilhões, puxei conversa com Akim Akímytch sobre as primeiras impressões que tivera no presídio.

— Pois é, aqueles ali não gostam de fidalgos — notou ele —, sobretudo, dos presos políticos: gostariam de devorá-los, e isso não é espantoso. Primeiro, vocês são outro povo, não se parecem com eles, e, segundo, eles mesmos já foram todos da laia dos fazendeiros ou então militares. Pense você mesmo se podem gostar de sua gente. É difícil viver aqui, sou eu que lhe digo. Mas nas companhias correcionais da Rússia é mais difícil ainda. Temos cá uns rapazes de lá: não param de louvar o nosso presídio, como se tivessem passado do inferno ao paraíso. O trabalho não faz mal. Dizem que na primeira classe o comando não é totalmente militar e age, pelo menos, de outra maneira que o nosso. Dizem que lá o degredado pode ter sua própria casinha. Eu mesmo não vi, mas assim é que falam. Não raspam a cabeça nem botam o uniforme. Aliás, na verdade é melhor que a moçada ande assim de farda e tenha a cabeça raspada: de todo jeito, a ordem está maior e a aparência mais agradável. Mas o problema é que eles mesmos não gostam disso. E olhe só que escória por toda parte! Um homem é da soldadesca, o outro circassiano,[31] o terceiro *raskólnik*;[32] o

---

[31] Natural ou habitante da Circássia, região caucasiana próxima ao mar Negro.

[32] Membro de uma das seitas religiosas perseguidas pelo governo da Rússia czarista.

quarto é um mujique ortodoxo que deixou sua família, seus filhos queridos, lá na terrinha, o quinto judeu, o sexto cigano; do sétimo nem se sabe quem é, e todos eles têm de viver juntos, custe o que custar, de concordar um com o outro, comer da mesma tigela, dormir na mesma tarimba. E quanta liberdade é que a gente tem: se pode comer um pedaço a mais, só às furtadelas; se vê por aí uma moedinha, esconde-a na bota... Fora isso, apenas cadeia e outra vez cadeia. É sem querer que as besteiras vêm à cabeça.

No entanto, eu já estava ciente disso. Queria, em especial, bisbilhotar acerca do nosso major. Akim Akímytch não guardava segredos, e, pelo que me lembre, a impressão que me tinha passado não era nada agradável. Precisaria, porém, viver mais dois anos sob o comando daquele homem. Tudo o que Akim Akímytch me contara sobre ele era absolutamente verídico, só que a impressão da realidade sempre se revela mais forte que a de um conto qualquer. O major era um homem terrível, notadamente por exercer um poder quase ilimitado sobre duzentas almas. Era descontrolado e maldoso em si, nada mais. Considerava os detentos como seus inimigos naturais, e nisso consistia o seu primeiro e principal erro. Possuía, de fato, certas capacidades, mas tudo nele, inclusive seu lado bom, estava deformado no mais alto grau. Impulsivo e bravo, invadia a caserna até mesmo de noite e, percebendo que um dos presos dormia de lado esquerdo ou de barriga para cima, vinha castigá-lo pela manhã: "Dorme, pois, de lado direito, conforme eu ordenei". Os presidiários detestavam-no e temiam-no que nem a peste. Seu rosto era todo vermelho, furioso. Todos sabiam que seu ordenança, Fêdka, fazia dele gato-sapato. E o único ser que ele amava de verdade era seu poodle Tresorka: o major quase enlouqueceu de desgosto quando o cachorrinho adoeceu. Dizem que soluçava ao lado dele, como se fosse seu filho; mandou embora um veterinário e, segundo o seu hábito, quase o espancou, mas, ouvindo Fêdka contar que havia no presídio um preso, veterinário autodidata, que tratava de animais com muita habilidade, chamou-o de imediato.

— Salva, que vou cobrir-te de ouro! Cura meu Tresorka! — gritou para aquele preso. Era um mujique siberiano, esperto, inteligente, de fato um veterinário bem hábil, mas no fundo um roceiro de primeira.

— Olho, pois, para o Tresorka — contava ele aos companheiros sobre a sua visita ao major (de resto, muito mais tarde, quando toda a história caiu no esquecimento) — e vejo: um cão está deitado no sofá, em cima de uma almofada branca. Vejo, pois, que está com uma inflamação, que é preciso fazer uma sangria e o cão ficará bem — juro por Deus! —, mas penso com meus botões: "E se não o curar, se ele der com o rabo na cerca?" — "Não, digo, Vossa Excelência, foi tarde que me chamou; se ontem ou anteontem, na mesma hora, aí curaria o cão, mas agora não posso, não dá mais para o curar...". E foi assim que o Tresorka morreu.

Narraram-me, de modo circunstanciado, como tinham tentado matar o nosso major. Havia no presídio um detento. Vivia em nosso meio por alguns anos e destacava-se pela sua conduta dócil. Percebia-se também que ele quase nunca falava com ninguém. Tomavam-no, assim, por um alienado. Alfabetizado que era, lia sem trégua a Bíblia ao longo de todo o último ano, lia-a de dia e de noite. Quando todos adormeciam, levantava-se à meia-noite, acendia um círio, subia em cima do forno, abria o livro e lia até o amanhecer. Um dia foi declarar ao sargento que não queria ir trabalhar. O major ficou sabendo disso, enfureceu-se e veio, de pronto, em pessoa. O detento se atirou contra ele com um tijolo preparado de antemão, porém não acertou o golpe. Pego na hora, foi julgado e castigado. Tudo se deu muito rápido. Três dias depois, aquele detento morreu no hospital. Dizia, morrendo, que não desejava o mal de ninguém, apenas queria remir-se com sofrimento. Não pertencia, aliás, a nenhuma seita radical. Lembrava-se dele no presídio com deferência.

Fiquei, afinal, de grilhões novos. Nesse ínterim vieram à oficina, uma após a outra, várias vendedoras de *kalatchs*, inclusive umas meninas bem pequenas. De praxe, andavam vendendo pão até a idade adulta; suas mães faziam os *kalatchs* e elas vendiam-nos. Quando adultas, continuavam vindo ao presídio, mas já sem *kalatchs*: seu negócio era quase sempre esse. Havia também mulheres maduras. Os pães custavam um vintém cada um e eram comprados por quase todos os presos.

Reparei num detento, marceneiro, de cabelo meio grisalho, mas de semblante corado, que sorria flertando com as padeiras. Pouco antes de sua chegada, envolvera o pescoço com um lencinho de algodão vermelho. Uma mulherzinha gorda e toda bexiguenta colocou seu tabuleiro em sua mesa de trabalho. Eles se puseram a conversar.

— Por que é que vocês não foram ontem ali? — perguntou o detento com um sorrisinho jactancioso.

— Pois eu fui, e você nem ali tava — respondeu a mulherzinha com insolência.

— Chamaram por nós, senão ficaríamos sempre naquele lugar... E toda a tua turminha me visitou antes de ontem.

— Quem foi que veio?

— Mariáchka veio, Khavróchka veio, Tchekunda veio, a Dois Vinténs veio...

— O que é aquilo? — perguntei a Akim Akímytch. — Será?...

— Acontece — respondeu ele, abaixando timidamente os olhos. Era um homem de castidade extrema.

Decerto aquilo acontecia, mas bem raramente e com imensas dificuldades. Havia, em geral, mais homens interessados, por exemplo, em beber do que dispostos a tais aventuras, não obstante a tribulação natural da vida carcerária. Era difícil ter acesso às mulheres. Precisava-se escolher a hora e o lugar, combiná-los direitinho, marcar encontros, procurar por recolhimento, o que era especialmente custoso, subornar os guardas, o que era mais custoso ainda, e afinal despender, relativamente falando, uma fortuna. Ainda assim, cheguei mais tarde a testemunhar, vez por outra, umas cenas amorosas. Recordo-me de ter ficado, um dia de verão, num galpão à margem do Irtych, esquentando um forno para tijolos com dois companheiros; nossa escolta era, daquela vez, uma gente boa. Vieram, por fim, duas *souffleuses*,[33] como as chamam os presidiários.

— Por que demoraram tanto? Estavam com os Zverkov, hein? — indagou o preso que as tinha chamado e esperava por elas havia muito tempo.

---

[33] Gíria afrancesada que designava as prostitutas.

— Eu demorei? Pois ontem a pega[34] demorou mais em cima do pau que eu com aqueles lá — respondeu alegremente uma das moças.

Era a criatura mais suja do mundo, apelidada de Tchekunda. Com ela viera a tal de Dois Vinténs. Àquela já estava fora de qualquer descrição possível.

— Faz tempos que não vejo você também — prosseguiu o namoradeiro, dirigindo-se à Dois Vinténs. — Será que emagreceu mesmo, como me parece?

— Bem pode ser. Antes tava tão gorda assim, e agora como quem engoliu uma agulha.

— Anda com soldadinhos?

— São as más línguas que taramelam sobre a gente... Aliás, por que não? Amarei os soldadinhos, nem que quebrem meus ossinhos![35]

— Pois deixem os soldados pra lá e venham amar a nós, que temos cá um dinheirinho...

Para completar o quadro, imaginem aquele namorador carregando os grilhões, de cabeça raspada, de roupas listradas e sob escolta.

Despedi-me de Akim Akímytch e, sabendo que já podia voltar para o presídio, chamei um guarda e fui embora. Os presos se reuniam aos poucos. Quem volta do trabalho antes que todo mundo são aqueles que cumprem algum castigo. O único meio de obrigar um presidiário a trabalhar com afinco consiste em castigá-lo. Às vezes, os castigos são enormes, mas duram, apesar disso, metade do prazo normal de trabalho que se estende

[34] Ave corvídea, de plumagem negra e branca, encontrada em vários países da Europa e da Ásia.

[35] Verso de uma modinha popular na época.

até o tambor do almoço.[36] Terminado o castigo, o preso retorna ao presídio sem impedimento algum, e ninguém o faz parar.

Os presidiários não almoçam juntos, mas de qualquer maneira, por ordem de sua chegada; além do mais, todos aqueles homens não caberiam na própria cozinha se reunidos de vez. Provei do *chtchi*, mas por falta de hábito não consegui comê-lo e preparei para mim o chá. Fiquei sentado na ponta da mesa. Comigo estava um companheiro, um fidalgo como eu mesmo.

Os presos entravam e saíam. Aliás, não faltava espaço porque nem todos haviam chegado ainda. Um grupo de cinco homens tomou um lugar à parte junto da grande mesa. O rancheiro serviu-lhes duas tigelas de *chtchi* e colocou em cima da mesa uma bandeja cheia de peixe frito. Eles comemoravam algo e tinham um cardápio especial. Olhavam para nós de soslaio. Veio um polonês e sentou-se ao meu lado.

— Não estive em casa, mas sei de tudo! — bramiu um alto detento, entrando na cozinha e correndo os olhos por todos os presentes.

Era um homem enxuto e musculoso, de uns cinquenta anos de idade. Seu rosto tinha uma expressão brejeira e, ao mesmo tempo, alegre. Em particular, merecia destaque o lábio inferior dele: roliço e descaído, tornava sua cara, de certo modo, cômica em excesso.

— Dormiram bem, manos? Por que não me dão bom-dia? Para os nossos de Kursk[37] — acrescentou, sentando-se perto do grupo de comida especial — pão e sal! Acolham a visita.

---

[36] Trata-se do sinal de tambor dado na hora do almoço.
[37] Cidade localizada na parte central da Rússia, a sul de Moscou.

— Não somos de Kursk, maninho.

— Talvez de Tambov?[38]

— Nem de Tambov. Não te daremos nada, maninho. Vai azucrinar um mujique rico, pede pra ele.

— É que hoje tenho, manos, Ivan de Rapar e Maria de Soluçar cá na barriga... E onde ele mora, esse mujique rico?

— Gázin é um mujique rico, vai falar com ele.

— Pois Gázin está na gandaia hoje, bebendo, jogando fora a bolsa inteira.

— Tem ali uns vinte rublinhos — notou outro preso. — É bom negócio, manos, ser bodegueiro.

— Não vão, pois, acolher a visita? Vamos rangar, então, como todo mundo.

— Vai, pelo menos, pedir chá. Olha aí, os grã-finos estão tomando.

— Que grã-finos, não temos grã-finos aqui. Agora são todos farinha do mesmo saco — disse, em tom soturno, um detento sentado num canto. Até lá não tinha pronunciado uma só palavra.

— Tomaria chazinho, sim, mas tenho vergonha de pedir: a gente é dos ambiciosos! — replicou o preso do lábio roliço, olhando para nós com ares de bonomia.

— Se quisesse, daria chá para você — disse eu, convidando aquele preso. — Quer mesmo?

— Eu é que quero? É claro que sim! — Ele se aproximou da mesa.

— Em casa o *chtchi* dos *lápti* comeu e na cadeia o chá conheceu! Que coisa, hein: agora quer a bebida da senhoria — comentou o detento soturno.

---

[38] Cidade localizada na parte europeia da Rússia, a sudeste de Moscou.

— Será que ninguém toma chá por aqui? — perguntei-lhe, mas ele não se dignou a responder.

— Eis que trazem *kalatchs* também. Arruma para mim um pãozinho?

Trouxeram *kalatchs*. Um jovem detento segurava uma braçada inteira desses pães, vendendo-os pelo presídio afora. A padeira cedia-lhe um de cada dez *kalatchs*; era com esse ganho que ele contava.

— *Kalatchs*, *kalatchs*! — gritava ao entrar na cozinha. — Moscovitas, quentinhos! Comeria eu mesmo, mas tou na pindaíba. Olha aí, moçada, sobrou um só pão. Quem teve a mãe?

Esse apelo ao amor materno fez todos rirem; os presos compraram-lhe vários *kalatchs*.

— Pois é, manos — continuou ele —, Gázin se dará mal hoje, juro por Deus! Que momento escolheu pra cair na farra? E se aquele de oito olhos vem de repente?

— Vão escondê-lo. E tá muito pingado?

— Até a tampa! Anda zangado, mexe com a gente.

— Acabará apanhando, então...

— De quem é que estão falando? — perguntei ao polonês sentado perto de mim.

— Do preso Gázin. Ele vende vinho aqui. Logo que arranja algum dinheiro, gasta-o todo com bebida. É cruel e maldoso; aliás, está calmo quando sóbrio; e, quando se embebeda, põe tudo para fora — corre atrás da gente com uma faca na mão. Aí tomam conta dele.

— Como assim, tomam conta?

— Uns dez presos partem para cima dele e começam a espancá-lo terrivelmente, até que perca todos os sentidos; quer dizer, batem nele até ficar semimorto. Põem-no então sobre a tarimba e cobrem-no com a peliça.

— Mas eles podem matá-lo?

— Se fosse outro sujeito, já estaria morto. Mas ele tem força descomunal: é mais forte que todos neste presídio e mais robusto também. Levanta-se, na manhã seguinte, em plena saúde.

— Diga, por favor — continuei a interrogar o polonês: — eles têm sua comida ali, e eu tomo o meu chá. Olham para mim, entretanto, como se me invejassem por causa deste chá. O que significa isso?

— Não é por causa do chá — respondeu o polonês. — Estão com raiva de você porque é um fidalgo e não se parece com eles. Vários presos gostariam de importuná-lo, teriam muita vontade de ofendê-lo, de humilhá-lo. Ainda lhe acontecerão por aqui muitas contrariedades. É tão difícil para todos viver no presídio. E para nós, os fidalgos, é mais difícil em todos os aspectos. Precisamos de muita indiferença para nos acostumarmos com isso. Mais de uma vez ainda é que será incomodado e insultado pelo seu chá e pela comida especial, se bem que muitos homens aqui se valham frequentemente da mesma comida e alguns tomem regularmente o mesmo chá. Eles podem e você não.

Dito isso, o polonês se levantou da mesa e foi embora. Minutos depois, suas palavras se concretizaram...

III
Primeiras impressões

Assim que saiu M-ki (aquele polonês que tinha falado comigo), Gázin irrompeu, totalmente bêbado, na cozinha.

Um preso bêbado em pleno dia útil, quando todos têm a obrigação de trabalhar, podendo o comandante severo chegar a qualquer momento, na presença do sargento que controla os detentos sem nunca se ausentar do presídio, na frente dos guardas e dos inválidos — numa palavra, levando em conta todas aquelas austeridades —, deixava as minhas noções germinais da vida carcerária completamente emaranhadas. Teria de passar no presídio bastante tempo antes que esclarecesse para mim mesmo todos os fatos semelhantes àquele, tão misteriosos nos primeiros dias de minha reclusão.

Já disse que os detentos sempre tinham alguma ocupação pessoal e que essa ocupação era a necessidade natural da vida carcerária; que, além dessa necessidade, o presidiário ama de paixão o dinheiro, valorizando-o acima de tudo, quase a par da liberdade, e que se consola com o próprio tinir dele em seu bolso. Fica, pelo contrário, triste, aflito, inquieto e desanimado, quando não tem dinheiro, e dispõe-se então a roubar e a fazer qualquer coisa para consegui-lo. Mas, mesmo que o dinheiro tivesse tamanho valor no presídio, nunca se demorava nas mãos do felizardo que o possuía. Em primeiro lugar, era difícil preservá-lo do furto e do confisco. Se o major o descobria com suas revistas inesperadas, tomava-o de imediato. Talvez o usasse para melhorar a comida dos presos; em todo caso, entregavam-no a ele. Na maioria das vezes, porém, o dinheiro acabava furtado: não se podia confiar em ninguém. Mais tarde os presidiários inventaram um meio de guardar seu dinheiro com plena segurança. Repassavam-no a um velho *starover*[39] que

---

[39] Adepto dos antigos ritos do cristianismo ortodoxo, censurados pela igreja oficial.

tinha chegado ao presídio dos antigos sítios de Starodúbie ou de Vetka...[40] Não posso abster-me de dizer umas palavras a seu respeito, se bem que me afaste do assunto principal.

Era um velhinho na casa dos sessenta anos, pequenino, de cabelos brancos. Deixou-me, desde a primeira vista, uma impressão estupenda. Diferia tanto dos outros detentos, tinha algo tão plácido em seu olhar, que me recordo de ter mirado, com um prazer incomum, aqueles seus olhos claros e luminosos, cercados de miudinhas rugas em forma de raios. Muitas vezes falei com ele; raras vezes havia encontrado, ao longo da minha vida, um ser tão bondoso e sereno assim. Fora julgado por um crime de grande importância. No meio dos *starovers* de Starodúbie começavam a aparecer renegados. O governo incentivava-os muito e não poupava esforços para converter os demais dissidentes também. Ao lado de outros fanáticos, o velho resolvera "defender a fé", no dizer dele próprio. Os *starovers* haviam queimado a igreja unificada[41] que estava em construção, e, como um dos instigadores, o velho fora condenado a trabalhos forçados. Tinha sido um comerciante abastado, deixara em casa sua mulher e seus filhos; contudo, não hesitara em ir para a cadeia, pois a tomava, em seu alumbramento, por um "martírio da fé". Vivendo ao seu lado por algum tempo, perguntar-se-ia involuntariamente: como aquele homem humilde e dócil feito uma criança

---

[40] Povoações de Starodúbie (atualmente na região russa de Briansk) e Vetka (atualmente na região bielorrussa de Gômel) eram conhecidas como centros da ortodoxia rebelde.

[41] Trata-se do templo construído para os dissidentes que tomassem o partido da igreja oficial.

podia ser um rebelde? Conversei amiúde com ele sobre "a fé". O velho não abria mão de nenhuma das suas convicções, mas nem a menor maldade nem o mínimo ódio se revelavam em suas réplicas. Entretanto destruíra uma igreja e não se negava a reconhecer isso. Parecia-me que, segundo suas convicções, ele devia considerar a sua ação e o "martírio" sofrido por ela como uma gloriosa façanha. Todavia, por mais que o observasse, por mais que o examinasse, jamais percebi nele nenhum sinal de vaidade ou arrogância. Havia em nosso presídio outros *starovers*, em sua maioria siberianos. Era um povo bem desenvolvido, homens espertos, dogmáticos e pedantes em demasia e, à sua maneira, fortes em dialética; um povo altivo, presunçoso, astuto e intolerante no mais alto grau. O velho era bem diferente. Talvez fosse ainda mais dogmático que eles, mas se esquivava das discussões. Sua índole era extremamente amigável. Era jovial, ria com frequência e não daquele jeito grosseiro e cínico dos outros presos, mas com um riso tranquilo e baixo em que havia muita ingenuidade infantil e que combinava, de certo modo particular, com sua cabeça branca. Estou enganado, quem sabe, mas acho que se pode conhecer a pessoa pelo seu riso: se, desde o primeiro encontro, a risada de alguém totalmente desconhecido for de seu agrado, não se acanhem em dizer que é uma pessoa boa. O velho tinha adquirido o respeito de todos os presidiários, do qual nem um pouco se orgulhava. Os presos chamavam-no de vovô e nunca o magoavam. Compreendi, em parte, quanta influência ele podia exercer sobre os seus correligionários. Mas, apesar da aparente firmeza com que o velho aturava a sua reclusão, trazia na alma uma tristeza profunda e irremediável que procurava esconder de todo mundo. Morávamos, nós dois, na mesma caserna. Uma noite, por volta das três horas, eu acordei e ouvi um choro baixinho, reprimido. Sentado em cima do forno (daquele mesmo em que antes rezava de noite o detento que, assombrado por suas leituras, queria assassinar o major), o velho lia orações de seu livro manuscrito. Estava chorando; de vez em quando, ouvia-o dizer: "Não me abandoneis, Senhor! Fortalecei-me, Senhor! Meus filhinhos pequenos, meus filhinhos queridos, nunca mais nos veremos!". Nem posso contar como fiquei entristecido. Pois foi a esse velho que quase todos os presos começaram a entregar, pouco a pouco, o seu dinheiro para que o guardasse. Quase todos os condenados eram ladrões, mas de repente se convenceram, não se sabe por que razão, de o velho não poder furtá-lo em caso algum. Sabia-se que ele escondia algures o dinheiro entregue, mas o esconderijo era tão oculto que ninguém conseguiria encontrá-lo. Mais tarde ele explicou o mistério a mim e a alguns poloneses. Uma das estacas da paliçada tinha um raminho que aparentemente fazia parte do próprio madeiro. Podia-se, no entanto, retirá-lo, abrindo assim um grande oco. Era justamente ali que o vovô guardava o dinheiro e depois colocava o raminho em seu lugar, de forma que ninguém poderia nunca encontrar nada.

Eis que me afastei do meu relato. Acabei contando por que o dinheiro não se demorava no bolso do presidiário. Mas, além dos esforços que a gente empenhava para guardá-lo, havia tanto tédio em nosso meio; e o detento é um ser tão sedento por liberdade, pela sua natureza, e ademais tão leviano e desregrado, pela sua condição social, que é tomado naturalmente pela vontade de aprontar uma "festa de arromba", gastando todo o seu patrimônio com algazarra e música, para se esquecer, nem que seja um só minutinho, desse seu tédio. Era mesmo estranho ver tal ou tal preso trabalhar por vezes, sem desencurvar o pescoço, vários meses a fio com a única finalidade de dissipar, num só dia, todo o seu ganho até o último vintém e depois mergulhar novamente, até a próxima farra, em seu labor que duraria vários meses seguidos. Muitos dos presos gostavam de arranjar roupas novas e munidas, sem falta, de alguma peculiaridade: calças pretas, fora do padrão carcerário, *poddiovkas*,[42] *sibirkas*.[43] Também estavam na moda as camisas de chita e os cintos com fechos de cobre. Os presos se arrumavam nos dias de festa e tinham o hábito de passar, assim arrumados, por todas as casernas, exibindo-se para todo mundo. A presunção dos detentos bem-vestidos beirava a criancice; aliás, em muitos outros aspectos eles se assemelhavam perfeitamente à criançada. É verdade que todas aquelas roupas bonitas sumiam de supetão, sendo furtadas do seu dono e, às vezes na mesma noite, penhoradas ou vendidas a vil preço. De resto, a patuscada se desenrolava gradualmente. Organizava-se, de praxe, por ocasião de alguma festa ou do aniversário do próprio patusco. Levantando-se pela manhã, o preso aniversariante punha uma velinha ante o ícone e rezava, depois se arrumava todo e encomendava o almoço. Compravam-se carne de vaca e peixe, faziam-se raviólis siberianos; o preso se empanturrava que nem um boi, quase sempre sozinho, raramente convidando seus

---

[42] Leve casaco masculino pregueado na cintura.
[43] Casaco masculino com gola alta e rígida.

companheiros a compartilhar a refeição. Em seguida aparecia o vinho: o aniversariante se embriagava até não se aguentar mais em pé e fazia questão de andar depois de caserna em caserna, cambaleando e tropeçando, buscando mostrar a todos que está bêbado, que "caiu na gandaia" e, dessa maneira, merecer um respeito generalizado. Por toda parte, o povo russo faz entrever certa simpatia por bêbados, e no presídio um farrista desses chega a ser tratado com deferência. Havia uma espécie de aristocratismo nas farras carcerárias. Jubiloso que estava, o preso insistia em contratar músicos. Vivia no presídio um polacozinho desertor, muito abjeto, mas apto a tocar violino, cujo único patrimônio era aquele instrumento musical. Não tinha mais profissão alguma e não fazia outra coisa senão tocar danças alegres para os nossos patuscos. Seu ofício consistia em acompanhar, o tempo todo, seu patrão bêbado, que perambulava de caserna em caserna, e em serrar o seu violino de todas as forças. Seu rosto expressava amiúde enfado, pesar. Contudo, o grito "Toca aí, que te pagaram!" levava-o a tocar, ou melhor, a serrar de novo. Começando a sua festança, o preso podia ter plena certeza de que, caso se embebedasse demais, cuidariam sem falta dele, que o colocariam oportunamente na cama ou então o esconderiam nalgum lugar, se de repente chegassem os comandantes, e que fariam tudo isso sem nenhum interesse material. Por sua parte, o sargento e os inválidos, que moravam no presídio a fim de reforçar a ordem, também poderiam ficar absolutamente tranquilos: o bêbado não tinha condições para tramar qualquer confusão que fosse. Toda a caserna estava de olho nele: se passasse a fazer barulho ou se amotinasse, contê-lo-iam na hora, simplesmente o amarrariam. Por isso é que os comandantes inferiores do presídio faziam vista grossa à bebedeira, nem sequer queriam reparar nela. Sabiam muito bem que, uma vez proibido o vinho, a situação pioraria. Onde se conseguia, porém, aquele vinho?

O vinho se comprava lá mesmo, no presídio, dos assim chamados bodegueiros. Eram várias pessoas cujo comércio prosperava incessantemente, ainda que em geral os beberrões e patuscos fossem poucos: a patuscada demandava dinheiro, e os presos arranjavam-no com dificuldade. Esse negócio se iniciava, prosseguia e terminava de uma maneira assaz original. Há, suponhamos, um detento que não tem profissão nem deseja trabalhar (havia conosco tais homens), mas quer ter dinheiro e, além disso, é impaciente, aspira a lucros rápidos. Possui algum dinheiro para começar e toma a decisão de vender bebidas, ou seja, dedica-se a uma empresa arriscada que exige muita coragem. Pode pagá-la com as suas costas e perder, de uma vez, mercadoria e capital. Todavia, o bodegueiro assume esses riscos. A princípio não tem muito dinheiro, portanto na primeira ocasião traz o vinho ao presídio pessoalmente e tira, bem entendido, proveitos da sua venda. Repete essa experiência outras vezes e, se os comandantes não o flagrarem, amplia depressa suas operações e só então é que organiza um verdadeiro comércio com sólidos fundamentos: torna-se empresário, capitalista, mantém agentes e ajudantes, arrisca-se cada vez menos e fatura cada vez mais. Quem se arrisca por ele são os seus ajudantes.

No presídio há sempre muitos homens arruinados que perderam seus últimos copeques com jogo ou farra, todo um mundaréu sem nenhum ofício, miserável e maltrapilho, mas dotado, até certo ponto, de coragem e ousadia. O único capital íntegro que tais homens possuem é o dorso deles; o dorso pode servir ainda para alguma coisa, e o farrista arruinado resolve pôr esse seu derradeiro capital em circulação. Vai falar com o empresário e pede que o contrate para trazer bebidas ao presídio; um bodegueiro rico tem vários colaboradores desse tipo. Algures fora do presídio existe uma pessoa (pode ser um soldado, um pequeno-burguês ou até mesmo uma rapariga) que, usando o dinheiro do empresário e cobrando-lhe um percentual relativamente vultoso, compra bebidas numa taberna e deixa-as bem escondidas naquele lugar onde os presos trabalham. De início o fornecedor quase sempre prova a qualidade da vodca e, desumano que é, completa o conteúdo da garrafa com água: se não quiseres, não bebas! Aliás, o detento não pode ser enjoado demais: ainda bem que o seu dinheiro não se gaste todo em vão e que a vodca lhe seja entregue — boa ou ruim, afinal de contas, mas uma vodca. Àquele fornecedor é que se dirigem os transportadores indicados de antemão pelo bodegueiro prudente, com tripas de boi nas mãos. Essas tripas são primeiro lavadas e preenchidas com água, preservando assim suas naturais umidade e elasticidade para que se possa, algum tempo depois, guardar vodca nelas. Ao encher as tripas de vodca, o preso enrola-as em volta do seu corpo, na medida do possível em suas partes menos visíveis. É claro que se revelam, nesse momento, toda a habilidade do muambeiro e toda a sua astúcia criminosa. De certa forma, sua honra está em jogo: ele precisa ludibriar tanto os soldados de escolta quanto os guardas. Ludibria-os bem: um ladrão experiente sempre consegue enganar aquele recrutazinho que o escolta por vezes. Decerto o soldado é observado previamente, levando-se ademais em consideração a hora e o lugar do trabalho. Se o preso for, por exemplo, forneiro e trabalhar em cima de um forno, quem verá o que está fazendo ali? O soldado de escolta não vai subir atrás dele. Aproximando-se do presídio, o muambeiro segura, por via das dúvidas, uma moedinha, quinze ou vinte copeques de prata, e fica ao pé do portão à espera do cabo da guarda. O cabo examina de todos os lados e revista cada presidiário que volta do trabalho e só depois abre o portão do presídio. O transportador de bebidas presume de ordinário que não lhe apalpem, por mera vergonha, certas partes do corpo com muito afinco. No entanto, o cabo perspicaz alcança, de vez em quando, aqueles esconderijos também e descobre lá a bebida. Então resta apenas o último recurso: calado, o muambeiro põe na mão do cabo a moedinha que está segurando e faz isso de modo que o soldado de escolta não se aperceba de nada. Acontece que, graças a essa manobra, ele logra êxito em entrar no presídio e levar a bebida para lá. Mas vez por outra a manobra fracassa e, nesse caso, o muambeiro tem de pagar com seu único capital, quer dizer, com seu dorso. O major fica informado, o capital apanha e apanha para valer, o vinho acaba confiscado em favor das autoridades, e o muambeiro assume toda a culpa, sem delatar o empresário, porém, note-se a propósito, não faz isso por aversão a delações, mas unicamente porque a delação não lhe é proveitosa: castigá-lo-iam em qualquer caso, e seu consolo consistiria apenas em terem castigado os dois. Ainda precisa de seu empresário, se bem que, segundo o costume e o acordo prévio, o muambeiro não receba do empresário sequer um copeque pelo seu dorso açoitado. Quanto às delações em geral, elas estão habitualmente em voga. O delator não é submetido no presídio à mínima humilhação; nem se pensa em nutrir ódio por ele. Não o hostilizam, tratam-no com amizade, de modo que, se começássemos a provar aos presidiários toda a infâmia da delação, estes não nos compreenderiam. Aquele fidalgo torpe e depravado com que eu cortara todas as relações andava com Fêdka, o ordenança do major, e servia-lhe como espião, enquanto Fêdka levava tudo o que ouvia falar sobre os presos ao conhecimento do seu chefe. Todos sabiam disso em nosso meio, mas a ideia de punir ou, pelo menos, de exprobrar aquele canalha nunca veio à cabeça de ninguém.

Eis que me afastei outra vez do relato. É claro que de vez em quando o vinho é trazido, com êxito, ao presídio; então o empresário recolhe as tripas, paga ao transportador e põe-se a calcular. Conforme seus cálculos, a mercadoria lhe custa caro demais; portanto, a fim de aumentar seus lucros, ele a transfere para outro recipiente, diluindo-a novamente com água, quase pela metade, e, assim preparado, fica à espera do comprador. Na primeira festa que vier, ou mesmo nos dias úteis, o comprador aparece: é um detento que trabalhou, por vários meses, feito um boi na lavoura e dessa maneira amealhou um dinheirinho para gastá-lo todo num dia predestinado à bebedeira. Esse dia se apresenta, bem antes ainda que chegue de fato, nos belos sonhos noturnos e diurnos do pobre trabalhador, amparando-o, espiritualmente, com seu encanto naquele tedioso ambiente da vida carcerária. Afinal, a aurora do dia feliz desponta no oriente; o dinheiro acumulado não foi confiscado nem furtado, e o detento entrega-o ao bodegueiro. Este lhe serve, primeiro, um vinho relativamente puro, isto é, diluído apenas duas vezes; mas, à medida que a garrafa se esvazia, a água vem substituindo, de imediato, o vinho consumido. Paga-se, por uma xícara desse vinho, o quíntuplo ou o sêxtuplo de seu preço inicial. Dá para imaginar quantas xícaras é preciso beber e quanto dinheiro desembolsar para ficar enfim bêbado! No entanto, por falta de hábito e em razão de sua abstinência precedente, o preso não demora a embriagar-se e, de ordinário, continua a beber até que gaste todo o seu dinheiro. Aí lança mão de todas as suas roupas novas: o bodegueiro é, ao mesmo tempo, um usurário. A princípio ele se apossa dos pertences pessoais que seu freguês acaba de adquirir, em seguida apreende seus trapos velhos e, finalmente, os bens do presídio. Ao gastar tudo, até a última bugiganga, o beberrão vai dormir e, acordando no dia seguinte com o inevitável charivari na cabeça, recorre ao bodegueiro com vãos pedidos de lhe servir, ao menos, um gole de vinho para remediar a ressaca. Resigna-se tristemente à sua desgraça e, no mesmo dia, volta a trabalhar; de novo passa vários meses penando, sem desencurvar o pescoço, e sonha com aquele abençoado dia da sua farra que se foi para todo o sempre, depois começa aos poucos a recuperar o ânimo e a esperar pelo próximo dia feliz que ainda está longe, mas certamente virá, apesar de tudo, por sua vez.

Quanto ao bodegueiro, este acaba por ganhar uma importância enorme, algumas dezenas de rublos, e arranja o vinho pela última vez, mas não o dilui mais com água porque o reserva para si próprio: chega de vender, está na hora de festejar! Aí vêm a farra, a bebedeira, a comilança, a música. Dispondo de grandes meios, o bodegueiro molha a mão dos oficiais de posto mais baixo no comando do presídio. Às vezes tal festança dura por vários dias. Entenda-se bem que o vinho reservado se consome depressa; então o festeiro vai tratar com outros bodegueiros, que já esperam por ele, e bebe até perder seu último copeque. Por mais que os presos cuidem daquele patusco, os comandantes superiores, o oficial da guarda ou o próprio major, reparam vez por outra nele. Arrastam-no para o *corps de gardes*, confiscam seus capitais, se ele os tiver consigo, e açoitam-no para encerrar o caso. Mal se recobra, o bodegueiro volta ao presídio e, dias depois, retoma o seu negócio. Alguns dos patuscos (riquinhos, bem entendido) sonham também com o sexo amável. Gastam, por vezes, muito dinheiro e deixam furtivamente a fortaleza nas horas de trabalho, indo ao *Vorstädt* com um vigia subornado. Ali, numa casinha escondida bem nos confins da cidade, faz-se um rega-bofe e dilapidam-se quantias realmente consideráveis. Não estranham o presidiário que tem dinheiro; quanto ao vigia, escolhem-no de antemão e com bom conhecimento de causa. Em regra, tais vigias são, eles mesmos, futuros candidatos à cadeia. Aliás, tudo se pode fazer por dinheiro, e semelhantes viagens permanecem quase sempre em segredo. Cumpre-me acrescentar que ocorrem raríssimas vezes, pois demandam muito dinheiro: os amantes do belo sexo utilizam-se de outros recursos, totalmente seguros.

Desde os primeiros dias de minha vida carcerária, um jovem detento, um garoto bem bonitinho, despertou em mim uma curiosidade particular. Chamava-se Sirótkin. Era uma criatura assaz enigmática em muitos sentidos. Antes de tudo, surpreendeu-me o lindo semblante daquele rapaz de, no máximo, uns vinte e três anos. Mantinham-no na divisão especial, ou seja, no meio dos condenados à prisão perpétua; por conseguinte, era tido por um dos mais importantes criminosos militares. Dócil e sossegado, ele falava pouco, ria raramente. Tinha olhos azuis, feições regulares; seu rostinho era limpinho e terno, seus cabelos castanho-claros. Era um menino tão bonitinho que nem a cabeça meio raspada o tornava por demais feio. Não tinha nenhuma profissão, mas arranjava dinheiro amiúde, se bem que vintém por vintém. Estava visivelmente relapso, vestia-se mal. Quando alguém estranho lhe dava boas roupas, às vezes mesmo uma camisa vermelha, Sirótkin ficava, em aparência, contente com isso: andava pelas casernas, todo exibido. Não bebia nem jogava baralho, não brigava quase com ninguém. Acontecia-lhe vaguear detrás das casernas, tranquilo e pensativo, com as mãos nos bolsos. Nem daria para imaginar o que ele pensava então. A gente chamava-o, de vez em quando, por curiosidade, perguntava alguma coisa, e ele respondia logo, até com certo respeito ao invés dos outros detentos, mas sempre de forma concisa, sem entrar na conversa, e aparentava, nesse meio-tempo, uma criança de dez anos. Ganhando o seu dinheirinho, não comprava nada que lhe fosse necessário, não mandava consertar seu blusão nem arranjava novas botas, mas comprava *kalatchs* ou pãezinhos de mel e lambuzava-se como se tivesse uns sete anos de idade. "Iih, Sirótkin!" — diziam-lhe, por vezes, os presidiários. "Que órfão[44] de Kazan tu és!" Nas

[44] Consta do original um jogo de palavras intraduzível, sendo o sobrenome Sirótkin (Сироткин) derivado da palavra russa "órfão" (сирота).

horas vagas costumava andar pelas casernas alheias: quase todos se ocupavam de seus negócios, só ele não tinha o que fazer. Se lhe diziam algo, quase sempre por mero escárnio (caçoava-se com frequência dele e de seus companheiros), virava, sem uma palavra, as costas e ia a outra caserna; às vezes, quando o escarneciam demasiadamente, ficava vermelho. Não raro eu pensava: por que esse ser humilde e cândido tinha vindo ao presídio? Certa feita estava internado no hospital, na enfermaria dos presos. Sirótkin também estava doente, seu leito avizinhava o meu. Um dia travamos conversa ao cair da noite; ele se animou por acaso e, palavra vem, palavra vai, contou-me como fora alistado no exército, como sua mãe chorava ao despedir-se dele e como era difícil a vida dos recrutas. Acrescentou que não conseguia, de modo algum, suportar aquela vida, pois todos ali eram tão furiosos, tão severos, e os oficiais quase sempre estavam descontentes com ele...

— E que fim tu levaste? — perguntei eu. — Por que foi que vieste parar aqui? E, ainda por cima, na divisão especial... Ah, Sirótkin, Sirótkin!

— É que eu, Alexandr Petróvitch, servi no batalhão só um ano e vim parar aqui porque matei Grigóri Petróvitch, o comandante da minha companhia.

— Ouvi falarem nisso, Sirótkin, mas não acreditei. Quem foi que tu pudeste matar?

— Aconteceu, Alexandr Petróvitch, daquele jeito. Não tinha mais forças pra suportar aquela vida.

— E como é que os outros recrutas vivem? É difícil, por certo, mas só no começo; depois eles se acostumam e, veja bem, tornam-se bons soldados. Talvez a mãe te tenha mimado demais; talvez te tenha nutrido com pãezinhos de mel e leitinho até os dezoito anos.

— É verdade que a mãezinha me amava muito. Quando virei necruta,[45] caiu logo de cama e, pelo que ouvi falar, não se levantou mais... Fiquei amargado enfim, além das medidas, com essa necrutaria. O comandante não gostava de mim, castigava por tudo, mas por quê? Obedeço a todos, vivo como se deve: não tomo vinhozinho nem tou roubando coisa nenhuma; e o negócio tá feio, Alexandr Petróvitch, se a gente anda roubando. E todos, à minha volta, têm o coração tão duro, e não tenho nem onde chorar um pouquinho. A gente se esconde, às vezes, num canto qualquer e chora. Um dia, pois, fico de sentinela. Já é de noite; botaram-me pra vigiar a casa de guarda, junto daqueles suportes de rifles. Tava ventando: era outono e não dava pra ver coisa nenhuma, nem que a gente se arranque o olho. E eis que fiquei tão triste, tão enojado! Peguei então o meu rifle, tirei a baioneta e deixei-a por perto; depois tirei a bota direita, apertei a boca do rifle ao meu peito e, com o dedão do pé, puxei o gatilho. E eis que o rifle falhou! Examinei-o, limpei a carga, coloquei pólvora fresca, ajustei um pouco a pederneira e apontei-o outra vez para o peito. E daí? A pólvora se acendeu, mas o rifle não disparou! O que é isso? — pensei. Pus de volta a baioneta, calcei de novo a bota; tornei a andar, calado. E foi então que decidi com firmeza: faça a gente o que fizer, mas cairá fora da necrutaria! Meia hora mais tarde vem o comandante pra conferir a guarda. E parte logo pra cima de mim: "É desse jeito que se portam as sentinelas?". Peguei então o meu rifle e enfiei a baioneta nele até o fim. Levei quatro mil varadas e vim direto pra cá, pra nossa divisão especial...

[45] Corruptela pejorativa do nome "recruta".

Ele não mentia. E por que é que o teriam mandado para a divisão especial? Os crimes comuns acarretam punições bem mais leves. Aliás, dentre todos os seus companheiros, só Sirótkin era tão bonitinho. No tocante aos outros criminosos, semelhantes a ele, que eram em nosso meio umas quinze pessoas, o estranhamento surgia já de olhar para eles: apenas dois ou três rostos pareciam ainda suportáveis, e os demais presos eram todos tão feios e sujos, de orelhas tortas e, por vezes, até de cabelos brancos. Numa ocasião oportuna, se as circunstâncias me permitirem, vou contar sobre toda essa súcia em separado. Quanto a Sirótkin, ele andava frequentemente com Gázin, aquele valentão que me proporcionou o tema deste capítulo, dizendo eu que irrompera bêbado na cozinha e deixara emaranhadas as minhas noções iniciais da vida carcerária. O tal de Gázin era um ser horripilante. Impunha a todos uma impressão medonha e dolorosa. Eu mesmo sempre achava que não havia entes mais violentos e monstruosos que ele. Já vira em Tobolsk[46] o salteador Kâmenev, famoso por suas atrocidades; vira depois Sokolov, desertor condenado por terríveis assassinatos. Mas nenhum desses homens me causara uma impressão tão execrável como Gázin. Cheguei a imaginar, algumas vezes, que uma enorme, gigantesca aranha, aranha do tamanho de um homem, estava na minha frente. Era um tártaro de força descomunal, mais forte que todos os nossos presidiários; de estatura acima da média e compleição hercúlea, tinha uma cabeça horrível, desproporcionalmente imensa, andava meio curvado,

[46] Cidade na parte ocidental da Sibéria.

olhava carregando o cenho. Muitos boatos estranhos corriam a seu respeito em nosso presídio: sabia-se que era dos militares, mas os detentos comentavam entre si — não sei se aquilo era verdade — que era um foragido de Nêrtchinsk,[47] que fora mandado mais de uma vez para a Sibéria e fugira mais de uma vez, que usara nomes falsos e, afinal de contas, chegara ao nosso presídio, à sua divisão especial. Contava-se também que outrora ele gostava de degolar as crianças por mera diversão: levava uma criança para algum lugar recôndito; primeiro a assustava, depois a torturava e, plenamente satisfeito com o terror e a angústia da pobre pequena vítima, acabava por degolá-la calma e lentamente, com todo o prazer. Talvez inventassem aquilo tudo, por causa da penosa impressão geral que Gázin produzia no meio dos presos, mas todas aquelas histórias combinavam, de certa forma, com ele, pareciam verídicas. Entretanto, no seu dia a dia carcerário, ele se comportava, a menos que estivesse embriagado, com muita sensatez. Andava sempre tranquilo, nunca brigava com ninguém, evitando quaisquer confusões como se desprezasse os outros presos ou se considerasse superior a todos eles; falava bem pouco e mostrava-se, como que de propósito, arredio. Todos os seus movimentos eram vagarosos e calmos, cheios de autoconfiança. Seus olhos testemunhavam que não era nada bobo e revelavam extrema astúcia; porém algo assoberbado, sarcástico e cruento sempre transparecia em sua cara e seu sorriso. Ele vendia bebidas

---

[47] Cidade na região do lago Baikal, próxima às fronteiras da Mongólia e da China: um dos principais centros de trabalhos forçados na época de Dostoiévski.

e era um dos bodegueiros mais abastados de nosso presídio. Contudo, umas duas vezes por ano, ele próprio se enchia de vinho e toda a bestialidade da sua natureza se manifestava nessas ocasiões. Embriagando-se pouco a pouco, Gázin começava por provocar as pessoas com seus gracejos maldosos, certeiros e como que preparados há tempos; por fim, totalmente bêbado e tomado de uma fúria aterradora, empunhava uma faca e atacava-as. Conhecendo a sua força irresistível, os presos corriam para todos os lados e escondiam-se; então ele se atirava contra qualquer homem que visse pela frente. Mas foi encontrado, logo, um meio de reprimi-lo. Uns dez homens da sua caserna partiam, de súbito, para cima dele e espancavam-no todos juntos. Não é possível imaginar algo mais cruel do que aquele espancamento: desferiam-se golpes em seu peito, embaixo do coração, no estômago e no ventre; surravam-no por muito tempo e paravam apenas quando ele perdia todos os seus sentidos e ficava como morto. Não ousariam bater assim noutra pessoa: bater assim significava matar qualquer um, à exceção de Gázin. Uma vez espancado, envolviam-no em sua peliça e, totalmente desfalecido, carregavam-no até a tarimba: "Vai recuperar-se!". De fato, pela manhã ele se levantava quase saudável e ia trabalhar, taciturno e lúgubre. Então, cada vez que Gázin se embebedava, todos os presidiários já sabiam que terminaria seu dia levando sem falta uma sova. Ele próprio também estava ciente disso, mas, nada obstante, embebedava-se. Foi dessa maneira que se passaram vários anos. Percebeu-se enfim que Gázin começara a ceder. Queixava-se de dores por todo o corpo, definhava a olhos vistos, ia volta e meia ao hospital... "Rendeu-se, pois!" — falavam dele os presos.

Gázin entrou acompanhado por aquele asqueroso polacozinho, violinista que os patuscos contratavam por hábito a fim de garantir a plenitude do seu divertimento, e ficou plantado no meio da cozinha, examinando, sem uma palavra, todos os presentes. Todos se calaram. Avistando, por fim, a mim, bem como o meu companheiro, olhou para nós de modo maldoso e escarninho, sorriu com soberba, tomou aparentemente alguma decisão e, balançando de um lado para o outro, aproximou-se da nossa mesa.

— Permitam-me perguntar — começou ele (falava russo) — com que dinheiro é que se dignam a tomar esse chazinho aí?

Calado, troquei uma olhadela com meu companheiro; entendia que o melhor era manter a boca fechada e não lhe responder. Gázin se enfureceria com a primeira objeção que ouvisse.

— Pois então têm dinheiro? — continuou ele a interrogar-nos. — Pois então têm montes de grana aí, hein? E foi para isso que vieram à cadeia, para tomar seu chazinho? Vieram tomar chazinho, pois? Falem comigo, andem, que o diabo...

Mas, percebendo que resolvêramos permanecer em silêncio e não lhe dar atenção, ficou todo rubro e trêmulo de raiva. Estava ao seu lado, num canto, um grande tabuleiro em que se punham todas as fatias de pão preparadas para o almoço ou o jantar dos detentos. Era tão grande que o pão cortado para metade do presídio cabia nele e, em dado momento, estava vazio. Gázin pegou-o com ambas as mãos e ergueu-o sobre as nossas cabeças. Por um pouco tê-las-ia esfacelado! Embora o homicídio ou a intenção de matar alguém ameaçasse todo o presídio de contratempos extraordinários — seriam deflagradas investigações e buscas, aumentaria a severidade do regime carcerário — e os detentos fizessem de tudo para evitar tais distúrbios extremos e generalizados, quietaram-se logo todos, esperando pelo desfecho. Nem meia palavra em nossa defesa! Nem um grito contra Gázin — tamanho era o ódio que eles sentiam por nós! Aquela situação perigosa agradava-lhes, pelo visto, em cheio... Felizmente tudo acabou bem: ele já ia baixar o tabuleiro quando alguém gritou na antessala:

— Gázin! Roubaram o teu vinho!...

Com todas as forças, ele jogou o tabuleiro no chão e, feito um louco, saiu correndo da cozinha.

— Foi Deus quem salvou! — diziam os presos entre si. E continuariam por muito tempo a dizer isso.

Não pude saber depois se a notícia do vinho roubado era verdadeira ou forjada, na hora certa, para salvar-nos.

De noite, já na escuridão, antes de as casernas ficarem trancadas, andava ao longo da paliçada, e uma pesada tristeza desabou sobre a minha alma, e nunca mais, em toda a minha vida carcerária, eu tornaria a sentir tamanha tristeza. É penoso aturar o primeiro dia de reclusão, seja onde for: num presídio, numa casamata, nas horas de trabalho forçado... Mas, pelo que me lembro, o pensamento que mais me preocupava e que depois me perseguiria, obsessivo, durante toda a minha permanência no presídio era um pensamento em parte imperscrutável, indecifrável para mim até hoje: se existe igualdade na punição pelos mesmos crimes. É verdade que tampouco se pode comparar um crime com o outro, nem que seja por alto. Eis um exemplo: dois réus cometeram homicídios; foram ponderadas todas as circunstâncias de ambos os casos, e ambos os crimes merecem praticamente a mesma punição. Entretanto, vejam bem qual diferença desses dois crimes! Um facínora, por exemplo, degolou um homem assim, por nada, por uma cebola: foi para a grande estrada, degolou um mujique que ali passava e encontrou com este apenas uma cebola. "Olha, paizinho! Foste tu que me mandaste roubar: matei, pois, um mujique e ele só tinha uma cebola no bolso." — "Bobalhão! Uma cebola é que nem um copeque. Cem almas dão cem cebolas, e eis aí um rublo!" (esta é uma lenda carcerária). E o outro matou defendendo de um tirano voluptuoso a honra de sua noiva, irmã ou filha. Um mata por ser mendicante, ou então caçado por todo um regimento de policiais, protegendo a sua liberdade, a sua vida, muitas vezes morrendo de fome; o outro degola as crianças por mero prazer de degolá-las, de sentir seu sangue quente escorrer pelas mãos, de saciar-se com seu pavor, com o último estremecer dos pombinhos sob a faca apontada. E daí? Ambos são condenados aos mesmos trabalhos forçados. É verdade que há variações nos prazos das sentenças proferidas. Mas essas variações são relativamente poucas, enquanto as variações do mesmo gênero de crimes são incontáveis. Cada caráter é uma variação. Suponhamos, porém, que não seja possível reconciliar, nivelar essas diferenças, que seja, de certa forma, um problema irresolúvel — digamos, uma quadratura do círculo. Mas, mesmo se tal desigualdade não existisse... Vejam a outra diferença, a diferença das próprias consequências que causa a punição. Eis um homem que definha no presídio, que se derrete como uma velinha; eis outro homem que, antes de chegar à prisão, nem sabia que há neste mundo uma vida tão folgada assim, um clube tão agradável de camaradas valentes. Sim, tais sujeitos vêm aos presídios. Eis, por exemplo, um homem instruído, dotado de consciência desenvolvida, com juízo e coração. Apenas a dor de seu próprio coração vai matá-lo, antes de quaisquer punições, com suas torturas. Ele condenará a si mesmo pelo seu crime, mais inexorável, mais implacável que a lei mais severa. E eis, ao seu lado, outro homem que nem sequer pensará no assassinato que cometeu, nenhuma vez no decorrer de sua sentença. Achará mesmo que tem razão. Há também criminosos que cometem seus delitos propositalmente, só para ficarem presos e, desse modo, livrarem-se de sua vida em liberdade, incomparavelmente mais difícil que a carcerária. Lá o criminoso vivia no último degrau de humilhação, nunca comia à farta e trabalhava dias inteiros para o seu empregador; no presídio o trabalho é mais fácil que em casa, o pão não falta, e o criminoso ainda não viu pães tão bons assim, há carne de vaca nos dias festivos, há esmola e possibilidade de ganhar um copequezinho. E a sociedade? É um povo ladino, hábil, onisciente; e o detento mira seus companheiros com uma admiração respeitosa: nunca viu ainda tais homens e chega a tomá-los pela mais alta sociedade que pode existir na face da terra. Será que a punição é igualmente sensível para essas duas pessoas? Aliás, não adianta ocupar-me de questões sem solução! O tambor está rufando: é hora de voltar para a caserna.

IV
Primeiras impressões

Começou a última chamada. Após essa chamada as casernas ficavam trancadas, cada uma com seu cadeado especial, e os detentos permaneciam confinados até o amanhecer.

A chamada era realizada por um sargento e dois soldados. Com essa finalidade os presos enfileiravam-se, de vez em quando, no pátio, e um oficial da guarda vinha conferir a sua presença. Mas, na maioria das vezes, toda aquela cerimônia se efetuava "em domicílio": a presença dos presos era conferida de caserna em caserna. Isso se fazia agora. Os pobres guardas se enganavam amiúde, erravam de cálculo, iam embora e retornavam. Chegaram, afinal, ao número desejado e trancaram a nossa caserna. Cabiam nela uns trinta detentos, bem apertados em suas tarimbas. Ainda era cedo para dormir. Cada um devia, obviamente, arranjar alguma ocupação.

De todos os superiores ficava na caserna apenas aquele inválido que eu já havia mencionado. Cada caserna dispunha também de um preso-mor designado pelo próprio major — bem entendido, por sua boa conduta. Não raro ocorria que tais presos-mores, por sua vez, eram flagrados cometendo faltas graves; então os açoitavam, retiravam-lhes, de imediato, a sua distinção e substituíam-nos por outros presos. O mor de nossa caserna era Akim Akímytch que, para minha surpresa, ralhava frequentemente com os detentos. De praxe, estes lhe respondiam com zombarias. O inválido era mais inteligente que ele e não se intrometia em nada; se lhe acontecia, vez por outra, mover a língua, era tão só por convenção, para aliviar sua consciência. Taciturno, estava sentado no seu catre e consertava a sua bota. Os presos não lhe davam quase nenhuma atenção.

Fiz, naquele primeiro dia de minha vida carcerária, uma observação e convenci-me mais tarde de que era justa. A saber: todos os que não são presidiários, sejam quem forem, a começar por aqueles que têm uma ligação direta com os detentos — os soldados de escolta e guarda, bem como todos, de modo geral, que tiverem algo a ver com o dia a dia do presídio — olham para os presidiários com certo exagero, como se estivessem aguardando, inquietos, que a qualquer momento um preso qualquer ataque um deles com uma faca na mão. O mais notável, porém, é que os próprios detentos percebem que os outros têm medo deles, e isso lhes dá, pelo visto, uma espécie de ousadia. No entanto, o melhor comandante dos presidiários é exatamente aquele que não os teme. E geralmente, apesar de ousados, os próprios detentos se sentem muito mais à vontade se o superior confia neles. Até se pode atrair, dessa forma, sua simpatia. Em meus tempos de presidiário, acontecia, embora raríssimas vezes, algum dos comandantes entrar no presídio sem escolta. Seria preciso ver como aquilo impressionava os presos — impressionava de maneira positiva. Um visitante tão corajoso assim sempre incitava respeito, e, mesmo que algo ruim pudesse de fato ocorrer, não ocorreria em sua presença. O medo imposto pelos presos surge em todo lugar onde há presos, e eu não sei, na verdade, o que causa esse medo em si. É claro que tem alguns fundamentos, a começar pela aparência física do detento, um criminoso reconhecido como tal; além disso, qualquer pessoa que se aproximar do presídio sente que toda aquela massa humana não se reuniu ali por sua vontade e que, apesar de todas as medidas, um homem vivo não pode ser transformado num cadáver: ele preservará suas emoções, sua sede de vingança e de vida, suas paixões e sua necessidade de saciá-las. Ainda assim, estou decididamente convencido de que não se deve temer os presos. Não é tão fácil nem tão rápido assim um homem agredir outro homem a facadas. Numa palavra, se o perigo for mesmo possível, se surgir certa feita, a raridade de tais acidentes permite concluir diretamente que o risco é ínfimo. Entenda-se bem que falo agora tão só dos criminosos já condenados, muitos dos quais estão até mesmo contentes de terem chegado, enfim, ao presídio (assim é que sua nova vida pode ser boa!) e consequentemente se dispõem a viver de modo pacífico e pacato; quanto àqueles que forem de fato irrequietos, seus próprios companheiros não os deixarão passar dos limites. Cada presidiário, por mais ousado e destemido que seja, tem medo de tudo na cadeia. O réu que ainda não foi condenado é um caso distinto. Ele é realmente capaz de atacar alguém sem motivo, apenas porque há de ser castigado, por exemplo, no dia seguinte: se um novo crime for cometido, a pena ficará decerto postergada. Seu ataque tem uma razão e um objetivo: "mudar seu destino", custe o que custar e o mais depressa possível. Conheço mesmo um estranho caso psicológico desse gênero.

Na divisão militar do nosso presídio havia um soldadinho preso, não destituído de seus direitos sociais, mas condenado apenas a uns dois anos de prisão, fanfarrão e covarde até dizer chega. Em geral, a combinação de fanfarrice e de covardia revela-se num soldado russo em casos excepcionais. Nosso soldado se vê sempre tão ocupado que, mesmo se quisesse fanfarronar, não teria lazer para isso. Todavia, sendo já fanfarrão, é quase sempre preguiçoso e covarde. Dútov (o sobrenome daquele detento) cumpriu, afinal, sua branda sentença e regressou aos batalhões de linha. Mas, como todos os seus semelhantes, ou seja, reclusos no presídio para criarem juízo, estragam-se lá por completo, acontece de ordinário que, ao passar, quando muito, duas ou três semanas em liberdade, eles são novamente julgados e voltam para o presídio, só que não mais condenados a dois ou três aninhos e, sim, ingressando na divisão "perpétua" por quinze ou vinte anos. Foi isso que aconteceu. Umas três semanas depois de sair da cadeia, Dútov roubou alguma coisa e, ainda por cima, fez violentos desacatos. Foi julgado pelo tribunal e condenado a uma severa pena. Temendo o futuro castigo em extremo, até não aguentar mais o medo como o covarde mais miserável, atirou-se, com uma faca na mão, contra o oficial da guarda que entrara, na véspera daquele dia em que o fariam passar através das duas fileiras,[48] em sua cela. Por certo, compreendia muito bem que com esse ato aumentariam excessivamente sua sentença e seu prazo de trabalhos forçados. Visava precisamente adiar, nem que fosse por alguns dias ou algumas horas, o terrível momento do castigo! Era tão pusilânime que, atacando o oficial com a faca, nem sequer o feriu, mas fez tudo de mentirinha, apenas para que seu novo crime desse margem ao novo julgamento.

---

[48] Dostoiévski tem em vista o supracitado castigo corporal que os presidiários russos chamavam de "rua verde".

O momento que antecede o castigo corporal é, com certeza, terrível para o condenado, e, ao longo de alguns anos, eu cheguei a ver vários réus às vésperas daquele dia fatal. Costumava encontrá-los no hospital, internado eu mesmo nas enfermarias dos presos, o que me acontecia volta e meia. Todos os detentos de toda a Rússia sabem que as pessoas mais compassivas com eles são os médicos. Jamais discriminam um preso dos outros homens, como fazem, involuntariamente, quase todas as pessoas estranhas, talvez à única exceção do povo mais rude. Este nunca censura o preso pelo seu crime, por mais horrendo que seja, e perdoa-lhe tudo à vista da punição que ele sofreu e de seu sofrimento em geral. Não é à toa que o povo de toda a Rússia chama o crime de desgraça e os criminosos de desgraçados. Essa definição é profundamente significativa. É mais importante ainda por ter sido feita de modo inconsciente, instintivo. Quanto aos médicos, em muitos casos são um verdadeiro amparo para os presos, sobretudo para os réus cujo regime de detenção é mais severo que o dos já condenados... E eis que, ao calcular o provável dia do seu terrível castigo, o réu vai com frequência para o hospital, querendo adiar, pelo menos um pouco, aquele nefasto momento. Quando recebe alta, quase seguro de que o dia fatal é amanhã, fica na maioria das vezes muito aflito. Alguns réus procuram ocultar suas emoções por amor-próprio, mas sua canhestra e falsa bravata não ilude seus companheiros. Todos entendem de que se trata e permanecem calados por compaixão. Conheci um detento, um jovem soldado homicida que fora condenado ao açoitamento completo.[49]

[49] A maior pena corporal, que totalizava, em termos da específica lei militar de 1839, 6 mil varadas.

Ele estava tão desanimado que decidiu, na véspera do castigo, tomar uma tampinha de vodca misturada com o rapé. A propósito: o vinho é sempre servido aos réus antes do castigo corporal. Trazem-no bem antes do prazo, conseguindo-o com muito dinheiro, e o réu está disposto a negar a si próprio, durante meio ano, tudo o que lhe for mais necessário a fim de amealhar uma quantia suficiente para comprar um quarto de *stof*[50] de vinho que tomará um quarto de hora antes do seu castigo. Existe, aliás, no meio dos presos a convicção de que um bêbado sente menos aquela dor causada pelos golpes de chicote ou de vara. Contudo, afastei-me do meu relato. Ao tomar sua tampinha de vodca, o pobre rapaz ficou realmente doente: começou a vomitar sangue e foi levado ao hospital quase desacordado. Aqueles vômitos lhe prejudicaram tanto o peito que se revelaram nele, ao cabo de alguns dias, os sinais de uma verdadeira tísica,[51] de que o soldado morreu meio ano mais tarde. Os médicos que o tratavam da tísica não sabiam o que a ocasionara.

Mas, contando sobre a pusilanimidade que os criminosos manifestam amiúde antes do castigo corporal, devo acrescentar que alguns deles, bem ao contrário, surpreendem a quem os observa com sua extraordinária impavidez. Recordo-me de vários exemplos de denodo que beirava uma espécie de insensibilidade, exemplos que não eram, aliás, nada raros. Recordo-me, em particular, do meu encontro com um

---

[50] Arcaica unidade de medida de volume russa, equivalente a 1/10 do balde (1,23 litros); assim, um quarto de *stof* equivale a 307,5 ml de bebida alcoólica.

[51] Antiga denominação da tuberculose pulmonar.

criminoso temível. Num dia de verão, espalhou-se pelas casernas do presídio o rumor de que à noite iam castigar um famigerado bandoleiro dos antigos desertores, um tal de Orlov, levando-o, após o açoitamento, para o hospital. Os presidiários doentes afirmavam, à espera de Orlov, que o castigariam com crueldade. Todos estavam, em certo grau, emocionados, e confesso que eu também aguardava a chegada do bandoleiro mal-afamado com uma curiosidade extrema. Havia tempos que se narravam milagres a seu respeito. Era um daqueles facínoras que são poucos, homem que tinha assassinado a sangue-frio anciães e crianças, dotado de uma força de vontade aterradora e orgulhosamente consciente dessa força. Reconhecera-se culpado de muitos assassinatos e, condenado ao açoitamento, ia passar através das fileiras. Trouxeram-no mesmo à noite. Como já havia escurecido, umas velas foram acesas na enfermaria. Orlov estava quase inconsciente, de rosto lívido; seus cabelos espessos e negros como o piche estavam todos emaranhados. A cor de seu dorso intumescido tirava a azul de mistura com sangue. Os presos passaram a noite inteira cuidando dele: traziam-lhe água, viravam-no de um lado para o outro, davam-lhe remédios, como se tomassem conta de um parente ou de um benfeitor amado. E no dia seguinte ele recuperou plenamente os sentidos e caminhou, umas duas vezes, pela enfermaria! Isso me espantou, tendo ele chegado ao hospital fraco e alquebrado em demasia. Levara de vez metade de todas as chibatadas que lhe cabiam. O médico interrompeu a execução só quando percebeu que a continuação do açoitamento significaria a morte iminente do criminoso. Além disso, Orlov era de estatura pequena e de compleição débil, estando, ainda por cima, enfraquecido por uma longa reclusão precedente ao julgamento. Quem já encontrou, em qualquer ocasião, alguns réus, decerto se lembrará por muito tempo de seus rostos extenuados, magros e pálidos, de seus olhares febricitantes. Apesar de tudo, Orlov se recuperava depressa. Sua interna energia espiritual proporcionava aparentemente muita ajuda à sua natureza física. De fato, era um homem fora do comum. Curioso que estava, conheci-o de perto e passei uma semana inteira a estudá-lo. Posso dizer com imparcialidade que nunca, em toda a minha vida, encontrara um homem mais forte, provido de um caráter mais férreo do que ele. Já tinha visto uma vez, em Tobolsk, uma celebridade da mesma espécie, um cabecilha de salteadores. Era um bicho puro e arrematado: aproximando-se dele e ainda sem saber o seu nome, a gente já sentia instintivamente que estava ao lado de um ser monstruoso. Mas o que me terrificava naquele homem era o embrutecimento de seu espírito. A carne sobrepujava tanto todas as qualidades espirituais dele que, desde a primeira vista, a gente adivinhava, pelo seu rosto, que só lhe restava uma sede selvagem de prazeres carnais, de volúpia e gula. Tenho a certeza de que Kórenev — o sobrenome daquele bandido — ficaria mesmo desanimado e tremeria de medo ante o castigo corporal, embora fosse capaz de matar pessoas sem franzir o sobrolho. Orlov lhe era diametralmente oposto. Evidenciava sua plena vitória sobre a carne. Via-se que aquele homem exercia um poderio irrestrito sobre si mesmo, desprezava quaisquer torturas e punições, e não tinha medo de nada neste mundo. Lobrigavam-se nele apenas energia inesgotável e sede de ação, de vingança, sede de alcançar o seu objetivo. Assombrou-me, entre outras coisas, sua estranha soberba. Ele olhava para tudo de uma maneira inacreditável, de cima para baixo, mas sem nenhum esforço para se postar nas altas pernas de pau e, sim, com toda a naturalidade. Acho que não havia, no mundo inteiro, ninguém que pudesse influenciá-lo apenas com sua ascendência. Ele considerava tudo com certa fleuma inopinada, como se não houvesse nada no mundo que pudesse espantá-lo. E, bem que entendesse perfeitamente que os outros detentos o tratavam com muito respeito, não se exibia nem um pouco na sua frente. Entretanto, a vaidade e a arrogância são inerentes a quase todos os detentos sem exceção. Não era nada tolo nem prolixo, embora falasse com uma estranha sinceridade. Às minhas perguntas respondia sem rodeios que esperava convalescer para se submeter logo ao castigo suspenso e que de início, antes do castigo, receara que não o suportasse. "Mas agora" — acrescentou, dando uma piscadela — "o negócio está feito. Vou levar as chibatadas que faltam e logo me enviarão, com uma caravana, para Nêrtchinsk, mas pelo caminho eu fugirei! Fugirei na certa! Tomara que as costas se sarem depressa!" E, durante todos aqueles cinco dias, esperou com sofreguidão pelo momento em que pudesse pedir alta. Enquanto esperava, ficava por vezes muito risonho e jovial. Tentei conversar com ele sobre as suas façanhas. O bandoleiro carregava um tanto o cenho, mas sempre respondia às minhas indagações com franqueza. Quando compreendeu que eu me achegava à sua consciência e buscava nele, ao menos, um pingo de arrependimento, fitou-me com desprezo e altivez sem tamanho, como se de repente me tivesse tornado, aos seus olhos, um garotinho pequeno e bobo com o qual nem se podia conversar de maneira adulta. Algo semelhante à pena de mim transpareceu, inclusive, em seu rosto. E um minuto depois ele me dirigiu, sem sombra de ironia, a mais ingênua das gargalhadas, e estou convencido de que, relembrando, a sós consigo mesmo, as minhas palavras, voltou, quem sabe, diversas vezes a rir-se de mim. Afinal recebeu alta, embora seu dorso ainda não estivesse de todo sarado; eu também fui liberado daquela feita, de modo que retornamos do hospital juntos: eu para o presídio e ele para o *corps de gardes*, próximo do presídio, onde já estivera mantido antes. Despedindo-se, ele me apertou a mão, o que era, da sua parte, um sinal de alta confiança. Acho que o fez por estar muito contente consigo e com aquele momento. No fundo, não podia deixar de desprezar-me e certamente me considerava uma criatura submissa, fraca, deplorável e, em todos os sentidos, inferior a ele. Logo no dia seguinte foi levado outra vez para o castigo...

Quando a nossa caserna ficou trancada, adquiriu de repente uma aparência especial, a de uma verdadeira morada, de um lar. Só então é que pude ver os detentos, meus companheiros, bem à vontade, como em sua casa. De dia os sargentos, os guardas e quaisquer superiores, em geral, podem entrar no presídio a qualquer momento, portanto todos os seus habitantes se conduzem de outra maneira, como se não estivessem plenamente tranquilos, como se aguardassem, tomados de inquietude, que algo ruim viesse a acontecer. Mas, uma vez trancada a caserna, todos se acomodaram logo em seus lugares e começaram, quase todos, algum trabalho manual. De chofre, a caserna ficou iluminada. Cada preso tinha a sua vela e o seu castiçal feito, na maioria das vezes, de madeira. Havia quem se pusesse a consertar suas botas ou costurar alguma roupa. O ar *mephiticus*[52] da caserna tornava-se mais pesado a toda hora. Um grupelho de patuscos instalou-se num cantinho, agachando-se diante de um tapete estendido para jogar baralho. Havia, em quase toda caserna, um detento que guardava um precário tapetezinho de um *archin*,[53] uma velinha e um baralho incrivelmente ensebado. Tudo isso se chamava *maidan*.[54] Seu proprietário cobrava dos jogadores uma taxa, uns quinze copeques por noite, e assim se sustentava. Os presos costumavam jogar de "três folhas", de "outeiro", etc. Todos os jogos presumiam apostas. Cada jogador colocava na sua frente um montículo de moedas de cobre — tudo quanto houvesse em seu bolso — e punha-se novamente em pé só depois de perder seus últimos vinténs ou ganhar dos seus companheiros. O jogo terminava às altas horas da noite, por vezes durava até o amanhecer, até o momento em que se abriam as portas da caserna. Em nosso cômodo, assim como em todas as outras casernas do presídio, havia sempre mendigos, *baiguchs*,[55] homens que tinham perdido todo o seu dinheiro com jogo ou bebida, ou simplesmente míseros por natureza. Digo "por natureza" e faço questão de usar esta expressão. O fato é que no

---

[52] Sufocante, miasmático (em latim).

[53] Antiga unidade de medida de comprimento russa, equivalente a 71 cm.

[54] Nome asiático da praça comercial e, neste contexto, gíria do submundo russo que significava um jogo de cartas ou um lugar oculto onde esse jogo se fazia.

[55] Nômades arruinados (em cazaque).

meio do nosso povo, sejam quais forem as circunstâncias e condições de sua vida, existem por toda parte e sempre existirão certos indivíduos estranhos, dóceis e não raro laboriosos, mas destinados, pelo próprio fado, a serem míseros até o fim dos tempos. São sempre solteiros, andam desleixados, sempre parecem algo oprimidos e, por algum motivo, aflitos, e sempre dependem de outras pessoas, habitualmente de farristas ou de alguém que ficou, da noite para o dia, rico e poderoso, e cumprem suas incumbências. Toda empresa, toda iniciativa são mal e pesar para eles, como se já tivessem nascido com a condição de nada empreenderem por sua vontade, mas só cumprirem as vontades de outrem, dançando conforme a música que os outros tocam: seu destino consiste em fazer o que os outros mandarem. E, além disso, nenhuma circunstância, nenhuma reviravolta seria capaz de enriquecê-los — eles estarão sempre pobres. Eu percebi que tais indivíduos existem não apenas no meio popular, mas também em quaisquer sociedades, classes sociais, partidos, jornais e associações. O mesmo se dava em toda caserna, em todo presídio: tão logo se compunha um *maidan*, aparecia de imediato um desses servos voluntários. E, de modo geral, nenhum *maidan* podia prescindir de um criado. Era contratado, de praxe, por todos os jogadores, que lhe pagavam uns cinco copeques de prata pela noite inteira, e sua função principal se limitava a ficar, durante a noite toda, de sentinela. Na maioria das vezes, ele passava umas seis ou sete horas postado na escuridão, algures na antessala, gelando com um frio de trinta graus, prestando ouvido a cada barulho, a cada tilintar, a cada passo lá fora. Às vezes o major ou os guardas entravam no presídio tarde e a más horas, em pleno silêncio, e apanhavam em flagrante os presos que jogavam ou trabalhavam usando as velas cuja luz se via ainda no pátio. Em todo caso, quando o cadeado da porta que conduzia da antessala para o pátio começava de súbito a ranger, já era tarde demais para se esconder, apagar as velas e deitar-se nas tarimbas. Mas, como o vigilante relapso levava depois uma surra de todo o *maidan*, tais acidentes lamentáveis aconteciam bem raramente. É claro que cinco copeques são uma recompensa ridícula, mesmo para um presídio, mas eu cá sempre ficava atônito com a severidade implacável dos contratantes, tanto nessa como em todas as outras ocasiões. "Pegaste o dinheiro, pois então serve!" — era o argumento que não admitia nenhuma objeção. Em troca da moedinha dada, o contratante tomava tudo quanto pudesse tomar, tomava, se possível, até mais que isso e pensava, ainda por cima, que fazia um favor ao contratado. Um patusco embriagado, que gastava seu dinheiro a torto e a direito sem contá-lo, nunca deixava de enganar o seu criado, e não foi num só presídio, nem num só *maidan*, que reparei nisso.

Já disse que quase todos os habitantes de nossa caserna tinham começado algum trabalho manual; à exceção dos jogadores, havia no máximo umas cinco pessoas totalmente ociosas que logo se deitaram para dormir. O lugar que me pertencia na tarimba encontrava-se junto da porta. Do outro lado da tarimba, face a face comigo, ficava Akim Akímytch. Ele trabalhou até as dez ou mesmo onze horas da noite, colando uma versicolor lanterninha chinesa que lhe tinham encomendado na cidade, por um preço bastante alto. Fazia aquelas lanterninhas com muito esmero, trabalhava metodicamente, sem relaxar;

ao terminar o trabalho, arrumou suas coisas, desdobrou seu colchãozinho, fez uma oração e, detento modelo, estendeu-se na sua cama. Pelo que se percebia, levava a boa conduta e a ordem até o mais chato pedantismo; decerto se achava um homem extremamente inteligente, como todas as pessoas obtusas e limitadas em geral. Eu não gostava de Akim Akímytch desde o primeiro dia, apesar de ter pensado muito nele, naquele primeiro dia, e ficado sobremaneira perplexo de que tal indivíduo, em vez de prosperar nesta vida, tivesse acabado no presídio. Depois me cumprirá falar, ainda mais de uma vez, de Akim Akímytch.

Entrementes, vou descrever sucintamente todos os habitantes de nossa caserna. Teria de passar ali muitos anos e todos eles seriam meus futuros vizinhos e companheiros. É claro que os examinava com uma ávida curiosidade. À esquerda da minha tarimba encontrava-se um grupo de montanheses caucasianos, condenados, em sua maioria por roubos, a diferentes prazos de reclusão. Eram dois lezguianos,[56] um tchetcheno e três tártaros do Daguestão. O tchetcheno era um ser soturno e intratável, não falava quase com ninguém e, o tempo todo, olhava ao seu redor com ódio, carregando o cenho e sorrindo de modo peçonhento, maldosamente desdenhoso. Um dos lezguianos, já velho, com um nariz aquilino, comprido e fino, parecia um malfeitor rematado. Em compensação, o outro lezguiano, Nurra, deixou-me, desde o primeiro dia, a impressão mais agradável e prazenteira. Era um homem de meia-idade, baixo e robusto como Hércules, de cabelos

[56] Povo caucasiano que habita no sul do Daguestão e no norte do Azerbaijão, perto do mar Cáspio.

absolutamente louros e olhos azul-claros; tinha um nariz arrebitado, uma cara de finlandesa e ambas as pernas tortas de ter andado incessantemente a cavalo. Todo o seu corpo estava cortado, ferido por baionetas e balas. Era um montanhês pacífico, lá no Cáucaso, mas volta e meia aderia, às ocultas, aos rebeldes e acompanhava-os em suas investidas contra os russos. Todos os presidiários gostavam dele. Estava sempre alegre, amigável com todo mundo; trabalhava sem protestar, comportava-se com toda a serenidade, ainda que a torpeza e a vilania da vida carcerária o deixassem muitas vezes indignado; revoltando-se até o furor contra toda e qualquer gatunagem, trapaça, bebedeira e toda ação desonesta em geral, não travava disputas, apenas virava as costas àquilo que o indignava. Ao longo de toda a sua reclusão, não cometeu, ele próprio, nenhum furto, não fez nenhuma coisa ruim. Era extremamente devoto. Orava com veneração; na expectativa das festas maometanas, jejuava como um fanático e passava noites inteiras rezando de joelhos. Todos gostavam dele e acreditavam em sua honestidade. "Nurra é um leão" — diziam os presos, e foi assim que ele adquiriu o apelido de leão. Estava totalmente convicto de que, uma vez terminado o prazo legal de trabalhos forçados, seria mandado de volta para o Cáucaso: só essa esperança o amparava! Parece-me que, perdendo-a, ele teria morrido. Aquele homem me saltara aos olhos desde o primeiro dia da minha permanência no presídio. Não se podia desperceber o seu rosto bondoso e simpático no meio das caras maldosas, sombrias e sarcásticas dos outros detentos. Encontrava-me no presídio havia só meia hora, quando ele me deu um tapinha no ombro, passando por perto e dirigindo-me uma risada amistosa.

Não consegui entender, a princípio, o que isso significava. E ele falava russo muito mal. Pouco depois, ele se aproximou de mim outra vez e deu-me, sorrindo, outro tapinha afetuoso no ombro. Voltou a fazê-lo diversas vezes durante três dias seguidos. Da sua parte, isso significava, como eu adivinharia e saberia mais tarde, que ele tinha pena de mim, sentia quão difícil era a minha adaptação ao presídio, queria mostrar-me sua amizade, alentar-me e assegurar que me arrimaria. Aquele gentil e ingênuo Nurra!

Três tártaros do Daguestão eram todos irmãos de sangue. Dois deles haviam já envelhecido, mas o terceiro, Alei, tinha no máximo vinte e dois anos e parecia mais novo ainda. Seu lugar na tarimba ficava junto do meu. Seu belo rosto — aberto, inteligente e, ao mesmo tempo, meigamente ingênuo — atraíra o meu coração desde a primeira olhada, e eu andava muito contente de que o fado me tivesse mandado justamente aquele vizinho e não qualquer outro. Toda a sua alma se expressava nesse bonito ou, até se pode dizer, lindo semblante. Seu sorriso era tão crédulo, tão pueril em sua candidez; seus grandes olhos negros eram tão ternos, tão carinhosos que eu sempre experimentava um prazer especial, até mesmo o alívio de meu pesar e de minha tristeza, quando o mirava. Digo isso sem exagero algum. Lá na terrinha, um dos seus irmãos mais velhos (ele tinha cinco irmãos mais velhos; dois desses estavam trabalhando, vigiados, numa usina) ordenara-lhe, um dia, que pegasse um sabre e montasse um corcel para fazerem juntos uma expedição. O respeito pelos mais velhos é tão grande, naquelas famílias montanhesas, que o garoto não se atrevera a perguntar aonde eles iriam nem mesmo pensara em perguntá-lo. Quanto aos irmãos, eles teriam achado desnecessário comunicar-lhe aquilo. E todos eles iam fazer um assalto, apanhar na estrada um rico mercador armênio e pilhá-lo. Fora o que ocorrera: eles haviam matado os guardas, degolado o armênio e roubado as suas mercadorias. Contudo, seu crime fora desvendado; todos os seis irmãos tinham sido presos, julgados e, provada a sua culpa, punidos com trabalhos forçados na Sibéria. Toda a clemência da justiça com relação a Alei resultara numa sentença reduzida: tinham-no condenado a quatro anos de degredo. Os irmãos amavam-no muito, e seu amor era antes paternal que fraterno. Ele os consolava em sua desgraça e, costumeiramente soturnos e melancólicos, ambos sorriam sempre que olhavam para Alei e, quando lhe falavam (de resto, falavam-lhe bem pouco, como se continuassem achando que era um menino e que não adiantava discutir assuntos sérios com ele), seus rostos severos se desenrugavam, e eu adivinhava que o tema da conversa era algo engraçado, quase infantil — pelo menos, eles sempre trocavam olhares e sorrisos bondosos ao escutar, vez por outra, a resposta do irmão. E ele mesmo quase não ousava abordá-los, tamanha era a sua deferência. É difícil imaginar como aquele garoto conseguiu, durante toda a sua reclusão, preservar tanta ternura em seu coração, criar em sua alma tanta probidade rigorosa e tanta sinceridade simpática, sem ficar ríspido nem depravado. Aliás, era uma personalidade forte e resistente, apesar de toda a sua aparente meiguice. Conheci-o bem posteriormente. Era casto que nem uma mocinha pura, e qualquer coisa ruim, cínica, suja ou injusta que acontecesse, qualquer violência que alguém perpetrasse no presídio, acendia a chama de indignação em seus belos olhos, que se tornavam por isso mais belos ainda. Mas ele evitava brigas e injúrias, embora não fosse daqueles que se deixariam magoar impunemente e soubesse proteger a si mesmo. Não brigava, pois, com ninguém: todos gostavam dele e afagavam-no. A princípio, Alei me tratava apenas com polidez. Aos poucos passamos a conversar; em alguns meses Alei aprendeu a falar russo muito bem, o que seus irmãos não tinham conseguido em toda a extensão de seu degredo. Pareceu-me um garoto extremamente inteligente, modesto e delicado, que já tinha um raciocínio bastante desenvolvido. Enfim, direi logo: acho Alei uma criatura nada ordinária e lembro-me de nosso encontro como de um dos melhores encontros em minha vida. Há pessoas tão boas por natureza, tão agraciadas por Deus, que a própria ideia de que no futuro elas podem mudar para pior parece impossível. A gente nunca se preocupa com o seu destino. Nem hoje me inquieta o de Alei. Onde é que ele está agora?...

Um dia, já muito tempo depois de chegar ao presídio, estava deitado na minha tarimba e pensava em algo bem triste. Sempre desperto e laborioso, Alei estava daquela vez desocupado, conquanto fosse ainda cedo para dormir. Mas os muçulmanos celebravam então uma festa religiosa e não trabalhavam. Também deitado, as mãos embaixo da nuca, ele estava refletindo. De súbito perguntou-me:

— Estás muito triste, não é?

Examinei-o com curiosidade, e essa pergunta rápida e direta pareceu-me estranha por ter vindo de Alei, sempre delicado e ponderado, sempre sábio em seu coração; todavia, fitando-o com maior atenção, percebi no seu rosto tantas saudades, tantas recordações dolorosas que logo supus que ele próprio se sentisse, naquele exato momento, muito triste. Falei-lhe sobre a minha suposição. Ele suspirou e sorriu com tristeza. Eu gostava de seu sorriso, sempre terno e cordial. Além disso, ele mostrava, quando sorria, dois renques de dentes perlados, cuja beleza invejaria a moça mais linda do mundo.

— E tu, Alei, agorinha pensavas, talvez, em como se comemora essa festa lá no Daguestão? Vive-se bem lá, verdade?

— Sim — respondeu ele, radiante, e seus olhos brilharam. — Mas como sabes que eu pensava nisso?

— E como não saberia? A vida é, pois, melhor lá que aqui?

— Oh! Por que falas assim?...

— Decerto há belas flores agora, na tua terra: que paraíso!...

— O-oh! Nem me digas... — Ele estava muito emocionado.

— Escuta, Alei, tinhas uma irmã?

— Tinha, sim. Por quê?

— Deve ser linda, se parecida contigo.

— Comigo, hein? Mas ela é tão linda que não há moça melhor em todo o Daguestão. Ah, como é linda minha irmã! Não viste nenhuma moça assim! E minha mãe também era linda.

— Tua mãe te amava?

— Ah! O que estás dizendo? Ela deve ter morrido de desespero, por minha causa. Eu era seu filho mais amado. Ela me amava mais que a minha irmã, mais que a todo mundo... Veio hoje, em sonho, e ficou chorando sobre mim.

Ele se calou e não disse mais uma só palavra naquela noite. Mas, desde então, passou a buscar, todas as vezes, o ensejo de falar comigo, se bem que sentisse, não se sabe por que razão, muito respeito por mim e, desse modo, nunca começasse a conversa. Em compensação, ficava todo contente quando eu me dirigia a ele. Indagava-lhe sobre o Cáucaso, sobre a sua vida antiga. Os irmãos não o impediam de conversar comigo e até mesmo achavam isso agradável. Vendo-me cada vez mais apegado a Alei, eles também me tratavam com um afeto cada vez maior.

Alei me ajudava a trabalhar, secundava-me como podia nas casernas, e dava para ver que era de seu agrado facilitar o meu dia a dia, prestando-me, pelo menos, algum favorzinho, e não havia nesse zelo obsequioso nem sombra de servilismo ou procura por vantagens, mas tão somente aquele cordial sentimento amistoso que ele não escondia mais de mim. Tinha, de resto, várias habilidades mecânicas: já aprendera bem a costurar roupas brancas, sabia consertar botas e posteriormente dominaria, na medida do possível, o ofício de marceneiro. Os irmãos elogiavam-no e orgulhavam-se dele.

— Escuta, Alei — disse-lhe um dia —, por que não aprendes a ler e a escrever em russo? Será que não sabes como isso pode ser útil para ti, aqui na Sibéria, mais tarde?

— Queria muito. Mas quem me ensinará?

— O povo sabido não faz falta. Eu mesmo te ensinarei, se quiseres.

— Ah, ensina-me, por favor! — Ele se soergueu mesmo em sua tarimba e, juntando, em sinal de súplica, suas mãos, olhou para mim.

Começamos a estudar logo na noite seguinte. Eu tinha a tradução russa do Novo Testamento, livro permitido no presídio. Sem nenhuma cartilha, usando apenas esse livro, Alei aprendeu otimamente a ler em algumas semanas. Uns três meses depois, já entendia toda a linguagem livresca. Estudava com ardor, com paixão.

Um dia, lemos juntos todo o Sermão da Montanha. Percebi que Alei pronunciava algumas das suas passagens com uma emoção especial. Perguntei se estava gostando daquilo que acabara de ler. Ele me lançou uma olhadela e ficou corado.

— Ah, sim! — respondeu-me — Sim, Isa,[57] o santo profeta, Isa dizia as palavras divinas. Como é bom!

— E de que é que mais gostas?

— É quando ele diz: perdoa, ama, não magoes e ama teus inimigos. Ah, como fala bem!

Alei se voltou para seus irmãos, que prestavam ouvido à nossa conversa, e, todo entusiasmado, pôs-se a contar algo a eles. Os irmãos conversaram entre si, por muito tempo e com muita seriedade, fazendo sinais de aprovação com cabeça. A seguir, com um sorriso imponentemente benévolo, isto é, bem próprio dos muçulmanos (do qual eu gosto tanto, notadamente por sua imponência), dirigiram-se a mim e confirmaram que Isa era profeta divino e fazedor de grandes milagres, que fizera um pássaro de barro, soprara nele e o pássaro fora voando... e que isso constava em seus livros sagrados também. Dizendo isso, estavam plenamente seguros de que me agradavam muitíssimo a glorificar Isa; quanto a Alei, estava plenamente feliz de que seus irmãos haviam decidido, por sua livre vontade, agradar-me dessa maneira.

---

[57] Isa Ibn Maryam é o nome árabe de Jesus Cristo, tido como profeta pelos muçulmanos.

O aprendizado da escrita também foi muito exitoso. Arranjando papel (sem permitir que eu o comprasse com meu dinheiro), penas e tinta, Alei aprendeu a escrever com toda a desenvoltura em apenas uns dois meses. Isso deixou seus irmãos atônitos. O orgulho e o contentamento deles não tinham limites. Mal sabiam como me agradecer. Nas horas de trabalho, quando nos acontecia trabalhar juntos, auxiliavam-me à porfia e deleitavam-se com isso. Nem me refiro a Alei. Ele me amava, talvez, tanto quanto a seus irmãos. Nunca esquecerei como ele saiu do presídio. Levou-me para trás da caserna, atirou-se no meu pescoço e rompeu em prantos. Jamais me beijara antes nem chorara. "Fizeste tanto para mim, mas tanto" — disse-me — "que nem meu pai nem minha mãe fariam mais! Fizeste de mim um homem. Deus te pagará, e eu nunca te esquecerei..." Onde está, onde está agora meu bom e querido, querido Alei?...

A par dos caucasianos, havia em nossas casernas todo um grupelho de poloneses que formavam uma família à parte, quase totalmente separada dos outros presidiários. Já tinha dito que, por seu exclusivismo e seu ódio pelos detentos russos, eles suscitavam, por sua vez, um ódio generalizado. Eram uns seis homens, todos extenuados, enfermos. Alguns desses poloneses eram gente instruída; falarei sobre eles mais tarde, especial e detalhadamente. Nos últimos anos de minha vida carcerária, eles me forneciam, de vez em quando, certos livros. O primeiro dos livros lidos deixou-me uma impressão extraordinária, forte e estranha. Vou falar a respeito em particular, na hora apropriada. Tenho sentido muito interesse por aqueles poloneses e estou persuadido de que, para muitas pessoas, eles serão absolutamente incompreensíveis. Não se pode julgar de certas coisas sem tê-las experimentado na prática. Só direi o seguinte: as provações morais são mais dolorosas que quaisquer sofrimentos físicos. Um boçal condenado a trabalhos forçados acaba reencontrando sua comunidade ou, quem sabe, uma comunidade ainda mais desenvolvida. É claro que ele perdeu muitas coisas — sua pátria, sua família, tudo —, mas o seu ambiente permanece o mesmo. Um homem instruído, cuja punição é, conforme as leis, igual à daquele boçal, sofre não raro perdas incomparavelmente maiores que ele. Tem de reprimir, no íntimo, todas as suas aspirações e todos os seus costumes; tem de ficar num espaço que não lhe basta, de habituar-se a respirar um ar que o sufoca... É um peixe tirado da água e jogado na areia. E, legalmente igual para todos, a punição se torna amiúde dez vezes mais dolorosa para ele. É pura verdade... mesmo que se trate apenas dos costumes materiais de que o condenado precisa abrir mão.

Todavia, os poloneses formavam um grupo isolado e muito coeso. Eram seis e mantinham-se todos juntos. Dentre os habitantes da nossa caserna, gostavam apenas de um judeu e, talvez, unicamente porque ele os divertia. Aliás, os outros detentos também gostavam de nosso judeuzinho, conquanto decididamente todos, sem nenhuma exceção, caçoassem dele. Era um só judeu em nosso meio, e mesmo agora eu não consigo me lembrar dele sem rir. Cada vez que olhava para ele, vinha-me à cabeça o judeuzinho Yânkel, do "Tarás Bulba" de Gógol,[58] que, despindo-se para ir dormir, com sua

---

[58] Um dos contos mais conhecidos do escritor russo Nikolai Gógol (1809–1852).

judia, num armário, ficara logo estupidamente parecido com um frango. Issai Fomitch, o nosso judeuzinho, assemelhava-se, como duas gotas d'água, a um frango depenado. Era um homem já vivido, em torno de cinquenta anos, baixinho e frágil, todo espertinho e, ao mesmo tempo, cabalmente tolo. Afoito e arrogante, era, por outro lado, covarde em demasia. Estava todo coberto de rugazinhas, e os ferretes postos no cadafalso marcavam-lhe a testa e as faces. Jamais consegui entender como ele aturara sessenta chibatadas. Fora condenado por um homicídio. Guardava consigo a receita de um doutor que seus judeuzinhos lhe tinham entregue logo após o castigo corporal. Usando essa receita, podia-se obter um unguento capaz de remover suas máculas em cerca de duas semanas. Ele não ousava recorrer ao unguento no presídio e esperava pelo término de sua sentença de doze anos para lançar mão da receita assim que saísse da cadeia. "Senão não podehei casai" — disse-me certa feita — "e eu queho casai sem falta". Nós éramos grandes amigos. Ele estava sempre de ótimo humor. Levava no presídio uma vida folgada: ourives por ofício, recebia inúmeras encomendas da cidade, onde não havia ourives, e desse modo se livrara do trabalho pesado. Entenda-se bem que, ao mesmo tempo, praticava usura e fornecia dinheiro a todo o presídio, cobrando juros e armazenando penhores. Chegara à Sibéria antes de mim, e um dos poloneses me relatara, com todos os detalhes, a sua chegada. É uma história engraçadíssima que vou contar mais tarde: ainda mais de uma vez é que falarei daquele Issai Fomitch.

Os demais habitantes de nossa caserna eram quatro *starovers*, velhos e pedantes, entre os quais estava, inclusive, um ancião dos sítios de Starodúbie, dois ou três ucranianos, gente de cara fechada, um jovenzinho de uns vinte e três anos, de rosto sutil e narizinho fininho, que já matara oito pessoas, um grupo de cunhadores de moedas falsas, um dos quais divertia toda a nossa caserna, e, finalmente, alguns indivíduos soturnos e sorumbáticos, de cabeça raspada e carão desfigurado, taciturnos e invejosos, que olhavam ao seu redor com ódio, carregavam o cenho e tendiam a continuar olhando assim, carrancudos, calados e cheios de ódio, por muitos anos ainda, até que terminasse o seu prazo de reclusão. Vi tudo isso apenas de relance, naquela primeira, desoladora noite da minha nova vida; vislumbrei-o no meio da fumaça e da fuligem, no meio dos palavrões e do cinismo inexprimível, respirando aquele ar *mephiticus*, ouvindo o tinir dos grilhões, blasfêmias e gargalhadas indignas. Deitei-me na minha rasa tarimba, colocando a trouxa de roupas sob a cabeça (ainda não tinha travesseiro), cobri-me com a peliça, mas não consegui adormecer por muito tempo, embora me sentisse todo exausto e abatido com as impressões monstruosas e imprevistas daquele primeiro dia. No entanto, a minha nova vida estava ainda para começar. Muitas coisas em que nunca pensara, que nem sequer imaginara antes, esperavam-me pela frente...

V
O primeiro mês

Três dias depois de chegar ao presídio, recebi a ordem de proceder ao trabalho. Lembro-me, sobretudo, daquele primeiro dia de trabalhos forçados, se bem que, no decorrer dele, não me tivesse acontecido nada de muito incomum, pelo menos levando em consideração tudo quanto era incomum por si só naquele meu estado. Aliás, era também uma das primeiras impressões minhas, continuando eu ainda a examinar, sôfrego, tudo ao meu redor. Passei os três primeiros dias atormentado pelas sensações mais penosas. "Eis o fim da minha viagem: estou na cadeia!" — repetia a mim mesmo a cada minuto. "Eis o meu paradeiro por muitos e longos anos, meu canto em que entro com tanta desconfiança, com uma sensação tão dolorosa... E quem sabe mesmo? Talvez eu chegue, quando o deixar daqui a muitos anos, a ter saudades dele!..." — acrescentava não sem mesclar às minhas lamúrias aquela malvadez que resulta, por vezes, na necessidade de a gente irritar, deliberadamente, a sua ferida, como se quisesse desfrutar da sua dor, como se encontrasse um verdadeiro prazer na consciência de toda a imensidão da sua desgraça. A própria ideia de que chegaria, com o passar do tempo, a lamentar aquele meu canto enchia-me de pavor: já então é que pressentia em que grau monstruoso o homem se adapta ao seu ambiente. Mas isso estava ainda por vir e, por enquanto, tudo o que me rodeava era hostil e medonho... Decerto não tudo, não, mas assim eu achava. A curiosidade selvagem com a qual me examinavam meus novos companheiros presidiários, sua redobrada severidade com relação ao novato de laia nobre que de repente aparecera em sua corporação, severidade que, vez por oura, beirava quase o ódio — tudo isso me extenuara tanto que eu mesmo queria começar a trabalhar o mais depressa possível, só para conhecer logo e experimentar de uma vez todo o meu desastre, para começar a viver como todos eles, para entrar sem demora nos eixos gerais dessa vida.

Bem entendido, não percebia então muitas coisas nem sequer pressupunha aquilo que estava diante do meu nariz: ainda não entrevia o consolo no meio do desespero. Havia, de resto, umas pessoas gentis e acolhedoras que, encontradas naqueles três dias, davam-me, por ora, muito apoio. Quem me tratava com mais carinho e aconchego era Akim Akímytch. Dentre os semblantes lúgubres e marcados de ódio dos outros detentos, não me seria possível deixar de avistar alguns rostos bondosos e joviais. "Em toda parte há gente ruim e, ao seu lado, há gente boa" — apressava-me a pensar à guisa de consolo. — "Quem sabe? Talvez esses homens não sejam nada piores do que *os restantes*, aqueles que *restam* lá, fora do presídio." Pensava assim e abanava, eu mesmo, a cabeça em resposta ao meu pensamento, e, não obstante — meu Deus do céu! —, se soubesse apenas, naquele momento, até que ponto isso também era verdade!

Havia ali, por exemplo, um homem que eu chegaria a conhecer plenamente só muitos, muitos anos depois; entretanto, ele passou comigo, sem se afastar de mim, quase todo o período de sua reclusão. Era o detento Suchílov. Tão logo comecei a falar agorinha dos presidiários que não eram *piores* que os demais, lembrei-me involuntariamente dele. Era meu servidor. Eu tinha outro servidor também. Ainda bem no começo, nos primeiros dias, Akim Akímytch recomendou-me um dos detentos, Óssip, dizendo que, por trinta copeques ao mês, ele ia fazer para mim, a cada dia, um prato especial, se eu estivesse tão enjoado com a comida carcerária e dispusesse de meios para custear um cardápio à parte. Óssip era um dos quatro cozinheiros que os presidiários designavam, conforme a sua escolha, para as duas cozinhas nossas, embora eles mesmos tivessem toda a liberdade de decidir se aceitavam ou não essa escolha e pudessem, ao aceitá-la, desistir já no dia seguinte. Os cozinheiros estavam isentos do trabalho comum, e todo o seu ofício consistia em assar pão e cozinhar *chtchi*. Não os chamavam, em nosso meio, de cozinheiros e, sim, de cozinheiras (no gênero feminino), aliás, não por desprezo, ainda mais que para a cozinha eram mandados homens entendidos e, na medida do possível, honestos, mas tão somente por brincadeirinha, com que nossos cozinheiros não se ofendiam nem um pouco. Óssip era escolhido quase sempre, de modo que, ao longo de vários anos, ele fora uma "cozinheira" permanente e abandonara o cargo apenas algumas vezes e por pouco tempo, sentindo-se dominado pela tristeza e, juntamente, pela vontade de contrabandear vinho. Era um homem honesto e dócil em extremo, conquanto tivesse vindo ao presídio por contrabando. Era aquele mesmo muambeiro, um rapaz alto e vigoroso, que eu já mencionara; tinha medo de tudo, em particular de varas, tratava a todos com mansidão, submissão e carinho, *nunca* brigava com ninguém, mas, apesar de toda a sua poltronice, não podia deixar de contrabandear vinho por amor à muamba. Também vendia bebidas, em companhia dos outros cozinheiros, mas, naturalmente, em proporções bem menores do que, por exemplo, Gázin, pois lhe faltava coragem para um negócio mais arriscado. Com esse Óssip eu sempre convivia em pleno acordo. Quanto aos meios de arranjar minha própria comida, não eram nada onerosos. Não me enganarei se disser que gastava, todo mês, apenas um rublo de prata com minha alimentação — bem entendido, exceto o pão distribuído na cadeia e, algumas vezes, o *chtchi* que comia quando estava com muita fome, não obstante a aversão que, aliás, quase desapareceu mais tarde. Costumava comprar pedaços de carne de vaca, uma libra por dia. E no inverno essa carne custava um vintém. Quem ia buscar a carne de vaca na feira era um daqueles inválidos alojados no presídio, um em cada caserna, para controlar a ordem, que tinham assumido, por sua própria iniciativa, a obrigação de irem todos os dias à feira e de fazerem lá compras para os presos, sem reclamar por isso quase nenhuma recompensa, no máximo uns trocados. Faziam isso para o seu sossego, senão lhes seria impossível viver no presídio. Desse modo, traziam aos detentos tabaco, tijolinhos de chá, carne de vaca, *kalatchs*, etc., etc., salvo apenas o vinho. Nem se pedia que o trouxessem, se bem que o vinho lhes fosse servido de vez em quando. Óssip fritava para mim, durante vários anos a fio, iguais pedaços de carne de vaca. Como os fritava, já eram outros quinhentos, mas não se trata disso agora. O que é notável é que, ao longo daqueles anos, eu não troquei com Óssip nem duas palavras. Começava amiúde a puxar conversa com ele, mas Óssip era, de certa forma, incapaz de mantê-la: somente sorria, por vezes, ou então respondia *sim* ou *não*, quando muito. Eu ficava perplexo até de olhar para aquele Hércules de sete anos de idade.

Mas quem me ajudava, além de Óssip, era Suchílov. Não o chamara nem procurara por ele. Fora ele mesmo que me achara e ficara grudado em mim; nem sequer lembro quando e como isso se dera. Passou a lavar minhas roupas. Uma grande vala tinha sido aberta, com tal finalidade, detrás das casernas. A roupa dos presos era lavada em tinas especiais, precisamente em cima dessa vala.

Além disso, Suchílov inventava, por vontade própria, mil diferentes encargos para me agradar: esquentava a minha chaleira, ia correndo cumprir minhas incumbências, arranjava-me várias coisas, levava o meu blusão para o conserto, engraxava as minhas botas umas quatro vezes ao mês; fazia tudo isso com zelo, todo azafamado, como se lhe coubessem Deus sabe que deveres — numa palavra, acabou por ligar totalmente o seu destino ao meu e encarregar-se de todos os meus negócios. Nunca dizia, por exemplo: "Você tem tantas camisas, seu blusão está rasgado", etc., mas sempre: "*Nós* temos agora tantas camisas, *nosso* blusão está rasgado". Não despregava seus olhos de mim e parecia ter tomado isso pelo principal objetivo de toda a sua vida. Não tinha nenhum serviço ou, como dizem os presidiários, nenhum *servício* a prestar e, pelo visto, só conseguia seus copeques comigo. Pagava-lhe quanto podia, ou seja, vintém por vintém, e ele sempre se mostrava contente, de boca calada. Não poderia deixar de servir alguém e parecia ter-me escolhido notadamente porque eu era mais educado que os outros presos e mais honesto em questões financeiras. Era um daqueles homens que nunca chegavam a enriquecer nem a melhorar de vida e que se incumbiam de vigiar o *maidan* carcerário, passando noites inteiras na antessala gelada, escutando cada som que vinha do pátio para advertir da chegada de nosso major, e cobravam por isso cinco copeques de prata, praticamente pela noite toda, e, caso descumprissem a sua obrigação, perdiam todo o dinheiro ganho e ofertavam seus dorsos às varas. Já tinha falado deles. O traço característico dessas pessoas consiste em sacrificarem a sua personalidade sempre, por toda parte e quase perante todos os outros, desempenhando, em sua convivência social, nem mesmo um papel secundário, mas, sim, um papel de terceiro plano. Assim é que os faz agir a sua natureza. Suchílov era um sujeito bem deplorável, plenamente submisso e resignado, até servil, conquanto ninguém o escravizasse em nosso presídio: era escravo por natureza. Fosse qual fosse o motivo, eu sempre sentia pena dele. Nem conseguia mirá-lo de passagem sem essa sensação, porem não saberia responder *por que* a tinha. Tampouco podia conversar com ele: Suchílov não sabia conversar, igual a Óssip, e isso lhe causava, aparentemente, muitas dificuldades; ficava animado só quando, para terminar a conversa, a gente pedia que fizesse alguma coisa, que fosse ou então corresse a algum lugar. Até me persuadi, por fim, de que lhe proporcionava deleite com esses pedidos. Ele não era nem alto nem baixo, nem bonito nem feio, nem tolo nem inteligente, nem jovem nem velho, um pouco bexiguento, em parte louro. Nunca se podia dizer nada por demais definitivo a seu respeito. Só uma coisa: pelo que me parece e até onde pudera levar minhas conjeturas, ele pertencia à mesma irmandade que Sirótkin e pertencia pela única razão de ser servil e submisso. Às vezes, os detentos se riam dele, sobretudo porque Suchílov *substituíra* pelo caminho, seguindo com uma caravana de presos para a Sibéria, e substituíra por uma camisa vermelha e um rublo de prata. Em razão desse preço irrisório que ele cobrara para vender a si próprio é que os detentos o escarneciam. Substituir significa trocar o nome e, por conseguinte, a pena com alguém. Por mais bizarro que pareça tal fato, é verídico e ainda existia, na minha época, entre os presos mandados para a Sibéria, existia em sua plena envergadura, sacralizado pelas lendas e dotado de formas preestabelecidas. A princípio, não podia acreditar nisso, de modo algum, mas acabei aceitando as evidências.

Eis de que maneira isso se faz. Uma caravana de presos é mandada, por exemplo, para a Sibéria. Os mais diversos detentos, sejam condenados a trabalhos forçados, a trabalho vigiado numa usina ou a degredo em liberdade, seguem juntos. Algures pelo caminho, digamos na província de Perm,[59] um dos detentos quer que o outro o substitua. Por exemplo, um tal de Mikháilov, assassino ou autor de outro crime hediondo, acha improfícuo ir passar muitos anos no presídio. Suponhamos que seja um cara astucioso, experiente e sabedor de seu ofício; e eis que ele procura, naquela mesma caravana, um homenzinho mais tosco, mais dócil, mais submisso e que cumpra uma sentença relativamente leve, indo ficar poucos anos confinado numa usina ou degredado sem perder a sua liberdade, ou mesmo condenado a trabalhos forçados, mas por um prazo menor. Afinal, encontra Suchílov. Suchílov é um servo rural, condenado a degredo em liberdade. Já percorreu umas mil e quinhentas verstas,[60] bem entendido sem um copeque no bolso, pois esse Suchílov jamais pode ter um copeque sequer; arrasta-se cansado, extenuado, sustenta-se apenas com a comida dos presos, não vê nem de longe um pedacinho mais doce, traja apenas as roupas dos presos e serve a todo mundo por miseráveis tostões de cobre. Mikháilov se põe a falar com Suchílov,

---

[59] Grande cidade russa localizada na região dos montes Urais.

[60] Antiga unidade de medida de comprimento russa, equivalente a 1067 metros.

aproxima-se dele, até se torna seu amigo e finalmente, num dos trechos daquele caminho, embriaga-o. E depois lhe propõe que o substitua. Eu, digamos, Mikháilov, assim e assado, vou para o presídio e, ainda por cima, para a tal de "divisão especial". É um presídio também, mas especial, quer dizer, um presídio um pouco melhor. Daquela divisão especial, enquanto ela existia, nem todos os superiores estavam cientes, por exemplo, nem mesmo em Petersburgo. Era um cantinho tão isolado e escondido no fundo da Sibéria, e tão pouco frequentado (na minha época, havia lá uns setenta homens), que seria difícil farejar até um rastro remoto dele. Encontraria mais tarde pessoas que, tendo servido na Sibéria e conhecendo-a muito bem, só comigo se informariam, pela primeira vez, sobre a existência da "divisão especial". No Código Penal há somente umas seis linhas dedicadas a ela: "Fica instituída, em tal presídio, a divisão especial, destinada para os criminosos mais importantes, até a instauração, na Sibéria, dos mais penosos trabalhos carcerários". Nem os próprios detentos daquela "divisão" sabiam se permaneceriam nela para todo o sempre ou por um prazo limitado. Sua reclusão não tinha prazo: diz-se "até a instauração dos mais penosos trabalhos" e ponto-final, o que significa "vamos seguindo". Não é de admirar que nem Suchílov nem os outros presos de sua caravana sabiam disso, inclusive o próprio facínora Mikháilov, cuja noção aproximada da divisão especial decorria apenas do seu crime, ignóbil demais, pelo qual ele já levara três ou quatro mil varadas. Decerto não o teriam mandado para um lugar bom. Quanto a Suchílov, ia tão só para o degredo: haveria coisa melhor? "Quer trocar, hein?" Suchílov está bêbado, tem uma alma simplória, anda cheio de gratidão por aquele Mikháilov que o acolheu e, portanto, não se atreve a recusar. Além disso, já ouviu os presos falarem que tais trocas podem ser feitas: se os outros as fazem, não há nada incomum ou inaudito nisso. O acordo está fechado. Aproveitando a extraordinária ignorância de Suchílov, o desavergonhado Mikháilov compra-lhe o nome com uma camisa vermelha e um rublo de prata, os quais lhe são entregues de imediato e perante as testemunhas. No dia seguinte, Suchílov não está mais bêbado, porém o embebedam de novo e ele acha ruim desistir: o rublo de prata que recebera já foi gasto com bebidas, a camisa vermelha sumirá pouco depois. Se não quiseres mais, então devolve o dinheiro! E onde é que Suchílov arrumaria todo um rublo de prata? E se não o devolver, a rapaziada obrigará a devolvê-lo: os presos ficam de olho nesses assuntos. Ademais, se prometeste alguma coisa, digna-te a honrar a promessa, senão a rapaziada vai insistir. Senão acabarás roído: espancar-te-ão com certeza ou simplesmente te matarão ou, pelo menos, levarás um susto dos grandes.

De fato, se a rapaziada admitisse, uma vez só, relaxamento num negócio daqueles, o costume de permutar os nomes chegaria ao fim. Se for possível descumprir a promessa, desistindo da transação combinada já com o dinheiro nas mãos, quem é que vai cumpri-la no futuro? Trata-se, numa palavra, de um assunto que diz respeito a todos os presos, portanto estes o tratam com muita seriedade. Enfim Suchílov vê que não tem como dar para trás e decide concordar em definitivo. A notícia fica, pois, declarada a toda a caravana; presenteiam e embriagam, se for preciso, a quem de direito. Para as testemunhas, bem entendido, tanto faz como tanto fez: quer Mikháilov vá aonde Judas perdeu as botas, quer vá Suchílov, mas o vinho já está na barriga — serviram-lhes vinho, então elas se calam. Logo na primeira parada faz-se, por exemplo, uma chamada. Chega a vez de Mikháilov: "Mikháilov!". Suchílov responde: "Eu!" — "Suchílov!" Mikháilov grita: "Eu!", e todos vão caminhando. Ninguém nem fala mais sobre isso. Em Tobolsk os detentos passam pela triagem: Mikháilov segue para o seu degredo e Suchílov é conduzido, com uma escolta reforçada, para a divisão especial. Depois nenhum protesto será mais possível. Que provas, afinal de contas, ele apresentaria? Por quantos anos se arrastaria uma pendência dessas? Quais seriam suas consequências? Enfim, onde estão as testemunhas? Mesmo que existissem, iriam negar tudo. O resultado é, pois, a vinda de Suchílov para a "divisão especial", em troca de um rublo de prata e uma camisa vermelha.

Os presos escarneciam Suchílov — não pela troca de nomes (embora aqueles que trocaram seu trabalho simples por outro, mais penoso, são tratados com desprezo, iguais a todos os bobalhões em geral que morderam a isca), mas por ter ganho apenas uma camisa vermelha e um rublo de prata, sendo tal recompensa pequena em demasia. De praxe, um preso substitui o outro por uma quantia, relativamente falando, considerável. Cobram-se mesmo dezenas de rublos. Contudo, Suchílov era tão submisso, anônimo e insignificante aos olhos de todo mundo que nem sequer se dignava a caçoar dele.

Fazia muito tempo, já alguns anos, que Suchílov vivia ao meu lado. Pouco a pouco, apegara-se a mim de modo singular; eu, por minha parte, não podia despercebê-lo e acabei por me habituar igualmente a ele. Mas um dia — nunca perdoarei isso a mim mesmo! — ele não atendeu a certo pedido meu, logo depois de me tomar algum dinheiro pelos seus serviços, e eu tive a crueldade de lhe dizer: "Pois é, Suchílov: toma meu dinheiro, mas não faz o que peço". Suchílov não me respondeu, foi correndo cumprir a minha incumbência e, de repente, ficou triste. Passaram-se dois dias. Eu pensava: não pode ser que ele se tenha melindrado com minhas palavras. Sabia que um dos detentos, Anton Vassíliev, insistia em cobrar-lhe uma dívida de poucos vinténs. Decerto Suchílov não tinha dinheiro e temia pedir-me ajuda. Disse-lhe no terceiro dia: "Suchílov, parece que você queria pedir-me dinheiro, para Anton Vassíliev? Tome, pois". Estava sentado, naquele momento, em minha tarimba; Suchílov estava de pé na minha frente. Ficou, pelo visto, assombrado de eu mesmo lhe oferecer auxílio, de me ter lembrado de sua situação constrangedora, tanto mais que, a seu ver, ele já me tomara, nos últimos tempos, muito dinheiro e nem ousava esperar que lhe desse mais ainda. Olhou para o dinheiro, depois para mim, virou-se de supetão e saiu porta afora. Tudo isso me deixou todo perplexo. Fui atrás dele e encontrei-o detrás das casernas. Suchílov estava plantado ao pé da paliçada, de frente para as estacas, encostando nelas sua cabeça e apoiando-se numa das mãos. "O que tens, Suchílov?" — perguntei-lhe. Ele nem olhava em minha direção, mas eu, para meu grande espanto, percebi que estava para chorar: "O senhor acha, Alexandr Petróvitch" — começou ele com uma voz entrecortada, buscando não virar para mim o seu rosto — "que é por... dinheiro... mas eu... eu... eeeh!" Dito isso, voltou-se de novo para a paliçada, chegando mesmo a bater sua testa contra ela, e... como se pôs a soluçar! Foi a primeira vez que eu vi um homem chorar no presídio. Consolei-o a muito custo e, mesmo começando ele, desde então, a servir-me com zelo redobrado, se é que isso era possível, e a "cuidar de mim", compreendi, a julgar por certos indícios quase imperceptíveis, que seu coração nunca pudera perdoar aquela minha censura. Entretanto os outros presos zombavam dele, magoavam-no em qualquer ocasião favorável, xingavam-no, por vezes, com raiva, mas ele os tratava pacífica e amigavelmente, sem nunca se ofender. Sim, é muito difícil discernir a índole de um homem, nem que a gente o conheça por longos anos!

Eis a razão pela qual o presídio não podia revelar-me, logo à primeira vista, a sua face verdadeira, a face que me mostraria mais tarde. Eis a razão pela qual eu disse que, apesar de examinar tudo com uma atenção tão ávida e intensa, não conseguia ainda ver muitas coisas que estavam bem diante do meu nariz. É natural ter ficado, de início, surpreso com uns acontecimentos grandes e destacados, mas eles também foram, quem sabe, concebidos por mim de maneira errônea e apenas deixaram, em minha alma, uma impressão dolorosa e desesperadamente triste. O que contribuíra muito para isso fora o meu encontro com A-v, também um detento, que tinha chegado ao presídio pouco antes de mim, o qual me causara uma impressão horribilíssima nos primeiros dias de minha reclusão. De resto, já sabia, antes de chegar ao presídio, que lá encontraria A-v. Foi ele quem me envenenou ainda mais aquelas difíceis primícias da vida carcerária e aumentou meus sofrimentos espirituais. Não posso deixar de falar nele.

Era o mais repulsivo exemplo da degradação e da baixeza humana, demonstrando até que ponto o homem pode exterminar em si mesmo, sem esforço nem arrependimento, todo e qualquer princípio moral. A-v era um jovem fidalgo, que eu já havia mencionado em parte, dizendo que ele informava o nosso major sobre tudo o que se passava no presídio e era amigo de seu ordenança Fêdka. Eis aqui a sucinta história dele. Sem ter concluído nenhum curso, depois de romper em Moscou com seus parentes, aterrados com sua conduta licenciosa, ele chegou a Petersburgo e, para arranjar dinheiro, decidiu-se a uma torpe delação, ou seja, decidiu-se a vender o sangue de dez pessoas a fim de satisfazer de imediato sua insaciável sede dos mais brutos e sujos prazeres pelos quais ele, seduzido por Petersburgo, suas confeitarias e ruas Mechtchânskaia,[61] tomara tamanho gosto que, sendo um homem nada bobo, empreendeu um negócio arriscado, insensato e absurdo. Ficou logo desmascarado: tendo envolvido em sua delação várias pessoas inocentes ou ludibriadas, foi condenado por isso a dez anos de reclusão na Sibéria, em nosso presídio. Ainda era muito novo; sua vida estava bem no começo. Em aparência, essa terrível viravolta de seu destino deveria abalá-lo, desafiar a sua natureza para alguma reação, para alguma ruptura. Todavia, o jovem aceitou seu novo destino sem o mínimo embaraço, mesmo sem sombra de asco, não se revoltou moralmente com ele, não se assustou com nenhuma das suas facetas, salvo apenas a necessidade

[61] Havia, em São Petersburgo, três ruas Mechtchânskaia — a Grande, a Média e a Pequena — famosas por seus bordéis e botequins.

de trabalhar e de despedir-se daquelas confeitarias e das três ruas Mechtchânskaia. Até lhe pareceu que o título de presidiário só desamarrava seus braços para ainda maiores torpezas e porcarias: "Se for bandido, então sou bandido e, sendo bandido, posso ser vilão sem a menor vergonha". Sua opinião era literalmente essa. Relembro aquela criatura abominável como um fenômeno. Passei vários anos ao lado dos assassinos, devassos e malfeitores rematados, mas digo com plena certeza que antes nunca encontrara, em toda a minha vida, uma corrupção moral tão completa, uma infâmia tão resoluta e uma vileza tão insolente como as de A-v. Havia em nosso meio um parricida de origem nobre, a quem já fizera menção; entretanto me tinha convencido, com base em muitos traços e fatos, que mesmo aquele facínora era incomparavelmente mais digno e humano que A-v. Pelo que percebi ao longo de toda a minha vida carcerária, A-v se transformara num pedaço de carne munido de dentes e de estômago, queimado por uma insaciável sede dos mais rudes, dos mais animalescos prazeres carnais, e, para se proporcionar o mais ínfimo e tosco daqueles prazeres, era capaz de matar com muitíssimo sangue-frio, de degolar... Numa palavra, de fazer qualquer coisa, contanto que ninguém viesse a saber disso. Não estou exagerando: conheci A-v muito bem. Ele revelava o grau em que podia corromper-se a parte carnal de um homem, se não retida internamente por nenhuma norma, nenhuma lei. E com que nojo eu via aquele sempre escarninho sorriso dele! Era um monstro, um Quasímodo moral. Acrescente-se a isso que era astuto e inteligente, bonito e mesmo instruído até certo nível, provido de certas faculdades. Não, antes um incêndio, antes a peste e a fome, do que tal homem numa sociedade! Já disse que tudo no presídio era tão imoral que a espionagem e a delação prosperavam e que os detentos nem um pouco se zangavam com isso. Pelo contrário, todos eles eram bem amigáveis com A-v e tratavam-no de maneira muito mais cordial do que a nós. E os favores que lhe dispensava o nosso ébrio major conferiam-lhe, aos olhos dos presidiários, significância e peso. Aliás, ele persuadira o major de que sabia pintar retratos (quanto aos presos, convencia-os de ter sido um tenente da guarda imperial), e o major exigira que o mandassem trabalhar em sua casa, bem entendido, no intuito de fazer o seu retrato. Foi então que A-v se aproximou do ordenança Fêdka, o qual influenciava sobremaneira o seu chefe e, consequentemente, todos e tudo dentro do presídio. A-v espiava seus companheiros por ordem do próprio major, que, quando estava bêbado, dava-lhe bofetões e chamava-o de espião e alcaguete. Acontecia, não raras vezes, que logo após a surra o major se sentava na sua cadeira e mandava que A-v continuasse o seu retrato. Parece que nosso major estava de fato persuadido de que A-v era um pintor notável, quase Briullov,[62] de quem até ele ouvira falar, mas, não obstante, achava que tinha o direito de lhe dar bofetadas, porque, mesmo sendo um pintor, A-v era presidiário e, mesmo sendo um arqui-Briullov da vida, o major era seu comandante e podia, destarte, fazer com ele o que quisesse. Obrigava A-v a retirar-lhe as botas e a levar

---

[62] Briullov, Karl Pávlovitch (1799 – 1852): célebre pintor russo, autor dos quadros *O meio-dia italiano, O último dia de Pompeia, Uma amazona* e de toda uma série de retratos.

embora o penico de seu quarto, mas não conseguia, ainda assim, deixar de lado a conjetura de que A-v fosse um grande pintor. O retrato levara muito tempo, quase um ano, e não tinha mais fim. O major acabou por adivinhar que o preso o enganava e, uma vez certo de que o retrato não terminava, mas, ao contrário, ficava cada dia menos parecido com ele, enfureceu, espancou o pintor e mandou-o, à guisa de punição, fazer trabalhos sujos no presídio. Pelo visto, A-v lamentava aquilo, já que lhe era difícil abrir mão dos dias ociosos, dos pedacinhos que o major lhe jogava da sua mesa, da amizade com Fêdka e de todos os prazeres que eles dois inventavam na cozinha do chefe. Com o afastamento de A-v, o major cessou, pelo menos, de perseguir M., o preso que A-v não parava de difamar pelo motivo seguinte. Quando A-v chegou ao presídio, M. estava sozinho. Andava muito angustiado: não tinha nada a ver com os outros detentos, mirava-os com pavor e asco, não reparava em nada daquilo que poderia aproximá-lo deles e mantinha-se longe de toda a comunidade. Os detentos tratavam-no com o mesmo ódio. De modo geral, a situação das pessoas semelhantes a M. no presídio é horrível. M. desconhecia o motivo pelo qual A-v fora mandado para o presídio. A-v adivinhou, ao contrário, com quem estava lidando e logo o persuadiu de ter sido condenado por uma razão diametralmente oposta à sua delação, quase pelo mesmo crime que ocasionara a prisão do próprio M. Este ficou todo alegre de encontrar um companheiro, um amigo. Cuidava dele, consolava-o nos primeiros dias de reclusão, supondo que ele devesse sofrer muito, entregava-lhe seu último dinheiro, alimentava-o, compartilhava com ele os objetos de primeira necessidade. Contudo, A-v passou a detestá-lo justamente pela sua nobreza, porque M. se apavorava tanto ao deparar com qualquer vilania que fosse, exatamente porque M. não se parecia em nada com ele mesmo, e tudo o que M. lhe comunicara, em suas conversas anteriores, sobre o presídio e o major, tudo aquilo foi levado por A-v ao conhecimento do major, na primeira ocasião favorável e com toda a pressa. Sentindo imenso ódio por M., o major se pôs a oprimi-lo e, se o comandante superior não o influenciasse, acabaria por desencadear uma tragédia. Quanto a A-v, este não apenas não ficou embaraçado quando M. descobriu, mais tarde, a sua torpeza, mas até mesmo continuou a encontrar-se com ele, achando prazer em escarnecê-lo. Isso o regozijava visivelmente. Quem se queixava disso para mim era M. em pessoa. Aquele canalha nojento escapou depois do presídio, juntamente com um dos detentos e um soldado de escolta, mas sobre essa fuga eu contarei em separado. A princípio, bajulara muito a mim também, por pensar que eu não estava a par de sua história. Repito: ele envenenou os primeiros dias de minha reclusão com uma angústia ainda maior. Amedrontaram-me aquelas enormes infâmia e baixeza em que me vi mergulhado, que me rodearam de todos os lados. Pensava que tudo ali era igualmente infame e baixo. Estava, porém, enganado: julgava todos os presos pela imagem de A-v.

Naqueles três dias eu andava, aflito, pelo presídio ou ficava deitado em minha tarimba; pedira que um detento confiável, indicado por Akim Akímytch, costurasse para mim umas camisas daquela lona que me fora entregue — bem entendido, mediante um pagamento (de tantos vinténs por camisa); arranjara, também seguindo um insistente conselho de Akim Akímytch, um colchãozinho dobrável (feito de feltro recoberto de lona), fininho que nem um crepe, e um travesseiro atulhado de lã e extremamente duro por falta de hábito. Akim Akímytch fazia grandes esforços no sentido de fornecer-me todas aquelas coisas e tomava, ele mesmo, parte em sua fabricação, costurando para mim, com as próprias mãos, um cobertor de retalhos de velho tecido que eu conseguira comprando as calças e os blusões esfrangalhados dos outros detentos. Uma vez gastos, os pertences do presídio permaneciam à disposição dos presos; eram logo vendidos, ali mesmo no presídio, e, por mais que uma vestimenta estivesse surrada, ela sempre tinha chances de ser vendida por um preço qualquer. De início, tudo isso me deixava estupefato. Era, em geral, o momento dos meus primeiros encontros com o povo. Eu mesmo me transformei, de repente, num boçal, num presidiário como todos os outros. Parecia ter assimilado os usos e costumes, as noções e opiniões deles — pelo menos de modo formal, em termos da lei —, conquanto não os compartilhasse em sua essência. Andava perplexo e confuso, como se não tivesse imaginado antes nada disso nem ouvido falar a respeito, apesar de tê-lo imaginado e ouvido falarem nisso. Todavia, a realidade causa uma impressão bem diferente daquela que produzem as informações e os boatos. Será que podia, por exemplo, ter suspeitado, em algum momento precedente, que aquelas coisas, aqueles velhos trapos pudessem também ser considerados úteis? Mas acabei pedindo que me fizessem um cobertor daqueles velhos trapos! Seria difícil mesmo imaginar a espécie de tecido de que se faziam as roupas dos presos. Assemelhava-se, em aparência, a um daqueles grossos tecidos de lã que são usados no exército; porém, se gasto só um pouquinho, tornava-se uma verdadeira rede pesqueira e rasgava-se de maneira revoltante. As roupas feitas de tal tecido deviam servir por um ano, mas era difícil cumprir esse prazo. O detento trabalha, carrega fardos em suas costas; por conseguinte, sua roupa fica logo surrada e despedaçada. Quanto às nossas peliças, eram distribuídas a cada três anos e costumavam servir-nos, ao longo de todo aquele período, de roupas, de cobertas e de colchões. Eram bastante sólidas, embora não fosse raro a gente ver, lá pelo fim do terceiro ano, ou seja, do seu prazo de validade, alguém vestir uma peliça remendada com a mais reles lona. Apesar de muito gastas, nossas peliças eram vendidas, uma vez esgotados os prazos de seu uso, por uns quarenta copeques de prata. E algumas delas, cujo estado era um pouco melhor, vendiam-se por seis ou mesmo por sete *grivnas* de prata, uma fortuna para os padrões do presídio.

O dinheiro (já tinha falado disso) gozava, no meio dos presos, de um prestígio aterrador, era algo poderosíssimo. Pode-se dizer com plena certeza que o presidiário provido de qualquer dinheirinho que fosse sofria dez vezes menos que seu companheiro indigente, se bem que este último, também provido de todo o necessário por conta pública, não precisasse, na opinião dos nossos superiores, de dinheiro algum. Volto a repetir que, sendo os detentos privados de toda possibilidade de terem seu próprio dinheiro, perderiam todos a cabeça ou morreriam feito moscas (embora providos de tudo por conta pública), ou então passariam a cometer inauditos delitos — uns por tédio, outros para serem executados e exterminados o mais depressa possível ou para, de alguma forma, "mudar de destino" (expressão técnica). E se o presidiário, conseguindo, quase a suar sangue, seu copequezinho ou decidindo-se, para consegui-lo, a lançar mão de artimanhas extraordinárias, muitas vezes associadas a furtos e fraudes, acaba por desperdiçá-lo tão insensatamente, com tanta leviandade infantil, isso não prova, de maneira alguma, que ele não o valoriza, embora a primeira impressão seja exatamente essa. O presidiário anseia por dinheiro até sofrer convulsões, até perder o juízo, e, mesmo se o joga, como lascas, para todo lado quando cai na gandaia, sacrifica-o àquilo que põe num patamar superior ao do dinheiro. O que é que supera o dinheiro para um preso? A liberdade ou, pelo menos, algum sonho da liberdade. E os presos são grandes sonhadores. Ainda vou contar algo sobre isso mais tarde, mas eis o que me acode bem a calhar: será que alguém acreditará que eu vi pessoas condenadas a *vinte anos* de reclusão que me diziam, absolutamente serenas, tais frases como, por exemplo: "Espera aí, pois: quando terminar, se Deus quiser, o meu prazo, então...". Todo o sentido do termo "preso" refere-se a um homem privado de sua liberdade; porém, quando tal homem gasta seu dinheiro, está tomando *a liberdade* de agir assim. A despeito de quaisquer ferretes, grilhões e odiosas estacas da paliçada que lhe tapam o mundo de Deus, cercando-o como um bicho enjaulado, ele consegue arranjar vinho, isto é, atingir um prazer terminantemente proibido, lambuzar-se de moranguinhos[63] e mesmo, às vezes (embora

[63] Alusão às aventuras amorosas dos presidiários.

nem sempre), subornar os superiores mais próximos, os inválidos e até o sargento, que fecharão os olhos para as transgressões das leis e medidas disciplinares que ele for perpetrando; pode, ainda por cima, caçoar dos seus comandantes, e o preso gosta muito de caçoar, ou seja, de exibir-se perante seus companheiros para os convencer, inclusive a si próprio, nem que seja *por um tempinho*, de que sua força e seu poder são incomparavelmente maiores do que os outros imaginam — numa palavra, pode aprontar farras e patuscadas, ultrajar alguém insuportavelmente e provar-lhe que de fato *pode* aquilo tudo, que tudo aquilo está "nas mãos da gente", ou seja, persuadir a si mesmo daquilo que nem sequer passa pela cabeça de um pobretão. Talvez seja por isso, aliás, que se percebe nos presos, mesmo que estejam sóbrios, uma inclinação generalizada para bravata e fanfarrice, para a exaltação de sua personalidade, cômica e ingênua em demasia, nem que seja ilusória. Afinal, toda aquela festança envolve certo risco, quer dizer, tudo aquilo contém, ao menos, uma ilusão da vida, uma remota ilusão da liberdade. E o que é que não se daria em troca da liberdade? Que milionário, cujo pescoço fosse apertado por uma corda, não trocaria todos os seus milhões por um hausto de ar?

Os superiores chegam, não raro, a admirar-se de que algum preso, tendo vivido vários anos de sua reclusão com tanta docilidade, de modo tão exemplar que fora mesmo designado capataz por sua conduta louvável, ponha-se, de súbito e, decididamente, sem justa causa — como se um demônio o possuísse! — a farrear e a patuscar, se não se atreve, por vezes, a cometer um crime, seja um desrespeito patente contra as autoridades, um assassínio ou um estupro, etc. Olham para ele, admirados.

Entretanto, quem sabe se toda a causa de tal explosão repentina não se resume, para aquele homem de quem menos se podia esperá-la, na manifestação ansiosa e espasmódica de seu caráter, na instintiva saudade que ele sente de si próprio, na vontade de expressar-se, de pôr para fora a sua personalidade humilhada — vontade essa que vem de improviso, tornando-se fúria e raiva, trazendo loucura, provocando ataques de nervos e convulsões. Quem sabe se um homem enterrado vivo não bateria assim na tampa do caixão em que acordou, tentando remover esse teto, se bem que seu raciocínio pudesse, sem dúvida, convencê-lo de que todos os seus esforços seriam vãos. Mas o problema é que o juízo, em tais circunstâncias, não funciona mais: são as convulsões que atuam. Tomemos ainda em consideração que quase todas as espontâneas manifestações de personalidade são tidas, no meio carcerário, por crimes; nesse caso, é natural que o preso não veja nenhuma diferença entre as explosões grandes e pequenas. Se for uma farra, então que seja uma farra: quando um preso decide arriscar-se, arrisca-se de verdade, nem que cometa, por fim, um homicídio. E basta só começar: ninguém segurará depois um homem arrebatado! Seria melhor, portanto, que não se chegasse àquilo. E todos viveriam mais calmos.

Sim... mas qual é a maneira de fazê-lo?

VI
O primeiro mês

Ingressando no presídio, eu tinha algum dinheiro: só uns trocados nas mãos, por medo de que os tomassem, e uns rublos escondidos, ou seja, colados, por via das dúvidas, na capa do Evangelho que permitiam trazer para dentro da prisão. Esse livro, em cuja capa estava escondido o meu dinheiro, fora-me presenteado ainda em Tobolsk pela gente que também sofria em degredo e, já contando os anos passados na Sibéria de década em década, costumava, havia tempos, tratar todo e qualquer "desgraçado" como seu irmão. Existem na Sibéria e jamais se extinguirão por ali certas pessoas que parecem ter vislumbrado o desígnio de sua vida em cuidar fraternamente desses "desgraçados", em tratá-los com lástima e comiseração abnegadas, dignas de um santo, como se fossem seus filhos. Não posso deixar de recordar aqui, em breves termos, um encontro. Naquela cidade em que se situava nosso presídio morava uma dama, chamada Nastássia Ivânovna, uma viúva. É claro que nenhum de nós, enquanto permanecia no presídio, pôde conhecê-la pessoalmente. Ela parecia ter escolhido, como a principal meta de sua vida, ajudar quem estivesse sofrendo em geral, mas sobretudo cuidava de nós. Tivesse acontecido em sua família semelhante desgraça ou alguma das pessoas mais próximas e mais caras ao seu coração tivesse sido condenada por semelhante crime, ela devia tomar por uma felicidade especial qualquer coisa que fizesse para nós. Decerto não podia fazer muita coisa: era bem pobre. Mas nós, confinados naquele presídio, sentíamos que tínhamos, lá fora, uma amiga fidelíssima. Diga-se a propósito: ela nos comunicava amiúde as notícias de que nós precisávamos muito. Dirigindo-me, ao sair do presídio, para outra cidade, eu tive tempo para visitá-la e conhecê-la pessoalmente. Ela morava algures no *Vorstädt*, na casa de um dos seus parentes. Não era nem velha nem jovem, nem bonita nem feia; tampouco daria para descobrir se era inteligente, se tinha alguma instrução. Apenas se percebia nela, a cada passo, uma infinda bondade, uma vontade irreprimível de agradar, de aliviar, de prestar sem falta algum favor. Tudo isso se via nitidamente em seus olhares meigos e bondosos. Acompanhado por um dos meus companheiros presidiários, passei quase toda a tarde na casa dela. A viúva não despregava seus olhos de nós dois, ria quando nós ríamos, apressava-se a concordar conosco em tudo quanto dizíamos; alvoroçava-se para oferecer-nos qualquer petisco que pudesse. Foram servidos chá, alguns salgados e doces, e, se ela tivesse milhares de rublos, provavelmente se alegraria com isso tão só porque poderia agradar-nos ainda mais e abrandar a sina de nossos amigos que continuavam no presídio. Despedindo-se, entregou-nos duas cigarreiras como lembranças. Tinha improvisado para nós aquelas cigarreiras de papelão, com as próprias mãos (sabe lá Deus como haviam sido coladas), cobrindo-as de papel colorido, igual àquele que se usa para as capinhas dos compêndios de aritmética para ensino primário (quem sabe se não utilizara mesmo um daqueles compêndios para fazer nossos presentes). E enfeitara ambas as cigarreiras com uma fininha borda de papel dourado, comprado, quiçá, propositalmente nalguma lojinha. "Vocês fumam, pois, seus cigarrinhos... Talvez façam bom proveito" — disse ela, como que nos pedindo, timidamente, desculpas pela sua prenda. Há quem diga (ouvi falar e li a respeito disso) que o maior amor pelo próximo é, ao mesmo tempo, o maior egoísmo. Jamais conseguirei entender: em que é que consistia o egoísmo naquele caso?

Ainda que não tivesse, ao entrar no presídio, nenhum dinheirão, não podia, de certa forma, ficar seriamente zangado com aqueles detentos que, quase nas primeiras horas de minha vida carcerária e já me tendo enganado uma vez, vinham pela segunda, terceira e até mesmo quinta vez para me pedir, cheios de ingenuidade, dinheiro emprestado. Contudo, serei sincero em reconhecer um fato: zangava-me muito porque toda aquela chusma de presos, com suas artimanhas simplórias, devia sem dúvida, segundo me parecia, achar que eu fosse bobinho, apalermado, e caçoar de mim justamente por conceder a eles, pela quinta vez, tais empréstimos. Deviam achar, sem dúvida, que me rendesse a seus engodos e artimanhas; se eu começasse, pelo contrário, a recusar e a mandá-los embora, seu respeito por mim seria, com toda a certeza, incomparavelmente maior. Por mais que me zangasse, não conseguia repeli-los. Zangava-me, aliás, porque naqueles primeiros dias andava pensando, com seriedade e pertinácia, como e em que pé me colocaria ali no presídio ou, melhor dito, em que condição me cabia ficar no meio dos presos. Sentia e compreendia que todo aquele ambiente era para mim absolutamente novo, que me encontrava numa escuridão completa e que não me seria possível viver às escuras por tantos anos. Precisava preparar-me para o que desse e viesse. Resolvi, bem entendido, que me cumpria, antes de tudo, agir francamente, conforme meus sentimentos íntimos e minha consciência mandassem. Sabia também, no entanto, que era apenas um aforismo, enquanto a realidade mais inesperada havia de surgir na minha frente.

Portanto, apesar de todos os miúdos afazeres relativos à minha instalação na caserna, que eu já mencionara e nos quais me envolvia, principalmente, Akim Akímytch, apesar de esses afazeres me distraírem um tanto, uma tristeza avassaladora roía-me cada dia mais. "Uma casa dos mortos!" — dizia a mim mesmo, postando-me por vezes, ao cair do crepúsculo, na entrada de nossa caserna e fitando os detentos que, já reunidos após o trabalho, vagueavam indolentemente pelo pátio do presídio, desde as casernas até as cozinhas e vice-versa. Fitava-os e buscava saber, pelos seus semblantes e movimentos, que tipo de gente eles eram e que caracteres possuíam. Eles andavam diante de mim, franzindo o sobrolho ou radiantes de alegria (esses dois tipos são os mais difundidos e quase característicos nos presídios), xingavam uns aos outros ou apenas conversavam, ou então passeavam sozinhos, como que pensativos, silenciosa e pausadamente — uns de figura cansada e apática, outros (mesmo naquele lugar!) aparentando uma arrogante superioridade, *chapkas* à banda e peliças jogadas nos ombros, olhares afoitos e maliciosos, sorrisos petulantes. "Tudo isso é meu ambiente, meu mundo de hoje" — pensava eu — "e, queira ou não, preciso viver aqui..."Tentei, certa feita, indagar Akim Akímytch sobre aqueles homens: gostava muito de tomar chá com ele para não ficar só. Diga-se de passagem que o chá era, naqueles primeiros tempos, praticamente a minha única alimentação. Akim Akímytch não recusava meu chá e esquentava, ele próprio, o nosso samovar[64] improvisado de lata, pequeno e irrisório, o qual me fora emprestado por M. Akim Akímytch tomava, por hábito, um copo de chá (ele tinha alguns copos), tomava-o taciturno e imponente, agradecia-me devolvendo o copo e logo se

[64] Espécie de chaleira aquecida por um tubo central com brasas e munida de uma torneira na parte inferior.

punha a costurar o meu cobertor. Não sabia, porém, comunicar o que me interessava e nem sequer entendia por que me interessavam tanto os caracteres dos presos que nos rodeavam e andavam por perto: até chegava a ouvir minhas falas com um sorrisinho astuto que me ficou na memória. "Não, pelo jeito é preciso que os conheça, eu mesmo, em vez de bisbilhotar" — pensei.

No quarto dia, da mesma maneira que da última vez, quando eu tinha ido trocar de grilhões, os detentos formaram, de manhãzinha, duas fileiras em face do *corps de gardes*, rente ao portão do presídio. Os soldados se enfileiraram, com suas espingardas carregadas e baionetas caladas, de frente para eles e por trás deles. O soldado tem o direito de atirar no presidiário, se este resolver fugir, mas, ao mesmo tempo, responsabiliza-se pelo seu tiro, se não o tiver disparado em caso de extrema necessidade; essa regra é também aplicada aos casos de rebelião manifesta dos presos. Aliás, quem é que resolveria fugir às escâncaras? Vieram o oficial engenheiro e o condutor, assim como os sargentos de engenharia e os soldados que supervisionavam os trabalhos efetuados. Foi feita a chamada; parte dos presos, que iam às oficinas de costura, saiu antes de todos os demais: eles produziam roupas para o presídio propriamente dito, e os oficiais de engenharia nem lhes davam atenção. Depois foram embora aqueles que trabalhavam nas oficinas comuns e, finalmente, aqueles encarregados de outros trabalhos braçais. Junto de uma vintena de outros detentos, eu também fui trabalhar. Detrás do presídio, na margem do rio congelado, havia duas barcas que não tinham mais serventia e precisavam ser desmontadas para que a velha madeira não perecesse ao menos. De resto, o valor de todos aqueles materiais velhos era, pelo visto, muito pequeno, quase nulo. A lenha se vendia na cidade por um preço ínfimo, e as florestas que se estendiam nos arredores eram imensas. Mandavam-nos lá apenas para os presos não ficarem de braços cruzados, e os próprios presos compreendiam bem isso. Sempre cumpriam tais tarefas com apatia e morosidade, mas outras coisas aconteciam quando o trabalho em si era útil, valioso e, sobretudo, quando se podia arranjar, entrementes, esmola. Nesses casos, os detentos pareciam tomados de inspiração e, bem que não tirassem daquelas tarefas nenhum proveito, penavam de todas as forças — vi-o pessoalmente! — para terminá-las sem demora e da melhor forma possível; até mesmo o amor-próprio deles ficava, nesses casos, desafiado. E os trabalhos regulares, feitos antes de modo formal que por necessidade real, não eram propícios para ganhar esmola, conquanto durassem até o tambor lançar, rufando às onze horas da manhã, o sinal de voltar ao presídio. Aquele dia era morno e neblinoso; a neve quase se derretia. Todo o nosso grupo caminhou até a margem do rio, detrás do presídio. Nossas correntes tiniam um pouco: embora ocultas debaixo das roupas, soltavam, a cada passo de quem as portava, um nítido e agudo som metálico. Dois ou três homens se afastaram do grupo, indo ao *Zeughaus*[65] buscar instrumentos. Eu me sentia como que animado, enquanto caminhava ao lado dos outros detentos: queria ver e saber, o mais depressa possível, qual seria o meu trabalho. Como ele seria, o trabalho forçado? E como eu mesmo trabalharia pela primeira vez na vida?

---

[65] Armazém de apetrechos militares ou carcerários (em alemão).

Lembro-me de tudo, até dos menores detalhes. Encontramos pelo caminho um burguês meio barbudo, que se deteve e pôs a mão no seu bolso. Um dos detentos se separou rapidinho do nosso grupo, tirou a *chapka*, pegou cinco copeques de esmola e juntou-se de imediato aos nossos. O burguês se benzeu e foi seguindo o seu rumo. Na mesma manhã gastamos aqueles cinco copeques com os *kalatchs*, dividindo-os, em partes iguais, entre todos os companheiros.

Uns presos do nosso grupo andavam, conforme o seu hábito, sombrios e pouco sociáveis, outros indiferentes e moles, outros ainda proseavam entre si com ócio. Um deles estava, não se sabia por quê, todo contente e jovial, cantava e quase dançava pelo caminho, fazendo seus grilhões tilintarem a cada pulo. Era aquele mesmo detento baixo e robusto que na primeira manhã da minha estada no presídio discutira com outro preso, quando os dois se lavavam junto de um balde d'água, porque este outro ousara afirmar, insensato, que era, sem mais nem menos, a ave Kagan. Aquele rapaz alegre chamava-se Skurátov. Acabou entoando certa canção enérgica cujo refrão eu lembro até agora:

> Me casaram de mansinho,
> Quando tava no moinho...

Faltava-lhe apenas uma balalaica.[66]

É claro que sua alegria extraordinária despertou logo a indignação de alguns detentos, quase foi tomada por uma ofensa.

---

[66] Bandolim russo de forma triangular, provido de três cordas.

— Começou a uivar! — disse, com reproche, um dos presos, que não tinha, aliás, nada a ver com isso.

— O lobo só tinha uma modinha, mas esse Tuliak[67] a imita também! — notou, com sotaque de *khokhol*,[68] um dos detentos sombrios.

— Eu cá sou mesmo um Tuliak — rebateu imediatamente Skurátov —, e vocês, lá em sua Poltava,[69] engasgaram com a *galuchka*.[70]

— Deixa de mentir! Tu mesmo, o que comias antes? Tragavas o teu *chtchi* com *lápti*?

— E agora ficou gordão, como se o diabo o empanturrasse com suas balas — acrescentou o terceiro preso.

— É verdade, maninhos, que sou mimalho — respondeu Skurátov com um leve suspiro, como se estivesse arrependido de sua mimalhice; dirigia-se a todos os presentes em geral e a ninguém em particular. — Desde menino é que fui crivado (isto é, criado: Skurátov estropiava palavras de propósito) com ameixas passas e pãezinhos doces, e meus irmãozinhos queridos têm, ainda hoje, um armazém em Moscou: vendem o vento na feira e seu comércio dá certo.

— E tu mesmo o que vendias?

— Nós cá também tínhamos umas qualidades. E foi ali, maninhos, que tive meus primeiros duzentos...

— Rublos? — intrometeu-se um curioso, sobressaltado de ouvir falarem em tanto dinheiro.

---

[67] Natural ou habitante de Tula, grande cidade russa vizinha de Moscou.

[68] Apelido pejorativo dos ucranianos.

[69] Cidade ucraniana.

[70] Espécie de raviólis cozidos em leite ou caldo, um dos pratos tradicionais da Ucrânia.

— Não, meu chapa, não foram rublos, mas golpes vibrados. Luká, hein, Luká!

— Sou Luká para meus amigos e para ti sou Luká Kuzmitch — respondeu, sem vontade, um detento pequeno e magro, com um narizinho agudinho.

— Tá bem, Luká Kuzmitch, que o diabo te carregue.

— Sou Luká Kuzmitch para meus amigos e para ti sou o titiozinho.

— Tá bem, titiozinho, que o diabo te leve pra não falar mais nisso! E queria dizer uma coisa boa. Pois é, maninhos, foi assim que não me esbaldei em Moscou por muito tempo; apanhei, pra terminar, mais quinze chibatadinhas e fui mandado embora. Pois eu...

— Mas por que foi que mandaram?... — interrompeu-o um detento que acompanhava zelosamente o seu relato.

— Pois não vás à quarentena, não bebas do barril, não dês com a língua nos dentes... E não consegui desse jeito, maninhos, enriquecer de verdade, lá em Moscou. E tanto queria, queria tanto aquilo, ser rico. Queria tanto aquilo que nem sei o que dizer.

Muitos desandaram a rir. Skurátov era, obviamente, um daqueles brincalhões, ou melhor, palhaços voluntários que pareciam ter assumido o dever de divertir seus companheiros tristonhos e, bem entendido, não recebiam nada em troca senão injúrias e palavrões. Ele pertencia a um tipo peculiar e notável de que talvez me cumpra falar outras vezes.

— Ainda assim, daria para te caçar que nem uma zibelina — replicou Luká Kuzmitch. — Só tuas roupas valem uns cem rublos, olha.

Skurátov usava a mais vetusta, a mais surrada de todas as peliças, coberta de remendos de cima a baixo.

Examinou-a, assaz indiferente, mas atento, de todos os lados.

— Mas a minha cabeça, maninhos, a minha cabeça é que custa caro! — respondeu. — Quando me despedia de Moscou, só tinha por consolo que minha cabeça iria também comigo. Adeus, Moscou, obrigado pelas tuas chibatas, pelos teus ares livres — rasgaram-me toda a pele! E não precisas, meu chapa, olhar pra minha peliça...

— Então olharia para a tua cabeça?

— Aquela cabeça não é dele — tornou a falar Luká. — Ganhou-a de esmola, pelo amor de Cristo, quando passava por Tiumen[71] com a caravana.

— Pois tu, Skurátov, tinhas algum ofício, não tinhas?

— Que ofício?! Era um malandreu, andava com os babacas, pegava sua graninha — notou um dos sombrios. — Eis aí todo o ofício dele.

— Tentava mesmo fazer calçados — respondeu Skurátov, sem ter reparado naquela objeção cáustica. — Fiz só um par.

— E vendeste?

— Bem... veio um cara que não temia, na certa, Deus nem respeitava seus pais. Foi ele quem comprou, pois Nosso Senhor o castigou. — Todos em volta de Skurátov caíram na gargalhada.

— Depois trabalhei mais uma vez, já por aqui — prosseguiu Skurátov com pleno sangue-frio. — Consertei, um dia, as botas de Stepan Fiódorytch Pomórtsev, nosso tenente.

— E ele ficou contente?

[71] Cidade russa localizada no interior da Sibéria.

— De jeito nenhum, maninhos. Xingou-me pra mil e um anos e deu, ainda por cima, umas joelhadas por trás. Como ficou zangado! Eh, mentiu a minha vida, mentiu a presidiária!

— O marido de Akulina
Não demora a aparecer...

— Voltou, de repente, a cantar e a pular batendo os pés.

— Que sujeitinho indigno! — resmungou o *khokhol* que caminhava ao meu lado, mirando-o de viés com um maldoso desprezo.

— Que inútil! — disse outro detento, num tom resoluto e sério.

Eu não conseguia entender por que eles se zangavam com Skurátov nem, de modo geral, por que todos os presos alegres pareciam atrair, como já tinha percebido naqueles primeiros dias, certo desprezo. Atribuía a ira do *khokhol* e dos demais presidiários a suas índoles. Contudo, não era a aspereza das índoles, mas, sim, uma fúria dirigida contra Skurátov porque ele não se continha nem exibia aquela falsa aparência de dignidade severa que contaminava todo o presídio, beirando o pedantismo — numa palavra, por ser, conforme eles mesmos se expressavam, um "inútil". Aliás, nem todos os alegres provocavam cólera e eram tão maltratados como Skurátov e alguns homens semelhantes a ele. Nem todos se deixavam tratar dessa forma, mas um homem gaiato e simplório era logo escorraçado. Até me espantei com isso. Entretanto, mesmo dentre os presos risonhos havia quem soubesse revidar com gosto, sem poupar ninguém, e os outros se viam obrigados a respeitá-lo.

Um desses presos dentudos fazia parte do nosso grupo: era, no fundo, um moço muito alegre e agradável (eu o conheceria, por esse lado, mais tarde), um homem vistoso, de alta estatura, com uma grande verruga na bochecha e uma expressão facial comicíssima, mas, nada obstante, assaz bonito e habilidoso. Era apelidado de pioneiro,[72] pois tinha servido outrora no corpo de pioneiros, e naquele momento encontrava-se na divisão especial. Ainda terei que contar sobre ele.

De resto, nem todos os "sérios" eram tão expansivos quanto o *khokhol* revoltado com a jovialidade alheia. Havia no meio dos presidiários alguns homens que visavam a primazia, pretendiam tudo saber, ostentavam engenhosidade, força de caráter, inteligência. Muitos deles eram de fato pessoas inteligentes, de gênio forte, que realmente conseguiam o que buscavam, ou seja, alcançavam a primazia e exerciam uma considerável influência moral sobre os seus companheiros. Esses "crânios" nutriam amiúde hostilidade uns contra os outros, e cada um deles tinha vários inimigos jurados. Tratavam os outros detentos com dignidade e mesmo com indulgência, não se metiam em brigas inúteis, eram bem-afamados aos olhos dos comandantes, assumiam a liderança nas horas de trabalho, e nenhum deles criticaria um companheiro, por exemplo, por suas canções, nem sequer levaria em conta uma ninharia dessas. Comigo todos eles se comportavam, ao longo de toda a minha reclusão, de modo exemplarmente amável, mas não conversavam muito, decerto por dignidade também. Terei que falar deles mais tarde e com mais detalhes.

---

[72] Nome arcaico do sapador no exército russo.

Chegamos à margem do rio. Lá embaixo, submersa na água congelada, estava aquela velha barca que deveríamos desmontar. Uma estepe azulava do outro lado do rio; a vista era lúgubre e deserta. Eu presumia que todos fossem correndo fazer seu trabalho, mas nem se pensava nisso. Uns presos se sentaram em cima dos madeiros espalhados pela margem; quase todos tiraram das suas botas bolsinhas com tabaco nativo, cujas folhas se vendiam, três copeques por libra, na feira, e curtos chibuques[73] de vime, providos de pequenas piteiras improvisadas de madeira. Pusemo-nos a fumar cachimbos; os soldados de escolta estenderam uma corrente à nossa volta, vigiando-nos com ares de extremo tédio.

— Quem teve a ideia de quebrar essa barca? — disse um dos detentos, como que falando consigo, sem se dirigir a ninguém em particular. — Queria lascas, talvez?

— Quem não tem medo da gente, aquele ali teve a tal ideia — notou um outro.

— E aonde é que vão tantos mujiques? — perguntou o primeiro após uma breve pausa, sem ter ouvido, por certo, a resposta à sua pergunta anterior. Apontou para uma multidão de mujiques que se via ao longe, seguindo em fila indiana pela neve virgem. Todos se voltaram, indolentes, naquela direção e, sem terem o que fazer, começaram a escarnecê-los. Um dos mujiques, o último da fila, caminhava de uma maneira extraordinariamente risível, escancarando os braços e deixando sua cabeça pender para um lado; usava uma comprida *chapka* de camponês, em forma de *gretchniórik*.[74] Todo o seu vulto se destacava, inteira e claramente, sobre a alvura da neve.

[73] Espécie de cachimbo turco.

[74] Pão de trigo-sarraceno, feito em forma de cone.

— Eta, como o mano Petróvitch tá rastejando! — arremedou um dos presos o linguajar dos mujiques. Note-se que os presos costumavam mirar os camponeses de cima para baixo, conquanto metade deles mesmos fosse de origem camponesa.

— Aquele de trás, rapazes, anda como quem rábanos planta.

— É um lesado, mas tem muita grana — disse o terceiro presidiário.

Todos desandaram a rir, mas também indolentemente, como que sem querer. Nesse meio-tempo viera uma padeira, mulherzinha esperta e atrevida. Compramos-lhe alguns *kalatchs* com os cinco copeques de esmola e logo os repartimos em pedaços iguais.

O valentão que vendia *kalatchs* no presídio pegou umas duas dezenas de pães e abriu uma discussão calorosa para conseguir mais três *kalatchs*, em vez de dois vendidos com desconto habitual. A padeira não concordava.

— Pois bem... talvez dês aquilo ali para a gente?

— O que mais?

— Pois aquilo que os ratos não comem.

— Que a úlcera te carcoma! — guinchou, rindo, a mulherzinha.

Apareceu, finalmente, o supervisor dos trabalhos, um sargento com seu bastão.

— Ei, vocês, chega de preguiça! Vão trabalhar!

— Está bem, Ivan Matvéitch, qual é a nossa tarefa? — indagou um dos "líderes", levantando-se devagar do seu assento.

— Por que não perguntaram ali, na hora da chamada? Desmanchem aquela barca, essa é a tarefa.

Bem ou mal, os detentos se levantaram e desceram, aos trancos e barrancos, para junto do rio. Dentro do grupo surgiram sem demora alguns "líderes", pelo menos, verbais. Ficou claro que não nos cumpria desmontar a barca de qualquer jeito, mas, sim, preservando, na medida do possível, os madeiros e, sobretudo, as barras transversais, acopladas com pregos de madeira, em toda a sua extensão, ao fundo da barca. Nosso trabalho seria longo e enfadonho.

— Precisamos, antes de mais nada, levar embora essa coisinha. Venha pegar, rapaziada! — disse um preso que não era nenhuma espécie de líder ou cabecilha, mas tão somente um operário braçal, moço de poucas palavras, calado até então. Curvando-se, pegou um grosso madeiro com ambas as mãos no aguardo de ajudantes. Mas ninguém veio ajudá-lo.

— Tenta só levantar! Nem tu mesmo levantarás nem teu avô, o urso, levantará se vier! — resmungou alguém por entre os dentes cerrados.

— Então por onde começar, hein, manos? Eu cá não sei... — prosseguiu o mandante desconcertado, largando o madeiro e soerguendo-se do solo.

— Não dá pra fazer o trabalho todo... Por que te meteste?

— Já erraria em dar comida pra três galinhas, mas aí vem... antes de todo mundo... seu matraca.

— Pois eu não queria, manos — escusava-se o desconcertado —, fui só perguntar...

— Deveria botar estojos em todos vocês, hein? Ou querem que os conserve no sal para todo o inverno? — voltou a gritar o supervisor, fitando com pasmo aquele grupo de vinte homens que não sabiam por onde começar o trabalho. — Comecem! Mais rápido, andem!

— Não dá pra fazer mais rápido que o rápido, Ivan Matvéitch.

— Pois tu é que não fazes nadica de nada. Ei, Savêliev, Falastrão Petróvitch! Estou falando contigo: por que estás parado desse jeito, de olhos arregalados?... Ao trabalho!

— Mas eu não dou conta sozinho...

— Explique a tarefa pra gente, Ivan Matvéitch.

— Já disse que não vou explicar. Desmanchem a barca e vão para casa. Ao trabalho!

Os presos começaram, enfim, a trabalhar, mas com lerdeza, a contragosto, desajeitadamente. Era até mesmo desagradável olhar para aquela multidão de fortões que, pelo visto, não tinham a mínima ideia de como proceder ao desmonte. Assim que se puseram a remover a primeira barra transversal, a menor de todas, esclareceu-se que era bem frágil, que se quebrava "por si só", conforme a justificativa levada ao supervisor; não se podia, por conseguinte, trabalhar daquela maneira, precisava-se escolher uma alternativa. Abriu-se uma longa discussão, no meio dos presos, acerca dessa alternativa e de como a arranjariam. Chegamos, bem entendido, a xingar uns aos outros, e a rixa não se limitaria àquilo... O supervisor gritou novamente e agitou o seu bastão, porém a barra se quebrou de novo. Soube-se, afinal, que não bastava usarmos machados e que seriam necessários mais alguns instrumentos. Dois rapazes logo foram mandados, com a escolta, ao presídio, e todos os demais presos, esperando que eles trouxessem os instrumentos, sentaram-se calmamente em cima da barca, tiraram seus cachimbos e acenderam-nos outra vez. O supervisor acabou desistindo.

— Pois o trabalho não vai chorar por vocês! Eh, que povo, que povo! — resmungou, furioso, fez um gesto de desespero e, agitando o bastão, foi em direção ao presídio.

Ao cabo de uma hora veio o condutor. Todo tranquilo, escutou os detentos e declarou que nos dava a tarefa de remover mais quatro barras, contanto que não se quebrassem, mas fossem separadas inteiras, e de desmontar, além disso, uma parte considerável da barca para podermos depois retornar ao presídio. A tarefa era grande, mas — meu Deus do céu! — como o trabalho avançou rápido! Que fim teriam levado a preguiça e a ignorância? Uns presos empunharam seus machados, foram extraindo os pregos de madeira. Os outros manejavam umas grossas varas e, apertando-as com vinte mãos de vez, retiravam as barras lesta e habilmente, sendo que agora essas barras, para minha surpresa, eram retiradas bem íntegras e intactas. O trabalho ia de vento em popa. De súbito, todos haviam criado um juízo fenomenal. Cada um sabia, sem falas inúteis nem palavrões, o que diria, como faria, onde se poria, o que aconselharia. Exatamente meia hora antes de rufar o tambor, os presos finalizaram sua tarefa e foram de volta ao presídio, cansados, mas plenamente contentes, embora tivessem ganhado apenas meia hora em comparação com o prazo previsto. E, no que diz respeito a mim, reparei numa peculiaridade: aonde que tivesse ido para ajudá-los em sua labuta, não viera nunca a calhar, atrapalhara-os por toda parte, fora expulso por eles quase aos berros.

Até o último maltrapilho, que também era um ajudante péssimo e não se atrevia nem a dar um pio na frente dos outros detentos, mais afoitos e hábeis que ele, achava ter o direito de me mandar, gritando, às favas, quando me via ao seu lado, sob o pretexto de que eu estivesse estorvando o seu trabalho. Por fim, um dos presos afoitos disse-me com uma retidão bruta: "Por que é que se mete onde não foi chamado? Vá embora daqui!".

— Caiu no anzol! — logo apoiou um outro detento.

— Pega aí uma caneca — disse o terceiro preso — e pede esmola pro seu tabaco-de-caco, por aqui não tens o que fazer.

Vi-me forçado a ficar longe deles, e ficar longe, enquanto todos trabalham, é uma vergonha. Mas quando me afastei realmente, plantando-me na ponta da barca, os presidiários romperam a gritar:

— Vejam só que obreiros temos aqui! O que fazer com eles? Nada!

Tudo isso se fazia, bem entendido, de propósito, por diversão. Cumpria-lhes judiar do antigo fidalgozinho, e tal oportunidade deixava-os, com certeza, muito contentes.

Agora entendo perfeitamente por que, conforme já havia dito antes, a primeira questão que me fiz ao entrar no presídio era a seguinte: como me comportar, como lidar com aquelas pessoas? Eu pressentia que as desavenças semelhantes àquela que ocorrera na hora de trabalho seriam frequentes. Mas, a despeito de todas as desavenças, decidi que não mudaria o plano de minhas ações, já parcialmente elaborado nesse meio-tempo: sabia que era um plano correto. Decidi, em particular, que me comportaria com as maiores simplicidade e independência possíveis, sem insistir em aproximar-me sobremaneira dos outros presos nem os repelir, todavia, se eles mesmos desejassem aproximar-se de mim. Decidi que não temeria suas ameaças e seu ódio, fingindo, quanto pudesse, não reparar nisso, que não concordaria com eles no tocante a determinados assuntos nem reconheceria alguns dos seus usos e costumes — numa palavra, que não procuraria, por mim mesmo, sua plena camaradagem. Adivinhei, desde a primeira vista, que eles próprios me desprezariam em razão disso. No entanto, segundo as suas convicções (ficaria, mais tarde, persuadido de que era verdade), eu deveria preservar e respeitar, na frente deles, a minha dignidade de fidalgo, quer dizer, ser mimado e enjoado, desdenhá-los, a cada passo torcer o nariz, ter medo de sujar minhas mãos. É dessa forma que eles compreendiam a procedência nobre. Decerto me injuriariam por causa disso, porém me respeitariam no íntimo. Esse papel não me convinha: nunca fora fidalgo de acordo com as suas noções e prometi a mim mesmo que nenhuma concessão minha rebaixaria, aos olhos dos presidiários, nem a educação que recebera nem o meu modo de pensar. Se começasse, por mera bajulação, a agradá-los, a concordar com eles, a tratá-los com familiaridade e a assumir diversas "qualidades" daquela gente para atrair a sua simpatia, os presos não demorariam a supor que o fizesse por ser medroso e pusilânime, indo desprezar-me por isso. A-v não era bom exemplo: ele andava com o major, e os presos temiam-no. Por outro lado, eu mesmo não queria confinar-me, na sua frente, naquela fria e inexpugnável polidez que demonstravam os poloneses. Agora percebia claramente que os detentos me desprezavam porque queria trabalhar ao seu lado, sem me mostrar mimado e enjoado; tinha a certeza de que depois eles seriam obrigados a mudar sua opinião a meu respeito, mas a ideia de que, ainda assim, atribuíam-se o direito de me desprezar, pensando que os adulava na hora de nosso trabalho, essa ideia me deixava bem abatido.

Quando no fim da tarde, uma vez terminado o trabalho que fazíamos após o almoço, eu retornei ao presídio caindo de cansaço, uma angústia terrível se apossou novamente de mim. "Quantos mil dias iguais a este me esperam ainda pela frente" — pensava —, "sempre parecidos um ao outro, sempre os mesmos!" Ao cair das trevas, andava sozinho, calado, detrás das casernas, ao longo da paliçada, e de repente vi o nosso Chárik,[75] que corria direto ao meu encontro. Esse Chárik era o cachorro de nosso presídio, bem como existem cachorros que seguem as companhias de infantaria, baterias de artilharia ou esquadrões de cavalaria. Morava no presídio desde os tempos imemoráveis, não tinha nenhum dono, achando que todos eram seus donos, e alimentava-se com sobras da cozinha. Era um vira-lata bastante grande, preto com manchas brancas, não muito velho, de olhos inteligentes e rabo felpudo. Ninguém o acarinhava nunca, ninguém lhe dava nenhuma atenção. Ainda no primeiro dia passei a mão em seu pelo e dei-lhe um pouco de pão. Quando lhe alisava o pelo, o cachorro se mantinha quieto, olhava para mim com meiguice e agitava devagarinho seu rabo em sinal de prazer. Agora, sem me ter visto por muito tempo, sendo eu o primeiro homem em vários anos a tratá-lo com carinho, ele corria por entre os presos, buscava por mim no meio deles e, quando me avistou detrás das

---

[75] O nome Chárik, muito comum para um vira-lata na Rússia, significa "bolinha".

casernas, atirou-se guinchando ao meu encontro. Não sei o que se dera comigo, mas comecei a beijar aquele cachorro, abracei a sua cabeça, e o cachorro colocou suas patas dianteiras em meus ombros e pôs-se a lamber-me o rosto. "Este é, pois, o amigo que o destino envia para mim!" — pensei então e depois, durante aquele primeiro período difícil e lúgubre, toda vez que voltasse do trabalho, iria apressado, antes de fazer qualquer outra coisa e sem passar por outros lugares, procurar detrás das casernas o Chárik pulando na minha frente e guinchando de alegria, abraçar a sua cabeça e beijá-la, beijar ao passo que um sentimento doce e, ao mesmo tempo, dolorosamente amargo invadisse o meu coração. E lembro que me era até prazeroso pensar, como que me gabando para mim mesmo com o meu próprio pesar, que só restava no mundo inteiro um único ser que me amava, que se apegara a mim — meu amigo, meu único amigo, meu fiel cão Chárik.

VII
Novos cocnhecidos — Petrov

Contudo, o tempo ia passando e, pouco a pouco, eu comecei a adaptar-me àquele ambiente. Os eventos cotidianos de minha nova vida impressionavam-me cada vez menos. Os incidentes, as circunstâncias, as pessoas — tudo isso ficara, de certa forma, banalizado. Não era possível que me conformasse com essa vida, mas estava bem na hora de reconhecê-la como um fato consumado. Ocultara dentro de mim, o mais fundo que pudera, todos os mal-entendidos que ainda me inquietavam.

Não vagueava mais pelo presídio, feito um homem perdido, nem extravazava a minha angústia. Cheios de curiosidade selvagem, os olhares dos presos já não me fixavam com tanta frequência, não me acompanhavam mais com tanta audácia ostensiva. Decerto eles também se tinham acostumado comigo, algo que me deixava muito contente. Rodava o presídio, como se estivesse em minha casa, conhecia bem o meu lugar na tarimba e mesmo me habituei, pelo visto, com as coisas que nem havia pensado em aceitar até o fim da minha vida. Regularmente, toda semana, ia raspar metade do meu crânio. Todo sábado, nas horas do sabá,[76] os detentos eram chamados, um por um, do presídio para o *corps de gardes* (quem não raspasse a cabeça responsabilizava-se por isso), onde os barbeiros militares ensaboavam a nossa cabeça com um sabão gelado e raspavam-na, sem dó nem piedade, com lâminas embotadíssimas, de modo que até hoje eu me sinto todo arrepiado ao recordar aquela tortura. De resto, logo apareceu um remédio: Akim Akímytch indicou-me um dos detentos, pertencente à turma dos militares, que cobrava um copeque para raspar, com sua própria navalha, os cabelos de qualquer um e assim ganhava seu dinheirinho. Muitos presidiários frequentavam-no para se esquivar dos barbeiros oficiais, embora aquele povo não fosse nada maricas. Nosso barbeiro carcerário era alcunhado de *major*, não sei por que motivo nem posso dizer o que poderia assemelhá-lo a um major de verdade. Agora que escrevo estas linhas, vejo claramente aquele major,

[76] Dostoiévski usa o termo hebraico para designar as horas de descanso estabelecidas pelas regras do presídio.

um rapaz alto, magro e taciturno, meio tolo, sempre mergulhado em seu trabalho, segurando com uma mão a correia com a qual afiava, de dia e de noite, a sua navalha gasta até dizer chega, em aparência totalmente imerso nessa ocupação que tomava, sem dúvida, pelo desígnio de toda a sua vida. Ficava, de fato, extremamente contente quando sua navalha estava aguda e quando alguém vinha raspar a cabeça: seu sabão estava quente; sua mão era leve e sua raspagem, aveludada. A arte de barbear parecia deixá-lo maravilhado e orgulhoso, e ele tomava cada copeque ganho com indolência, como se lhe importasse apenas a arte e não aquele copeque. A-v apanhara, um dia, para valer, quando estava informando o comandante sobre o presídio e, mencionado o nome de nosso barbeiro, tivera a imprudência de chamá-lo *o major*. O verdadeiro major ficara furioso e magoado até o último limite. "Pois sabes, canalha, o que é um major?" — gritara, espumando de raiva e batendo em A-v conforme seus hábitos. "Entendes, por acaso, o que é um major? Aí vem um preso, um cafajeste qualquer, e tu ousas chamá-lo de major, na minha frente, na minha presença!..." Apenas A-v conseguia suportar aquele homem.

Desde o primeiro dia de minha vida carcerária eu comecei a sonhar com a liberdade. Meu passatempo predileto consistia em calcular, de mil maneiras diferentes, quando terminaria o prazo de minha reclusão. Nem podia pensar nisso de outro modo e estou convencido de que toda pessoa privada, por algum tempo, de liberdade também age assim. Não sei se os demais presos pensavam e calculavam como eu, mas a espantosa leviandade das suas esperanças surpreendeu-me desde o primeiro passo. A esperança de um preso, de um homem privado de liberdade, e a de quem vive na realidade pertencem a dois gêneros absolutamente distintos. O homem livre nutre certamente umas esperanças (tendo em vista, por exemplo, a mudança de sorte ou a realização de algum empreendimento), mas está vivendo, está agindo; a vida real envolve-o plenamente em sua roda-viva. A vida de um detento é outra. Suponhamos que seja uma vida também, uma vida carcerária, presidiária; porém, seja quem for aquele detento e seja qual for o prazo de sua reclusão, ele não consegue, por mero instinto, tomar a sua situação por algo decidido e definitivo, por uma parte da sua vida real. Todo presidiário sente que não está *em sua casa*, mas como que convidado para a casa de outrem. Espera que vinte anos de sua sentença passem como dois anos e tem toda a certeza de que, saindo do presídio com cinquenta e cinco anos de idade, ainda será tão valente quanto agora, aos trinta e cinco anos. "A gente viverá ainda!" — pensa consigo e teima em afastar todas as dúvidas e outros pensamentos ruins. Até os condenados à prisão perpétua, aqueles da divisão especial, contavam, de vez em quando, com a permissão que de repente viria de Peter:[77] "Transferir para Nêrtchinsk, mandar para as minas e fixar os prazos". Como isso seria bom: primeiro, há quase meio ano de caminhada até Nêrtchinsk, e caminhar com uma caravana de presos é bem melhor do que mofar no presídio! Depois é só terminar o prazo em Nêrtchinsk e então... Era dessa maneira que ludibriava a si próprio um detento de cabeça branca!

---

[77] Nome coloquial de São Petersburgo, capital do Império Russo.

Vi em Tobolsk alguns presos acorrentados à parede. Tal preso é mantido na ponta de uma corrente de, mais ou menos, uma braça;[78] seu catre está por perto. Ficou acorrentado por algo incomumente terrível, perpetrado já na Sibéria. Esses presos permanecem assim por cinco ou mesmo por dez anos; em sua maioria, são salteadores. Só um daqueles que eu vi parecia um fidalgo: tinha servido outrora nalgum lugar. Era docílimo, falava ceceando, abria um sorriso docinho. Mostrava-nos a sua corrente, mostrava como lhe era mais cômodo deitar-se no catre. Devia ser uma ave raríssima! Em geral, todos eles se comportam mansamente e parecem contentes, se bem que cada um anseie pelo término do seu prazo. Por que será? Porque, uma vez fora da cela sufocante e úmida com suas baixas abóbadas de tijolos, um preso desses passa pelo pátio do presídio e... e nada mais que isso. Nunca o deixarão sair do presídio. Ele mesmo sabe que os detentos que já foram acorrentados ficam no presídio para todo o sempre, até sua morte, e portam grilhões. Está ciente disso e, não obstante, anseia pelo término de seu castigo. Poderia, na ausência desse anseio, passar cinco ou seis anos acorrentado, sem que morresse ou enlouquecesse? Aceitaria porventura a sua corrente?

Eu sentia que o trabalho podia salvar-me, fortalecer a minha saúde, o meu corpo. Aquela constante inquietude espiritual, a irritação nervosa, o ar abafadiço da caserna poderiam, por sua vez, causar a minha completa ruína. "Ir ao ar livre tanto quanto puder, cansar-me todos os dias, aprender a carregar pesos" — andava pensando —, "e, pelo menos, eu me salvarei, ficarei mais forte, sairei

---

[78] Arcaica medida de comprimento, equivalente a 2,2 metros.

daqui saudável, desperto, robusto e ainda não muito velho". Não me enganei: o trabalho e o movimento ser-me-iam bem úteis. Olhava com pavor para um dos meus companheiros (um fidalgo) que definhava no presídio como uma velinha que se apaga. Chegou ali comigo, ainda jovem, bonito, ativo, e saiu semidestruído, de cabelos brancos e pernas mancas, todo ofegante. "Não" — pensava, olhando para ele —, "eu quero viver e vou viver". Por outro lado, como os presidiários me atacavam, no começo, por esse amor pelo trabalho, quanto tempo me perseguiam com seu desprezo e suas caçoadas! Mas eu não me importava com ninguém, indo com todo o ânimo, por exemplo, calcinar e triturar alabastro: fora um dos trabalhos que conhecera logo de início. Esse trabalho não era pesado. Os engenheiros superiores estavam dispostos, na medida do possível, a facilitar o trabalho dos fidalgos, o que não revelava, aliás, sua condescendência, mas tão somente sua justiça. Seria estranho exigirem que um homem duas vezes mais fraco cumprisse, sem nunca ter trabalhado antes, a mesma tarefa que se dava, conforme as suas habilidades, a um trabalhador verdadeiro. Contudo, esses "mimos" nem sempre ocorriam e, quando os engenheiros os concediam, faziam isso como que às escondidas: o comando controlava nosso trabalho com muito rigor. Cumpria-nos amiúde fazer trabalhos difíceis, e nesses casos, bem entendido, os fidalgos carregavam o dobro do peso que os outros detentos. Costumava-se mandar à oficina de alabastro uns três ou quatro homens, velhos ou então débeis, inclusive algum fidalgo; além disso, mandavam conosco um trabalhador de verdade que conhecia bem aquele ofício. Acompanhava-nos de praxe, durante vários anos a fio, o mesmo detento, chamado Almázov, um homem severo, moreno e magro, já meio idoso, arredio e mal-humorado. Ele nos desprezava profundamente. De resto, falava bem pouco, de modo que nem se dava ao luxo de exprobrar-nos. O galpão onde o alabastro era calcinado e triturado também se encontrava naquela deserta e íngreme margem do rio. No inverno, sobretudo nos dias nublados, era muito tedioso olhar para o rio e a sua longínqua margem oposta. Havia algo pesaroso naquela paisagem agreste e deserta, algo que dilacerava o coração. Todavia, a impressão era ainda mais triste quando o sol rutilava na infinita camada branca de neve: a gente queria voar embora, rumo àquela estepe que começava na margem oposta, estendendo-se para o sul, tal e qual uma lisa toalha, por umas mil e quinhentas verstas ininterruptas. De ordinário, Almázov se punha ao trabalho calado e intratável; nós estávamos, de certa forma, envergonhados de não podermos ajudá-lo como devíamos, e ele fazia questão de penar sozinho, de não nos reclamar nenhuma ajuda, como se quisesse que sentíssemos toda a nossa culpa na sua frente e padecêssemos com nossa inutilidade. E o trabalho consistia apenas em esquentar o forno para calcinar o alabastro trazido, às vezes, por nós mesmos e amontoado nele. No dia seguinte, quando o alabastro estava todo calcinado, vínhamos retirá-lo do forno. Cada um de nós tomava um pesado pilão, enchia uma caixa de alabastro e começava a quebrá-lo. Era um trabalho agradabilíssimo. Aquele frágil alabastro se transformava depressa num brilhoso pó branco, despedaçava-se tão bem, com tanta facilidade. Agitando os nossos martelos, produzíamos tamanho barulho que acabávamos por gostar, nós mesmos, dele. Cansávamo-nos finalmente e, ao mesmo tempo, sentíamos uma leveza; nossas faces enrubesciam, o sangue circulava mais rápido. Então o próprio Almázov passava a mirar-nos com indulgência, como alguém que mira umas crianças; fumava, indulgente, o seu cachimbo, mas não conseguia, ainda assim, deixar de resmungar quando se via obrigado a falar conosco. Aliás, tratava todo mundo da mesma maneira: parece que, no fundo, era um homem bom.

Outro trabalho de que me encarregavam consistia em girar a roda torneadora numa oficina. Essa roda era grande e pesada. Precisava-se empenhar muitos esforços para girá-la, sobretudo quando o torneiro (um operário qualificado) manobrava algo semelhante ao balaústre de uma escada ou à perna de uma grande mesa, usando quase um tronco inteiro para fazer algum móvel de serviço encomendado por um dos nossos comandantes. Um só detento não teria forças para girar a roda nesses casos, portanto mandavam lá, de hábito, mais um fidalgo, além de mim, que se chamava B. Assim, íamos cumprindo essa tarefa ao longo de vários anos, cada vez que era necessário tornear algum objeto. B. era um homem ainda novo, mas mofino e fraco, acometido de tísica. Chegara ao presídio cerca de um ano antes de mim, com dois companheiros seus, um dos quais era um ancião que passaria toda a sua vida carcerária rezando, dias e noites, a Deus (o que lhe rendia muito respeito por parte dos outros presos) e faleceria já na minha presença, e o outro, um homem ainda bem jovem, fresco, corado, forte e corajoso, que tinha carregado B., cansado no meio do caminho, até o presídio, isto é, por setecentas verstas seguidas. Valeria a pena ver a amizade que os ligava! B. era um homem perfeitamente instruído, nobre e provido de magnanimidade, mas debilitado e irritado pela doença. Nós dois conseguíamos dar conta da roda e mesmo nos divertíamos com isso. Esse trabalho proporcionava-me um ótimo exercício.

Eu também gostava, em particular, de retirar a neve. Isso acontecia, de praxe, após as tempestades, nada raras no inverno. A tempestade durava um dia inteiro, recobrindo algumas casas de neve até a metade das suas janelas e deixando outras quase totalmente afundadas. Então, logo que a tempestade terminava e o sol voltava a brilhar, mandavam um grande grupo de detentos ou, às vezes, todo o presídio levar aquela neve amontoada para longe dos prédios oficiais. Cada um recebia sua pá e todos uma tarefa, de vez em quando tão descomunal que a gente se perguntava com perplexidade como seria possível cumpri-la, e começávamos a trabalhar juntos. Os presos levantavam habilmente enormes bolas de neve com suas pás e jogavam-nas em redor; muito recente, fofa e um pouco congelada na parte de cima, a neve se transformava, ainda no ar, num pó cintilante. As pás mergulhavam fundo naquela massa branca, fulgurante sob o sol. Quase sempre os presos faziam esse trabalho com alegria. O ar fresco de inverno e o movimento excitavam-nos. Todos se tornavam mais animados; ouviam-se gargalhadas, gritos e chistes. Os presos se punham a brincar de batalha de neve, porém, ao cabo de um só minuto, os mais sensatos e revoltados com seu riso e sua alegria não prescindiam, naturalmente, de censurá-los aos berros, e essa diversão generalizada redundava, de ordinário, em pragas e palavrões.

Pouco a pouco, fui alargando o círculo de meus conhecidos. Aliás, não pensava, eu mesmo, em conhecer alguém: ainda estava inquieto, sombrio e desconfiado. Os novos conhecidos apareceram por si só. O detento Petrov foi um dos primeiros a visitar-me. Digo *visitar* e faço questão de empregar esse termo. Petrov se encontrava na divisão especial e morava na caserna mais distante da minha. Decerto não podia haver nenhuma ligação entre nós; tampouco tínhamos ou poderíamos ter algo em comum. Entretanto, naqueles primeiros tempos, Petrov parecia considerar-se como que obrigado a vir, quase todos os dias, à minha caserna ou então a parar-me nas horas do sabá, quando eu andava, vez por outra, detrás das casernas, mantendo-me tão longe quanto pudesse de todos os olhos alheios. A princípio, isso me desagradava. Mas ele soube, de algum modo, fazer que pouco depois as suas visitas passassem mesmo a divertir-me, se bem que não fosse um homem tão sociável assim nem amante da boa conversa. De estatura baixa e compleição robusta, era destro e buliçoso, tinha um rosto assaz agradável, pálido, de largos zigomas, e um olhar atrevido; seus dentes eram brancos, miúdos e compactos, e ele sempre colocava uma pitada de rapé atrás do seu lábio inferior. Muitos presidiários tinham o mesmo costume de pôr rapé atrás do lábio. Petrov aparentava ser mais novo do que era de fato: tendo já em torno de quarenta anos, parecia apenas trintenário. Ele sempre falava comigo com toda a desenvoltura, mantinha-se plenamente em pé de igualdade, ou seja, manifestava decência e delicadeza extraordinárias. Se percebia, por exemplo, que eu buscava recolhimento, conversava comigo por uns dois minutinhos e logo me deixava em paz, agradecendo, todas as vezes, a atenção dispensada, o que não fazia, bem entendido, nunca com ninguém em todo o presídio. É curioso notar que tais relações permaneceram entre nós não apenas nos primeiros dias, mas durante vários anos a fio, sem se tornarem, quase em momento algum, mais estreitas, embora ele me fosse leal de verdade. Até agora não consigo entender o que precisamente ele queria de mim, por que ele me abordava todos os dias. Mesmo ocorrendo mais tarde que me furtasse dinheiro, fazia isso como que *por acaso* e quase nunca me pedia ajuda nem empréstimo, quer dizer, não vinha pedir-me dinheiro, mas por alguma razão diferente.

Também ignoro o motivo pelo qual sempre me parecia que Petrov não morava comigo no mesmo presídio e, sim, nalguma casa distante, lá na cidade, e não fazia outra coisa senão frequentar o presídio de passagem, a fim de saber as notícias, ver como eu estava e como vivíamos todos nós. Estava sempre com pressa, como se tivesse deixado nalgum lugar alguém que esperava por ele ou largado algum negócio inacabado. Entretanto não tinha a aparência de quem se apressa à toa. Seu olhar também era algo estranho: atento, matizado de ousadia e certo escárnio, porém voltado para bem longe, passando através dos objetos, como se, por trás do objeto que ficava diante do seu nariz, ele procurasse examinar outra coisa mais afastada. Isso lhe dava ares de distração. Às vezes, eu espiava de propósito aonde Petrov ia depois do nosso encontro. Quem era que esperava tanto por ele? Contudo, depois que nos encontrávamos, Petrov ia depressa a uma das casernas ou à cozinha, sentava-se ao lado de alguém que estava conversando, escutava-o com atenção e mesmo se intrometia, de vez em quando, na conversa, todo entusiasmado, mas logo se calava de novo. Apesar disso, falasse ele ou permanecesse calado, aparentava estar ali tão só de passagem, enquanto outros negócios ou pessoas o aguardavam alhures. O mais estranho era que nunca tinha nenhuma ocupação (salvo o trabalho oficial, bem entendido), vivendo numa ociosidade completa. Não praticava nenhum ofício e quase nunca possuía dinheiro algum. Aliás, tampouco se preocupava com o dinheiro. De que é que falava comigo? Suas conversas eram tão esquisitas quanto ele próprio. Vendo-me, por exemplo, vaguear sozinho detrás das casernas, virava-se abruptamente para o meu lado. Sempre andava rápido, virava-se de supetão. Aproximava-se de mim caminhando, mas parecia ter corrido.

— Bom dia.

— Bom dia.

— Não o atrapalho?

— Não.

— Queria perguntar pra você sobre Napoleão.[79] Ele é parente daquele do ano doze,[80] não é? (Petrov era um cantonista[81] e sabia ler).

— Parente, sim.

— E, pelo que dizem, que presidente ele é?

Perguntava sempre rapidamente, de forma entrecortada, como que precisando esclarecer, o mais depressa possível, alguma questão. Parecia indagar acerca de um

---

[79] Trata-se de Napoleão III (1808–1873), presidente da França desde 1848 que, tornando-se imperador após o golpe de Estado em 1852, buscou imitar o regime político de seu tio Napoleão I (1769–1821).

[80] Petrov se refere à invasão da Rússia pelas tropas napoleônicas que ocorreu em 1812.

[81] Membro de uma espécie de casta que existia na Rússia na primeira metade do século XIX: os filhos dos militares de baixa patente que a compunham tinham vínculos com o serviço militar desde o seu nascimento e eram cadastrados em distritos militares especiais, chamados *cantões*.

assunto importantíssimo, o qual não admitia nem o mínimo adiamento.

Expliquei-lhe que tipo de presidente era Napoleão e acrescentei que talvez não demorasse em tornar-se imperador.

— Como assim?

Expliquei, na medida do possível, aquilo também. Petrov me escutava atentamente, compreendia tudo e refletia com rapidez; até inclinara o ouvido para o meu lado.

— Hum. Queria, Alexandr Petróvitch, perguntar pra você também: é verdade que há tais macacos que têm braços compridos assim, até o calcanhar, e são do tamanho do homem mais alto?

— Sim, tais macacos existem.

— Mas como são eles?

Expliquei-lhe, conforme o meu conhecimento, essa questão.

— E onde é que eles moram?

— Em terras quentes. Na ilha de Sumatra, por exemplo...

— É na América, não é? Dizem por aí que naquelas bandas a gente anda de cabeça pra baixo.

— De cabeça para baixo, não. É sobre os antípodas que você pergunta.

Expliquei o que era a América e, até onde pudesse, quem eram os antípodas. Ele me escutava com a mesma atenção, como se tivesse vindo especialmente por causa dos antípodas.

— Aah! Pois eu li, no ano passado, sobre a condessa de Lavalière;[82] foi o ajudante de campo quem emprestou

---

[82] Louise de La Vallière (1644 – 1710): famosa amante do rei francês Luís XIV.

aquele livrinho pra Arêfiev. Pois é verdade aquilo ali ou alguém inventou? Foi Dumas que escreveu aquilo...

— É claro que foi tudo inventado.

— Até a vista, pois. Agradeço...

E Petrov desaparecia, de modo que, no fundo, nossas conversas quase sempre eram do mesmo gênero.

Comecei a informar-me a respeito dele. Ciente desse meu companheiro, M. falou comigo em tom de advertência. Disse que muitos presidiários o apavoravam, sobretudo de início, nos primeiros dias da sua reclusão, mas nenhum deles, nem mesmo Gázin, lhe produzia uma impressão tão horrível como o tal de Petrov.

— É o mais resoluto e o mais destemido de todos os detentos — dizia-me M. — É capaz de tudo; nada o deteria se algo lhe desse na telha. Vai matar você também, se lhe vier essa fantasia, vai degolá-lo assim, sem mais nem menos, sem franzir a testa nem se arrepender depois. Eu cá até penso que não está em pleno juízo.

Essa opinião deixou-me muito interessado. No entanto, M. não conseguiu fundamentar a sua visão. E, coisa estranha: conheci Petrov por vários anos seguidos, conversei com ele quase todos os dias, e, ao longo de todo aquele tempo, Petrov esteve sinceramente apegado a mim (embora eu nem por sombras soubesse por que motivo); durante todos aqueles anos, ele viveu no presídio com plena serenidade, sem nunca ter feito nada terrível, porém, cada vez que eu o encarava e falava com ele, ficava convencido de que M. tinha razão e que talvez Petrov fosse mesmo o mais resoluto e o mais destemido dos homens e não admitisse, como tal, nem a menor coerção. Tampouco poderia explicar o porquê dessa impressão minha.

Notarei, a propósito, que Petrov era aquele mesmo preso que queria matar o nosso major, quando o tinham mandado para o castigo e quando o major "se safara por milagre", no dizer dos presidiários, indo embora no próprio momento da punição. Noutra ocasião, ainda antes de Petrov ser condenado, o coronel batera nele na hora das manobras. Por certo, Petrov já fora machucado diversas vezes antes, mas daquela vez não quisera aturá-lo e baionetara o coronel a olhos vistos, à luz do dia, na frente do seu regimento enfileirado. De resto, não conheço a sua história em todos os detalhes: Petrov jamais me contou o que lhe ocorrera. É claro que eram apenas explosões, quando o seu caráter se manifestava de chofre e por inteiro. E tais explosões operavam-se nele bem raramente. Na realidade, era um homem sensato e até mesmo dócil. Suas paixões permaneciam ocultas, por mais fortes e abrasadoras que fossem; todavia, o carvão em brasa estava o tempo todo coberto de cinzas e combustava, lá embaixo, às escondidas. Nunca vislumbrei nele nem alusão à fanfarrice ou à vaidade, como, por exemplo, em vários outros presos. Ele brigava raras vezes, mas, por outro lado, não tinha muita amizade com ninguém, exceto, quem sabe, Sirótkin, e isso quando precisava dele por alguma razão. Aliás, foi só uma vez que o vi seriamente zangado. Não lhe teriam dado alguma coisa; ter-lhe-iam negado algo. Quem discutia com ele era um detento muito forte, alto e genioso, de índole escarninha, desafiadora e nada pusilânime, chamado Vassíli Antônov e pertencente à classe civil de presidiários. Ambos haviam esbravejado por muito tempo, e eu pensava que sua rixa acabaria, quando muito, numa trivial pancadaria, já que Petrov batia e xingava, embora raras vezes, como o último dos bandidos. Contudo, daquela vez sobreveio outra coisa: de súbito Petrov empalideceu, seus lábios ficaram trêmulos e azulados, ele passou a respirar com dificuldade. Levantou-se do seu assento e, devagar, bem devagar, a passos inaudíveis de seus pés nus (no verão ele gostava muito de andar descalço), aproximou-se de Antônov. De chofre, toda a caserna barulhenta e gritalhona ficou silenciosa: daria para ouvir uma mosca zumbir. Todos esperavam pelo que aconteceria. Mudando de cor, Antônov se arrojou ao seu encontro... Não suportei aquilo e saí da caserna. Temia que, antes mesmo de descer a escadinha de entrada, viesse a ouvir o berro de homem esfaqueado. Mas o conflito resultou, daquela vez também, em nada: antes ainda que Petrov se achegasse a ele, Antônov se apressou a jogar-lhe, sem uma palavra a mais, o objeto disputado (tratava-se de uma bugiganga miserável, literalmente de um pedaço de pano). Xingou-o, bem entendido, uns dois minutos depois, mas bem de leve, tão só para aliviar a consciência e preservar a sua imagem, para mostrar a todos que não se assustara tanto assim. Petrov não prestou a mínima atenção aos seus xingamentos nem mesmo respondeu a Antônov: não se importou nem um pouco com seus palavrões e acabou ganhando a disputa, todo contente de ter deitado a mão naquele trapo. Um quarto de hora mais tarde, perambulava, como dantes, pelo presídio, aparentando completa ociosidade e como que procurando por outra conversa interessante para escutá-la e meter o nariz lá também. Parecia interessar-se por tudo, mas ao mesmo tempo permanecia, na maior parte das vezes, desinteressado e apenas rodava todo o presídio sem ocupação alguma, andava de um lado para o outro. Poder-se-ia compará-lo a um operário robusto e forte que trabalharia com todo o gosto, mas por enquanto estava desocupado e esperava pelo trabalho sentado, brincando com umas crianças. Tampouco eu compreendia por que Petrov continuava no presídio, por que não fugia. Pois, se ele quisesse mesmo fugir, não pensaria duas vezes. O juízo só influencia as pessoas como Petrov até que elas cheguem a desejar algo: então não há mais no mundo inteiro nenhum obstáculo que as detenha! E tenho plena certeza de que ele teria fugido com muita astúcia, enganando a todo mundo, escondendo-se por uma semana, sem uma migalha de pão, numa mata ou no meio dos juncos à beira de um rio. Mas, pelo visto, não tinha ainda pensado nisso, não o queria *de verdade*. Nunca vislumbrei nele grandes capacidades mentais nem bom senso minimamente desenvolvido. Tais homens já nascem movidos por uma só ideia, que os conduz, a vida toda, aqui ou acolá, e passam a vida toda correndo de um lado para o outro até encontrarem algum negócio que lhes agrade plenamente: nesse caso não pouparão nem a própria cabeça. Surpreendia-me, vez por outra, com o fato de o homem que trucidara seu superior por ter batido nele deitar-se, sem meia palavra, sob as varas em nosso presídio. Açoitavam-no mesmo, por vezes, ao apanhá-lo com o vinho. Igual a todos os presidiários sem ofício, Petrov se dispunha a contrabandear bebidas fortes. Entretanto, deitava-se sob as varas como que por vontade própria, ou seja, como quem reconhece a sua culpa; caso contrário, não aceitaria o castigo de modo algum, nem que o matassem. Também me surpreendia quando ele me roubava, apesar de seu visível apego a mim. Isso lhe ocorria de tempos em tempos. Foi ele quem me furtou a Bíblia que lhe entregara apenas para transportá-la de um lugar para o outro. Só tinha alguns passos de distância a percorrer, mas pelo caminho encontrou um comprador, vendeu o livro e logo gastou o dinheiro com a bebida. Talvez estivesse com muita sede e, quando queria algo para valer, *havia* de consegui-lo. Tal homem degolaria qualquer um por um quarto de rublo, gastando-o em seguida para tomar um calicezinho de vodca, e deixaria, noutra ocasião, alguém passar perto dele com uns cem mil nas mãos. De noite ele mesmo me contou sobre o furto, porém sem o mínimo embaraço nem arrependimento, de forma absolutamente impassível, como se fosse uma banalidade qualquer. Tentei exprobrá-lo como se deve, ainda mais que sentia falta de minha Bíblia. Ele me escutava sem se irritar, estava até muito dócil; concordava que a Bíblia era um livro de grande utilidade, lamentava sinceramente que eu não a possuísse mais, porém nem por sombras se arrependia de tê-la furtado; olhava para mim com tanta insolência que logo parei de censurá-lo. Decerto ele aturava as minhas injúrias por achar que era algo indispensável, que não me seria possível deixar de injuriá-lo pelo seu furto e que, assim sendo, eu poderia aliviar a minha alma, ou mesmo me divertir simplesmente, com essas injúrias, pois, no fundo, tudo isso era tamanha bobagem, mas tamanha mesmo que um homem sério ficaria envergonhado tão só de falar a respeito. Parece que ele me tomava, de modo geral, por uma criança, quase por um bebê recém-nascido que não compreende as coisas mais simples do mundo. Se, por exemplo, eu começava uma conversa com ele, a menos que esta se referisse às ciências ou aos livros, Petrov me respondia, sim, mas como se o fizesse por mera amabilidade, limitando-se às réplicas mais curtas. Volta e meia, eu perguntava a mim mesmo para que ele precisava daquele conhecimento livresco sobre o qual me indagava de costume. Acontecia que o mirava de esguelha, durante nossas conversas, para saber se ele não estava porventura caçoando de mim. Mas não: de ordinário Petrov me escutava com seriedade e atenção, aliás nada excessivas, e esta última circunstância deixava-me, por vezes, contrariado. Fazia-me questões diretas e bem definidas, mas não se admirava por demais com as informações que recebia de mim e mesmo as recebia com distração... Parecia-me também que, no tocante a mim, ele decidira, sem forçar muito a sua cabeça, que não daria para falar comigo da mesma maneira que se fala com outras pessoas, que, tirante a conversa sobre todos aqueles livros, eu não entenderia nada nem sequer seria capaz de entender coisa nenhuma e que, portanto, não valeria a pena causar-me incômodo.

Estou seguro de que ele chegava mesmo a gostar de mim, e isso me assombrava. Considerava-me um homem subdesenvolvido, incompleto, ou então sentia por mim aquela peculiar compaixão que todo ser forte pode sentir, de maneira instintiva, por qualquer ente mais fraco, reconhecendo-me como tal... Não sei. Mas, se bem que tudo isso não o impedisse de roubar-me, estou persuadido de que, roubando-me assim, Petrov tinha pena de mim. "Eh, puxa vida!" — talvez pensasse, apoderando-se de meus bens. "Que homem é esse que nem consegue proteger os seus badulaques?" Quem sabe se não era por isso que ele gostava de mim. Disse-me, certa feita, abertamente, mas como que sem querer: "Pois você é bondoso demais... e tão simples, tão simples que faz pena ver". "Mas, Alexandr Petróvitch, não me leve a mal" — acrescentou um minuto depois. "Disse isso com a mão na consciência."

Acontece, de vez em quando, na vida de tais pessoas que elas se manifestam repentina e nitidamente, que de improviso revelam, no momento de uma ação impetuosa e coletiva, todo o seu caráter e, desse modo, encontram de vez a sua verdadeira destinação. Não têm habilidade com as palavras, não sabem iniciar uma empreitada nem a levar adiante, mas são seus principais e imediatos executores. Começam-na simplesmente, sem muita gritaria, porém são os primeiros a superar o maior obstáculo que houver, sem refletir nem sentir medo, atirando-se logo contra a ponta da faca, e todos se arrojam no seu encalço e avançam, avançam à cega até o último paredão, onde acabam ordinariamente perecendo. Não acredito que Petrov tenha acabado bem: aquele homem daria cabo de tudo num só instante e, se não o fez até agora, então o seu fim ainda está por vir. Aliás, quem sabe mesmo? Talvez continue vivendo, ou melhor, andando à toa de um lado para o outro, até que sua cabeça fique branca; talvez venha a morrer de velho, com toda a tranquilidade. Mas, pelo que me parece, M. tinha razão quando dizia que era o homem mais resoluto em todo o nosso presídio.

VIII
Homens resolutos — Lutchka

É difícil falar dos homens resolutos: em nosso presídio, bem como em qualquer lugar, eram bem poucos. Eis aqui um homem de aparência terrível; é só pensares no que se conta a seu respeito e logo te afastarás dele. Era um sentimento indefinível que me forçava, de início, a passar longe daqueles homens. Depois a minha visão, mesmo no tocante aos facínoras mais temidos, mudou em vários aspectos. Há pessoas que, sem terem matado ninguém, são mais pavorosas que o autor de seis homicídios. De igual modo, há crimes de que não é fácil formar nem a ideia primária, tamanha é a estranheza que os marca. Digo isso, em particular, porque certos assassinatos ocorrem, no meio do nosso povo mais rude, por motivos estranhíssimos. Encontra-se, por exemplo (aliás, com muita frequência), o tipo seguinte de assassino: um homem que vive quieto e manso, aturando, se for o caso, sua sina amarga. Suponhamos que seja um mujique, um servo, um pequeno-burguês ou então um soldado. De súbito, algo se dá com ele: não aguenta mais e esfaqueia seu inimigo e opressor. Aí é que começa a estranheza, como se este homem passasse, por um tempo, de todos os limites. A princípio ele mata seu opressor e inimigo: é um crime, sim, mas um crime explicável por ter alguma razão; porém, depois disso ele vai estripando quem não é nem por sombras seu inimigo, mata o primeiro vindo, mata por diversão, por uma palavra grosseira, por um olhar de viés, por qualquer ninharia, por nada: "Fora do meu caminho! Fora, que estou chegando!". Porta-se como se estivesse embriagado, como se delirasse tifoso. Como se, saltando certa linha que se proíbe de atravessar, começasse a deleitar-se em não haver mais coisas sagradas para ele, como se sentisse a tentação de passar, de uma vez, por cima de quaisquer leis e poderes para gozar da liberdade mais infrene e ilimitada, para tirar prazeres daquela sensação de terror que não pode deixar de surgir-lhe no íntimo e que faz desfalecer o seu coração. Está ciente, ademais, de que um suplício horrível espera por ele. Tudo isso se assemelha, talvez, à sensação de um homem que, do topo de uma alta torre, almeja o abismo, que se abre aos seus pés, e acaba tomado de irreprimível vontade de atirar-se nele de cabeça para baixo: apenas um pulo e ponto-final! E sobrevém isso tudo, inclusive, às pessoas mais dóceis e antes imperceptíveis. Há quem se exiba mesmo nessa loucura. Quanto mais pusilânime tiver sido tal pessoa, tanto mais aspira a pôr-se em destaque, a meter medo nos outros. Regozija-se com esse medo, gosta da própria aversão que lhe suscita. Anda com ares de *desespero*, e vez por outra acontece que ele mesmo, esse homem "desesperado", anseia que o castigo venha mais rápido, espera que *deem cabo* dele, pois não consegue mais, feitas as contas, carregar o fardo de seu *desespero* forjado. É curioso que, na maioria dos casos, todo aquele entusiasmo, toda aquela bravata dura precisamente até o cadafalso e depois some num átimo, como se fosse, de fato, um prazo formal, estipulado conforme as regras definidas de antemão. Aí o homem fica de chofre resignado e apagado, transforma-se num trapo. Chora em cima do cadafalso e pede perdão ao povo. Chega ao presídio, e olhem só: parece tão fraco, tão piegas, tão melequento que a gente não para de admirar-se: "Será aquele mesmo que degolou cinco ou seis pessoas?".

É claro que nem todos se acalmam tão logo chegam ao presídio. Ainda preservam certa presunção, certa vaidade: vejam bem, não sou nada daquilo que vocês acham — fui condenado por "seis almas". Contudo, cada um acaba resignado. Às vezes, não faz outra coisa senão se consolar com as lembranças de sua valentia de antanho, da farra em que mergulhou uma vez na vida, quando estava "desesperado", e gosta muito, se houver por perto algum pateta, de exibir-se, com respectiva imponência, na sua frente, de gabar-se contando das suas proezas, mas sem mostrar, todavia, que ele próprio quer contar delas. Eis que homenzarrão eu já fui nos idos! E de quantos requintes se reveste esse amor-próprio melindroso, como tais narrativas são, por vezes, indolentes e desleixadas, que fatuidade esmerada se revela no tom do narrador e em cada palavra dele! Onde foi que aquele povo aprendeu tanta safadeza?

Num dos primeiros dias de minha reclusão, ou melhor, numa tarde longa demais, prostrado ociosa e tristemente em minha tarimba, ouvi um daqueles relatos e, por inexperiência, tomei o narrador por um celerado colossal e terrificante, dotado de um inaudito caráter de ferro, enquanto quase me ria, nesse meio-tempo, do malvado Petrov. Tratava-se, na ocasião, de como o tal de Luká Kuzmitch *abatera* um major, sem mais nem menos para se divertir um pouco. Luká Kuzmitch era aquele mesmo jovem detento de narizinho agudinho, aquele *khokhol* pequeno e magro que morava em nossa caserna e do qual eu já tinha falado certa vez. Na verdade, era russo, só que nascido no Sul, e, pelo que parecia, um servo de nascença. Havia nele realmente algo pontudo e desafiador — como se diz, "é pequeno o passarinho, mas seu bico é agudinho". No entanto, os presos costumam adivinhar, por mero instinto, quem é quem. Respeitavam-no, pois, muito pouco ou, no jargão carcerário, "faltavam-lhe com o respeito", e ele era suscetível em demasia. Naquela tarde, estava sentado na tarimba e costurava uma camisa. A costura era o seu ofício. Ao lado dele estava sentado o detento Kobýlin, um rapaz bronco e limitado, mas gentil e bondoso, fisicamente robusto e alto, que ocupava a parte vizinha da tarimba. Por causa dessa vizinhança, Lutchka[83] brigava amiúde com ele e tratava-o, em geral, de maneira altiva, escarninha e despótica, se bem que Kobýlin, por ser tão simplório assim, quase não reparasse nisso. Tricotando uma meia de lã, escutava Lutchka com plena indiferença. Este contava, por sua vez, alto e bom som. Queria que todos lhe dessem ouvidos, porém fazia de conta, pelo contrário, que sua narração se destinava só a Kobýlin.

— Pois é, mano: mandaram a gente da nossa terrinha — começou, manejando a sua agulha — para Tch-v,[84] por vadiagem, né?

— Quando é que foi isso, já faz tempo? — perguntou Kobýlin.

— Quando a ervilha amadurecer, então fará um ano inteiro. Pois bem... chegou a gente a K-v...[85] e fui trancado, por um tempinho, na cadeia de lá. Vejo, pois, que estão comigo uns doze homens, todos *khokhols*, e que são altos, fortes e rijos que nem touros. Mas todos quietinhos: a comida não presta, e o major faz deles o

---

[83] Forma diminutiva e pejorativa do nome Luká (Lucas).

[84] É provável que o autor se refira à cidade ucraniana de Tchernígov.

[85] Trata-se provavelmente de Kiev.

que *aprazer* (foi de propósito que Lutchka estropiou o verbo) à sua senhoria. Fico lá um dia, fico dois dias e vejo que o povinho não tem peito mesmo. "Por que é que se curvam àquele besta, hein?" — digo pra eles. "Vai, tu mesmo, e fala com ele" — respondem com uns sorrisinhos ali. Calo a minha boca.

— Pois era engraçadíssimo um *khokhol* daqueles, maninhos — acrescentou de repente, abandonando Kobýlin e dirigindo-se a todos os presos. — Conta como os juízes o rebentavam e como ele falava com os juízes, e chora, mas chora a cântaros: deixou, diz, seus filhos e sua mulher em casa. E é um valentão, de cabeça branca, gordo assim. "Eu digo pra ele: não! E ele, filho do capeta, escreve e escreve sem parar. Estica as canelas, penso cá dentro, pra eu te ver morto! E ele escreve, escreve o tempo todo, e como tá bem escrito!... Aí é que a minha cabeça caiu!" Passa-me a linha, Vássia,[86] que a minha está podre...

— Foi comprada na feira — respondeu Vássia, passando-lhe uma linha.

— As nossas são melhores. Mandaram ontem o Ni-válido fazer compras... e qual foi a mulherzinha sacana que vendeu essa linha? — prosseguiu Lutchka, mirando, à contraluz, o fio que punha no buraco de sua agulha.

— Foi a comadre dele.

— Foi a comadre, sim.

— E o major, hein? — perguntou Kobýlin, já completamente esquecido.

Era por isso que Lutchka esperava. Contudo, não foi logo que retomou sua narração, fingindo que nem

---

[86] Forma diminutiva e carinhosa do nome Vassíli.

sequer enxergava Kobýlin. Desdobrou calmamente as linhas, moveu, também calmamente e com preguiça, suas pernas cruzadas e, afinal, voltou a contar:

— Acabei por rebelar aqueles meus *khokhols*; chamaram pelo major. E foi ainda pela manhã que pedi um velhaco[87] ao meu vizinho de cela; peguei-o, pois, e escondi por via das dúvidas. O major ficou furioso. Veio ao presídio. "Agora não se assustem, *khokhols*" — eu disse. E eles todos já se borravam de medo, tremelicavam. O major entrou correndo; estava bêbado. "Que é isso? Mas que é isso aí? Eu sou o czar e o deus!"

— Logo que ele disse: "Sou o czar e o deus!", eu fui para frente — continuou Lutchka —, e a faca estava na minha manga. "Não, Vossa Excelência" — disse, ao passo que chegava mais e mais perto dele. "Não: como é possível, Vossa Excelência, que o senhor seja o czar da gente e, ainda por cima, o nosso deus?" — "Ah, foste tu o agitador, foste tu?" — gritou o major. "Maldito rebelde!" — "Não" — retruquei (chegando, aos poucos, mais perto ainda) —, "não, Vossa Excelência: conforme o senhor mesmo deve saber muito bem, nosso Deus, onipotente e onipresente, é um só. E nosso czar é um só, posto pelo próprio Deus acima de todos nós. Ele, Vossa Excelência, é um monarca, enquanto o senhor, Vossa Excelência, é apenas um major; é nosso comandante, Vossa Excelência, graças à boa vontade do czar e aos seus méritos". "Como-como-como-como?" — o major foi cacarejando: não conseguia mais nem falar, engasgava com suas palavras. Ficou por demais surpreso. "Assim,

---

[87] Gíria do submundo russo que, na época de Dostoiévski, designava uma faca.

ó" — respondi e saltei, de repente, pra cima dele, e enfiei a faca todinha bem no meio da sua barriga. Acertei em cheio. Ele rolou pelo chão, esperneando. Larguei, pois, a faca. "Venham, *khokhols*" — disse —, "levantem aquele ali!"

Neste ponto eu mesmo farei uma digressão. Infelizmente, tais expressões como "Sou o czar e o deus" e várias similares eram não raro usadas, nos velhos tempos,[88] por muitos dos nossos oficiais. Cumpre-me, porém, reconhecer que os comandantes desse tipo são, hoje em dia, poucos, se é que ainda existem. Notarei também que se vangloriavam sobremaneira e gostavam de vangloriar-se com tais expressões, em sua maioria, aqueles comandantes que já tinham sido, eles mesmos, subordinados. É que, uma vez obtida, a patente de oficial parecia revirar-lhes todas as entranhas e, ao mesmo tempo, toda a mente. Ao carregar, por muitos anos, a mochila nas costas e subir todos os degraus da subordinação, eles se viam, de supetão, oficiais, comandantes, praticamente fidalgos, e no seu primeiro arroubo exageravam, por falta de hábito, a noção de seu poderio e de sua significância, agindo dessa forma, bem entendido, apenas com relação aos seus subalternos. Quanto aos superiores, continuavam insistindo, na sua frente, naquela adulação já totalmente desnecessária à qual muitos chefes sentem mesmo uma aversão. Dentre esses aduladores havia, inclusive, quem se apressasse a declarar, perante os seus superiores, com uma melosidade particular, que provinha, ele próprio, do meio dos subalternos e que, não

---

[88] O autor faz alusão ao cruento reinado de Nikolai I (1825–1855), um dos períodos mais sombrios em toda a história da Rússia.

obstante o oficialato, "sempre se lembrava do seu lugar". Mas, no que dizia respeito aos inferiores, tornava-se quase um soberano plenipotenciário. Decerto é pouco provável que haja, nos dias atuais, comandantes desse feitio e que se apresente alguém capaz de bradar: "Eu sou o czar e o deus!". Apesar disso, deixarei bem claro que nada irrita os detentos e, de modo geral, todos os subordinados tanto quanto semelhantes tiradas de seus comandantes. Essa insolente soberba, essa opinião exagerada de sua impunidade desperta o ódio até nas pessoas mais submissas e priva-as da última paciência. Felizmente, tudo isso está quase superado e foi, mesmo nos velhos tempos, severamente perseguido pelas autoridades. Conheço alguns exemplos que o comprovam.

De modo geral, todo subalterno se irrita com qualquer negligência assoberbada, com qualquer menosprezo a que se vê exposto. Há quem ache, por exemplo, que basta o detento ser, de acordo com a lei, bem alimentado e mantido em boas condições para que tudo dê certo. Esse também é um equívoco. Qualquer pessoa, seja ela quem for e por mais humilhada que esteja, vem a exigir, embora por mero instinto, embora inconscientemente, que respeitem a sua dignidade humana. O presidiário sabe, por si só, que é um presidiário, um excluído, e bem conhece o seu lugar perante o comandante; porém, não existem ferretes nem grilhões capazes de fazê-lo esquecer que é um homem. E, sendo ele de fato um homem, deve ser tratado como tal. Meu Deus... Pois o tratamento *humano* pode humanizar mesmo aquele homem em que a imagem divina se apagou há tempos! São justamente aqueles "desgraçados" que mais merecem o tratamento humano. É a salvação e o consolo deles. Eu encontrei alguns comandantes bondosos e nobres assim. Presenciei o influxo que eles produziam sobre aquela gente humilhada. Umas palavras carinhosas, e os detentos pareciam ressuscitar moralmente. Alegravam-se como crianças e, como crianças, passavam a amar. Notarei mais um detalhe estranho: os próprios detentos não gostam que seu superior os trate de modo familiar e *demasiadamente* benévolo. Querem respeitar quem manda e, neste último caso, deixam de respeitá-lo. O preso se anima, por exemplo, quando o seu comandante tem condecorações, quando é um homem vistoso e favorecido por algum figurão, quando é, de uma vez, rigoroso, imponente, justo e cheio de dignidade inabalável. Assim são os comandantes dos quais os detentos mais gostam: não se abaixam, por um lado, até eles e, por outro lado, não os ofendem; por consequência, está tudo bom e decente.

....

— Ficaste, pois, todo assado por causa disso? — perguntou Kobýlin com fleuma.

— Hum. Ficar assado, sim: fiquei, mano. Alei, passa-me a tesoura! E aí, maninhos, não temos *maidan* hoje, não?

— Gastaram tudo com bebedeira — replicou Vássia. — Senão, faríamos aquilo ali com certeza.

— Senão! Esse "senão" rende em Moscou cem rublos — notou Lutchka.

— E tu, Lutchka, quanto foi que levaste por tudo isso? — voltou a perguntar Kobýlin.

— Contaram-me, caro amigo, cento e cinco chibatadas. E digo pra vocês, manos, que quase me mataram então — prosseguiu Lutchka, abandonando de novo Kobýlin. — Quando ia receber aquelas cento e cinco, carregaram-me todo nos trinques. E eu cá não tinha provado o chicote, antes daquele dia. Veio ali uma multidão incontável, toda a cidade se reuniu: um malfeitor será castigado, ou seja, um assessino. Como esse povinho é besta, nem sei o que dizer. Timochka[89] me despiu e deitou... Grita: "Segura, que vou queimar!", e eu estou esperando: o que é que vai acontecer? Quando ele me bateu pela primeira vez, abri logo a boca: queria gritar, mas não tinha como — a voz, quer dizer, congelou. E após a segunda chibatada, acreditem vocês ou não, nem ouvi mais contarem *dois*. E, quando me recobrei, ouvi, sim: *dezessete*. Tiravam-me, mano, umas quatro vezes da égua;[90] deixavam que descansasse meia horinha, jogavam água na minha cabeça. E eu olhava pra todos, de olhos arregalados assim, e pensava: "Eis que vou morrer...".

— Mas não morreste? — perguntou ingenuamente Kobýlin. Lutchka fitou-o com o maior desprezo imaginável. Ouviram-se gargalhadas.

— Que boçal mesmo!

— Tem uma telha a menos — comentou Lutchka, como que arrependido de ter conversado com um palerma daqueles.

— Tem a cabeça vazia — confirmou Vássia.

Lutchka havia matado seis pessoas, sim; no entanto, ninguém tinha medo dele em nosso presídio, por mais que ele desejasse, quiçá, consolidar a sua reputação de celerado terrificante...

---

[89] Apelido coloquial de carrasco na Rússia antiga.

[90] Gíria do submundo russo que designava uma espécie de pau de arara em que era pendurado o criminoso durante o castigo em praça pública.

IX
Issai Fomitch — Banho — O relato de Baklúchin

Aproximava-se o Natal de Cristo. Os presos esperavam por ele com certa solenidade e, observando-os, eu também passei a esperar por algo extraordinário. Uns quatro dias antes da festa, levaram-nos para o banho. Na minha época, sobretudo nos primeiros anos que passei no presídio, os detentos se banhavam bem raramente. Todos se animaram e começaram a preparar-se. O banho fora marcado para depois do almoço, e nessa hora não haveria mais trabalho. Quem estava mais animado e azafamado em nossa caserna era Issai Fomitch Bumstein, aquele presidiário judeu que eu mencionara no quarto capítulo da minha narrativa. Ele gostava de tomar banhos de vapor até o entorpecimento, até a perda de consciência, e, todas as vezes que relembro agora, revirando as antigas recordações, nossos banhos carcerários (que, aliás, merecem não ser esquecidos), logo se põe no primeiro plano do quadro imaginário a fisionomia do bem-afortunadíssimo e inolvidável Issai Fomitch, meu companheiro de prisão e vizinho de caserna. Senhor, que homem engraçado e hilário é que era! Já havia dito umas palavras sobre essa figura: uns cinquenta anos de idade, mofino, enrugado, ferretes horripilantes nas faces e na testa, magro e débil com seu corpo branco de frango. Sua expressão facial traduzia uma constante jactância, que nada perturbaria, e até mesmo uma beatitude. Pelo que parecia, ele não lamentava nem um pouco ter sido encarcerado. Era ourives e, como não havia outros ourives naquelas plagas, não cessava de trabalhar, fazendo joias por encomenda dos ricos senhores e potentados. Pagavam-lhe, nessa qualidade, bem pouco, mas pagavam. Ele não precisava de nada, vivia até *na abastança*, porém amealhava o dinheiro e emprestava-o, sob penhor e com juros, a todo o presídio. Tinha seu próprio samovar, um bom colchão, várias chávenas e um completo talher de almoço. Os judeus daquela cidade não lhe negavam, por sua vez, amizade nem proteção. Aos sábados ele ia, escoltado, à sinagoga (o que era permitido em termos da lei) e levava uma vida totalmente feliz, ansiando, aliás, pelo fim da sua sentença de doze anos para "casai". Percebia-se nele a mais cômica mistura de ingenuidade, tolice, astúcia, ousadia, inocência, timidez, vaidade e impertinência. Sempre achei muito estranho que os presos não caçoassem dele, dirigindo-lhe apenas uns chistes inofensivos. Decerto Issai Fomitch lhes servia a todos como um objeto de diversão. "Não toquem em Issai Fomitch, só temos a ele" — diziam os presos, e, bem que entendesse por que o diziam, Issai Fomitch se orgulhava visivelmente de seu destino e deixava os companheiros ainda mais contentes. Chegara ao presídio de uma maneira engraçadíssima (antes de mim, mas os presos me contaram aquilo). Uma tarde, nas horas do sabá, correram pelo presídio rumores inopinados de que tivessem trazido um judeuzinho, de que estivessem raspando a sua cabeça no *corps de gardes* e de que ele fosse logo entrar. Naquele tempo ainda não havia nenhum judeu no presídio. Os detentos esperavam por ele, impacientes, e rodearam-no assim que entrou portão adentro. Um sargento conduziu-o para a caserna da classe civil e apontou-lhe seu lugar na tarimba. Issai Fomitch segurava um saco com os petrechos que trouxera de fora e recebera no presídio. Colocou o saco de lado, sentou-se na tarimba, cruzando as pernas debaixo do seu traseiro, e ficou quieto, sem ousar levantar os olhos. Soavam em sua volta as gargalhadas e piadinhas carcerárias, alusivas à sua procedência judaica. De súbito, passou através da turba um jovem detento, com a sua calça de verão mais velha, suja e esfarrapada e suas faixas dos pés[91] nas mãos. Sentou-se ao lado de Issai Fomitch e deu-lhe um tapinha no ombro.

— Pois bem, meu amiguinho, já vai para seis anos que te espero aqui. Olha só: quanto me pagas por isso?

E desdobrou na frente do judeu seus farrapos.

Ao entrar no presídio, Issai Fomitch ficara tão apavorado que nem se atrevia a olhar para essa multidão de semblantes escarninhos, desfigurados e medonhos que o cercava, feito uma muralha, de todos os lados, nem pronunciava, de tão intimidado, uma só palavra. Contudo, mal avistou o penhor, estremeceu de repente e pôs-se a remexer rapidinho aquela velharia com os dedos. Até chegou a examiná-la à contraluz. Todos esperavam pelo que ele diria.

— E aí... não me dás, por certo, um rublo de prata? Será que não vale? — continuou o empenhador, lançando a Issai Fomitch uma piscadela.

— Um rublo de prata a gente não pode, mas sete copeques pode.

Foram as primeiras palavras que Issai Fomitch proferiu no presídio. Todos caíram na gargalhada.

— Sete? Pois bem, dá-me sete copeques... Estás com sorte! Mas guarda o penhor direitinho, que pagarás por ele com tua cabeça.

---

[91] Trata-se das faixas de pano também denominadas *onútchi* e usadas, na Rússia antiga, como meias convencionais.

— Mais três copeques de juros... serão dez copeques ao todo — prosseguiu o judeuzinho com uma voz trêmula e entrecortada, metendo a mão no bolso para tirar o dinheiro e olhando, receoso, para os presidiários. Por um lado, estava morrendo de medo; por outro, queria fechar logo o negócio.

— Três copeques de juros ao ano, é isso?

— Não, três copeques ao mês.

— Mas que pão duro tu és, hein, *jid!*[92] E como te chamas?

— Issai Fomitz.

— Pois bem, Issai Fomitch: irás longe aqui, com a gente! Até...

Issai Fomitch tornou a examinar o penhor, dobrou-o e cuidadosamente o colocou no seu saco, enquanto os detentos continuavam a gargalhar.

Na verdade, todos pareciam gostar dele e ninguém o magoava, embora quase todos lhe devessem dinheiro. Ele próprio era inócuo como uma galinha e, percebendo essa benevolência generalizada, chegava mesmo a fanfarronar, mas com tanta comicidade simplória que os detentos logo lhe perdoavam a fanfarrice. Lutchka, que já conhecera muitos judeuzinhos em sua vida, provocava-o amiúde, porém não o fazia por maldade e, sim, por diversão, como quem bole com um cachorrinho, um papagaio, um bichinho amestrado, etc. Issai Fomitch compreendia muito bem tudo isso, não se melindrava nem um pouco e retrucava com plena desenvoltura.

— Ó, *jid*, eis que te bato!

---

[92] Apelido pejorativo dos judeus na Rússia.

— Tu me bates uma vez, eu te bato dez vezes — responde Issai Fomitch com ares de valentão.

— Caspa maldita!

— Que seja a caspa!

— *Jid* caspento!

— Que assim seja! Sou caspento, mas não sou *indigento*: tenho cá minha prata.

— Vendeste Cristo.

— Que seja assim.

— Ótimo, Issai Fomitch, bravo! Não toquem nele, só temos a ele! — gritam os outros detentos às gargalhadas.

— Ó, *jid*, eis que te chicoteiam e mandam para a Sibéria.

— Mas já estou na Sibéria.

— É que te mandam mais longe ainda.

— Pois Senhor Deus existe por lá?

— Existir, sim, existe.

— Que seja. Se tiver Senhor Deus e meu dinheirinho, viverei bem em qualquer lugar.

— Valente, Issai Fomitch, dá pra ver que é valente! — gritam ao seu redor, e Issai Fomitch, conquanto se dê conta de que se riem dele, fica pavoneando; aqueles elogios lhe proporcionam um prazer visível, e ele se põe a cantar "La-la-la-la-la!" com uma vozinha aguda, de modo que toda a caserna o ouça: uma cantiga disparatada e engraçada, sem letra, a única que ele cantava ao longo de toda a sua reclusão. Mais tarde, quando nos conhecemos melhor, ele me assegurou com juramentos que era aquela mesma cantiga e precisamente a mesma melodia que todos os seiscentos mil hebreus, do primeiro até o último, cantavam na travessia do mar Vermelho, e que cumpria a todo judeu cantá-la no momento de seu júbilo e de sua vitória sobre os inimigos.

Às vésperas de todo sábado, na sexta-feira à noite, os presos alojados em outras casernas vinham propositalmente visitar a nossa, curiosos de ver Issai Fomitch celebrar o seu sabá. Issai Fomitch era tão inocente em sua jactância e presunção que tal curiosidade generalizada também lhe proporcionava um deleite. Com uma imponência pedante e afetada, ele arrumava num cantinho sua mesa minúscula, abria um livro, acendia duas velinhas e, sussurrando certas palavras sagradas, envergava a sua casula (*catzula*, como ele mesmo dizia). Era uma capa versicolor de tecido lanoso que ele guardava, com todo o cuidado, no seu baú. Cobria ambos os braços de manguitos e amarrava à sua cabeça, bem na testa, uma caixeta de madeira, parecendo então que da testa de Issai Fomitch saía um corno bizarro. Depois começava a rezar. Lia a oração num tom cantante, gritava, cuspia, virava-se para todos os lados, fazia gestos estranhos e ridículos. É claro que tudo isso era determinado pelo ritual e não presumia, por conseguinte, nada de risível nem de esquisito, mas a gente ria de ver Issai Fomitch se exibir de propósito, na frente dos presos, e ostentar seus ritos. Cobria, de supetão, a cabeça com as mãos e passava a ler soluçando. Esses soluços recrudesciam e ele, exausto e quase uivante, deixava cair sobre o livro a sua cabeça coroada daquela arca; de súbito, em meio aos soluços mais desesperados, desandava a rir e pranteava, cantando de novo, com uma voz solenemente enternecida e como que enfraquecida pelo excesso de beatitude. "Olhem só como se torce!" — diziam, vez por outra, os espectadores. Um dia perguntei a Issai Fomitch o que significavam aqueles soluços e as repentinas e solenes passagens para a felicidade e a bem-aventurança que lhes sucediam. Issai Fomitch adorava essas perguntas da minha parte. Explicou-me de imediato que os choros e soluços manifestavam a ideia da perda de Jerusalém e que a lei religiosa mandava os crentes soluçarem, vindo-lhes essa ideia, tão forte quanto pudessem e baterem em seu peito. Contudo, no momento dos soluços mais lacerantes, cumpria a Issai Fomitch se lembrar, *repentinamente* e como que sem querer (sendo aquele *repentinamente* também prescrito pela lei), da profecia segundo a qual os judeus retornariam a Jerusalém. Nisso ele devia estourar, sem demora, de alegria, passando a cantar, a rir e a ler orações de maneira a exprimir, com a própria voz, a maior felicidade possível e, com a expressão facial, o máximo de solenidade e de nobreza. Essa *repentina* passagem e sua absoluta necessidade agradavam muito a Issai Fomitch, que via nelas um especial, astuciosíssimo *Kunststück*[93] quando me explanava, com ares fátuos, essa intrincada regra da lei religiosa. Certa feita, em plena oração, nosso major entrou na caserna acompanhado de um oficial da guarda e uns soldados. Todos os detentos se endireitaram junto das suas tarimbas, apenas Issai Fomitch começou a gritar e a contorcer-se ainda mais. Sabia que a oração era permitida, que não se podia interrompê-la e que, gritando assim na frente do major, ele não corria, sem dúvida, nenhum risco. Entretanto achava por demais agradável requebrar-se perante o major e exibir-se perante nós todos. O major parou a um passo dele; virando as costas à sua mesinha, Issai

---

[93] Truque, façanha ardilosa (em alemão).

Fomitch foi cantando, bem na cara do comandante, a sua solene profecia e agitando, com toda a força, os braços. E, como lhe fora prescrito que sua fisionomia exprimisse, nesse momento, uma imensidão de felicidade e de nobreza, não demorou a fazê-lo, entrefechando os olhos de certo modo particular, gargalhando e abanando a cabeça em direção ao major. O major ficou perplexo, mas depois soltou uma risada, chamou o judeu de bobo e foi embora, tendo Issai Fomitch reforçado ainda suas vociferações. Uma hora mais tarde, quando ele já estava jantando, perguntei-lhe o que aconteceria se o major se zangasse, por mera tolice, com ele.

— Que major?

— Como assim: que major? Será que você não o viu?

— Não.

— É que ele ficou a um *archin* de você, bem diante do seu rosto.

Mas Issai Fomitch começou a asseverar-me, com toda a seriedade possível, que decididamente não tinha visto nenhum major, pois nessas ocasiões, rezando dessa maneira, entrava numa espécie de êxtase — motivo pelo qual não via nem ouvia nada daquilo que se passava ao seu redor.

Como se fosse agora mesmo, vejo nitidamente Issai Fomitch vaguear, desocupado, por todo o presídio no sábado, esforçando-se para não fazer nada em conformidade com a sua lei do sabá. Que anedotas inverossímeis ele me contava todas as vezes que regressava da sinagoga; quantas notícias e lorotas sem pés nem cabeça, supostamente vindas de Petersburgo, ele me trazia jurando que as recebera dos seus judeuzinhos, os quais as teriam recebido, por sua vez, de primeira mão!

Enfim... já falei demais sobre aquele Issai Fomitch.

Em toda a cidade havia só dois banhos públicos. O primeiro desses estabelecimentos, mantido por um judeu, dispunha de vários quartos alugados por cinquenta copeques cada um e destinava-se às pessoas de alto gabarito. Quanto ao segundo — vetusto, imundo e apertado —, ele servia, principalmente, para a ralé, e foi justamente àquele banho que foram levados nossos presidiários. O tempo estava frio e ensolarado; os detentos se alegravam com o próprio ensejo de sair da fortaleza e ver a cidade. As brincadeiras e as risadas ininterruptas acompanhavam-nos pelo caminho. Todo um pelotão de soldados escoltava-nos com seus rifles carregados, para grande surpresa de toda a cidade. Tão logo chegamos à casa de banho, fomos repartidos em dois turnos: o segundo aguardaria numa gélida antessala até que o primeiro terminasse de se lavar, coisa necessária por causa da falta de espaço. Ainda assim, a casa de banho era apertada a ponto que mal dava para imaginar como metade dos nossos caberia lá dentro. Petrov não se desgrudava de mim: acorreu oferecendo ajuda, sem que o tivesse convidado, e mesmo se dispôs a lavar-me todo. Além de Petrov, veio ajudar-me Baklúchin, detento da divisão especial que se chamava em nosso meio de pioneiro e que eu havia mencionado uma vez como o mais jovial e amável dos presos que ele era de fato. Já nos conhecíamos um pouco. Petrov me ajudou, inclusive, a tirar a roupa, visto que eu me despia, por falta de hábito, bem devagar, enquanto na antessala fazia quase tanto frio como ao ar livre. Diga-se de passagem que o preso se despe com muita dificuldade, salvo se já tenha aprendido a ser mais destro. Em primeiro lugar, é preciso que saiba desamarrar prontamente seus subgrilhões. Feitos de couro, estes têm uns quatro *verchoks*[94] de comprimento e são usados por cima das ceroulas, logo embaixo das argolas de ferro que cingem os tornozelos. Um par de subgrilhões custa nada menos que seis *grivnas* de prata; não obstante, cada presidiário precisa arranjá-los (por sua conta própria, bem entendido), porque é impossível andar sem subgrilhões. A argola dos grilhões não preme o tornozelo: um dedo pode passar entre a perna e a argola; desse modo, o ferro bate na perna, machuca-a, e basta um dia só para que o detento desprovido de subgrilhões fique ferido. Mas não é tão difícil ainda tirar esses subgrilhões. É mais difícil aprender a tirar as ceroulas que se vestem por baixo dos grilhões. É toda uma arte. Ao tirar a roupa íntima, digamos, da perna esquerda, é mister fazê-la primeiro passar entre a perna e a respectiva argola dos grilhões; depois, retirando a perna, empurrar essa roupa de volta pela mesma argola, em seguida puxá-la através da argola na perna direita e, finalmente, fazê-la passar outra vez pela mesma argola direita. O mesmo se faz para vestir as ceroulas limpas. Um novato nem sequer suspeita da existência de tais artimanhas: quem nos ensinou a fazer tudo isso foi o detento Kórenev, antigo cabecilha de um bando, que passara cinco anos acorrentado em Tobolsk. No que concerne aos presos experientes, fazem-no sem o menor estorvo.

Dei a Petrov alguns copeques para que arranjasse sabão e bucha; aliás, os detentos recebiam também o sabão gratuito em pedacinhos do tamanho de uma

[94] Antiga unidade de medida de comprimento russa, equivalente a 4,445 cm.

moeda de dois copeques e da grossura de uma fatiazinha de queijo servido, à noite, como sobremesa às pessoas de "condição mediana". O sabão era vendido ali mesmo, na antessala, com *sbiten*,[95] *kalatchs* e água quente. Conforme acordado com o dono da casa de banho, cada presidiário levava apenas uma bacia de água quente; quem quisesse lavar-se melhor pagava um tostão por outra bacia, passada para o próprio banho através da janelinha feita, com essa finalidade, na parede da antessala. Petrov me despiu e, percebendo que eu tinha muita dificuldade em andar agrilhoado, conduziu-me de braços dados. "Puxe os grilhões pra cima, até a barriga da perna" — dizia, arrimando-me como um criado —, "e, aqui, tenha cuidado com a soleira". Eu me sentia um tanto envergonhado; queria assegurar a Petrov que bem poderia andar sozinho, mas ele não acreditaria nisso. Tratava-me, obviamente, como uma criança pequena e desastrada, que todo mundo deveria ajudar. Petrov não era, de modo algum e antes de qualquer coisa, um criado: se o tivesse ofendido, saberia muito bem o que fazer comigo. Não lhe prometia nenhum dinheiro por seus serviços, ainda mais que ele mesmo não me pedia dinheiro. O que é que o incitava, pois, a cuidar de mim dessa forma?

Quando abrimos a porta do banho propriamente dito, pensei que entrávamos no inferno. Imaginem um cômodo de uns doze passos de comprimento e da mesma largura em que se encontram empilhados, quem sabe, até cem homens de uma vez ou, pelo menos, oitenta,

---

[95] Antiga bebida eslava que se compunha de água, mel e especiarias e continha, por vezes, ervas medicinais.

dividindo-se os presos em dois turnos e tendo chegado lá uma multidão de, mais ou menos, duzentas pessoas. O vapor que tampa os olhos, a fuligem, a imundice e tanto aperto que não se tem onde pisar com um pé. Fiquei assustado e já queria voltar para trás, mas Petrov logo me animou. Bem ou mal, com grandes dificuldades, chegamos através do mundaréu até os bancos, pedindo aos homens que se repimpavam no chão que abaixassem a cabeça e nos deixassem passar. No entanto, todos os lugares naqueles bancos estavam ocupados. Petrov me disse que precisávamos comprar um lugar e não demorou a entrar em negociações com um detento sentado perto da janela. Por um copeque, este cedeu o seu lugarzinho, de imediato cobrou de Petrov o dinheiro que ele segurava no punho cerrado, tendo-o trazido, por precaução, para dentro do banho, e rapidinho se acomodou debaixo do banco, exatamente sob o meu assento, numa brecha escura e suja onde se alastrava uma camada de mofo visguento da espessura quase de meio dedo. Ainda assim, todos os lugares estavam ocupados sob os bancos também; os presos fervilhavam por toda parte. Não sobrava, em todo o chão, nem um palmo de espaço onde eles não se enxaguassem, agachados e retorcidos, com suas bacias. Outros presos se lavavam em pé, plantados no meio deles e segurando as bacias nas mãos, de maneira que a água suja escorria direto sobre o crânio raspado dos que estavam sentados em baixo. Na prateleira[96] e em todos os degraus que levavam até ela havia homens que se lavavam, curvados e mesmo

[96] Trata-se do leito adaptado para tomar banhos de vapor, um atributo indispensável do banho eslavo.

enrodilhados. De resto, lavavam-se pouco. A gentinha pobre não usa tanto de água quente e sabão, apenas se esquenta muito com o vapor e depois se enxagua com água fria, limitando-se àquilo todo o seu banho. Uns cinquenta feixes[97] erguiam-se e recaíam, lá na prateleira, simultaneamente; todos os presos se batiam os flancos até a tontura. O vapor aumentava a cada minuto. Não era mais um calor e, sim, um bochorno. Aquilo tudo berrava e gargalhava ao tilintar de cem correntes que se arrastavam pelo chão... Havia quem tentasse passar e, enredando-se nas correntes alheias ou colidindo com a cabeça dos que estavam sentados, tombasse, xingasse e puxasse os outros atrás de si. A sujeira se espalhava por todos os lados. Todos estavam como que embriagados, tomados de uma excitação de espírito; ouviam-se guinchos e gritos. Rente à janelinha da antessala, pela qual distribuíam a água, desenrolava-se, naquele aperto, uma discussão e praticamente um arranca-rabo. Recebendo sua água quente, os presos derramavam-na sobre a cabeça dos que estavam no chão antes que a levassem até o seu lugar. De vez em quando aparecia, na janelinha ou na abertura da porta, o rosto bigodudo de um soldado a espiar, com seu rifle na mão, se não acontecia algum tumulto. Os crânios raspados dos presos e seus corpos vermelhos de vapor pareciam ainda mais feios. As cicatrizes das chicotadas e pauladas recebidas outrora ficam, de praxe, bem mais nítidas nas costas suadas, de modo que todas aquelas costas produziam agora a impressão de recém-feridas. Que cicatrizes horríveis!

---

[97] O feixe de ramos de bétula é tradicionalmente usado, no banho russo, para espargir água quente pelo corpo.

Senti um frio percorrer-me a pele toda, quando olhei para elas. Mais uma baforada de vapor, e uma nuvem espessa e tórrida envolve tudo à minha volta, e todos se põem a gargalhar e a berrar. Surgem, naquela nuvem de vapor, as costas dilaceradas, as cabeças raspadas, os membros torcidos, e, para rematar o pandemônio, Issai Fomitch rompe a gargalhar, com todas as forças, na prateleira mais alta. Satura-se de vapor até perder os sentidos, mas, pelo que parece, nenhum calorão é capaz de saciá-lo; contrata, por um copeque, um ajudante, mas este não aguenta o calor e acaba por jogar o feixe fora e correr à procura da água gelada. Issai Fomitch não se desanima e contrata o segundo, depois o terceiro; decide, afinal, que nesse caso especial não se importará com as despesas e troca até cinco ajudantes. "Eta, como gosta de vaporzinho: valente, Issai Fomitch!" — gritam embaixo os detentos, e Issai Fomitch em pessoa sente que nesse momento está acima deles e que os venceu a todos. Fica extasiado e uiva, com uma voz brusca e louca, sua ária: "La-la-la-la-la!", a qual abafa todas as demais vozes. Pensei de relance que, se nós todos fôssemos, um dia, para o inferno, este seria bem semelhante àquele lugar. Não me contive e comuniquei tal conjetura a Petrov, mas ele apenas olhou ao redor e não respondeu nada.

Queria também comprar um assento para Petrov, mas ele se acomodou aos meus pés declarando que estava bem à vontade. Enquanto isso, Baklúchin comprava água para nós dois e trazia-a quando necessário. Petrov disse que me lavaria da cabeça aos pés, de maneira que "ficasse todo limpinho", e foi insistindo que tomássemos banho de vapor juntos. Não me atrevi a tanto. Então Petrov me ensaboou por inteiro. "E agora vou lavar seus *pezinhos*" — acrescentou por fim. Já ia responder que podia lavar os meus pés sozinho, mas desisti de contradizê-lo e abandonei-me completamente em suas mãos. Nesse termo diminutivo, "pezinhos", não havia, aliás, nenhuma nota servil: Petrov simplesmente não poderia qualificar meus pés como os pés, decerto porque eram os outros homens, os verdadeiros, que tinham pés, enquanto eu, apenas pezinhos. Terminado o meu banho, ele me conduziu — com as mesmas cerimônias, ou seja, com arrimo e advertência a cada passo, como se eu fosse de porcelana — até a antessala, ajudou-me a vestir minhas roupas e, só quando fez tudo para mim, voltou correndo para tomar banho de vapor.

Quando retornamos ao presídio, ofereci-lhe um copo de chá. Petrov não o recusou: bebeu e agradeceu. Tive a ideia de abrir a minha bolsa e de comprar um calicezinho para ele. Arranjei um calicezinho em nossa caserna. Todo contente, Petrov despejou-o, soltou um grasnido e, notando que eu o tinha perfeitamente revigorado, dirigiu-se rápido à cozinha, como se houvesse lá uma questão que não se podia, de jeito nenhum, resolver sem ele. Foi substituído por outro interlocutor, Baklúchin (o pioneiro), que eu convidara também, ainda na hora do banho, a tomar chá comigo.

Não conheço ninguém cuja índole seja mais gentil que a de Baklúchin. É verdade que não era nada condescendente e mesmo brigava com frequência, que não gostava de os estranhos se intrometerem nos seus negócios — numa palavra, sabia defender a si próprio. Todavia, não demorava a fazer as pazes com quem havia brigado e parecia ser amado por todos os companheiros: onde quer que aparecesse, todos o acolhiam com prazer.

Conheciam-no até na cidade como o homem mais divertido do mundo, que nunca perdia a sua jovialidade. Era um rapaz alto, de uns trinta anos; seu rosto era viril, mas simplório, e assaz bonito, apesar da verruga que tinha. Às vezes, distorcia aquele rosto com micagens tão engraçadas, arremedando quem passasse por perto, que os espectadores agrupados à sua volta não podiam conter a risada. Era um zombeteiro e não se rendia aos nossos inimigos jurados do riso, de modo que estes já não o acusavam de homem "inútil e fútil". Estava cheio de fogo e vida. Viera conhecer-me ainda nos primeiros dias, declarando que fora um cantonista, depois servira num destacamento de pioneiros e mesmo acabara distinguido por alguns figurões que gostavam dele, fato inesquecível de que se orgulhava muito. Logo se pusera a indagar-me sobre Petersburgo. Lia, inclusive, diversos livros. Vindo tomar chá comigo, ele começou por fazer toda a caserna rir, contando como o tenente Ch. tinha ludibriado, de manhãzinha, o nosso major; sentou-se, a seguir, perto de mim e disse, com um ar satisfeito, que pelo visto o teatro daria certo. É que um teatro era montado, nos dias festivos, em nosso presídio. Surgiam os atores, faziam-se, pouco a pouco, os cenários. Alguns moradores de nossa cidade teriam prometido doar suas roupas para os futuros papéis, inclusive para os femininos; até se esperava conseguir, por intermédio de um ordenança, um uniforme de oficial munido de agulhetas. Tomara que o major não decidisse proibir o teatro, como fizera no ano passado! Porém, no ano passado, o major estivera de mau humor às vésperas do Natal: perdera um jogo de azar, além de os presidiários terem armado uma confusão, destarte proibira o teatro por maldade, mas agora não o faria, talvez, de novo. Numa palavra, Baklúchin estava todo animado. Dava para ver que era um dos principais organizadores do teatro, e eu prometi a mim mesmo, naquela ocasião, que iria sem falta assistir ao espetáculo que ele montasse. A cândida alegria que Baklúchin manifestava com o sucesso do tal teatro agradava ao meu coração. Palavra vai e palavra vem, passamos a conversar. Ele me disse, entre outras coisas, que não servira tanto tempo assim em Petersburgo, mas cometera ali uma contravenção, fora transferido para a cidade de R.[98] e, aliás, designado sargento de um dos batalhões da sua guarnição.

— E foi dali que me mandaram para cá — notou Baklúchin.

— Mas o que foi que você fez? — perguntei-lhe.

— O que fiz? Como acha, Alexandr Petróvitch, o que eu fiz? Fiquei apaixonado, eis o que foi!

— Só que por isso não mandam para cá — retorqui, rindo.

— É verdade — prosseguiu Baklúchin. — É verdade que, devido àquele negócio todo, descarreguei a minha pistola num alemão de lá. Mas, julgue o senhor mesmo: será que vale a pena botar alguém na cadeia por causa de um alemão?

— E o que aconteceu, de fato? Conte-me, que estou curioso.

— Uma história engraçadíssima, Alexandr Petróvitch.

— Melhor ainda. Conte, vá.

— Será que lhe conto mesmo? Pois bem, ouça...

---

[98] Dostoiévski refere-se a Riga, grande cidade no litoral do mar Báltico e, atualmente, capital da Letônia.

E eu ouvi a história de um assassinato que não era nada engraçada, mas, em compensação, bastante estranha...

— Aconteceu o seguinte — começou Baklúchin. — Quando me mandaram para R., vi logo: uma cidade boa e grande, só que tem muitos alemães. E eu mesmo, bem entendido, sou jovem ainda e tido por comandantes em boa conta; ando, quer dizer, com o chapéu à banda e assim passo o meu tempo livre. Jogo piscadas às alemãzinhas. E acabei gostando de uma delas, chamada Luísa. Elas duas, Luísa e sua tia, eram lavadeiras e trabalhavam com as roupas mais finas que existem. A tia já era velha e tão enjoada... mas tinha lá seu dinheirinho. No começo, andava eu diante das suas janelas e depois fiz amizade com a alemãzinha. Luísa falava bem russo, apenas enrolava um pouco a língua nos "r", e era tão bonitinha que ainda não tinha encontrado antes uma moça assim. Tentei boliná-la, e ela me diz: "Não, Sacha,[99] isso não pode: quero guardar toda a minha inocência para ser tua boa esposa" e só me afaga e ri alto, de maneira sonora... e é tão limpinha como nenhuma outra moça que já vi antes. Foi ela mesma quem me propôs casamento. E como não me casaria, pense bem? Preparo-me, pois, para levar o pedido ao nosso tenente-coronel... E eis que Luísa não se encontra comigo uma vez, depois outra vez, depois a terceira... Mando uma cartinha para ela: nenhuma resposta. "O que é isso?" — penso. Se me enganasse mesmo, estaria fazendo manhas, ou seja, responderia à minha carta e viria aos encontros. Pois ela nem soube mentir, apenas cortou o namoro. "É por causa da tia"

[99] Forma diminutiva e carinhosa do nome Alexandr.

— penso. Não ousava falar com a tia: a velha sabia que estávamos namorando, mas a gente se via, ainda assim, à socapa, isto é, às escondidas. Fico, então, que nem um zonzo, escrevo a última carta e digo: "Se não vieres de novo, vou ver a tua tia". Luísa se assustou e veio. Chora e conta que um alemão, Schultz, um remoto parente delas, relojoeiro rico e já idoso, está com vontade de se casar com ela. "Para que eu seja feliz e para que ele mesmo não fique sem mulher, depois de velho — foi assim que disse. Ele me ama, Sacha, e já faz tempo que tem essa intenção, mas antes estava calado, apenas se preparava. Ele é rico, Sacha, e esta é minha felicidade... Será que queres tirar a minha felicidade?" E vejo: ela me abraça e chora... "Eh!" — penso. "Mas ela tem razão!" Qual seria a vantagem de se casar com um soldado, ainda que seja um sargento? "Pois bem, Luísa" — digo —, "adeus, que Nosso Senhor te proteja. Não vou tirar a tua felicidade. E ele é bonito?" — "Não" — responde ela —, "é meio velho, de nariz comprido..." Até ficou, ela mesma, rindo. Fui embora; não é, pensei, meu destino! Na manhã seguinte vou espiar a loja daquele alemão, que ela me indicou a rua. Olho através da vitrine: um alemão está sentado ali, mexendo com os relógios... Uns quarenta e cinco anos, narigão curvo, olhos esbugalhados, casaca com aqueles colarinhos rijos, compridos assim — um cara todo metido. Cuspi de raiva; queria logo quebrar o vidro, mas pensei: não adianta bulir com ele... O que da carroça caiu sumiu! Voltei, já de noite, para a caserna, deitei-me no catre e — acredita-me, Alexandr Petróvitch? — chorei adoidado...

Assim se passa um dia, outro dia e o terceiro. Não vejo mais a minha Luísa. Ouço, nesse meio-tempo, uma comadre dizer (era uma velhota, também lavadeira, que Luísa ia ver às vezes) que o alemão sabia do nosso namoro e foi por isso que resolveu arranjar logo o casamento. Senão esperaria por mais dois aninhos. Teria feito Luísa jurar que me esqueceria, mas ainda a mantinha, bem como a sua tia, num suspense: quem sabe se não mudaria de opinião, já que não decidiu, por enquanto, se casaria ou não. Também me disse aquela comadre que tinha convidado as duas a tomar o café da manhã com ele dois dias depois, no domingo, e que viria outro parente seu, um velho que antes era comerciante e agora um pobre coitado que servia num armazém como vigia. Quando eu soube que no domingo eles arranjariam, talvez, o negócio todo, senti tanta fúria que larguei os freios. E não pensei mais em outras coisas durante todo aquele dia e o dia seguinte. "Comeria o tal alemão" — disse comigo.

Na manhã daquele domingo não sabia ainda o que faria, mas após o almoço fiquei de pé, vesti meu capote e fui à casa do alemão. Pensava que os flagraria a todos. Nem sei explicar por que diabos fui à casa do alemão e o que queria dizer ali. Mas coloquei, por via das dúvidas, a minha pistola no bolso. Tinha uma pistolazinha ruim, com o gatilho antigo; ainda quando era menino, atirava com ela. Na verdade, mal daria então para dispará-la. Todavia, pus uma bala dentro. E penso: se eles me botarem fora ou disserem alguma porcaria, tirarei a pistola e assustarei todo mundo. Chego, pois, lá. Na oficina não há ninguém, estão todos no quarto dos fundos. Nem uma alma viva, além deles, nenhuma domesticidade. O alemão só tinha uma criada, também alemã e, ao mesmo tempo, sua cozinheira. Passo através da loja e vejo: a porta do quarto está trancada, só que a porta é velha, e sua tranca, fraquinha. Meu coração bate; eu paro e fico escutando: falam alemão. Dei um pontapé, com todas as forças, e a porta se abriu num instante. Vejo: a mesa está posta. Há na mesa uma grande cafeteira e um fogareiro a álcool para fazer o café. Há também torradinhas e, numa outra bandeja, uma garrafa de vodca, uns pedaços de arenque e mortadela, mais uma garrafa de vinho qualquer. Luísa e sua tia, ambas arrumadinhas, estão sentadas no sofá. O próprio alemão, o noivo, na cadeira diante delas — penteado, engomadinho, de casaca e com aqueles seus colarinhos eriçados. E, ao lado dele, outro alemão sentado, já velho, gordo, de cabelos brancos e boca fechada. Mal entrei, Luísa ficou toda pálida. A tia quase pulou fora do sofá, mas se sentou de novo, e o alemão carregou o cenho. Levanta-se, zangado, e vem ao meu encontro:

— O que o senhorr deseja? — pergunta.

Fiquei confuso naquele momento, mas a fúria me tomou de verdade.

— O que desejo, hein? Acolhe, pois, a visita, serve-me vodca. Vim para te visitar.

O alemão pensou um pouco e diz:

— Sente-se.

Eu me sentei.

— Serve, pois, vodca — insisto.

— Eis aqui vodca — responde ele. — Beba, porr favorr.

— Não, dá-me aí uma vodcazinha que presta. — Quer dizer, não consigo mais dominar a raiva.

— É uma boa vodca.

Fiquei sentido de ele me tratar assim, de cima para baixo. E o pior é que Luísa também está olhando. Emborquei, pois, um cálice e digo:

— E por que é que tu, alemão, começaste a xingar desse jeito? É melhor que sejas meu amigo. Vim oferecer minha amizade.

— Não posso serr seu amigo — diz o alemão. — Você é um soldado raso.

Ali é que fiquei bravo mesmo.

— Escuta aí, salsicheiro, espantalho maldito! Pois tu sabes que, a partir deste minuto, eu posso fazer de ti tudo o que quiser? Desejas que te abata com minha pistola?

Tirei a pistola, postei-me na frente do alemão e apontei o cano diretamente para a sua cabeça, à queima-roupa. A turma toda está quase morta de medo, sem dar um pio, e o velho calado treme que nem uma folha, bem pálido.

O alemão ficou surpreso, mas logo se recompôs.

— Não tenho medo de você — diz — e peço, como uma pessoa nobrre, que deixe agorra a sua brincadeirra, porrque não tenho nenhum medo de você.

— Estás mentindo! — respondo então. — Tens muito medo!

E olha só: ele continua sentado e nem se atreve a mover a cabeça sob a minha pistola.

— Não — diz para mim —, você não terrá a corragem de fazerr isso.

— E por que é — pergunto — que não terei?

— Porrque isso é rrigorrosamente prroibido e você serrá castigado porr isso.

Só o diabo sabe por que aquele alemão era tão bobo! Se não me tivesse provocado, estaria vivo até agora: foi a discussão que me inflamou.

— Pois achas que não terei coragem?

— N-não!

— Não terei?

— Você não pode absolutamente fazerr isso comigo...

— Pois toma aí, salsichão! — Atirei nele, e o alemão caiu, rolando, da sua cadeira. Todos gritaram de uma vez só.

Pus a pistola no bolso e dei no pé; quando entrava na fortaleza, joguei a pistola numa moita de urtigas, lá mesmo, perto do portão.

Volto para a caserna, fico deitado no catre e penso: eis que me prendem. Passa uma hora, passam duas horas, mas ninguém vem. E, quando já estava escurecendo, pegou-me uma tristeza enorme; saio da fortaleza, querendo sem falta rever a minha Luísa. Passo por perto da relojoaria e vejo: muita gente e a polícia. Vou à casa daquela comadre — chama Luísa para mim! Aguardei um pouquinho e vejo que vem correndo Luísa: saltou assim no meu pescoço, chora: "Sou eu culpada de tudo, que dei ouvidos à minha tia!". Diz-me também que, logo depois do acontecido, sua tia voltou para casa e, de tão apavorada, caiu doente: está calada, não falou com ninguém e proibiu que a sobrinha falasse naquilo. Está com medo: que façam lá o que quiserem! "Ninguém viu a gente entrar, Luísa. Ele mandou embora a sua criada, porque a temia. Teria arrancado os olhos dele, se soubesse que estava para se casar. Nenhum dos ajudantes estava em casa tampouco, que ele os tinha despachado. Foi ele mesmo quem fez o café e preparou os quitutes. Quanto ao velho parente, já havia passado a vida inteira sem dizer uma só palavra, e, quando aquilo ali ocorreu, pegou o chapéu e foi rapidinho embora. É certo que também ficará calado" — assim me contou Luísa. Foi isso que sucedeu. Passaram-se duas semanas sem que ninguém me prendesse nem sequer suspeitasse de mim. E naquelas duas semanas — acredite, Alexandr Petróvitch, ou não — vivi toda a minha felicidade. Todo dia encontrava Luísa. E ela se apegou tanto a mim, mas tanto! Chorava dizendo: "Aonde quer que te mandem, eu vou contigo, deixarei tudo para ti!". Pensei que perderia a minha vida, que morreria de tanta tristeza. Pois bem... e duas semanas mais tarde fiquei preso. O velho e a tia fizeram um acordo para me delatar...

— Mas espere! — interrompi Baklúchin. — Teriam condenado você por aquele crime a dez ou, no máximo, a doze anos de prisão e mandado para a classe civil; mas você está na divisão especial. Como é possível?

— Isso já é outro negócio — disse Baklúchin. — Quando me trouxeram para o tribunal, um capitão me xingou, na frente dos juízes, com palavras bem feias. Não me contive e disse para ele: "Por que é que estás xingando, hein? Será que não vês, canalha, que estamos ante a insígnia?".[100] Ali tudo mudou, começaram a julgar-me outra vez, por todos os crimes juntos, e condenaram a quatro mil varadas, vindo eu depois para a divisão especial. Mas quando me levaram para o castigo, levaram aquele capitão também: eu fui pela rua verde, e ele, privado de todas as patentes, direto para o Cáucaso, como soldado raso. Até a vista, Alexandr Petróvitch. Venha, pois, ver o nosso espetáculo.

---

[100] Trata-se do prisma contendo a transcrição dos decretos do imperador Piotr (Pedro) I: emblema da justiça na Rússia czarista.

X
A festa natalina

Enfim chegaram as festas. Desde a véspera do Natal, os detentos quase não iam trabalhar. Só alguns homens tinham sido mandados às oficinas de costura e similares; os demais haviam apenas ido à chamada matinal e, mesmo designados para certos trabalhos, logo voltaram, quase todos, ao presídio, cada um por si ou aos pequenos grupos, e depois do almoço ninguém mais saiu dali. Até de manhã a maioria dos presos foi pôr em ordem seus próprios negócios, deixando de lado as ordens dos comandantes: uns foram tratar do contrabando de vinho e encomendar novas garrafas; outros foram ver os compadres e as comadres que conheciam ou recolher, pouco antes da festa, o dinheirinho que lhes era devido pelos biscates feitos; Baklúchin e outros rapazes que participavam do teatro foram visitar alguns conhecidos, principalmente a criadagem dos oficiais, a fim de arranjar trajes necessários. Havia quem andasse com um ar atarefado e azafamado pela única razão de que os outros também estavam azafamados e atarefados; havia, por exemplo, umas pessoas que não pretendiam receber um vintém de parte alguma, porém faziam de conta que também receberiam algum dinheiro — numa palavra, todos pareciam esperar por uma viravolta que havia de ocorrer no dia seguinte, por algo extraordinário. De tardezinha os inválidos, que tinham ido à feira por incumbência dos presos, trouxeram os mais diversos comestíveis: carne de vaca, leitões e mesmo gansos. Muitos presidiários, até os mais humildes e parcimoniosos que tinham juntado, durante o ano todo, seus copeques, consideravam um dever abrir suas bolsas nessa ocasião festiva e celebrar o Natal de maneira decente. O dia por vir era, para qualquer detento, uma festa idônea e inalienável, formalmente reconhecida, em seu favor, pela lei. Nesse dia o detento não podia ser mandado trabalhar, e só havia três semelhantes folgas[101] ao ano.

E, finalmente, quem é que sabe quantas recordações iam despontar, com o advento do tal dia, nas almas desses réprobos? Os dias das grandes festas permanecem nitidamente estampados na memória da gente simples, a começar pela sua infância. Nesses dias os pobres descansam dos seus penosos trabalhos, reúnem toda a família. E no presídio sua lembrança devia provocar saudades e sofrimentos. O respeito pelo dia solene transformava-se, para os detentos, numa bizarra formalidade: poucos caíam na patuscada, todos estavam sérios e como que ocupados com alguma coisa, se bem que muitos não tivessem absolutamente nada a fazer. Mas tanto os ociosos quanto os patuscos buscavam preservar em si mesmos certa solenidade... O riso parecia proibido. De modo geral, o humor dos presos tornava-se por demais recatado, beirando uma intolerância irascível: se alguém destoava do tom comum, nem que fosse casualmente, refreavam-no com gritos e xingamentos, censuravam-no como se tivesse desrespeitado a própria festa. Esse humor dos detentos era admirável, até enternecedor. Além de sua inata veneração pelo grande dia, o preso sentia inconscientemente que, celebrando assim a festa, ele se aproximava, de certa forma, do mundo inteiro e já não

[101] Dostoiévski refere-se à festa natalina e a dois dias de Páscoa.

era, por consequência, aquele homem perdido e excluído, aquela fatia cortada, visto que se fazia no presídio o mesmo que lá fora, no meio dos homens livres. Pelo que eu via e intuía, os presos sentiam exatamente isso.

Akim Akímytch também se preparava zelosamente para a festa. Não tinha nem recordações de família, porque fora criado, órfão, numa casa alheia e, desde uns quinze anos de idade, ingressara no árduo serviço militar, nem alegrias especiais a serem lembradas, porque tinha vivido toda a sua vida com regularidade e monotonia, temendo afastar-se por um fio das obrigações que lhe eram impostas. Não era sobremaneira religioso, pois a correção de hábitos parecia ter substituído todas as outras qualidades e peculiaridades humanas que ele possuía, todas as suas paixões e aspirações, tanto as ruins quanto as boas. Em função disso tudo, ele se preparava para comemorar a solenidade sem nenhuma azáfama nem comoção, sem se afligir com quaisquer lembranças saudosas e totalmente inúteis, mas cheio de um decoro manso e metódico, suficiente para que cumprisse o ritual obrigatório e estabelecido de uma vez por todas. Ademais, ele não gostava de pensar muito. Parecia que nunca tomava a peito o significado daquilo que se passava, apenas cumpria as regras, que lhe tinham inculcado um dia, com uma exatidão sacrossanta. Se lhe ordenassem que no dia seguinte fizesse justamente o contrário, iria fazê-lo com a mesma obediência e o mesmo esmero que demonstrara um dia antes, fazendo o oposto. Uma vez, só uma vez na vida é que tentara viver de acordo com as suas próprias regras... e acabou no presídio. Essa lição não passara despercebida. E, muito embora o fado não lhe permitisse compreender, qualquer dia que fosse, de que notadamente ele era culpado, Akim Akímytch extraíra da sua desventura um preceito salvador: não raciocinar nunca, em nenhuma circunstância, porquanto raciocinar "não é da sua conta", conforme diziam entre si os presidiários. Cegamente fiel aos rituais, olhava até para o leitão, que recheara de *kacha*[102] e assara (com as próprias mãos, já que também sabia assar), com certo respeito predeterminado, como se não fosse um leitão ordinário que sempre se podia comprar e assar, mas um leitão excepcional, festival. Talvez costumasse, desde criança, ver um leitão na mesa natalina e concluíra que o leitão era imprescindível naquele dia; estou seguro de que, se não tivesse comido, uma vez só, a carne do leitão natalino, teria guardado, pelo resto da vida, o remorso de não ter cumprido seu dever. Havia usado, antes da festa, um velho blusão e uma calça dignamente remendada por ser gasta em demasia. Agora se esclarecia que tinha escondido a sua roupa nova, a que lhe fora entregue uns quatro meses atrás, no fundo de seu bauzinho e que nem tocava nela, sorrindo-lhe a ideia de inaugurá-la no dia festivo. Foi o que ele fez. Retirara, ainda na noite anterior, aquela sua roupa nova do baú, desdobrara-a, examinara-a, soprara nela para tirar a poeira e, feito tudo isso, experimentara o blusão e a calça antes de usá-los. Viu que o traje lhe servia perfeitamente bem: estava tudo em ordem, o blusão se abotoava direito, até o pescoço, e seu colarinho alto e rijo, como que feito de papelão, sustentava o queixo; formava-se na cintura algo semelhante às

---

[102] Espécie de mingau de trigo-sarraceno, muito popular na Rússia antiga e moderna.

pregas da túnica militar, e Akim Akímytch, sorrindo de satisfação, virava-se, com aqueles ares de valentia, diante do seu espelho minúsculo que tinha provido, aproveitando as horas vagas, de uma bordinha dourada. Apenas um colchete, rente ao colarinho do blusão, parecia fora de lugar. Reparando nisso, Akim Akímytch decidiu arrumar o colchete; mudou-o de posição, experimentou seu traje de novo e viu que estava tudo ótimo. Então voltou a dobrar o blusão e a calça e, uma vez apaziguado o espírito, guardou-os no bauzinho até o dia seguinte. Sua cabeça fora raspada a contento; porém, ao examinar-se no espelho, Akim Akímytch percebeu que sua pele não estava totalmente lisa e, lobrigando uns rebentos de cabelos quase invisíveis, foi depressa tratar com "o major" a fim de que este os cortasse pela raiz, em plena conformidade com as regras. Ainda que ninguém fosse conferir, na manhã natalina, se Akim Akímytch estava de cuca lisa, raspou-a unicamente para acalmar a sua consciência, para cumprir todas as suas obrigações na véspera do grande dia. Essa veneração ao botãozinho, ao distintivo, ao galãozinho ficara, desde a infância, arraigada em sua mente sob a forma de um dever indiscutível, e no seu coração, como a imagem da mais sublime beleza que uma pessoa decente podia alcançar. Dando conta de tudo, ele ordenou, por direito de detento-mor da caserna, que trouxessem o feno[103] e ficou observando se o espalhavam corretamente pelo chão. O mesmo se dava em outras casernas também. Não sei por quê, mas o feno era sempre espalhado em nossa

[103] Alusão ao feno que forrava, segundo a tradição bíblica, o berço de Jesus Cristo.

caserna às vésperas do Natal. Depois, tendo já terminado todos os seus trabalhos, Akim Akímytch rezou a Deus, deitou-se em sua tarimba e logo pegou no sono, igual a um neném inocente, para acordar o mais cedo possível. Aliás, todos os outros detentos fizeram a mesma coisa. Deitaram-se, fosse qual fosse a caserna, muito mais cedo que de costume. As rotineiras tarefas noturnas haviam sido canceladas; nem se falava em tramar um *maidan*. Todos esperavam pelo dia seguinte.

Afinal, o grande dia chegou. Cedinho, mal se ouviu a alvorada e antes ainda que o sol nascesse, as casernas ficaram abertas e o sargento da guarda, que veio contar os presos, desejou-lhes a todos feliz Natal. Os presos respondiam com a mesma felicitação, respondiam de modo afável e carinhoso. Fazendo uma oração rápida, Akim Akímytch e vários outros homens, que tinham guardado seus gansos e leitões na cozinha, foram ver, apressados, o que se fazia ali, como os assavam, onde se punham os pratos, e assim por diante. Via-se na escuridão, através das pequenas, geadas e cobertas de neve janelas de nossa caserna, que um fogo alto, aceso de madrugada, ardia em todos os seis fornos de ambas as cozinhas. Vestindo suas peliças ou apenas jogando-as por cima dos ombros, os presos se agitavam no pátio escuro; todos corriam para a cozinha. Alguns deles (de resto, bem poucos) já tinham visitado os bodegueiros; estavam, portanto, mais impacientes que todo mundo. E, de maneira geral, os presos se comportavam com mansidão e decência, de forma incomumente solene. Não se ouviam nem os palavrões de sempre nem mesmo as discussões habituais. Todos compreendiam que o dia era grande, e a festa, sagrada.

Havia quem tivesse ido às outras casernas para felicitar seus conhecidos. Revelava-se nisso algo parecido com a amizade. Notarei de passagem: a amizade quase não se percebia no meio dos presidiários — não falo da verdadeira amizade que os ligasse a todos, coisa impossível, nem do afeto particular que aproximasse um detento do outro. Não havia quase nada disso em nosso ambiente, e este é um detalhe considerável: a gente livre não faz assim. Todos os presos, em geral, tratavam uns aos outros com aspereza, bem secamente, à exceção de uns casos raríssimos, e era, de certo modo, um tom formal, aceito e estabelecido de uma vez por todas. Eu também saí da caserna: amanhecia aos poucos; as estrelas se apagavam; um filete de vapor subia das portas. As chaminés da cozinha soltavam jatos de fumaça. Alguns dos detentos que vinham ao meu encontro desejaram-me, com gosto e cordialidade, feliz Natal. Agradeci-lhes e retribuí suas felicitações. No meio deles havia, inclusive, quem ainda não me tivesse dito uma só palavra em todo aquele mês.

À entrada da cozinha, alcançou-me um preso da caserna militar, de peliça jogada nos ombros. Vira-me ainda no meio do pátio e gritara-me: "Alexandr Petróvitch! Alexandr Petróvitch!". Vinha correndo à cozinha, estava com muita pressa. Detive-me, esperando por ele. Era um moço jovem, de rosto arredondado e olhar calmo, que falava pouco com todo mundo e comigo não trocara até então meia palavra, sem ter me dado a mínima atenção desde a minha chegada ao presídio; eu nem sabia como ele se chamava. O rapaz acorreu bufando e ficou na minha frente, olhando para mim com um sorriso atoleimado e, ao mesmo tempo, radioso.

— O que quer? — perguntei-lhe não sem espanto, quando o vi parado na minha frente, sorrindo e fitando-me com tanto arroubo, sem todavia começar a conversa.

— Como assim... é a festa! — murmurou ele e, adivinhando por si só que não tinha mais o que dizer, deixou-me e foi depressa à cozinha.

Aqui notarei por sinal que, depois disso, não nos encontraríamos quase nunca nem conversaríamos até o dia em que eu sairia do presídio.

Na cozinha, junto dos fornos ardentes, havia tropel e correria, quase um pandemônio. Cada um estava de olho em seus pratos; "as cozinheiras", por sua vez, faziam a comida cotidiana, já que nesse dia o almoço começaria mais cedo. Aliás, ninguém ainda se pusera a comer: os presos estavam com fome, mas se continham uns perante os outros. Esperavam pelo sacerdote; o desjejum só ocorreria depois da missa. Entretanto, ainda antes que amanhecesse de todo, ouviam-se, além do portão carcerário, os apelos do cabo: "Ó, cozinheiros!". Tais gritos soavam praticamente a cada minuto, no decorrer de quase duas horas. O cabo chamava pelos cozinheiros para que recolhessem as doações trazidas ao presídio de todos os cantos da cidade. Trazia-se uma quantidade extraordinária de *kalatchs*, pães, *vatruchkas*,[104] pãezinhos de mel, *chanegas*,[105] panquecas e outros petiscos de massa. Acho que não havia, nos bairros dos comerciantes e burgueses da cidade inteira, nenhuma dona de casa que não tivesse mandado seu pão ao presídio a fim de

---

[104] Tortinhas de requeijão.

[105] Pasteizinhos recheados de purê de batata, requeijão ou mistura de *kacha* (mingau de trigo-sarraceno) e ovos picados.

felicitar, no dia da grande festa, os "desgraçados" nele mantidos. Umas doações eram abundantes: pães fofos de farinha puríssima, oferecidos à lauta. Outras eram bem humildes: algum *kalatchinho* de um vintém e duas *chanegas* queimadas e untadas de leve com creme de leite — presente que um pobre dava ao outro, sacrificando os seus últimos bens. Mas tudo se aceitava com a mesma gratidão, sem discernimento de dons nem de doadores. Os presidiários que recebiam aqueles presentes tiravam as *chapkas*, saudavam os citadinos, felicitavam-nos também e levavam as doações para a cozinha. Quando se acumularam ali montões de pães doados, foi exigido que os detentos-mores de cada caserna viessem distribuir tudo em partes iguais entre os presos. A distribuição foi feita honestamente, sem discussões nem insultos. Auxiliado por outro preso, Akim Akímytch repartiu pessoalmente o que cabia à nossa caserna, entregando os pedaços, com a própria mão, aos companheiros. Não houve nem a mínima objeção, nem a menor inveja, por parte de quem quer que fosse; todos ficaram contentes; nem por sombras se suspeitou que a doação pudesse ser escondida ou então dividida de maneira injusta. Terminado o seu labor na cozinha, Akim Akímytch começou a pôr suas roupas; envergou-as com toda a imponência e toda a decência possíveis, sem deixar um só colchete desajustado, e, uma vez vestido, procedeu à sua oração verdadeira. Ficou rezando por muito tempo. Vários detentos, em sua maioria idosos, já estavam ao seu lado. Os jovens não rezavam tanto, apenas se benziam, um ou outro, ao levantarem-se pela manhã, inclusive nos dias festivos. Ao rezar, Akim Akímytch se aproximou de mim e, com certa solenidade, desejou-me feliz Natal. Logo o convidei a tomarmos chá juntos, e ele me convidou a provar do seu leitão. Pouco depois veio correndo Petrov, que também queria felicitar-me. Parecia que já tinha despejado uns cálices: embora acorrido às pressas, não disse muita coisa, apenas se deteve, por um tempinho, na minha frente, como se esperasse por algo, e não demorou a voltar para a cozinha. Enquanto isso, a caserna militar se preparava para receber o sacerdote. A planta dessa caserna diferia de todas as demais: suas tarimbas se estendiam ao longo das paredes, em vez de encontrarem-se, como em outras casernas, no meio do cômodo, de forma que era o único compartimento do presídio não obstruído pelo meio. Decerto fora construído assim de propósito, para que se pudesse, em casos de necessidade, reunir os detentos nele. Colocaram no meio da caserna uma mesinha, cobriram-na com uma toalha limpa, puseram em cima um ícone e acenderam uma lamparina. Veio, afinal, o sacerdote com sua cruz e a água benta. Fez uma oração, cantou perante o ícone e postou-se em face dos presos que começaram, sinceros em sua veneração, a achegar-se a ele para beijar a cruz. A seguir, o sacerdote passou por todas as casernas e aspergiu-as com água benta. Entrando na cozinha, elogiou o nosso pão carcerário, cujo sabor era apreciado em toda a cidade, e os detentos tiveram a ideia de ofertar-lhe dois pães recém-assados; um dos inválidos foi logo mandado levar essa oferta. Acompanharam a saída da cruz com a mesma veneração que se manifestara quando de sua chegada, e depois, quase de imediato, vieram o nosso major e o comandante do presídio. Este último era benquisto e mesmo respeitado pelos detentos. Seguido pelo major, ele visitou todas as casernas, desejou a todos feliz Natal, entrou na cozinha e provou do *chtchi* carcerário. O *chtchi* estava ótimo: quase uma libra inteira de carne de vaca destinava-se, nesse grande dia, a cada presidiário. Além disso, fora servida uma *kacha* de painço fartamente adubada de manteiga. Despedindo-se do comandante, o major liberou o almoço. Os presos buscavam não atrair sua atenção. Não gostavam daquele maldoso olhar que ele lançava, através dos óculos, à direita e à esquerda para detectar alguma infração ou apanhar algum infrator.

Começamos a almoçar. O leitão de Akim Akímytch fora assado com todo o esmero. E eis um fenômeno que não consigo explicar: assim que o nosso major foi embora, apenas uns cinco minutos depois, apareceu uma multidão incrível de bêbados, se bem que ainda cinco minutos antes todos os presos estivessem quase totalmente sóbrios. Muitos semblantes ficaram vermelhos e radiantes, surgiram aqui e acolá umas balalaicas. O polacozinho já andava, com seu violino, atrás de um patusco, que o contratara para o dia todo, e tocava para ele danças animadinhas. As conversas se tornavam cada vez mais exaltadas e barulhentas. Contudo, o almoço transcorreu sem maiores tumultos. Todos se saciaram. Muitos dos presos velhos e sérios foram de pronto dormir, inclusive Akim Akímytch, que supunha aparentemente ter a obrigação de tirar um cochilo após esse almoço dedicado à grande festa. O velho *starover* de Starodúbie dormiu um pouco, depois subiu sobre o forno, abriu o seu livro e ficou rezando até altas horas da noite, quase sem interromper as orações. Sentia-se aflito de ver aquela "vexação", como ele chamava a farra de todos os presos. Acomodados na entrada da caserna, os circassianos miravam a turba de beberrões com curiosidade e, ao mesmo tempo, com certo repúdio. Avistei Nurra; "*Yaman, yaman!*"[106] — disse-me ele, abanando a cabeça em sinal de sua indignação religiosa. "Uh, *yaman*! Alá ficará zangado!" Teimoso e arrogante que era, Issai Fomitch acendeu uma velinha em seu canto e pôs-se a trabalhar, disposto a ostentar, pelo visto, o seu menosprezo pela nossa festa. Já havia lugares esconsos onde se tramavam *maidans*. Os jogadores não tinham medo de inválidos e, para evitar a intervenção do sargento, que procurava, aliás, não reparar em nada, tinham postado os vigilantes. O oficial da guarda entrou no presídio umas três vezes em todo aquele dia. No entanto, os bêbados se escondiam e os *maidans* sumiam com a sua chegada, e ele mesmo parecia ter resolvido deixar as pequenas infrações sem atenção. Um homem embriagado considerava-se, naquela ocasião, um infrator miúdo. Pouco a pouco, o povo se desenfreava. Até começavam a brigar. Felizmente, os sóbrios constituíam a maioria incontestável, ou seja, havia quem pudesse cuidar dos bêbados. Estes, por sua vez, inebriavam-se sem medida. Gázin triunfava. Rondava, com um ar jactancioso, o seu lugar na tarimba, sob o qual colocara atrevidamente o vinho antes guardado nalgum esconderijo coberto de neve, detrás das casernas, e soltava risadinhas malignas ao ver os consumidores que vinham aos borbotões. Ele próprio estava sóbrio: não tinha tomado um pinguinho só. Pretendia cair na pândega pelo fim da festança, tendo previamente extraído todo o dinheiro dos bolsos

---

106 "Está mau!" (em tártaro).

presidiários. As canções ressoavam pelas casernas. Mas a embriaguez já se transformava num frenesi, e esses cantos beiravam o choro. Muitos detentos andavam com balalaicas nas mãos, peliças nos ombros, e dedilhavam as cordas com ares de valentia. Na divisão especial surgira um coro inteiro, composto de umas oito pessoas. Cantava muito bem, acompanhado por balalaicas e violões. As canções puramente folclóricas eram poucas. Lembro-me apenas de uma delas, interpretada com ênfase:

Ontem eu, mocinha,
Fiz uma festinha.

Ouvi lá uma variante inédita dessa canção, jamais encontrada antes. Acrescentavam-se, no final, alguns versos:

Temperei meu *chtchi*
Com lavagem,
Meus pastéis enchi
De rapagem,
E minha casinha
Ficou bem limpinha.

Contudo, na maior parte das vezes, soavam as ditas canções "da cadeia" que, de resto, eram todas conhecidas. Uma delas, "Era uma vez...", tinha um conteúdo humorístico, descrevendo um sujeito que antes vivia foliando, tal e qual um fidalgo, em liberdade, e agora estava encarcerado. Dizia-se que antes ele comia "manjares brancos com champanhe" e agora:

Me dão repolho com aguinha,
E rango feito um lobo mau.

Outra canção popular também era bem conhecida:

Fui já um rapaz endinheirado:
Quantas maluquices fiz de vez!
Só que tive o cabedal tomado
E agora moro no xadrez...

e assim por diante, se bem que o termo "cabedal" fosse substituído, em nosso meio, pelo "dinheirão".[107] Havia igualmente canções tristes. Uma delas era peculiar dos presídios e, pelo que me parece, também conhecida:

Mais um dia vem,
Como nosso algoz,
E o cruel tambor
Bate de repente.
Nunca vê ninguém
Nossa vida atroz,
Mas nosso Senhor
Sempre está co'a gente...

et cetera e tal. Outra canção era ainda mais lúgubre: sua melodia maravilhosa, feita provavelmente por um degredado, vinha acompanhada de uma letra melosa e bastante precária. Só me recordo agora de uns versos dela:

---

[107] Consta do original um jogo de palavras intraduzível, que não faz sentido na língua portuguesa por aludir à consonância do substantivo russo капитал (cabedal) e do verbo копить (poupar, juntar dinheiro).

Até que morra, ficarei
Mantido na prisão.
Sem culpa alguma, sofrerei:
Por mais que o corujão
Chore meus males a gemer
Nas matas infernais,
À terra que me viu nascer
Não voltarei jamais.[108]

Essa canção soava frequentemente em nosso presídio: não a cantavam em coro e, sim, solo. Acontecia, nas horas vagas, que ao sair da caserna alguém a entoasse com um falsete estridente, sentado logo ali, ao pé da porta de entrada, todo pensativo, apoiando sua face numa das mãos. A gente ouvia-a e sentia toda a alma dilacerada. Nossa gente tinha vozes passáveis.

Nesse ínterim já começava a anoitecer. A tristeza, o pesar e o delírio transpareciam, penosos, em meio à bebedeira e patuscada. Aqueles que tinham rido uma hora antes, soluçavam agora pelos cantos, ébrios em demasia. Os outros já se tinham engalfinhado umas duas vezes. Outros ainda, de caras lívidas e pernas trôpegas, andavam de caserna em caserna e aprontavam confusões. Quanto aos presos cuja embriaguez não possuía qualidades agressivas, eles buscavam debalde algum amigo para lhe abrir sua alma e prantear na sua frente as desgraças de bêbado. Todos esses pobres

---

[108] Trecho do poema "A peregrinação de Childe Harold", do Lorde Byron (1788–1824), cuja versão russa, feita por Ivan Kozlov (1779–1840) e repensada no meio popular, tornou-se uma canção folclórica.

homens queriam divertir-se, passar a grande festa com alegria, e... meu Deus do céu, como esse dia fora triste e doloroso quase para cada um deles! Cada um se despedia do Natal como que frustrado em suas esperanças. Petrov veio rever-me umas duas vezes. Bebera bem pouco ao longo do dia e estava quase completamente sóbrio. Todavia, esperava até a última hora por algo que não poderia deixar de acontecer, por algo extraordinário, festivo e felicíssimo. Embora não falasse nisso, a expectativa se via em seus olhos. Corria incansavelmente de caserna em caserna. Mas nada de incomum ocorria nem aparecia por lá, tirante a farra, a estúpida celeuma dos beberrões e as cabeças obscurecidas pela ebriedade. Sirótkin também andava, trajando uma nova camisa vermelha, por todas as casernas, bem limpo e bonitinho, e também parecia esperar por algo de sua maneira quieta e ingênua. A atmosfera das casernas tornava-se, aos poucos, insuportável e repugnante. Decerto havia muita coisa risível, mas eu me sentia triste e compadecido de olhar para toda aquela gente, sua companhia me angustiava. Eis ali dois presos discutindo quem vai pagar a bebida para quem. É óbvio que altercam há muito tempo e que já brigaram por causa disso. Um deles, em particular, guarda um antigo rancor contra o outro. Reclama sem trégua e, movendo a custo sua língua, esforça-se para provar que o companheiro o tratou injustamente: foi vendida alguma peliça, foi surrupiado algum dinheiro, e tudo isso se deu na *máslenitsa*[109] do ano passado. Teria acontecido algo mais, além disso...

---

[109] Festa de origem pagã que precede a Quaresma, análogo eslavo do Carnaval brasileiro.

O acusador é um rapaz alto e musculoso, nada bobo, pacato, mas cheio de vontade, porquanto está bêbado, de travar amizades e externar suas mágoas. Até injuria o adversário, dirigindo-lhe suas queixas, como se quisesse aproximar-se ainda mais dele em seguida. O acusado é um homem forte, corpulento, de baixa estatura e cara redonda, esperto e finório. Talvez tenha bebido muito mais que seu companheiro, porém está só um pouco embriagado. Tem um caráter firme e passa por abastado, mas por alguma razão não lhe é proveitoso deixar o seu expansivo amigo irritado. Leva-o, pois, até o bodegueiro, ao passo que o amigo vem afirmando que tem por dever e obrigação servir-lhe um copo, "a menos que seja um homem desonesto".

Com certo respeito pelo acusado e um leve matiz de desprezo com relação ao seu expansivo amigo que bebe com dinheiro de outrem, o bodegueiro serve a este uma xícara de vinho.

— Não, Stiopka,[110] tu me deves — diz o expansivo amigo ao ver que está vencendo —, porque é tua dívida.

— Nem vou cansar a língua em vão contigo! — responde Stiopka.

— Não, Stiopka, estás mentindo — insiste o acusador, pegando a xícara que lhe estende o bodegueiro —, porque me deves graninha. Não tens consciência nenhuma, nem os olhos que tens são teus: tomaste-os emprestados! Digo-te, Stiopka, que és safadão e, numa palavra, um canalha!

— Deixa de bagunça: já derramaste o vinho! Serviram um copo de graça, então bebe! — grita o bodegueiro

[110] Forma diminutiva e pejorativa do nome Stepan.

para o expansivo amigo. — Não vou mexer aqui contigo até amanhã!

— E vou beber mesmo, não vale gritar! Feliz Natal, Stepan Dorofêitch! — Segurando a xícara, ele se dirige, amável e com uma leve mesura, a Stiopka, a quem chamou, meio minuto antes, de canalha. — Saúde para cem anos, e o que já viveste não conta! — Despeja a xícara, solta um grasnido e enxuga a boca. — Nos velhos tempos, maninhos, tomava eu tantos vinhos — prossegue sério e imponente, falando com todos ao mesmo tempo e com ninguém em especial — e agora parece que minha idade está chegando. Obrigado, Stepan Dorofêitch.

— De nada.

— Pois vou falar, Stiopka, da mesma coisa: não só és um grande patife na minha frente, como também te direi...

— E eu te direi, focinho tonto, o seguinte — interrompe-o Stiopka, que já perdeu a paciência. — Escuta e conta aí cada palavra: rachamos o mundo ao meio — metade pra ti e metade pra mim. Vai embora, e que não te veja mais. Meu saco tá cheio!

— E não me devolves a grana?

— Que grana é que queres ainda, seu beberrão?

— Pois lá, no outro mundo, virás devolver a dívida e não vou aceitar! Nossa graninha é trabalhosa, é suada, é calosa. Sofrerás muito, no outro mundo, por causa dos meus cinco copeques.

— Vai pro diabo, xó!

— Mas que "xô" é esse? Não sou um cavalo!

— Vai, vai!

— Canalha!

— *Varnak!*[111] — E as injúrias caem feito um granizo, mais fortes ainda que antes do brinde.

Eis outros dois amigos, sentados na tarimba um perto do outro. Um deles é alto, robusto, carnudo que nem um açougueiro; seu rosto está vermelho; ele quase chora de tão sensibilizado. O outro é mofino, fininho, descarnado; seu comprido nariz parece gotejar, e seus pequenos olhos suínos voltam-se para o chão. É um homem instruído e diplomático; outrora foi escriba e trata seu amigo com certo desprezo oculto — fato que o magoa muito, no íntimo. Passaram o dia inteiro bebendo juntos.

— Ele me ousou! — grita o amigo carnudo, apertando o escriba com o braço esquerdo e inclinando-lhe com força a cabeça.

"Ousou" significa "deu uma pancada". O amigo carnudo, antigo sargento, inveja intimamente o amigo bebum, portanto os dois costumam exibir, um perante o outro, diversos requintes estilísticos.

— E eu te digo que tampouco estás com a razão... — começa o escriba num tom dogmático, teimando em não reerguer os olhos e olhando com imponência para o chão.

— Ele me ousou, estás ouvindo? — interrompe o valentão, sacudindo o seu querido amigo com o dobro de força. — Agora só tenho a ti neste mundo, estás ouvindo isso? Destarte eu digo só para ti: ele me ousou!...

— E eu te digo outra vez: tal justificativa rançosa, meu caro amigo, só traz vergonha para a tua cabeça! — objeta o escriba com uma vozinha fina e amável. — É

---

[111] Gíria do submundo russo que designa um ladrão, um meliante.

melhor que consintas, meu caro amigo: todo esse inebriamento, além da tua própria inconstância...

O amigo carnudo recua um pouco, fixa, obtuso, seus olhos embaçados naquele escribazinha altivo e de repente, numa explosão totalmente imprevista, acerta com o seu punho enorme o rosto miúdo do escriba. Nisso termina a amizade de todo um dia. O querido amigo tomba debaixo da tarimba, desacordado...

Eis que um conhecido meu da divisão especial — um sujeito infinitamente risonho e bem-humorado, nada tolo, brincalhão sem maldade e provido de uma aparência extraordinariamente simplória — adentrou a nossa caserna. Era aquele mesmo homem que, no primeiro dia de minha reclusão, procurava na cozinha, na hora do almoço, por um mujique rico, asseverava que tinha suas "anbições" e tomava chá comigo. Aparentava ter uns quarenta anos; seu lábio era volumoso até dizer chega e seu nariz cheio de carne estava cravejado de espinhas. Dedilhava, negligente, as cordas da balalaica que segurava com ambas as mãos. Um detento muito pequeno, mas dotado de uma cabeça grande, que eu conhecia bem pouco até aquele dia, acompanhava-o como um satélite. Aliás, ninguém lhe prestava nenhuma atenção. Era, de certa maneira, um tipo estranho, desconfiado; andava sempre calado e sério; trabalhava na oficina de costura e, pelo visto, buscava viver sozinho e não se ligar a ninguém. Agora que estava bêbado, tornou-se a sombra de Varlâmov. Seguia-o profundamente emocionado, agitava os braços, desferia socos nas paredes e na tarimba, quase rompia a chorar. Varlâmov nem parecia reparar nele, como se aquele detento não estivesse ao seu lado. É de notar que antes esses dois homens quase não se aproximavam um do outro, porquanto nem suas ocupações nem seus caracteres possuíam nada de comum. Pertenciam aos grupos carcerários diferentes e moravam nas casernas distintas. O pequenino detento chamava-se Búlkin.

Ao avistar-me, Varlâmov esboçou um sorriso. Eu estava sentado em minha parte da tarimba, junto do forno. O preso se postou diante de mim, a alguns passos de distância, depois lhe veio uma nova ideia e, balançando de um lado para o outro, ele se achegou a tropeçar, retorceu, de certo modo desafiador, o corpo todo, roçou de leve nas cordas e, batendo um pouco a sua bota contra o chão, proferiu em tom de recitativo:

> Esse rosto coradinho,
> Essa voz de passarinho
> Minha amada tem.
> O vestido cetinoso,
> Tão bonito, tão garboso,
> Cai-lhe muito bem.

Essa canção parecia deixar Búlkin fora de si; ele agitou os braços e, dirigindo-se a todos os presentes, vociferou:

— É tudo mentira, maninhos, tudo mentira! Não fala uma palavra que seja verdade, é tudo mentira!

— Ao velhinho Alexandr Petróvitch! — gaguejou Varlâmov, encarando-me com uma risada maliciosa, e quase me deu um beijo. Estava alegrete. Tal expressão, "ao velhinho Fulano...", traduz o respeito por determinada pessoa e usa-se no meio popular de toda a Sibéria, mesmo que se refira a um jovem de vinte anos. A palavra "velhinho" significa ali algo respeitoso, reverente e até lisonjeiro.

— Pois bem, Varlâmov, como tem passado?

— Cada dia é um dia. E quem se anima com a festinha tá bêbado desde a manhãzinha. Desculpe-me, por favor! — Varlâmov falava como se estivesse cantando.

— É tudo mentira, de novo mentira! — gritou Búlkin, socando a tarimba numa espécie de desespero. Contudo, Varlâmov se comportava como quem tivesse jurado não lhe dar a mínima atenção, e isso era extremamente cômico, visto que Búlkin o acompanhava, sem mais nem menos, desde o amanhecer, tão somente porque as falas de Varlâmov eram "tudo mentira", conforme ele achava por alguma razão. Andava atrás dele como uma sombra, criticava cada uma das suas palavras, machucava suas mãos esmurrando, quase até sangrar, as paredes e as tarimbas, e sofria, visivelmente sofria com a convicção de que Varlâmov não parava de mentir. Se tivesse cabelos na cabeça, decerto os teria arrancado de tanta aflição. Agia como se lhe coubesse a responsabilidade por todos os feitos de Varlâmov, como se todos os defeitos de Varlâmov lhe pesassem na consciência. Mas a verdade é que este nem sequer olhava para a sua cara.

— Tudo mentira, tudo mentira, tudo mentira! Nenhuma dessas palavras suas está com nada! — clamava Búlkin.

— E tu com isso? — respondiam os presos às risadinhas.

— Tenho que lhe dizer, Alexandr Petróvitch, que eu era muito bonito e que as moças me adoravam... — começou Varlâmov de supetão, sem motivo algum.

— Mentira! De novo mentira! — interrompeu-o Búlkin com um guincho agudo.

Os presos caíram na gargalhada.

— E eu saracoteava na frente delas feito um pavão. Assim, de camisa vermelha e de bombacha de *plys*,[112] ficava deitado que nem o conde Butýlkin,[113] quer dizer, pingado como um sueco... Numa palavra, o que desejam?

— Mentira! — declarou Búlkin, resoluto.

— Tinha, naquele tempo, uma casa de dois andares, herdada do meu paizinho, toda de pedra. Pois eu, em dois anos, desmoronei aqueles dois andares; só me sobrou o portão sem pilares. É que o dinheiro parece um pombo: vem e vai outra vez embora!

— Mentira! — declarou Búlkin, mais resoluto ainda.

— Pois então, quando já estava aqui, fiz uma cartinha chorosa pros meus parentes: talvez me mandem dinheiro. Só que, como se diz, ia contra meus pais. Era desrespeitoso com eles! Já vai pra sete anos que fiz aquela cartinha.

— E não teve resposta? — perguntei, rindo.

— Não tive — respondeu Varlâmov, de súbito dando, ele mesmo, uma risada e aproximando o nariz cada vez mais do meu rosto. — E eu, Alexandr Petróvitch, tenho uma amante aqui...

— Você? Uma amante?

— Onúfriev me falou, dia desses: "A minha é bexiguenta, feiosa, sim, mas quantas roupas ela tem! E a tua é bonita, mas miserável: anda com aquele sacão".

— Será verdade?

— Verdade pura que é miserável! — respondeu ele, tomado de um riso inaudível; as risadas repercutiram

---

[112] Tecido felpudo e macio, espécie de veludo (em sueco).

[113] Consta do original um jogo de palavras intraduzível, sendo o nome cômico Butýlkin derivado da palavra russa "garrafa".

pela caserna também. De fato, todo mundo sabia que se envolvera com uma indigente e que lhe dera, em seis meses, apenas dez copeques.

— Bem... e daí? — perguntei, querendo livrar-me afinal dele.

O preso se calou, olhou para mim emocionado e disse com ternura:

— Pois o senhor não teria, neste caso, a bondade de me pagar um copinho? É que, Alexandr Petróvitch, só tomei chá hoje — acrescentou derretido, pegando o dinheiro — e tomei tanto chá que fiquei ofegante, e meu pandulho tá borbulhando que nem uma garrafa...

Enquanto Varlâmov pegava os meus tostões, o distúrbio moral de Búlkin parecia chegar aos extremos. Ele gesticulava como um possesso e quase chorava.

— Gente de Deus! — gritava frenético, dirigindo-se a toda a caserna. — Olhem só para ele! É tudo mentira! Cada palavra que diz... Tudo, tudo, tudinho é mentira!

— E tu com isso? — retorquiam os presos, espantados com sua fúria. — Que homem doido!

— Não deixo mentir! — uivava Búlkin, de olhos fulgentes, e socava a tarimba com todas as forças. — Não quero que ele minta!

Todos gargalhavam. Ao aceitar o dinheiro, Varlâmov me saudou com uma mesura e, requebrando-se todo, saiu correndo da caserna, certamente à procura de um bodegueiro. E, nesse momento, reparou em Búlkin pela primeira vez.

— Vamos lá! — disse-lhe, parando na soleira, como se realmente precisasse dele para alguma finalidade. — Cabeça dura! — concluiu com desprezo, deixando o magoado Búlkin ir na frente e pondo-se outra vez a tanger sua balalaica...

Mas não adianta descrever aquela sandice! Eis que termina o dia sufocante. Vencidos pelo torpor, os detentos adormecem na sua tarimba. Falam e deliram em sonhos ainda mais que noutras noites. Alguns deles continuam, aliás, a jogar nos *maidans*. A festa tão esperada se foi. Amanhã será um dia qualquer, haverá novamente labuta...

XI
O Espetáculo

No terceiro dia posterior ao Natal, de noite, o nosso teatro deu seu primeiro espetáculo. Houvera, por certo, muitos afazeres relacionados à sua montagem, mas os atores se tinham encarregado de tudo, e os demais presos mal sabiam em que pé estava o negócio nem o que se fazia na realidade, nem mesmo que peça seria encenada. Ao longo desses três dias, tendo já retomado o seu trabalho, os atores se esforçavam para conseguir tantos trajes quantos achassem. Encontrando-me, Baklúchin só estalava os dedos de tão animado. Até o nosso major parecia bastante calmo. De resto, ignorava-se completamente se ele sabia do teatro. E, se soubesse, permitiria o espetáculo de modo formal ou apenas decidiria manter-se à margem, não prestar atenção ao plano dos presidiários, contanto que este não infringisse, na medida do possível, a ordem das coisas? Creio que o major estava ciente do teatro, não podia ignorar que ele existia, mas não queria intrometer-se por entender que a situação ficaria pior se o proibisse: os presos começariam a fazer desacatos, a beber desenfreadamente, sendo muito melhor que estivessem ocupados com alguma coisa. Suponho, aliás, que o nosso comandante raciocinasse dessa maneira pela única razão de ser a maneira mais natural, justa e ponderada de raciocinar. Até se pode dizer assim: se os detentos não tivessem, nos dias festivos, espetáculos ou semelhantes passatempos, cumpriria ao próprio comando inventá-los. Mas, como o nosso major se destacava pelo seu modo de pensar diametralmente oposto ao do restante da humanidade, é bem plausível que eu assuma um grande pecado ao supor que, ciente do teatro, ele o tenha autorizado. Tais homens como o nosso major, onde quer que eles vivam, precisam oprimir alguém, arrebatar-lhe alguma coisa, destituí-lo de algum direito — numa palavra, submeter alguém ao seu poderio. Nesse sentido, conheciam-no por toda a cidade. E, se notadamente as suas opressões provocassem tumultos em nosso presídio, o que ele teria a ver com isso? A desobediência acarreta castigos (pensa quem se assemelha ao nosso major) e, quanto àqueles detentos safados, tudo quanto lhes cabe são o rigor e a execução constante da lei tomada ao pé da letra! Esses medíocres executores da lei não compreendem, decididamente, nem mesmo têm a capacidade de compreender que apenas o cumprimento literal desta, sem significado algum, sem entendimento de seu teor espiritual, leva direto aos referidos tumultos e nunca teve, a propósito, outras consequências. "As leis prescrevem, e ponto-final" — dizem eles e ficam sinceramente espantados se sua chefia exige que, além de conhecerem as leis, possuam uma mente sadia e sóbria. Essa última exigência adquire, para muitos de tais comandantes, feições de um luxo desnecessário e revoltante, de uma perseguição, de uma intolerância.

Fossem quais fossem as circunstâncias, o sargento responsável não contradizia os presos, e era bem isso que eles desejavam. Atrevo-me a afirmar que o teatro e a gratidão pela oportunidade de montá-lo fizeram que, durante todas as festas, não houvesse nenhum distúrbio relevante em nosso presídio — nenhuma briga violenta, nenhum caso de furto. Eu mesmo testemunhei como os próprios detentos acalmavam quem altercasse e brigasse sob o único pretexto de que o teatro seria proibido. O sargento fez os presos jurarem que se comportariam bem e fariam tudo em silêncio. Os presos concordaram com alegria e cumpriram religiosamente a sua promessa; sentiram-se, inclusive, muito lisonjeados com a confiança dos superiores. Cumpre-me dizer, ademais, que os superiores não arriscavam nem sacrificavam nada ao permitir o espetáculo. O respectivo lugar não fora separado de antemão, já que o teatro era montado e desmontado em apenas um quarto de hora. O espetáculo duraria uma hora e meia, e, caso os comandantes ordenassem de súbito interrompê-lo, tudo seria feito num piscar de olhos. Os trajes estavam guardados nos baús dos detentos. Mas, antes de contar como era o teatro em si e que trajes se usavam no palco, vou descrever o cartaz do teatro, ou seja, direi que peça foi encenada.

A falar verdade, não havia cartazes escritos. Por ocasião do segundo e do terceiro espetáculos apareceu um, redigido por Baklúchin para os senhores oficiais e os espectadores nobres em geral que, ainda da primeira vez, tinham concedido ao nosso teatro a honra de visitá-lo. Quem costumava vir, dentre os senhores, era o oficial da guarda; um dia veio até o chefe das patrulhas, que estava de plantão; veio também, certa feita, o oficial da engenharia. Para esses visitantes é que se criou o cartaz. Supunha-se que a glória do teatro carcerário acabasse estourando em toda a fortaleza e mesmo na cidade, ainda mais que esta não tinha seu próprio teatro: teriam montado ali, pelo que se ouvia dizer, tão só um espetáculo amador e foi tudo por água abaixo. Os presos se entusiasmavam, feito crianças, com o menor sucesso, até se gabavam dele. "Quem sabe, puxa!" — pensavam e comentavam entre si. "Talvez os chefões mais altos fiquem sabendo de nosso teatro; virão assistir à peça e perceberão que há presos bem especiais. Não é nenhuma besteira para os soldados, com aqueles espantalhos todos, com barcas que nadam, ursos e cabras que andam de lá para cá. São atores, atores de verdade que representam as comédias senhoris; nem a cidade tem um teatro como o nosso. Dizem que já fizeram um espetáculo na casa do general Abróssimov e que farão um de novo; pois eles só podem botar a gente no chinelo por conta do vestuário... e, quanto à *conversa*, quem sabe ainda se poderiam competir com os nossos? Talvez isso chegue aos ouvidos do governador, e sabe lá o diabo se ele não vai querer assistir também! É que a cidade não tem teatro..." Numa palavra, a fantasia dos presidiários atingiu, sobretudo após o primeiro sucesso naquelas festas, o grau mais alto, pintando-lhes quase as recompensas e a diminuição do seu prazo de trabalhos forçados, embora eles próprios se rissem dela simultânea e bondosamente. Em resumo, eram crianças, crianças puras e rematadas, se bem que algumas dessas crianças tivessem quarenta anos de idade.

Não havia, pois, cartazes escritos, mas eu já conhecia, em traços gerais, a programação do futuro espetáculo. A primeira peça era "Filatka e Mirochka, os rivais". Ainda uma semana antes do espetáculo, Baklúchin se jactava na minha presença de que o papel do tal de Filatka, que ele havia ensaiado, seria interpretado bem melhor do que em qualquer teatro de Petersburgo. Andando pelas casernas, bazofiava com todas as forças e sem a mínima vergonha, mas, ao mesmo tempo, de modo totalmente inofensivo, e vez por outra citava, de supetão, "aquela coisinha tiatral", isto é, um trecho do seu papel, e todos se punham a gargalhar, fosse engraçado o trecho citado ou não. Aliás, é preciso reconhecer que nisso também os detentos sabiam portar-se com plena decência: quem se entusiasmava com os truques de Baklúchin e suas falas sobre o futuro espetáculo era a gentinha nova, inexperiente e desprovida de paciência ou então os presidiários mais influentes, cuja autoridade estava estabelecida em definitivo, de forma que eles já não receavam manifestar seus sentimentos, fossem estes quais fossem, inclusive os mais ingênuos, ou seja, os mais indecorosos para os padrões do presídio. Os outros escutavam esses boatos e fofocas sem comentários: não os censuravam nem os contradiziam, na verdade, mas faziam de tudo para reagir às conversas sobre o teatro com indiferença e mesmo com certa altivez. Apenas chegando o próprio dia do espetáculo é que todos ficaram interessados: o que vai ocorrer? o que os nossos farão? e o major, hein? será que vai dar certo, como no ano retrasado? e assim por diante. Baklúchin me assegurava que todos os atores tinham sido escolhidos a dedo e que cada um estaria "no lugar certo". Haveria até uma cortina. Sirótkin faria o papel da noiva de Filatka, e eu veria com os próprios olhos como o vestido lhe ia bem! — contava Baklúchin, entrefechando os olhos e estalando a língua. A fazendeira benfeitora usaria um vestido com *falbala*[114] e um mantelete e andaria com uma sombrinha na mão, enquanto o fazendeiro benfeitor trajaria uma sobrecasaca de oficial guarnecida de agulhetas e teria uma bengala. Viria a seguir outra peça, de cunho dramático: "Kedril, o guloso". Fiquei intrigado com esse título; todavia, por mais que indagasse a respeito, não consegui descobrir nada de antemão. Soube apenas que a peça não fora tirada de um livro e, sim, de um manuscrito fornecido por um sargento reformado que morava no *Vorstädt* e provavelmente participara outrora de sua encenação nalgum acampamento militar. Em nossas cidades e províncias distantes existem, de fato, peças teatrais que parecem ignoradas por todo o mundo, visto que nunca teriam sido publicadas em parte alguma, mas surgiram por si só, no meio do nada, constituindo agora um dos atributos indispensáveis de todo e qualquer teatro popular do interior da Rússia. Refiro-me, por sinal, ao "teatro popular". Seria bom, mas muito bom mesmo, se algum dos nossos estudiosos se dedicasse a novas e mais detalhadas pesquisas com relação ao teatro popular que existe e talvez não seja nada desprezível. Não quero acreditar que tudo quanto vi, mais tarde, em nosso teatro carcerário tenha sido inventado pelos nossos detentos. Seriam necessárias a continuidade da tradição, muitas noções e técnicas preestabelecidas que passariam de geração em geração como se fossem folclóricas. Dever-se-ia procurá-las no meio dos soldados e operários, nas cidades industriais e mesmo junto aos

114 Babado (em francês).

pequenos-burgueses que povoam certas vilas desconhecidas e pobres. A tradição é preservada também pelos servos dos grandes proprietários rurais, nas aldeias e cidadezinhas interioranas. Chego a pensar que muitas daquelas peças antigas se espalharam, manuscritas, pela Rússia afora precisamente por meio dos servos rurais. Os fazendeiros dos velhos tempos e os fidalgos moscovitas tinham seus teatros caseiros em que atuavam os atores escravizados. E foram esses teatros que deram início à nossa arte dramática popular: todas as evidências disso estão presentes. Quanto à peça "Kedril, o guloso", não consegui, por mais que tivesse bisbilhotado, saber nada que lhe dissesse respeito, apenas que os espíritos do mal apareceriam no palco e levariam Kedril para o inferno. Mas o que significava o nome Kedril, por que o protagonista se chamava, no fim das contas, Kedril e não Kirill, se era uma história russa ou estrangeira — nenhuma dessas perguntas minhas teve resposta. Declarava-se, ademais, que seria apresentada "uma pantomima com música". Sem dúvida, tudo isso era muito interessante. Havia uns quinze atores, todos rapazes ladinos e desenvoltos. Eles se reuniam e ensaiavam às escondidas, por vezes detrás das casernas, de modo que ninguém os visse. Numa palavra, queriam assombrar todos nós com algo extraordinário e inesperado.

Nos dias úteis o presídio era trancado cedo, assim que começasse a anoitecer. Por ocasião da semana natalina foi aberta uma exceção: trancavam o portão apenas quando o sol se punha. Tal privilégio era outorgado ao teatro propriamente dito. No decorrer das festas costumava-se, todo dia ao cair do crepúsculo, mandar algum dos presidiários pedir humildemente ao oficial da guarda que "permitisse o teatro e trancasse o portão o mais tarde possível", acrescentando que no dia anterior também houvera um espetáculo e o portão só fora trancado bem tarde, mas não acontecera nenhum distúrbio. O oficial da guarda raciocinava da maneira seguinte: "É verdade que ontem não houve nenhum distúrbio; e, como eles mesmos juram que tampouco haverá hoje, vão vigiar uns aos outros, e isso é o melhor de tudo. Além disso, se proibisse o espetáculo (quem sabe, afinal, o que fariam aqueles condenados?), aconteceriam, talvez, coisas piores e a guarda sofreria com isso". Por fim, havia outro argumento também: é tedioso ficar a noite inteira de sentinela, mas aí vem um teatro e não um teatro qualquer para a soldadesca! Os presidiários são um povo esquisito, ou seja, vão apresentar algo bem divertido, e o oficial da guarda sempre tem o direito de se divertir um pouco. Se vier um superior e perguntar: "Onde está o oficial da guarda?", terá uma resposta direta e uma justificativa concreta: "Foi ao presídio contar os detentos e trancar as casernas". Desse modo, os nossos oficiais permitiam os espetáculos a cada noite, ao longo de toda a semana festiva, e mantinham as casernas abertas até o pôr do sol. Os presos, já cientes de que a guarda não os atrapalharia, estavam tranquilos.

Por volta das sete horas, Petrov veio buscar-me e fomos juntos assistir ao espetáculo. Quase todos os presos de nossa caserna foram conosco, à exceção do *starover* de Tchernígov e dos poloneses. Estes resolveram visitar o teatro apenas no dia quatro de janeiro, quando se dava o último espetáculo, e fizeram-no somente depois de muitas asseverações de que o teatro era bom, divertido e seguro. Os presos não se irritavam nada com a repulsa dos poloneses e acolheram-nos, no dia quatro de janeiro, com toda a amabilidade. Cederam-lhes, inclusive, os melhores lugares. Quanto aos circassianos e, sobretudo, a Issai Fomitch, nosso teatro era um verdadeiro deleite para todos eles. Issai Fomitch pagava cada dia três copeques e da última vez colocou no pratinho dez copeques, ao passo que a felicidade se estampava em sua cara. Os atores haviam decidido cobrar dos espectadores tanto dinheiro quanto estes pudessem sacrificar, a fim de saldarem as despesas do teatro e *fortalecerem* a si mesmos. Petrov me garantia que, por mais lotado que estivesse o teatro, eu receberia um dos melhores lugares porque, sendo mais rico que os outros visitantes, faria decerto uma doação mais generosa e porque entendia das artes mais do que eles todos. Foi isso que aconteceu. Mas vou descrever, a princípio, a sala e a organização do teatro.

A nossa caserna militar, dentro da qual fora instalado o teatro, tinha uns quinze passos de comprimento. Passava-se do pátio aos degraus de entrada, desses degraus à antessala e da antessala à caserna. A planta deste comprido cômodo, de que eu já tinha falado, era incomum: suas tarimbas se estendiam ao longo das paredes, de forma que o centro da caserna estava desocupado. Metade do cômodo, próxima da entrada, cabia aos espectadores; outra metade, que se comunicava com a caserna adjacente, destinava-se ao palco como tal. Antes de tudo, fiquei surpreso com a cortina. Tendo uns dez passos de comprimento, ela atravessava toda a caserna. Essa cortina representava tamanho luxo que tinha de fato com que me surpreender. Ademais, era pintada com óleo: havia nela árvores, caramanchões, lagoas e estrelas. Tinham-na costurado de lona velha e nova, cujos pedaços haviam sido doados pelos presidiários, bem como de seus velhos panos dos pés e camisas, de que se formava, bem ou mal, uma grande tela; faltara lona para fazer uma das suas partes, e os presos tinham usado para tanto o papel, arranjando-o, folha por folha, nas mais diversas repartições públicas. Nossos pintores, no meio dos quais se destacava A-v, apelidado de Briullov, pintaram-na e ornamentaram-na com muito esmero. O efeito foi milagroso. Tamanho luxo animava até os detentos mais intratáveis e melindrosos que se revelaram, tão logo começou o espetáculo, as mesmíssimas crianças que seus companheiros entusiásticos e ansiosos. Todos estavam muito contentes, contentes até a gabolice. A iluminação se compunha de várias velinhas de sebo cortadas em pedaços. Defronte da cortina encontravam-se dois bancos trazidos da cozinha e, na frente desses bancos, três ou quatro cadeiras do aposento de nossos sargentos. As cadeiras se destinavam aos oficiais da mais alta categoria, acaso viessem assistir ao espetáculo. Os bancos, por sua vez, eram reservados para os sargentos, ajudantes dos engenheiros, condutores e outros superiores que não pertenciam ao oficialato, mas bem que podiam dar um pulinho no presídio. Foi o que ocorreu: os visitantes de fora vinham durante toda a festa, uma noite em maior e a outra em menor quantidade, e no dia do último espetáculo já não sobrava um assento livre naqueles bancos. Afinal, os próprios detentos se postavam detrás dos bancos, todos de pé por respeito aos comandantes, sem *chapkas*, de blusões ou peliças, embora o ar da caserna estivesse sufocante de vapores que o saturavam. É claro que seu espaço era restrito demais. Um preso subia literalmente em cima do outro, sobretudo nas fileiras mais afastadas; as tarimbas e os bastidores estavam também ocupados; havia, enfim, amantes do teatro que vinham constantemente à caserna vizinha e, a partir dali, espiavam o espetáculo por trás. O aperto e a confusão que reinavam entre os espectadores eram fenomenais, equivalendo, talvez, àqueles que eu vira, pouco antes, na casa de banho. A porta da antessala estava aberta; na antessala, onde fazia vinte graus abaixo de zero, também se reunia uma multidão. Deixaram-nos logo, a mim e Petrov, passar para a frente, quase até os bancos; dali o espetáculo se veria muito melhor do que das fileiras distantes. Os presidiários me consideravam, em parte, como um apreciador e conhecedor de artes que já visitara teatros melhores; tinham percebido que Baklúchin me tratava com respeito e, durante todo aquele tempo, pedia que o aconselhasse; assim sendo, um lugar de honra cabia-me agora de pleno direito. Supõe-se que eles fossem vaidosos e levianos no mais alto grau, sim, mas tudo isso não passava de aparências. Os detentos podiam zombar de mim vendo quão pouco os ajudava em seu trabalho. Almázov podia desprezar-nos, a fidalguia, e gabar-se perante nós todos com sua habilidade em calcinar o alabastro. No entanto, outra coisa se misturava às perseguições e zombarias da sua parte: outrora nós fôramos fidalgos, membros da mesma classe à qual pertenciam os antigos amos deles que não lhes haviam deixado, naturalmente, boas lembranças. Mas agora, no teatro, eles se afastaram para que eu passasse. Reconheceram que nesse assunto eu podia ser mais competente que eles, pois tinha visto e aprendido mais do que eles. Até quem menos me tolerasse (sei muito bem disso) agora queria que eu elogiasse o teatro carcerário; portanto, sem sombra de auto-humilhação, os detentos me concederam um dos melhores lugares. Estou julgando a respeito disso hoje, ao relembrar a minha impressão de então. Pareceu-me, na ocasião (pelo que me recordo), que em sua justa sentença concernente a eles mesmos não havia nada de humilhante, mas, ao contrário, muita dignidade consciente. O supremo e o mais perceptível dos traços característicos de nosso povo é a sua sensação de justiça e o anelo por alcançá-la. Quanto àquela postura de galo que consiste em tomar a dianteira em qualquer situação e *a qualquer preço*, seja tal homem digno de primazia ou não, nosso povo não a pratica. Precisa-se apenas tirar sua casca externa e falsa, examinar o cerne de perto, com atenção e sem preconceito, para vislumbrar em nosso povo tais qualidades de que nem se suspeita. Nossos sábios têm pouco a ensinar ao povo. Ousarei mesmo afirmar o oposto: são esses sábios que deveriam aprender com ele.

Petrov me dissera ingenuamente, quando nós dois nos preparávamos para ir ao teatro, que me deixariam passar, inclusive, porque eu daria mais dinheiro. O preço não fora estabelecido: cada um doava quanto pudesse ou desejasse. Quase todos os presos colocavam algum dinheiro, nem que fosse só um vintém, no prato que passavam de mão em mão. Todavia, mesmo que me tivessem deixado passar para frente em razão do meu pagamento, supondo que eu acabasse doando mais do que os outros, que dignidade consciente se revelou também nesse ato! "És mais rico que eu, então vai para a frente. Ainda que sejamos todos iguais aqui, tu pagarás mais e, por conseguinte, um espectador como tu será mais agradável para os atores. Ganha, pois, um lugarzinho melhor, já que não estamos aqui por dinheiro, nós todos, e sim por respeito; devemos, assim, repartir a nós mesmos como nos aprouver". Quanto orgulho genuíno e nobre é que se vê nisso! Não é o respeito pelo dinheiro, é o respeito por si mesmo. De modo geral, os presidiários não respeitavam especialmente o dinheiro, nem a riqueza, sobretudo se vistos todos juntos, como uma massa, como uma comunidade. Aliás, mesmo se me cumprisse considerá-los um por um, não me recordaria de ninguém que se humilhava seriamente por causa do dinheiro. Havia quem pedinchasse esmola, inclusive a mim. Mas tal negócio tendia mais a travessura ou brincadeira que a uma mendicância de verdade: os presos pedinchavam ingênuos e bem-humorados. Não sei se me expresso de maneira compreensível... Mas já me esqueci do teatro. Retorno à narração.

Antes de a cortina se erguer, toda a caserna representava um quadro estranho e animado. Havia, primeiro, um mundaréu de espectadores que, apertados, espremidos e achatados de todos os lados, esperavam pelo começo do espetáculo com expressão de paciência e felicidade no rosto. Nas fileiras de trás os homens subiam um em cima do outro. Muitos deles haviam trazido da cozinha grossas toras de lenha: acomodando, bem ou mal, uma dessas toras ao pé da parede, o detento se punha sobre ela, apoiava-se com ambas as mãos nos ombros do companheiro que estava na frente e permanecia nesse estado, sem mudar de posição, por duas horas seguidas, plenamente satisfeito com seu lugar e consigo mesmo. Outros presos fincavam seus pés no degrau inferior do forno e também assistiam a todo o espetáculo apoiando-se em quem estivesse na frente. Eis o que se passava nas fileiras traseiras, junto da parede. Nas partes laterais, de pé sobre as tarimbas, desdobrava-se outra multidão; os músicos se instalavam aos pés dela. Havia lá bons lugares. Uns cinco homens tinham subido em cima do próprio forno e, deitados, olhavam para baixo. Eles é que se refestelavam! Nos peitoris das janelas, ao longo da outra parede, espremiam-se grupos inteiros daqueles que vieram atrasados ou não encontraram um lugar conveniente. Todos se conduziam com tranquilidade e imponência. Todos queriam mostrar o seu lado bom aos senhores visitantes. A expectativa mais ingênua manifestava-se em todas as fisionomias. Os rostos estavam todos vermelhos e molhados de suor por causa do calor sufocante. Que estranho brilho de alegria infantil, de prazer meigo e cândido irradiavam aquelas testas e faces ferreteadas e sulcadas de rugas, aqueles olhares dos homens pouco antes tristonhos e carrancudos, aqueles olhos que vez por outra lançavam chamas terríveis! Estavam todos sem *chapkas*, e todas as cabeças, que eu via do lado direito, pareciam raspadas. Mas eis que começou uma correria no palco. A cortina ia erguer-se. Eis que a orquestra se pôs a tocar... Essa orquestra merece uma menção especial. Nas partes laterais da caserna, debaixo das tarimbas, estavam sentados oito músicos com dois violinos (já havia um no presídio e o outro fora emprestado de alguém na fortaleza, enquanto ambos os violinistas eram presidiários), três balalaicas improvisadas, dois violões e um pandeiro, que substituía o contrabaixo, nas mãos. Os violinos guinchavam em vez de cantar, os violões eram precários; em compensação, as balalaicas eram excelentíssimas. A destreza com que os músicos dedilhavam as suas cordas equivalia, decididamente, à mais hábil prestidigitação. Tocavam-se, sobretudo, as melodias dançantes. Nas passagens mais animadas, os tocadores tamborilavam com os nós dos dedos nos tampos das balalaicas; o tom, o gosto, a interpretação, o manejo dos instrumentos, o modo de tocar a melodia — tudo isso era telúrico, original, carcerário. Um dos violonistas também conhecia perfeitamente o seu instrumento. Era aquele mesmo fidalgo que assassinara seu pai. No que diz respeito ao tocador de pandeiro, ele simplesmente fazia milagres: ora girava o pandeiro sobre o dedo indicador, ora passava o polegar através da sua membrana, ora soltava pancadas rápidas, sonoras e uniformes ou então fazia, de súbito, que aquele som forte e nítido se dividisse, feito um punhado de ervilhas derramadas, em inúmeros sons miúdos que tilintavam e sussurravam. Apareceram, por fim, mais duas sanfonas. Juro que não tinha antes a menor ideia daquilo que se podia fazer com os mais simples instrumentos populares: sua harmonia musical, seu impecável arranjo e, principalmente, o espírito de perfeição com que eles reproduziam a própria essência das melodias interpretadas eram deveras fantásticos. Foi pela primeira vez que compreendi bem o que as infrenes e audaciosas danças russas continham de tão infrene e audacioso assim. Finalmente, a cortina se ergueu. Todos os presentes se moveram, mudando de pé; as fileiras de trás puseram-se nas pontas dos pés; alguém tombou da sua tora de lenha; todos, sem exceção alguma, ficaram de boca aberta e olhos arregalados; fez-se um profundo silêncio... O espetáculo começou.

Rodeado de seus irmãos e outros circassianos, Alei se mantinha perto de mim. Todos eles estavam sinceramente apaixonados pelo teatro, indo depois assistir aos espetáculos cada noite. Aliás, todos os muçulmanos, tártaros e similares pessoas, como eu tinha notado mais de uma vez, sempre adoram toda espécie de espetáculos. Ao lado deles encontrava-se também Issai Fomitch, que parecia completamente transformado, após a subida da cortina, em ouvidos e olhos, manifestando a mais sôfrega e ingênua expectativa de milagres e deleites. A gente sentiria até pena dele, se suas esperanças acabassem logradas. O terno semblante de Alei fulgia de uma alegria tão bela e pueril que confesso ter experimentado, por minha vez, muita alegria em mirá-lo: lembro como me virava involuntariamente para Alei, cada vez que um feito hábil e engraçado dos atores provocava uma explosão de riso homérico, e olhava para o seu rosto. Ele não me enxergava, não ligava para mim! À minha esquerda, bem perto, estava um detento idoso, de praxe sombrio, descontente e rabugento. Eu percebi que, ao reparar, igual a mim, em Alei, ele se virara diversas vezes, com um leve sorriso, para vê-lo: tanto o jovem circassiano era encantador! Aquele detento o chamava, não sei por que, de "Alei Semiônytch". A primeira peça apresentada era "Filatka e Mirochka". Filatka (Baklúchin) era realmente perfeito. Fazia seu papel com um afinco surpreendente. Via-se que ponderava cada frase e cada movimento. Sabia dar sentido e significado que correspondessem plenamente ao caráter de seu papel a qualquer palavra oca que pronunciava, a qualquer um dos seus gestos. Acrescentem-se a tal empenho artístico sua jovialidade admirável e franca, sua simplicidade alheia a artifíces, e vocês concordariam sem dúvida, caso tivessem visto

Baklúchin no palco, que era um verdadeiro ator nato e agraciado de muito talento. Assisti àquele Filatka mais de uma vez, nos teatros de Moscou e São Petersburgo, e digo com toda a certeza que ambos os atores, tanto o moscovita quanto o petersburguense, interpretaram o papel de Filatka pior que Baklúchin. Eram, se comparados com ele, *des paysans*,[115] ou seja, camponeses idealizados, mas queriam demais representar camponeses autênticos. Além disso, Baklúchin era instigado pela rivalidade: todos sabiam que o papel de Kedril da segunda peça seria interpretado pelo detento Potséikin, considerado, por alguma razão, um ator mais dotado que Baklúchin, e este sofria, portanto, como uma criança. Quantas vezes tinha vindo, nesses últimos dias, falar e desabafar comigo! Duas horas antes do espetáculo ficara tremendo de febre. Quando a multidão gargalhava, gritando-lhe: "Bravo, Baklúchin! Eta, que valentão!", todo o seu rosto luzia de felicidade e uma verídica inspiração brilhava em seus olhos. A cena em que Filatka beija Mirochka, exclamando previamente "Enxuga-te!" e enxugando a sua própria boca, foi cômica em extremo. Todos os espectadores caíram na gargalhada. Mas o que mais excitava a minha curiosidade era a reação do público, que se entregava ao seu prazer sem reservas, abrindo a alma de par em par. Os gritos de aprovação soavam cada vez mais frequentes. Eis ali um detento que cutuca seu companheiro e comunica-lhe rapidinho suas impressões, sem se importar com quem está ao seu lado nem sequer enxergá-lo; eis um outro que, assistindo a uma cena risível, de repente se volta, entusiasmado,

---

[115] Camponeses (em francês).

para a multidão, corre os olhos através dela, como se incitasse todos a rir, agita a mão e logo se vira de novo, cheio de atenção, para o palco. O terceiro espectador estala amiúde a língua e os dedos, mal conseguindo ficar parado em seu lugar, e, como não tem aonde ir naquele aperto todo, apenas muda várias vezes de pé. E a alegria geral atinge, ao fim do espetáculo, seu apogeu. Não exagero nada! Imaginem aquele presídio, os grilhões, o confinamento, muitos longos e tristes anos pela frente e uma vida monótona como um chuvisco ininterrupto num lúgubre dia outonal... e toda aquela gente oprimida e confinada ganha, de chofre, a permissão de mudar, por uma horinha, de ares, de divertir-se, de esquecer o seu pesadelo e de montar um verdadeiro teatro — montá-lo, ainda por cima, de modo a orgulhar-se com ele e deixar pasmada toda a cidade, para que saiba como são os detentos na realidade! E eles se interessavam, decerto, por tudo, a começar pelo figurino. Estavam curiosíssimos em ver, por exemplo, o tal de Vânka[116] Perdido ou Netsvetáiev, ou então Baklúchin, portarem trajes bem diferentes daqueles que vestiam todos os dias, ao longo de tantos anos: "É um detento, o mesmo detento que todos nós, e seus grilhões estão tilintando, mas aparece agora de sobrecasaca e de chapéu redondo, usa a capa feito um homem livre! Tem bigode postiço e cabeleira. E olhem só como tira um lencinho vermelho do bolso e como se abana para se fingir de fidalgo... como se fosse mesmo um fidalgo de puro sangue!". E todos se extasiavam. O fazendeiro benfeitor entrou no palco com uniforme de

[116] Forma diminutiva e pejorativa do nome Ivan.

ajudante de campo, embora muito velho, de dragonas[117] e quepe militar com distintivo, e produziu um efeito extraordinário. Havia dois pretendentes a esse papel, e — daria para acreditar nisso? — ambos brigaram, como duas crianças, por causa dele, querendo exibir-se com aquele traje de oficial munido de agulhetas! Outros atores acorreram para apartá-los e decidiram, pela maioria de votos, entregar o papel a Netsvetáiev: não por ele ser mais bonito e vistoso que o outro candidato e, por esse motivo, mais semelhante a um fidalgo, mas porque Netsvetáiev convencera a todos de que teria uma bengala na mão, agitando-a e desenhando com sua pontinha no chão tal e qual um fidalgo de nascença e o primeiro dentre os janotas, ou seja, faria algo que o Vânka Perdido nem poderia imaginar, pois nunca tinha visto os senhores de verdade. E Netsvetáiev, aparecendo com sua esposa perante o público, não fazia, de fato, outra coisa senão fazer rápidos e ligeiros riscos no chão com uma fininha bengala de junco, que arranjara não se sabia onde, por certo tomando isso pelo indício da mais suprema nobreza, do mais extremo janotismo e daquilo que se chama *fashion*.[118] É possível que um dia, ainda na infância, correndo descalço pelo pátio da casa senhoril, ele tenha visto por acaso um elegante fidalgo a passear com uma bengala e acabado por se maravilhar com a sua habilidade em manejá-la, e que essa impressão tenha permanecido, inapagável, em sua alma — razão pela qual o preso, agora trintenário, recordava tudo o que

[117] Palas ornadas de franjas de ouro que os militares usam em cada ombro.
[118] Alto estilo (em inglês).

ocorrera para maravilhar e arrebatar plenamente todo o presídio. Netsvetáiev estava tão absorto nessa ocupação que não olhava mais para ninguém nem para nada e até falava sem reerguer os olhos: fixava-os apenas em sua bengala e fitava a pontinha que se movia. A fazendeira benfeitora também era, de certa forma, uma personagem notável: apresentara-se com um vestido de musselina tão velho e surrado que parecia um verdadeiro trapo, com os braços e o pescoço nus, e o rosto horrivelmente branqueado e carminado, usando uma touca de dormir, feita de *buckram*[119] e amarrada sob o queixo, segurando com uma mão a sua sombrinha e abanando-se sem parar com um leque de papel pintado que estava noutra mão. A dama foi recebida com uma explosão de risos; aliás, ela própria não se conteve e desandou repetidas vezes a rir. Quem interpretava esse papel era o detento Ivanov. Sirótkin, travestido de donzela, era muito simpático. As cançonetas da peça também deram certo. Numa palavra, o espetáculo proporcionou um prazer geral e completo. Não houve nem sequer pôde haver críticas.

Tocaram, mais uma vez, a abertura "Meu saguão, meu saguãozinho" e a cortina tornou a subir. Era o Kedril. Kedril é algo parecido com Don Juan; pelo menos, ao fim da peça os demônios carregam tanto o senhor quanto o seu criado para o inferno. Encena-se um ato inteiro, porém a obra não passa de um fragmento, tendo o início e o final sido perdidos. Não possui o mínimo sentido nem o menor conteúdo. A ação se desenrola na Rússia, numa estalagem qualquer. O dono desta conduz

---

[119] Tecido liso e reluzente, de modo geral usado para fazer capas de livros.

até o quarto um fidalgo de capote e redondo chapéu deformado. Seu criado Kedril acompanha-o trazendo uma mala e uma galinha embrulhada num papel azul. Kedril usa uma peliça e um boné de lacaio. É ele quem é o guloso. Seu papel é interpretado pelo detento Potséikin, o rival de Baklúchin; quanto ao fidalgo, o papel dele cabe àquele mesmo Ivanov que representou a fazendeira benfeitora na primeira peça. O dono da estalagem, Netsvetáiev, avisa que há demos no quarto e retira-se. O fidalgo, sombrio e preocupado, murmura para si mesmo que já sabia disso havia tempos e manda Kedril dispor as bagagens e preparar o jantar. Kedril é poltrão e comilão. Ouvindo falarem em demos, ele fica pálido e treme como uma folha ao vento. Iria correndo embora de lá, mas tem medo de seu amo. Além disso, está com fome. É indolente, estúpido, astucioso à sua maneira e pusilânime; engana o amo a cada passo e, ao mesmo tempo, tem medo dele. É um excelente tipo de criado em que se revelam, indecisa e remotamente, os traços de Leporello,[120] interpretado, ademais, com uma arte genuína e magnífica. Potséikin era decididamente talentoso e, a meu ver, ainda melhor que Baklúchin como ator. É claro que, encontrando-me no dia seguinte com Baklúchin, não lhe explicitei plenamente a minha opinião: tê-lo-ia magoado demais! O preso que representava o fidalgo também fez um bom trabalho. Dizia bobagens horripilantes, algo sem pés nem cabeça, mas sua dicção era correta e desenvolta, seus gestos combinavam com o papel.

---

[120] Conforme a tradição folclórica espanhola, o criado que acompanha Don Juan em suas aventuras.

Enquanto Kedril se ocupa das malas, o fidalgo anda, meditativo, pelo palco, depois declara alto e bom som que nessa noite porá fim às suas viagens. Kedril escuta-o, curioso, faz caretas, fala *a parte*[121] e leva o público a rir com cada palavra sua. Não tem pena do amo, porém ouviu falarem nos demos e quer saber o que é aquilo, metendo-se na conversa com suas indagações. O fidalgo acaba por lhe contar que outrora, numa situação infeliz, ele pediu ajuda ao inferno e que os demônios o socorreram; todavia, chegou a hora de acertar as contas e talvez eles venham hoje mesmo, conforme o pacto concluído, buscar sua alma. Kedril passa a sentir muito medo, mas o fidalgo não perde a coragem e manda que prepare o jantar. Ouvindo a palavra "jantar", Kedril se anima, desembrulha a galinha, tira uma garrafa de vinho e, de momento em momento, belisca e prova a carninha. Os espectadores gargalham. Eis que a porta fica rangendo e o vento sacode as venezianas; Kedril estremece e, apressada e quase inconscientemente, enfia na boca um pedaço de carne tão grande que nem sequer consegue engoli-lo. As gargalhadas explodem de novo. "Está pronto?" — grita o fidalgo, andando pelo quarto. "Já... já, senhor... vou servir" — responde Kedril, senta-se à mesa e põe-se a comer o jantar do amo com toda a serenidade. Pelo que se vê, o público gosta daquelas esperteza e astúcia com que o criado burla o fidalgo. É preciso reconhecer que de fato Potséikin merecia elogios. Pronunciou a frase "Já... já, senhor... vou servir" impecavelmente. Uma vez à mesa, começa, sôfrego, a

---

[121] Termo cênico (em italiano) que se refere a um ator fazendo comentários em separado, como se falasse consigo mesmo.

comer e treme com cada passo do amo, temendo que este se aperceba de suas travessuras; mal o fidalgo se vira em sua direção, esconde-se debaixo da mesa e leva a galinha consigo. Afinal, sua primeira fome está saciada; é hora de pensar no amo. "Vais demorar ainda, Kedril?" — exclama o fidalgo. "Tá pronto!" — responde Kedril, desembaraçado, embora saiba que não sobrou quase nada para ele. Apenas um pé de galinha continua sobre o prato. Inquieto e carrancudo, o fidalgo se senta à mesa sem reparar em nada, e Kedril se posta, com um guardanapo na mão, detrás da sua cadeira. Cada palavra, cada gesto, cada esgar de Kedril, quando ele se dirige ao público e aponta para o seu amo apalermado, são acompanhados pelo infrene gargalhar dos espectadores. Mas, assim que o fidalgo se põe a jantar, aparecem os demos. A partir de então, não dá mais para entender patavina. De resto, aqueles demos vêm de um jeito por demais esquisito: abre-se uma porta, na parte lateral dos bastidores, e surge uma criatura vestida de branco, com uma lanterna provida de vela em lugar da cabeça; outro fantasma, também com uma lanterna substituindo a cabeça, segura uma gadanha. Por que logo as lanternas, por que a gadanha, por que os demos vestidos de branco? — ninguém pode explicar isso para si mesmo. Aliás, ninguém chega a pensar nisso: quem sabe se não deve ser realmente dessa maneira? O fidalgo se volta, assaz corajoso, para os demos e brada que está pronto a ser abduzido por eles. Mas Kedril se assusta que nem uma lebre: esconde-se debaixo da mesa e, apesar de todo o seu pavor, não se esquece de escamotear a garrafa de vinho. A força das trevas afasta-se por um minuto e Kedril sai do seu esconderijo; contudo, assim que seu amo torna a comer a galinha, três demos invadem outra vez o quarto, agarram o fidalgo por trás e carregam-no para o inferno. "Kedril, socorro!" — grita o amo. Mas Kedril está ocupado com outras coisas. Desta vez leva para debaixo da mesa tanto a garrafa quanto o prato e até mesmo o pão. Eis que fica sozinho: nem os demos nem o fidalgo. Kedril reaparece, olha ao seu redor, e um sorriso ilumina seu rosto. Entrefecha os olhos, ladino, toma o lugar de seu amo, inclina a cabeça para o lado do público e diz meio cochichando:

— Agora é que estou sozinho... sem meu patrão!...

Todos gargalham pelo fato de ele estar sem o patrão, mas eis que o criado adiciona com seu cochicho, dirigindo-se confidencialmente ao público e lançando-lhe piscadelas cada vez mais alegres:

— Meu patrão foi levado pelos tinhosos!...

O arroubo dos espectadores não tem limites! Além de o fidalgo ter sido levado pelos tinhosos, isso foi dito com tanta afoiteza, com uma micagem tão escarninha e triunfante, que não se poderia mesmo deixar de aplaudir. Contudo, a felicidade de Kedril dura pouco tempo. Mal ele toma conta da garrafa, enchendo o seu copo e aprontando-se para beber, os demônios retornam de supetão, aproximam-se dele por trás, nas pontas dos pés e — catrapus! — pegam-no de ambos os lados. Kedril berra de todas as forças, mas nem se atreve a virar-se de tão medroso. Tampouco consegue defender-se, pois a firmeza lhe falta para largar a garrafa e o copo que tem nas mãos. Boquiaberto de susto, passa meio minuto sentado, cravando no público seus olhos esbugalhados, e sua cara exprime tamanha covardia ridícula que daria para pintar-lhe na hora um retrato cômico. Os demônios acabam por levá-lo embora; ele segura a garrafa, esperneia e grita, grita. Seus gritos se ouvem já nos bastidores. A cortina desce, e todos gargalham, maravilhados...

A orquestra entoa a "Kamárinskaia".[122] A melodia vem baixa, quase inaudível, mas logo se torna mais potente e acelera; os valentões começam a bater nos tampos das balalaicas... É a "Kamárinskaia" em toda a sua envergadura, e juro que seria bom se Glinka[123] a tivesse ouvido, nem que fosse só por acaso, em nosso presídio. Inicia-se a pantomima com música. A "Kamárinskaia" não se interrompe durante toda a pantomima. Surge o interior de uma isbá.[124] Um moleiro e sua esposa estão no palco. O moleiro conserta arreios num canto, sua esposa fia o linho no outro. Sirótkin faz o papel da esposa e Netsvetáiev o do moleiro.

Note-se que nossos cenários são muito pobres. Nesta peça, bem como na anterior, a gente mais dá largas à imaginação do que apreende com a vista. Em lugar da parede dos fundos estende-se um tapete ou um xairel; uns biombos precários elevam-se do lado direito. Quanto ao lado esquerdo, está descoberto de modo que se vê a tarimba. Entretanto os espectadores são indulgentes e consentem em completar a realidade com a imaginação, ainda mais que os presos são bem capazes de fazer isso: "Dizem que é um jardim, então é um jardim ou, sabe-se lá, um quarto ou uma isbá — tanto faz, e chega de cerimônias!". Com suas roupas de jovem mulherzinha, Sirótkin

---

[122] Rápida e alegre dança acompanhada por balalaicas, uma das mais populares e características amostras do folclore musical russo.

[123] Glinka, Mikhail Ivânovitch (1804-1857): célebre compositor russo, autor da transcrição sinfônica da "Kamárinskaia".

[124] Nome tradicional da casa de madeira em que moravam, na época, os camponeses russos.

está muito bonito. Alguns dos espectadores elogiam-no a meia-voz.

O moleiro termina o trabalho, pega seu chapéu e sua chibata, aproxima-se da mulher e explica-lhe com gestos que precisa sair, mas, se a mulher receber alguém em sua ausência, então... e aponta para a chibata. Sua esposa fica escutando e acenando com a cabeça. Decerto conhece bem aquela chibata, já que costuma pular a cerca. O marido sai. Tão logo a porta se fecha atrás dele, a mulher ameaça-o com o punho cerrado. Mas eis que batem à porta: aparece o vizinho, também um moleiro, mujique barbudo de cafetã.[125] Traz um presente, um lenço vermelho. A mulherzinha está rindo, mas, logo que o vizinho quer abraçá-la, alguém bate outra vez à porta. Onde é que ele se meterá? Às pressas, ela esconde o vizinho embaixo da mesa e pega de novo a sua roca. Aí comparece outro admirador secreto, um escrivão uniformizado. Até então a pantomima transcorria irreprochável, os gestos eram infalivelmente corretos. A gente poderia surpreender-se olhando para aqueles atores que improvisavam tão bem e pensar sem querer: quantos talentos e forças criativas perecem na nossa Rússia, às vezes quase de graça, por causa da servidão e da vida difícil! Mas o detento que fazia o papel do escrivão devia ter participado outrora de um teatro provinciano ou caseiro, imaginando que nossos atores, todos até o último, não entendiam desse negócio e não sabiam, portanto, atuar como se atua no palco profissional. E eis que ele se apresenta como se

---

[125] Vestimenta tradicional russa, de origem oriental: espécie de comprido sobretudo masculino.

apresentavam, segundo se conta por aí, os heróis clássicos nos teatros antigos: faz um passo comprido e, antes que arraste a outra perna, detém-se de chofre, joga para trás todo o seu corpo, ergue a sua cabeça, olha ao redor com orgulho e... faz outro passo. Se mesmo os heróis clássicos provocavam risos com esse modo de andar, o papel de escrivão militar haveria de torná-lo, numa cena cômica, mais engraçado ainda. Contudo, nosso público pensava que decerto estava tudo em ordem e aceitou os passos compridos daquele escrivão esgalgado como um fato objetivo, isto é, sem maiores críticas. Mal o escrivão alcança o centro do palco, ouvem-se novamente batidas à porta e a dona da casa volta a inquietar-se. Onde esconderá o escrivão? Dentro do baú, que, por sorte, está destrancado. O escrivão se mete no baú, e a mulherzinha cobre-o com a tampa. Desta vez aparece um visitante especial, também um dos seus namorados, mas bem diferente dos outros. É um brâmane, com trajes hindus. Um gargalhar desenfreado estoura no meio dos espectadores. Quem faz o papel desse brâmane (e, por sinal, magistralmente) é o detento Kóchkin, que parece, aliás, um brâmane de verdade. Explica com gestos toda a enormidade da sua paixão. Dirige as mãos para o céu, depois as aperta ao peito, bem ao seu coração, mas, assim que fica todo enternecido, uma forte pancada faz a porta vibrar. Julgando pela pancada, é o dono em pessoa que vem. A mulher perde a cabeça de susto, o brâmane corre, feito um possesso, de um lado para o outro, implorando que o escondam. Ela o deixa, apressadamente, detrás do armário e, esquecendo-se de tirar a tranca, agarra o seu fiado e fia, fia sem trégua, sem ouvir seu marido esmurrar a porta; apavorada, enovela o fio que nem está em suas mãos e gira a roca que nem apanhou do chão. Sirótkin representou esse temor com muita exatidão e propriedade. Afinal, o dono abre a porta com um pontapé e aproxima-se da esposa com sua chibata na mão. Ficou espiando, descobriu tudo e mostra agora com os dedos que três homens se escondem em sua casa. Em seguida, passa a procurá-los. Acha primeiro o vizinho e expulsa-o do quarto aos socos. Amedrontado, o escrivão soergue a tampa do baú para fugir e, dessa forma, revela o seu esconderijo. O moleiro chicoteia-o, e desta vez o escrivão enamorado saltita de uma maneira nada clássica. Resta apenas o brâmane; o dono da casa procura por ele muito tempo, encontra-o finalmente num canto, detrás do armário, cumprimenta-o com uma mesura amável e puxa-o pela barba até o centro do palco. O brâmane tenta resistir, grita: "Maldito, maldito!" (a única palavra dita em toda a pantomima), porém o marido não lhe dá ouvidos e castiga-o do seu jeito. A mulher vê que está chegando a sua vez, abandona o fiado e a roca e sai correndo do quarto; o banquinho em que estava sentada tomba no chão, os presidiários riem a bandeiras despregadas. Sem olhar para mim, Alei pega a minha mão e grita: "Olha: brâmane, brâmane!", quase não se mantendo mais em pé de tanto rir. A cortina despenca. Inicia-se outra cena...

Mas não vale a pena descrever todas as cenas. Foram ainda duas ou três, todas risíveis e francamente alegres. Se os presidiários não as inventaram do começo ao fim, introduziram nelas, pelo menos, algumas das suas experiências. Quase todos os atores improvisavam: nas noites seguintes, cada um deles faria o mesmo papel de maneira um tanto distinta. A pantomima final, de cunho fantasioso, culminou num balé. Enterram um morto. O brâmane, com seus numerosos ajudantes, profere diversas rezas sobre o caixão, mas nenhuma delas surte efeito. Por fim, soa "O sol no ocaso",[126] o morto ressuscita e todo mundo se põe a dançar de alegria. O brâmane dança com o defunto, e sua dança é bem incomum, própria dos brâmanes. Assim termina o espetáculo, até a próxima noite. Todos os nossos vão embora alegres e contentes, elogiam os atores, agradecem ao sargento. Não há brigas; todos estão contentes de certo modo inabitual, parecem quase felizes e não adormecem aflitos, como sempre, mas quase serenos — por que será? Entretanto, não é apenas um fruto da minha imaginação. É pura verdade. Foi permitido, por um tempinho, que esses pobres homens vivessem como quisessem, alegrando-se tal e qual a gente livre, que passassem uma hora sem se submeter à rotina carcerária — e eis que eles mudam no sentido moral, nem que seja tão só por alguns minutos...

A noite está negra. Estremeço e acordo casualmente: o ancião está rezando ainda em cima do forno e rezará ali até o amanhecer; Alei dorme, silencioso, ao meu lado. Lembro como ele continuava a rir quando, já deitado, falava com seus irmãos sobre o teatro, e passo a fitar, involuntariamente, o tranquilo semblante desse garoto. Recordo-me, aos poucos, de tudo: do último dia, das festas, de todo o mês passado... levanto a minha cabeça, com susto, e olho para os meus companheiros que dormem naquela fraca luz trêmula da "sextinha" vela de sebo. Olho para seus rostos sofridos, para seus leitos pobres,

---

[126] Música folclórica russa, datada de 1799 e muito popular ao longo de todo o século XIX.

para toda aquela miséria insuperável, examino-os, como se buscasse certificar-me de que não é o desdobramento de meu sonho abjeto e, sim, a minha realidade. É a realidade, sim: eis que se ouve um gemido; eis que alguém estende seu braço pesado e faz suas correntes tinirem. Outro detento estremece dormindo e põe-se a falar, enquanto o vovô reza, lá em cima do forno, por "todos os cristãos ortodoxos" e deixa ouvir uma frase fluida, calma e longa: "Senhor Jesus Cristo, tende piedade de nós!"...

"Não estou aqui para sempre, mas apenas por alguns anos!" — penso eu e ponho de novo a minha cabeça no travesseiro.

Fim da primeira parte

segunda parte

I
O hospital

Logo depois das festas eu contraí uma doença e fui ao nosso hospital militar. Era um comprido prédio de um só andar, pintado de tinta amarela, que se situava num local isolado, a meia versta da fortaleza. No verão, quando se faziam trabalhos de manutenção, utilizava-se uma quantidade enorme de ocra para pintá-lo. No pátio espaçoso do hospital ficavam suas dependências, casas do comando médico e construções afins. Quanto ao bloco principal, encontravam-se nele apenas enfermarias. Eram muitas, porém só duas se destinavam aos presidiários: sempre estavam cheias em demasia, mas sobretudo no verão, de modo que era preciso, volta e meia, colocar os seus leitos um junto do outro.

Nossas enfermarias se entulhavam de toda espécie de "gente desgraçada". Havia lá detentos e réus militares, das mais diversas categorias: homens mantidos em reclusão provisória, julgados, condenados e aqueles que estavam tão só de passagem; havia também quem viesse da companhia correcional, uma estranha instituição aonde os soldadinhos infratores e inconfiáveis eram mandados pelos seus batalhões a fim de melhorarem a sua conduta e de onde eles saíam de praxe, uns dois anos mais tarde, tão celerados que mal daria para imaginar sua perversidade. Os presos que adoeciam tinham o hábito de declarar sua doença pela manhã ao sargento da guarda. Tal fato registrava-se, de imediato, num livro especial, sendo o doente escoltado até o posto médico do batalhão. Ao examinar previamente todos os indispostos de todas as divisões militares que se localizavam na fortaleza, o doutor encaminhava para o hospital aqueles que achava de fato enfermos. Meu caso foi registrado no livro, e por volta das duas horas, tendo já todos os nossos saído do presídio para trabalhar após o almoço, eu fui ao hospital. De ordinário, um presidiário doente levava consigo tanto dinheiro quanto pudesse, pão (visto que não receberia, naquele dia, sua porção no próprio hospital), um pequenino cachimbo e uma bolsinha de tabaco, uma pederneira e um fuzil. Esses últimos objetos eram cuidadosamente guardados nas botas. Entrei no recinto hospitalar com certa curiosidade relativa àquela nova variação de nossa vida carcerária que ainda desconhecia.

Era um dia tépido, nublado e triste, um daqueles dias em que tais estabelecimentos como o hospital tomam uma aparência especialmente séria, tediosa e áspera. Fui conduzido, sob escolta, até a recepção, onde havia duas banheiras de cobre, e dois outros enfermos, também escoltados, esperavam pelo atendimento. Apareceu um enfermeiro, examinou-nos de forma indolente e, ao mesmo tempo, autoritária e, mais indolente ainda, foi comunicar a nossa presença ao médico plantonista. Este não demorou a vir; tratando-nos com muito carinho, inscreveu nossos nomes em "folhas dolorosas".[1] O decurso posterior da doença, os remédios prescritos, sua dosagem e outras informações pertinentes ficariam

[1] Termo coloquial que designava o prontuário médico.

a cargo de um dos internos que supervisionavam as enfermarias dos presidiários. Eu já ouvira dizerem que estes gostavam muito de seus doutores. "Nem precisas de pais!" — respondiam eles às indagações que lhes dirigia antes de ir ao hospital. Mudamos, entretanto, de roupas. Nossas vestes de cima e de baixo foram levadas embora; recebemos em troca, além das camisas hospitalares, meias compridas, chinelos, gorros e roupões de espesso tecido marrom, remendados de lona ou mesmo de algo semelhante ao emplastro. Numa palavra, meu roupão estava sujo em extremo, mas eu me dei conta disso somente depois de internado. Levaram-nos, a seguir, para as enfermarias carcerárias, situadas no fim de um corredor compridíssimo, de teto alto e bem limpo. Aliás, a limpeza externa parecia muito satisfatória em qualquer lugar: tudo o que me saltava aos olhos naquele primeiro momento estava lustroso. Ou então era apenas uma impressão que eu tinha após o presídio. Os dois presos entraram na enfermaria do lado esquerdo; eu, na do lado direito. Um soldado vigiava, com sua espingarda nas mãos, a porta trancada com uma cavilha de ferro; um ajudante se mantinha perto dele. O suboficial pertencente à guarda do hospital mandou que me deixassem passar, e eu adentrei um cômodo estreito e comprido onde havia umas vinte e duas camas, inclusive três ou quatro ainda desocupadas, que se estendiam rente de ambas as paredes longitudinais. Eram aquelas camas de madeira, pintadas de tinta verde e perfeitamente familiares a qualquer um em nossa Rússia, aquelas camas que, por alguma fatalidade, não podem de jeito nenhum ser livres de percevejos. Acomodei-me num canto, junto das janelas da enfermaria.

Conforme dito, havia lá uns detentos nossos, vindos do presídio. Alguns deles me conheciam ou, pelo menos, já me tinham visto antes. Todavia, os que provinham do meio dos réus e da companhia correcional eram bem mais numerosos. Os doentes graves, ou seja, aqueles que não se levantavam da cama, eram poucos. Quanto aos outros, acometidos por doenças leves ou convalescentes, eles estavam sentados em seus leitos ou andavam pela enfermaria, de lá para cá, pois o espaço entre as duas fileiras de camas bastava para um passeio. O cheiro próprio do hospital reinava, sufocante, naquele cômodo. O ar estava contaminado de várias exalações repulsivas e odores medicamentosos, se bem que o forno situado num canto permanecesse aceso quase o dia todo. Um invólucro listrado cobria a minha cama. Tirei-o. Havia, sob o invólucro, uma coberta de lã remendada com lona e grossos lençóis cuja limpeza gerava imensas dúvidas. Ao lado da cama estava uma mesinha em cima da qual se encontravam uma caneca e uma xícara de estanho. Por motivos de decência, tudo isso se cobria com uma pequena toalha que me fora entregue. Debaixo da mesinha havia uma prateleira complementar onde os pacientes guardavam bilhas de *kvas*, chaleiras, etc. De resto, pouquíssimos doentes tomavam chá. Os cachimbos e as bolsinhas de tabaco, usados por quase todos os doentes, até pelos que padeciam de tísica, eram por sua vez escondidos embaixo dos leitos. O doutor e outros comandantes do hospital não os procuravam quase nunca e, mesmo se flagravam alguém com um cachimbo na mão, faziam de conta que não reparavam nisso. Por sua parte, os doentes agiam quase sempre com muita cautela, indo fumar junto ao forno. Apenas de noite é que fumavam deitados em suas camas, só que de noite ninguém, exceto talvez o único oficial que comandava a guarda hospitalar, vinha examinar as enfermarias.

Jamais fora internado, até então, em nenhum hospital, portanto tudo quanto me rodeava era extremamente novo para mim. Percebi que despertava certa curiosidade. Os pacientes, que já tinham ouvido boatos a meu respeito, fitavam-me sem a menor cerimônia, até com um matiz de superioridade, da mesma maneira que os alunos olham para um calouro ou os servidores públicos para um requerente. À minha direita encontrava-se um escrivão perseguido pela justiça, filho bastardo de um capitão reformado. Preso por falsificação de moeda, estava no hospital havia aproximadamente um ano; parecia não ter enfermidade alguma, porém asseverava aos médicos que sofria de aneurisma. Acabou conseguindo o seu objetivo: poupado de trabalhos forçados e castigos corporais, seria transferido, mais um ano depois, para a cidade de T-k,[2] onde o manteriam recluso, mas em regime hospitalar. Era um rapaz forte e atarracado, de uns vinte e oito anos de idade, muito ladino e versado em leis, nada tolo, dotado de afoiteza e presunção extraordinárias, transbordante de amor-próprio mórbido e seriamente convencido, de uma vez por todas, de que, sendo o homem mais honesto e franco deste mundo, não carregava nem sombra de culpa. Ele se pôs a falar comigo, começou a interrogar-me por curiosidade e contou-me, de forma bastante detalhada, sobre as regras externas do hospital. Entenda-se bem que me disse, antes de qualquer coisa, ser filho de um

---

[2] Dostoiévski refere-se a Tobolsk.

capitão. Queria demais parecer um fidalgo ou, pelo menos, "alguém da nobreza". Quem veio abordar-me depois dele foi um doente da companhia correcional que desandou a assegurar ter conhecido muitos fidalgos desterrados nos velhos tempos e a citar seus nomes e patronímicos.[3] Era um soldado cujos cabelos já estavam brancos; a julgar pela sua expressão facial, mentia descaradamente. Chamava-se Tchekunov. Decerto me bajulava por suspeitar que eu tivesse dinheiro. Ao reparar no meu pacote com chá e açúcar, ofereceu-me de pronto seus serviços para arranjar uma chaleira e preparar um chazinho. O detento M-ki prometera que mandaria, no dia seguinte, um dos presos que trabalhavam no hospital trazer uma chaleira para mim; contudo, foi Tchekunov quem fez isso. Trouxe um pote de ferro e mesmo uma xícara, deixou a água ferver, preparou chá — numa palavra, passou a servir-me com tanto zelo que logo provocou umas troças peçonhentas por parte de um dos nossos vizinhos. Acomodado na minha frente, era aquele mesmo tísico chamado Ustiântsev, soldado que, uma vez condenado ao açoitamento, despejara por medo uma tampinha de vodca misturada com uma grande porção de rapé e, feito isso, desenvolvera a tísica (já o havia mencionado antes). Até então ele estava calado, respirando a custo, examinando-me atenta e seriamente e observando Tchekunov com indignação. Aquela seriedade exagerada e atrabiliária tingia a sua revolta de uma comicidade especial. Por fim, ele não se conteve:

---

[3] Parte integrante do nome russo, derivada do nome do pai.

— Mas que lacaio! Já arrumou um senhor! — articulou pausadamente, com uma voz ofegante de fraqueza. Estava chegando aos últimos dias da sua vida.

Também indignado, Tchekunov se virou para ele.

— Quem é lacaio aqui? — perguntou, encarando Ustiântsev com desprezo.

— Tu és lacaio! — respondeu este num tom desafiador, como se tivesse pleno direito de censurar Tchekunov e até mesmo tivesse sido designado para tal finalidade.

— Eu sou lacaio?

— És, sim. Está ouvindo, minha gente, ele não acredita! Fica pasmado!

— E o que tens a ver com isso? Não enxergas que o senhor está sozinho, desamparado? Não costuma passar sem criados, a gente sabe. Por que não o ajudaria, hein, fuça ruça?

— Quem é que tem a fuça ruça?

— Tu, palhaço.

— Eu tenho a fuça ruça?

— Tens, sim!

— E tu mesmo és bonitão? Pois tua tromba é que nem uma bomba... se minha fuça é ruça.

— Claro que é ruça! Deus já te matou, só resta ficar aí quietinho até que morras! Mas não, queres brigar como todo mundo! Por que será?

— Por quê? Porque antes me curvo diante das botas que dos *lápti*! Meu pai não se curvava e testou que eu tampouco... eu... eu...

Já ia prosseguir, mas foi tomado, por alguns minutos, de uma tosse terrível e começou a escarrar sangue. O gélido suor de exaustão transpareceu logo em sua testinha estreita. Se a tosse não o atrapalhasse, continuaria falando; seus olhos exprimiam a vontade de levar a discussão adiante, mas, debilitado que estava, ele apenas fazia gestos desesperados... Enfim Tchekunov desistiu da conversa.

Senti que a fúria do tísico se voltava antes contra mim do que contra Tchekunov. Ninguém se zangaria com ele nem o trataria com especial menosprezo por causa da sua intenção de me bajular e, desse modo, ganhar um copequezinho. Todos entenderiam que fazia isso tão só por dinheiro. Nesse aspecto, o poviléu não é nada melindroso e sabe muito bem separar o joio do trigo. Ustiântsev não gostava pessoalmente de mim, não gostava de meu chá, como se eu, mesmo agrilhoado, insistisse em ser um fidalgo incapaz de prescindir da sua criadagem, ainda que de maneira alguma eu reclamasse nem procurasse nenhum criado. Na realidade, queria fazer tudo sozinho e mesmo desejava veementemente evitar toda e qualquer suposição de que fosse um senhorzinho mimado. Nisso consistia, em parte, o meu amor-próprio, se é que tocamos em tal assunto! Entretanto (e, feitas as contas, não consigo compreender por que isso sempre me ocorria), nunca chegava a dispensar os mais diversos criados e agregados que vinham, por sua iniciativa, auxiliar-me e acabavam por me subjugar totalmente, de modo que eles se tornavam, de fato, meus amos, e eu, seu criado; porém, a minha aparência sugeria naturalmente que, sendo um senhor enjoado, eu não podia prescindir de serviçais e vivia em grande estilo. É claro que tudo isso me aborrecia muito. Todavia, Ustiântsev era tísico e irritava-se em excesso. Quanto aos outros doentes, eles olhavam para mim com patente indiferença, até com certa nuança de altivez. Lembro que todos estavam preocupados, na ocasião, com uma circunstância particular: deduzi das conversas de meus companheiros que na mesma noite trariam à nossa enfermaria um preso que, naquele exato momento, era espancado com varetas de espingardas. Os detentos aguardavam o novato com certa curiosidade. Diziam, aliás, que seu castigo seria leve: apenas quinhentos golpes.

Pouco a pouco, fui olhando ao meu redor. Pelo que pude notar, meus vizinhos que estavam realmente enfermos sofriam de escorbuto e de tracoma — doenças intrínsecas àquela região. Em nossa enfermaria ficavam alguns homens desse tipo. Dentre os outros, também doentes de verdade, havia quem padecesse de febres, abscessos e tísica. Ao contrário das demais enfermarias, todas as doenças, até as venéreas, estavam reunidas ali sem segregação. Refiro-me aos doentes *de verdade* porque havia igualmente quem lá viesse *assim*, sem nenhuma razão, tão somente para "descansar". Os doutores admitiam tais pacientes de bom grado, por compaixão, sobretudo quando vários leitos permaneciam vazios. As condições que se observavam nos presídios pareciam, se comparadas com as dos hospitais, tão ruins que muitos detentos vinham internar-se com todo o prazer, não obstante o ar abafado e a porta trancada da enfermaria. Havia mesmo quem adorasse o leito e a vida hospitalar em geral; tais homens eram comuns na companhia correcional. Cheio de curiosidade, eu examinava meus novos companheiros, mas, pelo que me lembro agora, fiquei especialmente curioso ao ver um deles, um presidiário tísico que também vivia seus últimos dias: já moribundo, estava prostrado na cama adjacente à de Ustiântsev, ou seja, situada quase defronte da minha cama. O nome desse homem era Mikháilov; apenas duas semanas antes, víramo-nos em nosso presídio. Estava doente por muito tempo e precisava de tratamento, porém superava seu mal-estar e resistia à sua fraqueza com uma paciência teimosa e totalmente desnecessária; só fora ao hospital com a chegada das festas para morrer ali, em três semanas, de uma tísica fulminante, como que incinerado. Surpreendeu-me logo seu rosto horrivelmente mudado — um dos primeiros rostos que avistara ao ingressar no presídio, que então me saltara, de certo modo, aos olhos. Próximo dele estava deitado um soldado da companhia correcional, um homem já idoso, repugnante em seu desleixo abominável... Não adianta, aliás, enumerar todos os doentes... Recordo-me agora daquele velhote pelo único motivo de ele também ter produzido certa impressão sobre mim, dando-me, num só minuto, uma ideia bastante ampla de várias peculiaridades da enfermaria carcerária. Que me lembre, o velhote sofria de uma coriza fortíssima. Não parava de espirrar e, ao longo de toda a semana, espirrava até dormindo, soltava rajadas de cinco ou seis espirros de vez e acrescentava, assíduo, depois de cada rajada: "Que praga, meu Deus!". Naquele momento, ele estava sentado na cama e sofregamente enchia o seu nariz de tabaco guardado num embrulho de papel a fim de espirrar com mais força e eficácia. Espirrava num lenço quadriculado de algodão que lhe pertencia, lavado umas cem vezes e desbotado em extremo; seu pequeno nariz se franzia, nesse meio-tempo, de certa maneira particular, formando inúmeras rugas miúdas, e as sobras de seus velhos dentes enegrecidos exibiam-se com suas gengivas vermelhas e molhadas de baba. Ao limpar o nariz, desdobrava de imediato o lenço, perscrutava a profusão de catarro acumulado lá dentro e rapidamente a espalhava pelo roupão pardacento que vestia, de modo que todo o catarro se detinha sobre o roupão e o lenço ficava, quando muito, umedecido. Fazia isso durante uma semana inteira. Tal cuidadosa e sórdida conservação do lenço pessoal em detrimento do traje hospitalar não suscitava nenhum protesto por parte dos outros doentes, embora algum deles fosse mais tarde usar esse mesmo roupão. Nosso povo mais simples é estranhamente despojado de toda sensação de repulsa e asco! Quanto a mim, estremeci de nojo naquele minuto e logo passei a examinar, com aversão e curiosidade espontâneas, o roupão que acabava de vestir. Percebi que este vinha instigando a minha atenção com seu cheiro forte; já se esquentara, depois de vestido, e fedia cada vez mais a remédios, emplastros e, como me parecia, a pus, o que era bem natural, pois não se despregava, desde os tempos imemoráveis, dos ombros dos enfermos. Talvez o forro de lona, que o reforçava nas costas, tivesse sido lavado alguma vez... não havia certeza disso. Em compensação, agora esse forro estava impregnado de toda espécie de fluidos execráveis e soluções medicamentosas, de água que pingava das compressas furadas, etc. Além do mais, os pacientes que acabavam de ser batidos com varetas de espingardas apareciam frequentemente nas enfermarias carcerárias; tratavam seu dorso ferido com soluções curativas, portanto não existia a possibilidade de o roupão trajado por cima da camisa encharcada não se estragar — tudo permanecia grudado nele. E, durante todos aqueles anos que passaria no presídio, todas as vezes que me acontecesse ficar internado (e isso acontecia amiúde), eu vestiria os roupões hospitalares com uma receosa desconfiança. O que me causava mais nojo ainda eram os piolhos que se aninhavam, vez por outra, naqueles roupões, piolhos grandes e incrivelmente gordos. Os presos se deliciavam em matá-los, tanto assim que, mal o bicho executado estalava sob a grossa e canhestra unha do caçador, até o rosto deste permitia entender, de tão luminoso, até que ponto ele se sentia satisfeito. Os doentes não gostavam, outrossim, de percevejos, e toda a enfermaria se levantava, de vez em quando, para exterminá-los, ocupando com isso as longas e tediosas tardes de inverno. Se bem que, tirante o cheiro desagradável, toda a parte externa da enfermaria estivesse, na medida do possível, limpa, ela não poderia gabar-se de sua limpeza interna, por assim dizer, íntima. Já acostumados com falta de higiene, os pacientes achavam que era algo normal, e as próprias condições da enfermaria não propiciavam muito asseio. Mas sobre as condições vou contar mais tarde...

Tão logo Tchekunov me serviu o chá (diga-se de passagem que a água era trazida para nós uma vez por dia, estragando-se num piscar de olhos por conta dos nossos ares pestilentos), a porta se abriu com certo ruído e o soldado que acabava de sofrer seu castigo entrou, sob escolta dobrada, na enfermaria. Foi a primeira vez que vi um homem açoitado. Trar-nos-iam aqueles infelizes noutras ocasiões frequentes (às vezes carregando os que haviam sofrido um castigo pesado demais), e todas as vezes isso proporcionaria uma grande diversão aos enfermos. Costumava-se receber o açoitado com expressão de muita severidade no rosto e mesmo com uma seriedade meio artificial. De resto, a recepção dependia também do grau de importância do delito cometido e, por conseguinte, da punição aturada. Aquele que tinha a reputação de grande criminoso e sofrera um castigo proporcional gozava de maior respeito e atraía maior atenção do que um recruta foragido, igual, por exemplo, ao coitado que acabava de entrar. Todavia, nem condolências exageradas nem objeções demasiadamente biliosas lhe eram dirigidas em nenhum desses casos. Os doentes acudiam o infeliz e cuidavam dele em silêncio, sobretudo se ele não conseguia dispensar sua ajuda. Os próprios enfermeiros já sabiam que entregavam o açoitado a mãos experientes e hábeis. O auxílio consistia de praxe em aplicações frequentes e necessárias de um lençol ou uma camisa que eram molhados de água gelada e colocados no dorso dilacerado, sobretudo se o castigado em pessoa não tinha mais condições de cuidar de si mesmo, bem como na destra retirada de lascas de madeira das úlceras que os paus quebrados nas costas do castigado deixavam não raro em sua pele. Esta última operação costumava ser bem dolorosa para o paciente. Mas, de maneira geral, sempre me surpreendia a extraordinária firmeza com a qual esses homens aguentavam sua dor. Vi muitos deles, por vezes espancados barbaramente, mas quase nenhum gemia! Nesses casos, apenas o rosto parece todo alterado, fica pálido; os olhos brilham; o olhar se torna distraído, inquieto; os lábios tremem tanto que o pobre homem passa a mordiscá-los de propósito, quase até sangrarem. O soldadinho que entrara na enfermaria era um rapaz alto e vigoroso, aparentando ter uns vinte e três anos de idade, moreno, de rosto bonito e compleição robusta e musculosa. Seu dorso fora, aliás, batido para valer. Na parte de cima, até a cintura, todo o seu corpo estava desnudo; um lençol úmido cobria-lhe os ombros, e todos os membros dele tremiam como que de febre. Durante uma hora e meia, ficou andando de lá para cá pela enfermaria. Eu fitava o seu rosto: parecia-me que naquele momento ele não pensava em nada, apenas olhava de modo estranho e selvagem, sem que seu olhar agitado conseguisse focar-se em qualquer objeto que fosse. Achei que mirasse atentamente o meu chá. O chá estava quente, o vapor subia da minha xícara, e aquele coitado batia queixo de frio. Convidei-o a tomar chá. Ele se voltou rápido para mim, pegou a xícara e bebeu-a em pé, apressadamente, sem açúcar; estava calado e esforçava-se muito para não me encarar. Ao engolir tudo, pôs a xícara na mesa e, sem uma palavra, sem um gesto de gratidão, tornou a andar pela enfermaria de lá para cá. Não se importava, evidentemente, com as palavras nem com os gestos! Quanto aos outros presos, de início todos eles evitavam, por alguma razão, qualquer conversa com o recruta punido; pelo contrário, buscavam não lhe prestar mais nenhuma atenção depois de socorrê-lo no começo, querendo talvez proporcionar-lhe o maior sossego possível em vez de atormentá-lo com posteriores indagações e "pêsames", o que o deixava, pelo visto, completamente satisfeito.

Entretanto anoiteceu; acenderam uma lamparina. Alguns dos pacientes — aliás, bem poucos — tinham seus próprios castiçais. Afinal, já depois da visita noturna de nosso médico, o sargento da guarda entrou porta adentro e contou todos os doentes. A enfermaria ficou trancada, tendo os soldados previamente trazido um penico... Espantei-me quando soube que aquele penico permaneceria conosco a noite toda, embora a latrina se situasse logo ali, no corredor, somente a dois passos da nossa porta. Mas assim era a ordem estabelecida no hospital. De dia os presidiários ainda podiam sair da enfermaria (aliás, por um só minutinho), mas, de noite, sob pretexto algum. As enfermarias carcerárias não se assemelhavam às comuns, de modo que um detento enfermo se via penalizado, além da sua sentença, pela sua enfermidade. Não sei quem implantara essa ordem a princípio; sei apenas que não havia nela nenhuma ordem verídica e que o formalismo burocrático jamais se revelaria mais seco e inútil do que, por exemplo, nesse caso específico. É claro que tal ordem não era imposta pelos médicos. Repito: os presos adoravam seus doutores, respeitavam-nos a par de seus pais. Os médicos prodigalizavam-lhes benevolência, diziam palavras carinhosas, e os detentos valorizavam essa atitude porque, rejeitados por todo o mundo, percebiam a sinceridade dessas palavras carinhosas e a franqueza dessa benevolência. Tudo poderia ser diferente: ninguém criticaria os médicos se eles nos tratassem de outro modo, ou seja, de modo mais bruto e menos humano; eram, pois, bondosos por natureza, por serem humanos de fato. E, fora de dúvida, compreendiam que um enfermo, fosse lá quem fosse, presidiário ou não, precisava, por exemplo, do mesmo ar fresco que quaisquer outros pacientes, inclusive os do mais alto gabarito. Os doentes das outras enfermarias, que estavam convalescendo, podiam, por exemplo, andar livremente pelos corredores, fazer longos passeios, respirar um ar bem menos infecto que o da enfermaria, abafadiço e sempre carregado de inexpugnáveis miasmas sufocadores. Quanto medo e asco eu sinto hoje ao relembrar até que ponto se infectava de noite aquele ar já nauseabundo de nossa enfermaria por causa do penico que lá pernoitava, da permanente quentura e de certas doenças que tornam a evacuação imprescindível! Dizendo que o detento se via penalizado mesmo pela sua enfermidade, eu não supunha nem suponho agora que essa ordem tenha sido organizada com o único e efetivo propósito de penalizá-lo. Seria, bem entendido, uma calúnia absurda por minha parte. Não vale a pena castigar os doentes. E, assim sendo, era seguramente alguma necessidade severa e drástica que incitava os superiores a recorrer a essa medida cheia de consequências nocivas. Qual era? Pois a maior contrariedade é que não se pode explicar, de nenhuma forma minimamente satisfatória, a necessidade dessa medida concreta e, além disso, de várias outras medidas tão ininteligíveis que não seria possível não só explicá-las, mas nem sequer intuir a sua provável explicação. Como se explicaria tanta crueldade inútil? Apenas com o receio de que um presidiário se fingisse de doente, viesse ao hospital, ludibriasse os médicos, fosse de noite à latrina e, aproveitando-se da escuridão, fugisse. Seria quase impossível alguém justificar seriamente todo o contrassenso deste raciocínio. Para onde ele fugiria? Como fugiria? Com que roupa fugiria? De dia o preso só pode sair sozinho; de noite poderia ser a mesma coisa. A sentinela com um rifle carregado fica junto da porta. A latrina se encontra literalmente a dois passos da sentinela, mas, apesar disso, outro soldado vem acompanhando o enfermo e não desprega, nem por um instante, seus olhos dele. A latrina tem uma só janela, munida de duplo caixilho hibernal e protegida por grades de ferro. E no pátio, exatamente sob essa janela e as das enfermarias carcerárias, também anda um guarda, durante a noite toda. Precisa-se arrombar o caixilho e as grades para fugir pela janela. E quem será que vai permitir isso? Suponhamos que o fugitivo assassine previamente o acompanhante, sem este dar um pio e ninguém ouvir nada. Mas, mesmo que admitamos tal disparate, precisará ainda assim quebrar o caixilho e as grades. Note-se que no mesmo lugar, ao lado da sentinela, dormem os vigilantes hospitalares e que a dez passos, à porta da outra enfermaria carcerária, fica outra sentinela armada de rifle, bem como outros soldados e vigilantes. Para onde é que um detento fugirá, no inverno, com suas meias e seus chinelos, de roupão e gorro? E, se for assim, se o perigo for tão ínfimo (é que, na verdade, não há perigo algum), então por que restringir com tanto rigor a locomoção dos enfermos que vivem, talvez, seus últimos dias e horas, e seu acesso ao ar fresco de que necessitam, quem sabe, ainda mais que a gente sã? Por quê? Nunca cheguei a entender isso...

Mas, uma vez questionado "por quê?" e sendo essa questão bem oportuna, não posso deixar de lembrar agora outro horror que se quedou tantos anos exposto na minha frente, em forma do fato mais enigmático possível que tampouco conseguiria explicar de qualquer maneira que fosse. Não posso deixar de dizer, ao menos, algumas palavras a respeito desse fato, antes que continue a minha narração. Refiro-me aos grilhões de que nenhuma enfermidade liberta a quem for condenado a trabalhos forçados. Na minha presença, até os tísicos morriam agrilhoados. Entretanto, estavam todos acostumados com isso, todos viam nisso algo definitivo, inelutável.

Talvez ninguém nem sequer refletisse nisso, visto que não passara nem mesmo pela cabeça dos nossos médicos a ideia de solicitar, uma vez só nesses anos todos, que os comandantes autorizassem a retirada dos grilhões daqueles presos que sofriam de doenças graves, sobretudo de tísica. Suponhamos que os grilhões em si não sejam Deus sabe como pesados. Seu peso varia de oito a doze libras. Um homem saudável carrega dez libras de peso sem muita dificuldade. Diziam-me, aliás, que as pernas de quem portava grilhões durante alguns anos começavam a ressecar. Não sei se é verdade, mas isso não é, por certo, improvável. Um objeto, por menor que seja, um objeto de, digamos, dez libras, que fica sempre pendurado na perna, aumenta o peso desta de modo anormal e, muito tempo depois, pode gerar algum efeito nocivo... Suponhamos, no entanto, que isso não prejudique um homem saudável. E um doente? Talvez não faça mal a quem padece de uma doença leve. Mas repito e volto a repetir: seria o mesmo para quem sofre de doenças graves, notadamente para os tísicos, cujos braços e pernas ressecam por si só, pesando-lhes, destarte, qualquer palhinha? E juro: se a chefia médica facilitasse, ao menos, o estado dos tísicos, isso produziria em si um grande e autêntico benefício. Imaginemos alguém dizer que o presidiário é um facínora e não merece benefícios... Mas seria justo agravar a pena de quem já foi tocado pelo dedo de Deus? E nem daria para acreditar que isso se fizesse apenas no intuito de penalizá-lo. Até o tribunal isenta os tísicos do castigo corporal. Por conseguinte, reside nisso também uma medida importante e misteriosa, tomada por motivos de precaução salvadora. Mas qual é essa medida? Não se pode entender isso. É que não se pode temer, afinal de contas, que um tísico fuja. Quem poderia temê-lo, sobretudo em vista do estádio avançado dessa doença? E não seria possível que alguém se fingisse de tísico e ludibriasse os doutores a fim de fugir. Não é uma doença fácil de simular — é a olho nu que os médicos a detectam. E diga-se a propósito: será que colocam grilhões nos tornozelos tão só para o detento agrilhoado não fugir, ou melhor, para que o impeçam de fugir? Nada disso. Os grilhões são apenas humilhação, vergonha e carga física e moral. Pelo menos, assim é que se pressupõe. Quanto à fuga, nunca impediriam ninguém a consumá-la. Até o presidiário mais desastrado e mais inábil saberia serrá-los depressa e sem muito esforço ou então quebrar seu rebite com uma pedra. Os grilhões que seguram os pés não previnem decididamente nada; e se for assim, se o condenado os porta apenas para sofrer mais ainda com sua punição, eu pergunto de novo: é justo punir a quem estiver à beira da cova?

E eis que agora, escrevendo estas linhas, recordo com muita clareza um moribundo daqueles, um tísico, aquele mesmo Mikháilov que estava prostrado quase defronte de mim, ao lado de Ustiântsev, e que faleceu, que me lembre, no quarto dia a contar da minha chegada à enfermaria. Quem sabe se não comecei a falar agora dos tísicos por recapitular, involuntariamente, as impressões e ideias que tinham vindo à minha cabeça naquela exata ocasião, devido à sua morte? Aliás, conhecia pouco Mikháilov como tal. Era um homem bem novo ainda, de uns vinte e cinco anos no máximo, alto, magro e dotado de uma aparência muito agradável. Mantido na divisão especial, andava estranhamente calado, e sua conduta denotava mansidão e calma tristeza. Parecia estar “murchando” no presídio: assim, pelo menos, é que o caracterizariam mais tarde os presos no meio dos quais ele deixara boas lembranças. Recordo-me dos seus belos olhos e juro que não sei ao certo por que minhas recordações são tão claras assim. Mikháilov morreu pelas três horas da tarde, num dia frio e ensolarado. Lembro como os raios oblíquos do sol atravessavam, vigorosos, as janelas verdes e levemente geadas da nossa enfermaria. Toda uma torrente de luz inundava o coitado. Já sem sentidos, ele expirava longa e dificilmente, agonizando por várias horas seguidas. Ainda pela manhã seus olhos não reconheciam mais aqueles que se achegavam a ele. Os companheiros viam seus sofrimentos atrozes e procuravam aliviá-los um pouco; ele respirava a muito custo, avidamente, arfando; seu peito se erguia como se o ar lhe faltasse. Jogara fora o cobertor, tirara todas as roupas de cima; por fim, começou a arrancar sua camisa, pois esta também lhe parecia sufocante. Ajudaram-no a tirar a camisa. A gente olhava com pavor para aquele corpo fino, comprido, cujos braços e pernas haviam ressequido até deixar seus ossos à mostra, para o ventre cavado, o peito arqueado, as costelas do moribundo que sobressaíam nítidas como as de um esqueleto. Só permaneciam em todo o seu corpo uma cruz de madeira com um pequeno incensório e os grilhões que, pelo visto, não prendiam mais seus pés definhados. Meia hora antes de ele morrer, todos os doentes se aquietaram, passando a conversar em voz baixa. Os que andavam pela enfermaria pisavam com cautela. Falavam pouco entre si e sobre temas abstratos, apenas lançavam raras olhadas ao moribundo que estertorava cada vez mais. Enfim ele agadanhou o incensório com sua mão indecisa e fraca, tentando arrancá-lo do seu peito, como se o incensório também o incomodasse, apertasse, oprimisse. Os companheiros tiraram-no logo. Uns dez minutos depois Mikháilov morreu. Alguém bateu à porta para chamar a sentinela. Entrou um vigia; olhou, obtuso, para o morto e foi buscar o enfermeiro. O enfermeiro — um moço jovem e bondoso que cuidava com uma dedicação um tanto excessiva da sua aparência, de resto, bastante vistosa — não demorou a aparecer; a passos rápidos, que ressoavam pela enfermaria silenciosa, aproximou-se do defunto e, com um ar extremamente desenvolto, como que inventado, de propósito, para aquele caso, pegou sua mão, apalpou-lhe o pulso, fez um gesto brusco e saiu porta afora. Logo avisaram a guarda: morrera um criminoso destacado, proveniente da divisão especial, portanto se precisava de cerimônias especiais para reconhecê-lo como morto. À espera dos guardas, um dos detentos sugeriu baixinho que não faria mal fecharem os olhos do falecido. Outro detento escutou-o com atenção, aproximou-se, calado, do cadáver e fechou-lhe os olhos. Vendo a sua cruz que estava sobre o travesseiro, tomou-a, examinou-a e, sem uma palavra, colocou-a de volta no pescoço de Mikháilov, benzendo-se a seguir. Entrementes, o rosto do morto se inteiriçava aos poucos; um raio de sol saltitava nele; a boca estava entreaberta, dois renques de dentes brancos e jovens brilhavam debaixo dos lábios finos, colados em suas gengivas. Entrou, finalmente, o sargento da guarda, com seu capacete e sabre-baioneta, acompanhado de dois soldados. Retardava o passo, indo ao encontro dos presos que o fitavam de todos os lados, quietos e lúgubres, e olhava para eles com perplexidade. A um passo do cadáver, parou de repente, como que temeroso. Ficou assombrado ao ver aquele corpo ressequido, completamente nu, só de grilhões; afrouxando a correia sob o queixo, tirou seu capacete, o que não lhe era prescrito por nenhuma regra, e fez um largo sinal da cruz. Era um militar já vivido, de semblante severo e cabelo grisalho. Lembro que naquele momento Tchekunov, também um velho de cabeça embranquecida, estava por perto. O tempo todo encarava o sargento, mirava-o bem de frente, absorto e taciturno, seguindo cada gesto seu com singular atenção. Depois seus olhares se cruzaram, e o lábio inferior de Tchekunov estremeceu não se sabe por quê. O preso entortou-o de certo modo estranho, arreganhou os dentes e, apontando para o morto com um aceno quase involuntário, disse rapidamente:

— Ele também tinha a mãe! — e afastou-se.

Lembro bem como essas palavras me comoveram... Por que é que ele as pronunciou, como é que elas lhe vieram à mente? Mas eis que começaram a levantar o cadáver; levantaram-no junto com o leito; ouviram-se estalidos da palha, e os grilhões caíram, no meio daquele silêncio profundo, com um tilintar sonoro... Apanharam-nos do chão; carregaram o corpo embora. De chofre, todos se puseram a falar alto. Ouvi o sargento mandar, já no corredor, que fossem chamar o ferreiro. Cumpria retirar os grilhões do finado...

Entretanto, desviei-me outra vez do assunto principal...

II
Continuação

Os médicos visitavam as enfermarias pela manhã; vinham por volta das onze horas, todos juntos, acompanhando o seu chefe, e cerca de uma hora e meia antes da sua visita aparecia nosso interno. Quem trabalhava como interno àquela altura era um médico novinho, mas já entendido, de índole afável e carinhosa; os presos gostavam muito dele e só lhe atribuíam um defeito: "manso até dizer chega". Era, de fato, um moço de poucas palavras que parecia mesmo confuso em nossa presença e quase enrubescia, mudava a dosagem de remédios com o primeiro pedido de seus pacientes e, aparentemente, estava pronto a prescrever-lhes esses remédios conforme sua vontade. De resto, era um bom rapaz. É preciso reconhecermos que muitos médicos gozam na Rússia de amor e respeito do povo humilde, e isso, pelo que tenho notado, é pura verdade. Sei que minhas falas podem redundar num paradoxo, especialmente se levarmos em consideração aquela desconfiança geral que todo o povo russo manifesta com relação à medicina e aos medicamentos ultramarinos. Não há dúvida de que um mujique acometido da mais grave doença prefere tratar-se, por vários anos a fio, com uma curandeira ou então lançar mão de remédios caseiros e populares (os quais não devem, por sinal, ser desprezados) a ir procurar um médico ou internar-se num hospital. Existe nisso uma circunstância muito importante e totalmente alheia à medicina, a saber: o fato de todo o povo humilde desconfiar de tudo quanto for oficial e formalizado; porém, a par dela, o povo está cheio de temores e preconceitos no tocante aos hospitais, decorrentes dos mais diversos boatos medonhos que os envolvem, boatos não raro absurdos, mas vez por outra fundamentados. O que mais amedronta o povo são as regras alemãs do hospital, as pessoas estranhas que rodeiam o paciente ao longo da sua doença, as restrições alimentares, os rumores sobre a pertinácia rigorosa dos enfermeiros e médicos, bem como sobre recorte e estripação dos cadáveres, etc. Além disso, o povo acha que será tratado pelos senhores, sendo os médicos senhores por natureza. Contudo, assim que os pacientes (decerto nem todos, mas a maioria deles) chegam a conhecer os médicos de perto, todos esses temores desaparecem num átimo, o que, em minha opinião, honra diretamente os nossos médicos, sobretudo os jovens. A maior parte destes sabe merecer o respeito e mesmo o amor do povo humilde. Eu, pelo menos, escrevo sobre aquilo que vi com os próprios olhos e experimentei em várias ocasiões e em vários lugares, sem ter motivos para pensar que a situação seja bem diferente alhures. É claro que aqui ou acolá certos médicos cobram propina, abusam dos bens de seus hospitais e quase não se importam com os pacientes, chegando mesmo a renegar seu ofício. Esse problema ainda existe, mas eu cá estou falando da maior parte dos médicos, ou melhor, daquele espírito atual, daquela vertente que predomina, em nossos dias, na medicina. Quanto àqueles outros, aos renegados que agem como os lobos no meio das indefesas ovelhas, bom... sejam quais forem as justificativas que apresentam e os esforços que fazem para se justificarem, por exemplo, com o *ambiente* que os mortifica por sua vez, nunca terão razão, sobretudo se já perderam seu altruísmo. E o doente precisa, às vezes, de altruísmo, de carinho, de compaixão fraternal mais que de todos os remédios do mundo. Está na hora de cessarmos de reclamar, com apatia, do ambiente que nos mortifica. De fato, é verdade que ele nos oprime em muitos sentidos, mas não em todos, e amiúde ocorre que um velhaco astuto e versado em seu negócio escuso não apenas encobre mui destramente seus pontos fracos, justificando-os com a influência do ambiente, mas também dissimula a sua sordidez, em especial caso saiba falar ou escrever de maneira convincente. Aliás, afastei-me de novo do meu assunto; só queria dizer que o nosso povo mais simples nutre desconfiança e hostilidade antes pela administração médica do que pelos médicos em si. Ao saber como eles são na realidade, perde logo muitos dos seus preconceitos. E o próprio ambiente dos nossos hospitais até agora não corresponde, em muitos aspectos, ao espírito popular, até agora se mostra, com suas regras internas, avesso aos hábitos de nosso povo e continua incapaz de adquirir plena confiança e respeito da gente pobre. Assim é que me parece, ao menos, graças a certas impressões pessoais.

Nosso interno costumava deter-se perante cada enfermo, examinava-o com seriedade e muitíssima atenção, fazia perguntas, prescrevia remédios, determinava dosagens. Às vezes percebia, ele próprio, que o preso não tinha doença alguma, porém, como este viera para descansar da sua labuta, repousando num colchão em lugar das tábuas nuas e, feitas as contas, num cômodo quente em lugar daquele úmido *corps de gardes* onde ficam reclusas multidões densas de réus lívidos e extenuados (os réus de toda a Rússia estão quase sempre lívidos e extenuados — indício de que as condições em que os mantêm e seu estado de espírito são quase sempre mais deploráveis que no caso de quem já foi julgado e condenado), nosso interno diagnosticava tranquilamente alguma *febris catarhalis*[4] e deixava o paciente internado por uma semana. Todos se riam, em nosso meio, daquela *febris catarhalis*. Sabia-se muito bem que era uma fórmula usada, de comum acordo entre o médico e o doente, para designar uma enfermidade falsa; os próprios detentos traduziam o termo *febris catarhalis* como "pontadas de reserva". De vez em quando, o paciente abusava da complacência de seu médico e permanecia na enfermaria até que o expulsassem à força. Nesses casos precisava-se ver o nosso interno: parecia meio intimidado, como se sentisse vergonha em dizer curto e grosso ao fingidor para se restabelecer mais depressa e pedir que lhe dessem alta, conquanto tivesse pleno direito de colocá-lo para fora com toda a facilidade, ou seja, sem nenhuma conversa nem exortação, inscrevendo apenas em sua folha dolorosa *sanat est.*[5] Primeiro fazia alusões, depois tentava persuadir: "Será que não chegou a hora, hein? Pois estás quase bem, a enfermaria ficou apertada...", *et cetera* e tal, até que o detento se envergonhasse e tomasse enfim a iniciativa de pedir alta. O chefe do hospital, apesar de ser um homem bondoso e honesto (os doentes gostavam muito dele também), era incomparavelmente mais rigoroso e resoluto que o interno, aplicava, caso houvesse necessidade, medidas drásticas e gozava, em razão disso, de um respeito particular. Vinha acompanhado de todos os médicos de nosso hospital, logo após o interno,

---

[4] Febre catarral (em latim), isto é, bronquite.
[5] Está são (em latim).

também examinava os pacientes um por um, dedicando uma atenção especial àqueles que padeciam de doenças graves, sempre sabia dizer-lhes umas palavras benévolas, encorajadoras ou até mesmo afetuosas e produzia, de modo geral, uma impressão positiva.

Ele nunca expulsava nem mandava de volta os internados por causa das "pontadas de reserva"; todavia, se tal doente insistia em ficar no hospital, simplesmente lhe dava alta: "Pois bem, mano, já descansaste bastante; agora te levanta e vai embora, que teu tempo acabou". Quem mais insistia eram, de ordinário, os presos que se esquivavam do trabalho, sobretudo no verão, ou os réus que esperavam pela sua sentença. Lembro-me de um desses presos que os médicos submeteram ao tratamento severo e mesmo truculento para forçá-lo a pedir alta. Veio ao hospital sofrendo de uma oftalmia: queixava-se de dores pungentes, e seus olhos estavam vermelhos. Começaram a tratá-lo com compressas e sanguessugas, a borrifar-lhe os olhos de um líquido cáustico, etc., mas a doença não o deixava em paz — seus olhos não se purificavam. Pouco a pouco, nossos doutores adivinharam que era um fingimento: embora constante, a sua inflamação estava bem leve, não recrudescia nem melhorava, continuava sempre a mesma... numa palavra, aquele caso era suspeito. Todos os presos já sabiam, havia tempos, que ele se fingia de enfermo e enganava os médicos, se bem que não o reconhecesse em público. Era um homem jovem e até mesmo bonito, mas produzia em nós todos uma impressão desagradável: sonso, incrédulo, carrancudo, não conversava com ninguém, olhava de esguelha, fechava-se ante seus companheiros como se desconfiasse de todos eles. Havia mesmo quem chegasse a recear que ele fizesse alguma besteira. Era um soldado, cometera um grande furto, mas fora pego em flagrante, condenado a mil varadas e encaminhado para as companhias correcionais. Segundo já tinha contado antes, os réus se atrevem, por vezes, a fazer coisas terríveis para adiar o momento de seu castigo: esfaqueiam, às vésperas do açoitamento, algum dos superiores ou um dos seus companheiros presidiários, ficam julgados de novo e conseguem retardar a execução por uns dois meses, alcançando, dessa maneira, seu objetivo. Não têm medo de que seu castigo venha a ser, ao cabo desses dois meses, dobrado ou triplicado: fazem qualquer barbárie para adiar logo o sinistro minuto, nem que seja apenas por alguns dias, e aconteça depois o que acontecer — tão profundo pode ser o desânimo que acomete tais infelizes. Em nossa enfermaria os presos já cochichavam uns aos outros que era preciso tomar cuidado com aquele fingidor, senão poderia até degolar alguém de noite. Aliás, só falavam assim, mas nem sequer seus vizinhos mais próximos recorriam a quaisquer precauções incomuns. Viam, contudo, que à noite ele esfregava seus olhos com a cal que raspava das paredes estucadas e misturava com outra substância ainda, para se tornarem novamente vermelhos pela manhã. No fim das contas, o chefe do hospital ameaçou-o com a puxada. Em se tratando de uma oftalmia persistente e duradoura, quando nenhum dos remédios convencionais surte efeito, os médicos ousam aplicar, a fim de salvar a vista do paciente, um método forte e dolorido: submetem o doente a uma puxada, como se fosse um cavalo. Todavia, mesmo após essa ameaça, o sofredor não se deu por vencido. Possuía um caráter obstinado em demasia ou então era covarde demais, posto que a puxada também fosse um verdadeiro suplício, embora menos cruel que a chibatada. O médico puxa, sobre a nuca do paciente, tanta pele quanta lhe cabe na mão e perfura toda essa carne estirada com uma faca, abrindo uma ferida larga e comprida através de toda a nuca para inserir nela uma tira de lona bastante grande, de quase um dedo de largura; depois todos os dias, num horário marcado, revolve a tira dentro da ferida, como se quisesse reabri-la, a fim de que ela supure o tempo todo e não se cicatrize. O moço teimou em aturar — de resto, com sofrimentos horríveis — essa tortura também e, só passados vários dias, consentiu em pedir alta. Seus olhos se curaram num instante, e, tão logo seu pescoço ficou sarado, mandaram-no de volta ao presídio para que levasse, no dia seguinte, mil varadas. Decerto ele é pavoroso, aquele momento que antecede o castigo, tão pavoroso que talvez eu mesmo esteja pecando agora a chamar o medo por ele provocado de pusilanimidade e covardia. Em consequência, o criminoso se dispõe a sofrer o duplo ou o triplo açoitamento contanto que não seja efetuado na hora. Já mencionei, aliás, os detentos que buscavam sair do hospital o mais depressa possível, antes mesmo que se cicatrizassem suas costas feridas pelas primeiras varadas, para aturar os golpes restantes e livrar-se em definitivo da perseguição judicial, pois a investigação e a reclusão provisória num cárcere militar eram mais difíceis para eles que os futuros trabalhos forçados. Mas, além da diferença de temperamentos, é o costume enraizado de suportar diversos castigos corporais que faz um papel importante naquela impávida firmeza de certos presidiários. Quem foi espancado inúmeras vezes tem o espírito e o dorso mais fortes, passando enfim a considerar o castigo ceticamente, como se fosse apenas um pequeno incômodo, e não sente mais medo dele. De modo geral, é verdade. Um dos nossos detentos da divisão especial, calmuco[6] batizado cujo nome era Alexandr (ou Alexandra, como o chamavam os companheiros) — um moço esquisito, um tanto malicioso, destemido e, ao mesmo tempo, cheio de bonomia — contava-me como levara quatro mil varadas com risos e piadinhas, mas em seguida jurava, extremamente sério, que, se desde criança, desde a primeira e a mais tenra idade, não tivesse crescido, lá em sua horda,[7] sob o açoite que literalmente ao longo de toda a sua vida deixava inapagáveis vergões nas suas costas, não teria aguentado, em caso algum, aqueles quatro mil golpes. Contava isso como quem abençoa a educação violenta. "É que me batiam por tudo, Alexandr Petróvitch" — disse-me uma vez, sentado, pelo fim da tarde, em minha tarimba, diante de um castiçal —, "por qualquer coisa que eu fizesse. Batiam quinze anos seguidos, desde aquele dia em que me entendi por gente, todos os dias e mais de uma vez por dia. Só não me surrava quem não queria, e foi assim que finalmente criei o hábito". Não sei como ele fora alistado no exército, ou melhor, não lembro mais: talvez me tivesse contado sobre isso também, aquele fujão e andarilho incorrigível. Recordo apenas o relato de como ele se

---

[6] Povo de origem mongólica que habita, desde o século XVII, a região adjacente ao mar Cáspio.

[7] Neste contexto, grupo de calmucos nômades.

assustara terrivelmente ao ser condenado a quatro mil varadas pelo assassinato de seu comandante. "Sabia que me puniriam severamente e que não me deixariam, talvez, escapar vivo dos paus. Estava acostumado à chibata, mas quatro mil varadas não são brincadeira, não... ainda mais que todo o comando ficou bravo! Sabia eu que não me poupariam, tinha a certeza de que não ia escapar vivo daquele castigo. Pedi, primeiro, que me batizassem, pensava que me perdoariam; outros soldados me disseram então que não daria em nada e não me perdoariam de jeito nenhum, mas eu pensava: ainda assim, vou tentar, quem sabe se não teriam mais dó de um cristão. Fui batizado de verdade e recebi, com o santo batismo, o nome de Alexandr, mas o castigo continuou igualzinho, nem uma paulada a menos... Fiquei até sentido com isso. Então disse comigo: espera aí, que vou enganar vocês todos. E o senhor acha o quê, Alexandr Petróvitch? Enganei mesmo! Sabia muito bem fingir-me de morto, quer dizer, não morto por completo, mas como se a alma estivesse para sair do corpo. Puxam-me, pois, através das fileiras e tomo o primeiro milhar de varadas e grito que dói; depois tomo o segundo milhar e penso: eis que meu fim vem chegando — enlouqueci totalmente, as pernas falharam, e — baque! — desabei no chão... Olhos vidrados, sabe, carão azul, não respiro mais e a boca está cheia de espuma. Veio um médico e disse: já, já vai morrer. Levaram-me para o hospital, e revivi na hora. Pois eles me carregaram de volta mais duas vezes: estavam zangados comigo, muito zangados, mas eu os enganei novamente; assim que tomei o terceiro milhar de varadas, caí duro, e quando encetei o quarto milhar, cada golpe me era como uma facada no coração, cada golpe valia três golpes, com tanta força é que me batiam! Estavam com raiva. E foi aquele maldito quarto milhar (que se dane!) que me custou os três outros milhares; se não tivesse levado mais um tombo, já bem no finzinho (só me restavam umas duzentas varadas), teria acabado a minha vida, mas eu cá não deixei que isso acontecesse: enganei outra vez a todos e caí duro. Acreditaram de novo que estava morrendo, e como não teriam acreditado nisso se até o médico acreditou? Pois aquelas duzentas últimas foram tão cruéis, tão malvadas que seria mais fácil, quem sabe, levar dois mil golpes comuns... mas não, meus queridos, limpem seu nariz — não me mataram, e por que não mataram? Porque eu vivia, desde pequeno, sob o açoite. Por isso é que estou vivo até hoje. Oh, como me bateram nesta minha vida, como me bateram!" — concluindo seu relato, ele mergulhou numa tristonha meditação, como se procurasse lembrar e contar quantas vezes fora espancado. "Mas não" — acrescentou após uma breve pausa —, "não dá para contar quantas vezes me bateram! E quem contará, se não tiver tantos números?" Olhou para mim e, de repente, soltou uma risada tão jovial que eu não pude deixar de sorrir-lhe em resposta. "Sabe, Alexandr Petróvitch, até agora, quando estou sonhando de noite, sonho sem falta com a chibata; não tenho outros sonhos além desse." De fato, ele gritava amiúde à noite e, vez por outra, gritava com todas as forças, de modo que os detentos o acordavam de pronto com empurrões: "Por que diabos estás gritando?". Era um homem forte, de baixa estatura, buliçoso e alegre; tinha uns quarenta e cinco anos, dava-se bem com todo mundo; é verdade que gostava muito de furtar coisas e que a rapaziada o surrava frequentemente por isso, mas quem seria, em nosso meio, que nunca furtava nem apanhava por esse motivo? Só adicionarei um detalhe: sempre me impressionava aquela bonomia extraordinária, aquela inocuidade com que todos os castigados narravam como e quem lhes havia batido. Muitas vezes, nem a menor maldade nem o mínimo ódio se vislumbravam em tais narrações, que não raro deixavam o meu coração revoltado, fazendo-o acelerar e pulsar descompassadamente. E eles contavam aquilo rindo como crianças. Eis, por exemplo, M-ki que me contou sobre o seu castigo: levara quinhentas varadas porque não era fidalgo. Eu soube disso por intermédio de outros presos e perguntei-lhe se era verdade e como ele fora açoitado. M-ki me respondeu brevemente, como que tomado de uma dor íntima, esforçando-se para não me encarar, de semblante vermelho; quando olhou, meio minuto depois, para mim, seus olhos brilhavam de ódio e seus lábios tremiam de indignação. Senti que ele jamais conseguira esquecer essa página de seu passado. Contudo os nossos, quase todos (não posso assegurar que não havia exceções), compreendiam isso de outra maneira. "Não pode ser" — pensava eu de vez em quando — "que eles se achem realmente culpados e dignos de punição, sobretudo aqueles que não pecaram contra seus pares e, sim, contra os superiores". A maioria dos criminosos não se culpava por nada. Já tinha dito que não percebia remorsos, mesmo naqueles casos em que algum crime fora cometido no próprio submundo. Quanto aos crimes contra os superiores, nem se tratava deles. Parecia-me, vez por outra, que esse último caso se caracterizava por uma visão peculiar do crime, uma visão, digamos, prática ou, melhor ainda, fática. O que se levava em consideração era a fatalidade, o caráter incontestável do ocorrido, e isso não se fazia de forma ponderada, mas assim, inconscientemente, como uma questão de fé. Embora o preso sempre tenha inclinação para não se reconhecer culpado de crimes contra os superiores, de modo que até essa acusação se torna impensável para ele, está consciente, no sentido prático, de que os superiores veem seus atos sob outro ângulo e, assim sendo, cumpre-lhe sofrer um castigo proporcional para que as contas fiquem ajustadas. É uma luta recíproca. O criminoso sabe, ao mesmo tempo, e sabe com toda a certeza, que será absolvido pelo tribunal de seu ambiente familiar, pela gente pobre que nunca (ele está ciente disso também) vai condená-lo em definitivo, mas, ao contrário, vai perdoá-lo em sua maioria, contanto que seu delito não seja voltado contra seus próximos, seus irmãos, contra seu povo humilde. A consciência do criminoso está tranquila, e isso é o principal, pois lhe dá forças para não se apoquentar moralmente. De certa forma, ele sente que tem um arrimo, portanto não odeia aquilo que lhe sobreviera, mas toma-o por um fato inevitável, o qual não foi iniciado nem será finalizado por ele mesmo, transcorrendo ainda por muito e muito tempo como parte da luta desencadeada de uma vez por todas, da sua luta passiva, mas persistente. Qual é o soldado que odeia pessoalmente o turco contra quem luta? Entretanto, aquele turco o corta e baioneta, atira nele. De resto, nem todas as narrações eram marcadas por absoluto sangue-frio e plena indiferença. Contavam-me, por exemplo, sobre o tenente Jerebiátnikov com certo matiz de cólera, aliás não muito grande. Conheci aquele tenente Jerebiátnikov ainda em minha primeira estada no hospital — bem entendido, pelos relatos de outros detentos. Vi-o mais tarde em carne e osso, quando ele estava de sentinela em nosso presídio. Era um homem alto e gordo, até obeso, de uns trinta anos de idade, dotado de bochechas coradas e adiposas, dentes brancos e riso estrondoso como o de Nozdriov.[8] A julgar pela sua fisionomia, era a pessoa que menos raciocinava no mundo inteiro. Estava apaixonado por açoitamentos e similares castigos corporais, sendo amiúde designado executor. Apresso-me a notar que desde o início considerava o tenente Jerebiátnikov um monstro entre os monstros; de resto, a opinião dos presidiários era a mesma. Havia outros executores — noutros tempos, bem entendido, naqueles tempos recentes que "passaram por perto e sumiram por certo" —, os quais gostavam de cumprir seu ofício com diligência e dedicação. Contudo, na maioria das vezes, faziam isso ingenuamente, ou seja, sem tanto ardor. Quanto ao tenente, era uma espécie de gastrônomo refinadíssimo em matéria de torturar. Amava, ou melhor, adorava a tortura, e adorava-a como uma verdadeira arte. Deliciava-se com ela e, feito um patrício da época do Império Romano, já saciado e enjoado de tantos prazeres, inventava diversos requintes antinaturais para animar, pelo menos um pouco, e titilar agradavelmente sua alma coberta de banha. Eis ali um preso que será castigado; Jerebiátnikov é designado executor, e basta-lhe correr, uma vez só, os

---

[8] Um dos protagonistas da epopeia *Almas mortas* (1835 – 1852), de Nikolai Gógol: fazendeiro risonho e leviano.

olhos pela comprida fileira de homens armados de grossas varas para ficar inspirado. Desfila, cheio de si, ao longo dessa fileira e faz questão de mandar, num tom imponente, cada soldado cumprir seu dever com zelo e consciência, senão... Entrementes, os soldados já sabem o que significa aquele *senão*... Mas eis que trazem o condenado, e, caso este ainda não conheça Jerebiátnikov, caso não saiba ainda toda a verdade sobre ele, o tenente lhe prega, por exemplo, uma peça dessas (é claro que era apenas uma das suas gozações, pois Jerebiátnikov era inesgotável em atrocidades). Naquele momento em que o preso fica desnudo e seus braços, amarrados às coronhas das espingardas para que os sargentos o arrastem, dessa maneira, através de toda a "rua verde", ele sempre se põe, conforme o hábito de todos os condenados, a choramingar e a rogar, com uma voz lastimosa, que o executor lhe abrande o castigo e não o agrave com seu rigor excessivo. "Vossa Excelência!" — grita o infeliz. "Misericórdia! Seja meu pai carinhoso! Faça que eu reze pelo senhor até o fim da minha vida! Não me deixe morrer, seja piedoso!" E Jerebiátnikov parece já ter esperado por isso: logo suspende a execução e começa, também sensibilizado em aparência, a falar com o criminoso.

— Pois bem, meu amigo — diz-lhe —, o que é que faria contigo? Não sou eu quem te castiga, é a lei.

— Vossa Excelência, está tudo nas suas mãos: seja piedoso!

— Pois tu pensas que não sinto piedade de ti? Pensas que sinto prazer em ver esses homens te espancarem? Mas eu também sou gente! Sou gente ou não, como achas?

— É claro, Vossa Excelência, sabemos bem: vocês são pais e nós filhos. Seja meu pai carinhoso! — berra o condenado, já tendo uma ponta de esperança.

— Então, meu amigo, vem refletir tu mesmo, que tens juízo para refletir: eu cá estou ciente de que, pelos princípios humanos, devo tratar pecadores iguais a ti com indulgência e generosidade.

— Digna-se, Vossa Excelência, a dizer toda a verdade!

— Sim, tratá-los com indulgência, por mais pecadores que sejam. Mas não sou eu quem manda aqui, é a lei! Pensa bem! É que sirvo a Deus e à minha pátria; assumirei, pois, um pecado gravíssimo, se for contra a lei. Pensa nisso!

— Vossa Excelência!

— Mas... tudo bem! Que assim seja, só para ti! Sei que estou pecando, mas que seja assim mesmo... Vou poupar-te desta vez, castigarei só um pouco. E se te prejudicar, desse modo, a ti? Vou poupar-te agora, castigarei levemente, e tu pensarás que da próxima vez o castigo também será leve e voltarás a cometer teus delitos, hein? É que o pecado ficará em minha alma...

— Vossa Excelência! Que Deus me mate! Juro assim, como diante do trono de nosso Criador celestial...

— Está certo, certo! E juras que te portarás bem a partir de hoje?

— Mas que Deus me arrebente todo, que lá noutro mundo eu...

— Não jures, é um pecado. Acreditarei em tua palavra. Dás-me a tua palavra de honra?

— Vossa Excelência!!!

— Escuta, pois: apiedo-me de ti tão somente por tuas lágrimas amargas. És órfão?

— Sou, Vossa Excelência, sou órfão, sim: não tenho nem pai nem mãe...

— Só por tuas lágrimas de órfão, ouviste? Mas que seja a última vez... Levem-no — acrescenta o tenente com uma voz tão meiga que o condenado não sabe mais que orações dirigir a Deus para agradecer aquela clemência miraculosa.

Mas eis que a procissão funesta começa sua marcha: conduzem o preso, ribomba o tambor, silvam as primeiras varas... "Rodem-no!" — grita com todas as forças Jerebiátnikov. "Queimem-no! Batam, batam! Arrasem! Mais uma vez, mais! Batam forte naquele órfão, naquele patife! Botem quente, rapazes!" E os soldados batem com tanto ímpeto que o coitado vê estrelas ao meio-dia, gritando de dor, e Jerebiátnikov corre atrás dele, ao longo de toda a fileira, e ri, e gargalha, engasgando com gargalhadas, e segura seus flancos de tanto rir, e por fim nem consegue mais endireitar-se, de modo que até faz pena olhar para aquele brincalhão fatigado. Está todo alegre, está todo contente, porém se interrompe, de vez em quando, seu riso sonoro, saudável e retumbante, ouvindo-se a seguir: "Batam nele, batam! Queimem-no, o patife; queimem-no, o órfão!".

Inventava também outras variações. Levam, por exemplo, um preso para o castigo e ele se põe a implorar por sua vez, mas Jerebiátnikov não se finge mais de bonzinho, não faz palhaçada, bancando apenas um homem sincero:

— Estás vendo, meu caro — diz —, vou castigar-te como se deve, porque mereces isso. Mas vou fazer para ti, digamos, uma concessão: não te amarrarei às coronhas. Seguirás livre, só que de um jeito diferente — corre tão rápido quanto puderes até o fim da fileira. Ainda que cada vara te acerte, o castigo será menos longo, não achas? Queres tentar?

O condenado escuta-o, perplexo e desconfiado, depois fica cismando. "E daí?" — pensa com seus botões. "Talvez seja mesmo mais fácil? Vou correr tão ligeiro quanto puder, então a tortura será cinco vezes mais curta e, quem sabe, nem todas as varas me acertarão."

— Tá bem, Vossa Excelência, concordo.

— Pois eu também concordo, vai em frente! E vocês lá, fiquem alerta! — grita aos soldados, sabendo, aliás, de antemão que nenhuma vara deixará de atingir o dorso do condenado. E aqueles soldados que porventura não acertarem o golpe também sabem perfeitamente que risco estão correndo.

O preso dispara, com todas as suas forças, pela "rua verde", mas não ultrapassa, bem entendido, nem quinze primeiros soldados: como um rufar de tambores, como uma saraivada de raios, as varas desabam repentinamente, todas juntas, em suas costas, e o coitado cai aos berros, como que ceifado por um tiro. "Não, Vossa Excelência, é melhor que seja dentro da lei" — diz, levantando-se devagar do solo, pálido e assustado, enquanto Jerebiátnikov, que já antecipava todas as consequências desse truque, ri a bandeiras despregadas. Mas não seria possível descrever todas as suas diversões e tudo o que se contava sobre ele em nosso presídio!

De modo um tanto diferente, noutro tom e gênero é que os presos contavam sobre o tenente Smekálov, que exercera as funções de comandante do presídio antes ainda de nosso major ter obtido esse cargo. Embora falassem de Jerebiátnikov com indiferença, sem muito rancor, ninguém admirava suas façanhas nem o elogiava: os detentos pareciam sentir asco dele. E desprezavam-no de certa maneira altiva, de cima para baixo. Contudo se lembravam do tenente Smekálov com alegria e prazer. Ele não se destacava pela sua vontade especial de açoitar; nesse ponto, não tinha nada que o aproximasse de Jerebiátnikov. Por outro lado, não prescindia de varas, mas a verdade é que as próprias varas eram lembradas, em nosso meio, com uma estranha doçura, tanto aquele homem sabia agradar mesmo a quem castigava! Mas de que jeito? Como teria merecido tamanha popularidade? É notório que os detentos, talvez a par de todo o povo russo, estão dispostos a esquecer uma infinitude de torturas por uma palavra meiga; venho citar esse fato sem analisá-lo agora dos pontos de vista opostos. Não era difícil agradar nossa gente e ganhar popularidade aos seus olhos. No entanto, o tenente Smekálov ganhou uma popularidade *singular*, de forma que até a recordação dos castigos por ele aplicados deixava os presos quase enternecidos. "Nem precisávamos de pai" — diziam eles, de vez em quando, e mesmo suspiravam ao comparar, de acordo com suas lembranças, o antigo comandante provisório, Smekálov, com o major presente: "Que alma boa!". Era um homem simples, talvez bondoso em seu estilo. Acontece, porém, que as pessoas não só bondosas, mas até mesmo magnânimas, alcançam postos de chefia. E daí? Ninguém gosta desse tipo de chefe; há quem chegue, inclusive, a escarnecer alguns deles. Mas Smekálov sabia fazer algo que o tornava, na visão de todos os presos, um homem *dos nossos*, revelando-se nisso sua grande habilidade ou, melhor dito, uma capacidade natural em que nem pensam as pessoas que a possuem.

E, coisa bizarra: até as pessoas malvadas se tornam por vezes, se possuírem tal capacidade, bem populares. Não são enjoadas, não têm aversão pela gentalha que supervisionam — eis, a meu ver, a razão principal! Não se percebe naquelas pessoas nenhum senhorzinho mimado, não se aventam nenhuns odores de fidalguia, mas há nelas certo cheirinho inato, inerente ao povo mais simples, e — meu Deus do céu! — como o nosso povo é sensível àquele cheirinho. Sacrificará qualquer coisa por ele! Consentirá em trocar o homem mais compassivo pelo mais inclemente, contanto que este exale o cheiro nativo do próprio povo. E se, além do mais, aquele homem agraciado com o cheirinho popular for realmente bondoso, ao menos em seu estilo? Se for assim, não terá mais preço! O tenente Smekálov, conforme já dito, castigava amiúde para valer, mas sabia castigar de maneira que os presos não apenas não se zangavam com ele, mas, pelo contrário, continuavam, muito tempo depois, a lembrar suas *brincadeiras*, que acompanhavam o açoitamento, com gosto e riso.

Tinha, aliás, poucas brincadeiras: faltava-lhe imaginação artística. Na verdade, repetia sempre um só gracejo, o único, insistindo nele por um ano inteiro; todavia, quem sabe se não era tão prazenteiro assim justamente por ser o único? Era um gracejo muito ingênuo. Trazem, por exemplo, um preso que merece castigo. Smekálov vem pessoalmente vê-lo, vem sorridente, conta piadas, indaga logo aquele detento sobre alguma coisa que não tem nada a ver com o castigo, sobre os seus negócios pessoais, caseiros ou carcerários, e não faz isso com algum objetivo específico, nem para distrair o infeliz, mas apenas *porque está realmente interessado em saber daqueles negócios todos*. Trazem, a seguir, as varas e uma cadeira para Smekálov; ele se senta, acende seu cachimbo... Tinha um cachimbo assim, meio comprido. O preso começa a choramingar. "Não, maninho, deita-te e ponto-final..." — diz-lhe Smekálov. O preso suspira e deita-se. "Pois bem, queridinho, sabes tal verso[9] de cor?" — "Como não saberia, Vossa Excelência? Somos cristãos, sabemos desde pequeno." — "Recita, pois." O preso já sabe o que vai recitar e sabe de antemão o que acontecerá durante essa recitação, porque a mesma brincadeira já se repetiu umas trinta vezes com outros detentos. Aliás, o próprio tenente sabe que o preso está a par disso, sabe também que os soldados postados sobre a vítima com as varas nas mãos erguidas ouviram, por sua parte, falar dessa brincadeira e, não obstante, teima em repeti-la, tanto ela lhe agradou de uma vez por todas, quiçá pelo trivial motivo de ele mesmo tê-la inventado para satisfazer a sua vaidade literária. O preso se põe a recitar, os soldados aguardam com varas nas mãos, e Smekálov até se inclina para a frente, levanta a mão, deixa de fumar seu cachimbo, espera pela palavra fatídica. Ao recitar o primeiro versículo do trecho bem conhecido, o infeliz pronuncia finalmente "*que estais nos céus*". Era isso que se esperava! "Para!" — exclama o tenente, cheio de entusiasmo, e, dirigindo-se num piscar de olhos ao soldado que já ergueu sua vara, grita com um gesto inspirado: "Dá-lhe os seus!". E rompe a gargalhar. Os soldados que cercam a vítima também sorriem; sorri quem açoita, quase sorri quem é açoitado, se bem que, obediente à ordem "dá-lhe os seus!", a

---

[9] Dostoiévski refere-se à oração *Pai-nosso* (Mateus, 6: 9-13).

vara já esteja assoviando no ar para atingir, um instante depois, o corpo do culpado e cortá-lo qual uma lâmina. Smekálov está contente, todo contente de ter inventado *sozinho* esse troço tão engraçado: "que estais nos céus" e "dá-lhe os seus" — como as duas frases combinam bem uma com a outra e até rimam entre si! Retira-se, após o castigo, plenamente satisfeito consigo mesmo, e o próprio castigado também se retira quase satisfeito consigo e com Smekálov, e conta no presídio, ao cabo de meia hora, como foi repetida, pela trigésima primeira vez, a brincadeirinha trinta vezes repetida antes: "Numa palavra, que alma boa! Que homem alegre!".

Até agora as recordações daquele tenente simpaticíssimo têm o ranço de Manílov.[10]

— A gente passa, maninhos — conta um dos presidiários, e todo o seu rosto se transforma, com essa lembrança, num largo sorriso —, passa às vezes, e ele tá sentado ali, embaixo da janela, assim de roupão; bebe chá e fuma seu cachimbo. A gente tira a *chapka*. "Aonde vais, Aksiónov?" — pergunta ele.

— "Vou trabalhar, Mikhail Vassílitch: primeiro tenho que dar um pulinho na oficina..." E ele tá rindo. Quer dizer, que alma boa que ele tem! Numa palavra, que alma boa!

— Não temos quem seja igual a ele! — conclui um dos ouvintes.

---

[10] Um dos protagonistas da epopeia *Almas mortas* (1835 – 1852), de Nikolai Gógol: fazendeiro amável até a melosidade.

III
Continuação[11]

Comecei a falar agorinha em castigos, bem como nos mais diversos executores dessa interessante tarefa, justamente por ter adquirido, ao mudar-me para o hospital, a primeira noção definida de todos aqueles acontecimentos. Até então, só ouvira rumores acerca deles. Em nossas enfermarias reuniam-se todos os réus açoitados, provindos de todos os batalhões, companhias correcionais e outras instituições militares que se situavam em nossa cidade e em todas as redondezas. Naquele primeiro momento em que eu observava ainda, com tanta avidez, tudo quanto se fazia ao meu redor, todas aquelas regras que me eram estranhas, aqueles infelizes já castigados ou prestes a sofrer seu castigo, naturalmente me produziam uma impressão fortíssima. Estava, pois, emocionado, aflito e amedrontado. Lembro como naquele momento me pus, repentina e ansiosamente, a perscrutar todos os pormenores dos novos fenômenos, escutando as conversas e narrações de outros presidiários que se referiam a esse tema, interrogando-os por iniciativa própria, buscando por conclusões. Entre outras coisas, queria conhecer sem falta todas as gradações de sentenças e castigos, todas as nuanças de sua execução, os pontos de vista que os próprios detentos formavam a respeito disso; procurava imaginar o estado psicológico dos homens que seriam castigados. Já disse que

---

[11] Tudo o que escrevo aqui sobre os castigos corporais praticava-se em minha época. De lá para cá, que me conste, tudo isso tem mudado. (N. A.)

raras pessoas conservam seu sangue-frio na véspera do castigo, sem exceção daquelas que já tinham sido açoitadas antes, várias vezes e com total crueldade. Em geral, o que domina o castigado nessas circunstâncias é um medo agudo, mas puramente físico, involuntário e irresistível, capaz de suprimir toda a essência moral do homem. Mais tarde, no decorrer de todos aqueles anos de minha vida carcerária, eu espiava involuntariamente os detentos que, ao curarem no hospital suas costas após a primeira porção de varadas, recebiam alta e, logo no dia seguinte, aturavam o restante do castigo que lhes cabia em termos da sentença judicial. Essa divisão do castigo em duas porções sempre se dá por ordem do médico que o presencia. Se a quantidade de golpes prescritos em função do delito cometido for tão grande que o castigado não os suportará de uma vez só, dividem-na em duas ou até três porções, dizendo o médico, no ato do próprio castigo, se o açoitado pode continuar seguindo por entre duas fileiras ou isso põe sua vida em perigo. De praxe, quinhentas, mil ou mesmo mil e quinhentas varadas são desferidas de vez; todavia, se a sentença prevê dois ou três mil golpes, sua execução é dividida em duas ou até três etapas. Os presos que, sarado o seu dorso após o primeiro açoitamento, saíam do hospital para proceder ao segundo costumavam, no dia de sua alta e pouco antes, estar sombrios, carrancudos e taciturnos. Percebia-se neles certo embrutecimento mental, certa distração atípica. Tal homem não se mete em conversas e permanece, a maior parte do tempo, calado; porém, o que mais chama a atenção é que os outros presos nunca falam nem sequer tentam falar com ele sobre aquilo que o espera. Nenhuma palavra supérflua, nenhuma consolação; procura-se, inclusive, não reparar muito naquele homem. Assim é seguramente melhor para ele. Há exceções, como, por exemplo, o caso de Orlov, que eu já mencionei. Consumada a primeira metade de seu castigo, Orlov reclamava apenas de que seu dorso sarasse devagar e ele não pudesse, portanto, receber alta o mais depressa possível para levar de imediato os golpes restantes, partir, com uma caravana de presidiários, para o degredo a que fora condenado e fugir pelo caminho. Mas ele se consolava com sua meta, e só Deus sabia o que tinha em mente. Era um homem passional e resistente. Conquanto reprimisse suas emoções, estava bem satisfeito e tomado de uma forte excitação. É que pensara, antes de sofrer a primeira metade de seu castigo, que haveria de morrer, que não o deixariam escapar vivo. Ouvira vários boatos sobre os planos que os comandantes urdiam quando ele era julgado ainda e, desde então, preparava-se para a morte. No entanto, ficou animado ao aturar o primeiro açoitamento. Veio ao hospital semimorto (eu nunca vira chagas iguais às dele), mas com alegria no coração, com a esperança de que escaparia vivo, pois aqueles boatos eram falsos e os carrascos o tinham deixado viver; assim, terminado o seu longo julgamento, estava sonhando com o futuro caminho, a fuga, a liberdade, os campos e as florestas... Dois dias depois de receber alta, ele morreu no mesmo hospital, na mesma cama, sem ter aguentado o segundo açoitamento. Mas eu já falara disso.

Entretanto, os presos que passavam dias e noites precedentes ao seu castigo com tanto pesar suportavam o próprio martírio corajosamente, sem exceção dos mais pusilânimes. Raras vezes ouvia gemidos, mesmo ao longo da primeira noite de sua internação, mesmo por parte daqueles que tinham sofrido o castigo mais bárbaro; de modo geral, nosso povo sabe aguentar a dor. Fiz muitas perguntas sobre a dor. Às vezes, apetecia-me saber em definitivo quão grande era aquele sofrimento e com que se podia, afinal, compará-lo. Não sei explicar por que insistia em sabê-lo. Lembro apenas que não perguntava por curiosidade ociosa. Repito que estava emocionado e abalado. Mas, fossem quais fossem as pessoas a que me dirigia, não conseguia nenhuma resposta que me contentasse. "Arde, queima que nem o fogo" — era tudo o que chegava a saber, era a única resposta que todos me davam. "Queima" e nada mais que isso. Naquele mesmo tempo, aproximando-me de M., interrogava-o também. "Dói" — respondeu ele —, "dói muito, a sensação é que um fogo te abrasa, como se o dorso estivesse assando num fogo alto". Em resumo, todos empregavam o mesmo termo. Lembro, aliás, que fiz então uma estranha observação: não me obstino em afirmar que é correta, mas a opinião comum no meio dos presos pode ser citada em seu apoio. Observei que as varas, se usadas em grande quantidade, constituem o mais severo dos castigos aplicados em nosso país. À primeira vista, isso parece absurdo e impossível. Contudo, quinhentas e mesmo quatrocentas varadas bastam para matar um homem; e, desferidos mais de quinhentos golpes, sua morte se torna quase iminente. Nem o homem da mais robusta compleição suportaria mil varadas de uma só vez. Por outro lado, pode-se suportar quinhentas pauladas sem o mínimo risco de morte. Até um homem de compleição mediana poderia suportar mil pauladas sem recear que morra na hora. Nem duas mil pauladas bastariam para matar um homem mais ou menos forte, de corpo sadio. Todos os presos me diziam que as varas eram piores que os paus. "As varas são mais danadas" — diziam eles. "A dor é maior." É claro que as varadas são mais doloridas que as pauladas. Mais irritam a pele, mais atingem os nervos, excitando-os além de qualquer medida, e fazem o homem sofrer além da sua capacidade. Ignoro se isso se faz agora, mas num passado recente havia cavalheiros que sentiam, com a possibilidade de bater em sua vítima com varas, um prazer que traz à memória o Marquês de Sade e a Marquesa de Brinvilliers.[12] Creio que essa sensação contém algo que leva o coração de tais cavalheiros a entorpecer de maneira doce e, ao mesmo tempo, pungente. Há pessoas que, iguais a tigres, anseiam por sangue. Quem experimentou uma vez esse poderio, esse domínio ilimitado sobre a carne, o sangue e o espírito do mesmo homem, do ente criado nos mesmos moldes, de seu irmão pela lei de Cristo; quem experimentou pleno poder sobre outro ser feito à imagem e semelhança de Deus e teve pleno ensejo de submetê-lo à mais profunda humilhação, torna-se, mesmo que não o queira, incapaz de controlar suas sensações. A tirania é um hábito; à medida que se desenvolve, transforma-se numa doença. Faço questão de afirmar que o melhor dos homens pode ficar obtuso

[12] Donatien Alphonse François de Sade (1740 –1814), popularmente conhecido como o Marquês de Sade: literato francês, autor de escritos obscenos e patológicos de cujo nome foi derivado o termo "sadismo"; Marie Madeleine Dreux d'Aubray, marquesa de Brinvilliers (1630 – 1676): aristocrata francesa condenada à morte por uma série de envenenamentos.

e pervertido, descendo, por força de hábito, até o nível de um bicho. O sangue e o poder embriagam: o homem se embrutece e se deprava; sua mente e seu coração ganham acesso às coisas mais anormais e acabam por deliciar-se com elas. O homem e o cidadão perecem para sempre na alma do tirano, e o retorno à dignidade humana, à contrição, à ressurreição espiritual torna-se quase impossível para ele. Ademais, o exemplo e a viabilidade de tal tirania podem contaminar a sociedade inteira: tamanho poder seduz. Uma sociedade que não se importa com esse fenômeno já está corrompida em seus alicerces. Numa palavra, o direito de aplicar castigos corporais, dado a um homem em relação aos outros, é uma das úlceras sociais, é um dos meios mais potentes de eliminar daquele homem todo embrião de civilidade e qualquer tentativa de ser cidadão, e uma base sólida de sua degradação inevitável e irreprimível.

O algoz é desprezado pela sociedade, mas um algoz cavalheiro, nem tanto assim. A opinião contrária manifestou-se há pouco tempo, mas só se manifestou em livros, de forma abstrata. Mesmo quem a expressa agora não conseguiu ainda extinguir, em seu âmago, toda a tendência autoritária. Sem dúvida, cada industrial, cada empresário deve sentir certo prazer titilante em perceber que muitas vezes seu empregado depende por completo, com toda a sua família, unicamente dele. É pura verdade: não é tão depressa que uma geração se afasta daquilo que herdou dos antepassados; não é tão depressa que um homem abre mão daquilo que está em seu sangue, que lhe foi transmitido, por assim dizer, com o leite materno. Tais viravoltas precipitadas não acontecem. Não basta apenas reconhecer a culpa, o pecado hereditário, não basta mesmo; é preciso desarraigá-lo completamente. E isso não se faz tão depressa.

Comecei a falar em algozes. As qualidades de algoz encontram-se incubadas em quase todos os homens modernos. Mas essas qualidades animalescas não se desenvolvem neles de igual maneira. Se sobrepujam, em seu desenvolvimento, todas as outras qualidades de alguém, tal homem chega, por certo, a ser terrível e repugnante. Há duas espécies de algozes: uns são algozes por vontade própria, os outros, por obrigação ou coerção.

O algoz voluntário é certamente pior, em todos os sentidos, que o algoz coagido; porém o povo detesta este último e detesta-o até o pavor, até o asco, até sentir um medo inconsciente, quase místico, dele. De onde vêm, pois, tanto medo quase supersticioso no tocante a um algoz e tanta indiferença beirando a aprovação no tocante ao outro? Há exemplos estranhos no mais alto grau: conheci pessoas bondosas e até mesmo honestas e respeitadas pela sociedade que não podiam, contudo, admitir com frieza que o castigado não gritasse sob as varas nem implorasse, mui humildemente, pela misericórdia. Cumpre aos castigados gritar e implorar sem falta que os poupem. Assim é a regra; isso se considera decente e necessário, e, quando uma das vítimas não quis gritar, o carrasco que eu conhecia e que poderia ser tomado, noutros aspectos, por uma pessoa, quem sabe, boa, sentiu nesse caso uma mágoa pessoal. Dispunha-se, no começo, a aplicar um castigo leve, mas, sem ouvir o costumeiro "Vossa Excelência, pai carinhoso, tenha piedade, faça que reze eternamente a Deus pelo senhor" etc., enfureceu-se, desferiu umas cinquenta varadas a mais no intuito de conseguir gritos e súplicas e conseguiu-os.

"Não se pode, não, que tem grosseria nisso" — disse-me então com plena seriedade. Quanto àquele algoz verdadeiro, ou seja, ao algoz por obrigação ou coerção, sabe-se bem que é um réu julgado e condenado a degredo, mas incumbido de ser carrasco. A princípio, foi aprendiz de outro algoz; ao aprender com ele, ficou para sempre no presídio, onde é mantido longe dos demais presos, mora num cômodo especial, tem seus próprios pertences, mas se encontra, quase o tempo todo, sob escolta. É claro que um homem vivo não é uma máquina; embora bata por obrigação, o carrasco também se empolga de vez em quando, mas, mesmo batendo com uma pitada de prazer, quase nunca sente ódio pessoal pela sua vítima. A destreza do golpe, o conhecimento de seu ofício, o desejo de exibir-se diante dos seus companheiros e do público em geral instigam o seu amor-próprio. Ele se esforça por arte. Além disso, sabe muito bem que todos o rechaçam, que um medo supersticioso o acompanha por toda parte, e não se pode asseverar que isso não o influencie, não aumente sua fúria, não reforce suas inclinações brutais. Até as crianças sabem que ele "renega seu pai e sua mãe". Coisa estranha: todos os algozes que eu tinha visto eram pessoas desenvolvidas, dotadas de bom senso, de inteligência, de amor-próprio extraordinário, e até cheias de orgulho. Ignoro se esse orgulho se desenvolveu neles em resposta ao desprezo generalizado que os rodeia, se foi reforçado depois pela consciência do medo que suscitam em sua vítima e pela sensação de domínio sobre ela. Pode ser que o próprio espalhafato teatral daquele ambiente em que eles atuam, apresentando-se em público sobre o cadafalso, contribua para o desenvolvimento de certa soberba. Lembro como, durante algum tempo, fiquei encontrando com frequência e observando de perto um algoz. Era um homem de estatura mediana, enxuto e musculoso, de rosto assaz agradável e inteligente e cabelo crespo. Tinha uns quarenta anos, andava sempre bem calmo e imponente; portava-se, em aparência, como um cavalheiro, sempre dava respostas breves e ponderadas, até amáveis, mas essa amabilidade era meio altiva, como se ele se gabasse de algo na minha frente. Vi os oficiais da guarda puxarem, não raro, conversa com o algoz e manifestarem, palavra de honra, certo respeito por ele. O algoz estava consciente disso e, uma vez na presença dos superiores, dobrava de propósito sua polidez, sua aspereza e a expressão de sua dignidade. Quanto mais benevolência lhe exprimia o comandante, mais intratável parecia ele próprio; ainda que não fosse movido por educação requintadíssima, estou seguro de que se achava, naquele momento, infinitamente superior ao comandante que lhe falava. Isso se lia em sua cara. Ocorria-lhe, vez por outra, ser armado de um bastão comprido e fino e mandado, sob escolta, matar cães de rua num tórrido dia de verão. Em nossa cidade havia muitíssimos cães que não pertenciam a ninguém e procriavam com uma rapidez extraordinária. Na estação canicular eles se tornavam perigosos, e um algoz era enviado, por ordem das autoridades, para exterminá-los. Mas, pelo visto, nem essa humilhante tarefa lhe causava a menor humilhação. Precisava-se ver com quanta dignidade ele passava pelas ruas de nossa cidade, escoltado por um soldado exausto, apavorando tão só com sua figura as mulheres e crianças que encontrava, e como olhava, tranquilo e assoberbado, para todos os que cruzavam com ele. De resto, os algozes levam uma vida folgada. Têm dinheiro, alimentam-se muito bem, tomam vinho. Arranjam dinheiro por conta de subornos. Um réu civil, condenado pela justiça ao castigo corporal, há de oferecer ao algoz, pelo menos, alguma coisa, nem que seja um dos seus derradeiros bens. Contudo, são os próprios algozes que cobram propina dos réus abastados, fixando o valor em conformidade com os prováveis meios de cada condenado; cobram-lhes até trinta rublos e, por vezes, ainda mais que isso. Fazem barganhas intensas com quem for rico mesmo. Decerto o algoz não pode aplicar um castigo por demais leve, já que se responsabiliza por isso com suas próprias costas. Em compensação, ou seja, em troca de determinada propina, promete à sua vítima que não a açoitará além do necessário. Essa proposta é quase sempre aceita; caso contrário, ele castiga de modo realmente bárbaro, e isso lhe cabe de fato e de direito. Acontece que exige um valor considerável aos parentes de um condenado bem pobre; os parentes vêm ver o algoz, pechincham, bajulam-no — e ai se não o satisfizerem! O que o ajuda muito, em tais casos, é aquele medo supersticioso que ele provoca. Quantas lorotas são contadas sobre os algozes! Os próprios detentos me asseguravam que o algoz pode matar com um golpe só. Mas, em primeiro lugar, quando é que isso foi posto à prova? Aliás, por que não? Falavam-me nisso com plena certeza. E o algoz em pessoa garantia-me que era verdade. Dizia-se também que seria capaz de bater, com todas as forças, no dorso do criminoso, mas de maneira que nem o mais ínfimo vergão sucedesse ao golpe nem o castigado sentisse a mínima dor. Existe, digamos, uma imensidade de contos sobre todos aqueles requintes e truques. Mas, mesmo que o algoz cobre propina para o castigo ser leve, o primeiro golpe que ele desfere é, ainda assim, forte e doloroso em extremo. Inclusive, isso faz parte do hábito dos algozes. Abranda os golpes seguintes, em especial se recebeu previamente seu pagamento. Mas o primeiro golpe, quer lhe houvessem pago, quer não, pertence tão só a ele. Juro que não sei por que a prática comum dos algozes é essa. Fazem-no para familiarizar, desde logo, a vítima com os golpes posteriores, pensando que, após uma chibatada cruel em excesso, as chibatadas menos cruéis não lhe parecerão sobremodo horríveis, ou então por mera vontade de judiar da vítima, de intimidá-la, de abatê-la desde o primeiro instante para que compreenda com quem está lidando — numa palavra, a fim de mostrar sua força. Em todo caso, no início do castigo o estado de espírito do algoz é marcado pela excitação: ele sente o seu poderio, considera-se um soberano; nesse momento é um ator, admirado e temido pelo público, e certamente não é sem prazer que ele grita à sua vítima antes de dar o primeiro golpe: "Segura, que vou queimar!", frase habitual e fatal que se pronuncia nessas circunstâncias. É difícil imaginar até que ponto a natureza humana pode desnaturar-se.

Naqueles primeiros tempos, internado no hospital, eu não me cansava de escutar todos aqueles contos carcerários. Estávamos todos muito entediados em nossa enfermaria. Cada dia se parecia tanto com qualquer outro! Ainda nos divertíamos, pela manhã, com a visita dos doutores e o almoço que era servido pouco depois. Naquela monotonia, a comida representava, bem entendido, uma diversão considerável. As porções servidas eram diferentes, dependendo das enfermidades de quem as recebia. Uns doentes ganhavam apenas uma sopa com grãos de cereais; outros, somente uma papinha; outros ainda, o mingau de sêmola cobiçado por vários pacientes. Confinados, por muito tempo, no hospital, os presidiários se tornavam dengosos e ansiavam por guloseimas. Os que convalesciam ou estavam quase curados recebiam pedaços cozidos de carne de vaca, "um boi" como se dizia em nosso meio. Mas a melhor das porções destinava-se aos escorbúticos, contendo carne de vaca acebolada ou temperada com rábano-picante e, vez por outra, até uma tampinha de vodca. O pão era, também em função das respectivas doenças, preto ou meio branco, bem assado. Tais sutilezas oficiais na distribuição da comida só faziam os presos rirem. É claro que certos doentes não comiam nada por causa de seu mal-estar. Em compensação, aqueles que sentiam apetite comiam o que queriam. Havia quem trocasse porções, de modo que o prato adequado para uma doença ficava nas mãos do paciente acometido de outra. Havia quem não se contentasse com seu cardápio escasso, comprando carne de vaca ou porção escorbútica, bebendo *kvas* ou cerveja prescritos a outros doentes. Havia quem chegasse a comer duas porções de vez. Essas porções eram vendidas ou revendidas por dinheiro. A porção de carne de vaca era bastante valorizada: custava cinco copeques à vista. Faltando vendedores em nossa enfermaria, mandávamos um vigilante buscar comida na outra enfermaria carcerária ou então naquelas enfermarias dos soldados que chamávamos de "livres". Sempre aparecia alguém disposto a vender seu almoço: comia só pão, mas amealhava seus tostões. A pobreza era seguramente geral, porém os presos que tinham um dinheirinho mandavam até comprar *kalatchs* e semelhantes petiscos na feira. Nossos vigilantes cumpriam suas incumbências com total isenção. Após o almoço começava o período mais tedioso; havia quem dormisse por não ter mais o que fazer, quem tagarelasse, xingasse ou contasse alguma coisa em voz alta. Quando não vinham novos doentes, o tédio era maior ainda. A chegada de um novato quase sempre produzia certa impressão, sobretudo se ninguém o conhecia. Examinavam-no de todos os lados, procurando saber quem era, de onde e por que tinha vindo. Nesses casos, o interesse mais vivo era suscitado pelos detentos em trânsito que sempre contavam algo, mesmo sem se referirem aos seus negócios pessoais; nunca interrogávamos os novatos a respeito disso, salvo se eles próprios tocassem no assunto, restringindo-se nossa curiosidade a tais perguntas como "de onde vinham? com quem? como estava a estrada? aonde se dirigiam?", etc. Ao ouvirem novos relatos, alguns dos presos recordavam, como que de passagem, uns detalhes de seu passado e mencionavam diversas caminhadas e caravanas presidiárias, vários executores de castigos e chefes de caravanas. Os açoitados também apareciam nesse ínterim, ao cair da noite. De ordinário produziam uma impressão assaz forte, conforme, aliás, já fora dito; porém, não vinham todos os dias, e naquele dia em que nenhum novato era trazido para a nossa enfermaria os pacientes ficavam algo morosos e aborrecidos, como se não aguentassem mais ver uns aos outros, pondo-se, inclusive, a brigar entre si. Alegravam-se mesmo com a vinda dos loucos encaminhados para o exame médico. De vez em quando, os presos se fingiam de loucos para se livrar da sua punição. Alguns desses fingidores eram logo desmascarados, ou melhor, resolviam, eles próprios, mudar o rumo de sua conduta: tal paciente aprontava por dois ou três dias e, de improviso, amansava-se sem causa aparente, sossegava-se e, todo soturno, começava a pedir alta. Nem os detentos nem os doutores censuravam esse coitado nem o faziam passar vergonha, lembrando-lhe seus recentes chiliques: o preso recebia alta em silêncio, ia embora e, dois ou três dias mais tarde, voltava ao hospital já açoitado. De resto, esses casos eram geralmente raros. E os loucos de verdade, também sujeitos ao exame médico, submetiam toda a enfermaria a um verdadeiro castigo de Deus. Os loucos alegres e agitados, que gritavam, dançavam e cantavam o tempo todo, eram acolhidos, de início, quase com júbilo. "Eta, que massa!" — diziam os presos, olhando para um desses careteiros que acabava de entrar. Quanto a mim, sentia muito pesar e desgosto em ver esses infelizes. Nunca soubera encarar um louco com sangue-frio.

Aliás, o louco trazido para o hospital e recebido com gargalhadas passava em breve a importunar literalmente todos os presos com seus trejeitos inquietos e incessantes, privando-os, em mais ou menos dois dias, de toda e qualquer paciência. Um desses loucos permaneceu conosco umas três semanas, e nosso único recurso seria simplesmente fugir da enfermaria. Nesse meio-tempo trouxeram, como que de propósito, mais um insano. Este me deixou uma impressão singular. Já estava em curso o terceiro ano de minha sentença. No primeiro ano ou, dizendo melhor, logo nos primeiros meses de minha vida carcerária, eu ia com outros detentos trabalhar, em plena primavera, numa olaria situada a duas verstas do presídio e lá auxiliava os forneiros como carregador.

Cumpria-nos consertar os fornos a serem usados no verão para fabricar tijolos. Foram M-ki e B. que me apresentaram, naquela manhã, ao sargento Ostrożski, vigia que morava na própria olaria. Era um polonês de uns sessenta anos de idade, alto e magro, de aparência muito imponente e até mesmo majestosa. Estava na Sibéria havia tempos; embora fosse de origem popular e tivesse servido no exército russo em 1830,[13] M-ki e B. tratavam-no com amizade e respeito. Ostrożski não cessava de ler a Bíblia católica. Eu conversava com ele, e o velho falava tão meigo e tão sensato, suas narrações eram tão interessantes, seu olhar parecia tão bondoso e franco. Desde então, não o via por uns dois anos, apenas ouvira dizerem que teria sido investigado por alguma razão, e de repente trouxeram-no para a nossa enfermaria como insano. Entrou guinchando e gargalhando; pôs-se a dançar, no meio da enfermaria, com os gestos mais feios, daqueles que acompanham a Kamárinskaia mais indecente. Os presos ficaram entusiasmados, mas eu senti tanta tristeza... Ao cabo de três dias, a gente não sabia mais o que fazer com ele. O polonês esbravejava, batia nos pacientes, guinchava, cantava de dia e de noite, fazia a cada minuto coisas tão asquerosas que todos passavam simplesmente a sentir nojo. Não tinha medo de ninguém. Punham-lhe uma camisa de força, mas seu comportamento só piorava com isso, se bem que, uma vez sem camisa, ele tramasse brigas e procurasse agredir qualquer um de nós. Acontecia volta e meia, ao

[13] Dostoiévski alude à rebelião da Polônia contra o Império Russo que eclodiu em 1831 e foi severamente reprimida pelas tropas czaristas.

longo de três semanas a fio, que todos os presos rogavam em coro que o chefe do hospital transferisse aquele nosso "tesouro" para a outra enfermaria carcerária. Os pacientes desta pediam, por sua vez, que o mandasse, uns dois dias depois, de volta para a nossa enfermaria. E, como havia conosco dois loucos ao mesmo tempo, ambos bem agitados e brigões, nossas enfermarias não faziam outra coisa senão se revezarem na permuta de loucos, sendo um deles pior que o outro. O alívio foi geral quando os levaram, no fim das contas, embora...

Recordo-me também de um louco muito estranho. Um dia de verão, trouxeram um homem robusto e aparentemente todo desajeitado, de uns quarenta e cinco anos de idade, cujo rosto estava desfigurado pela varíola; tinha pequenos olhos avermelhados, que se escondiam sob as pálpebras adiposas, e tomava ares extremamente lúgubres e sinistros. Acomodou-se numa cama próxima à minha. Era bastante manso, não conversava com ninguém e ficava o tempo todo sentado, como que refletindo sobre algo. Estava anoitecendo; de súbito, ele se dirigiu a mim. Diretamente, sem nenhuma introdução, mas aparentando comunicar-me um inefável segredo, começou a contar que devia levar, dia desses, duas mil varadas, mas isso não ia acontecer porquanto a filha do coronel G. intercedera por ele. Mirei-o perplexo e respondi que em tal caso a filha do coronel não teria, a meu ver, condições de mudar a sua sentença. Ainda não desconfiava de nada: ele não fora trazido como um insano e, sim, como um doente ordinário. Perguntei qual era a sua doença. O homem respondeu que não sabia: apenas o haviam mandado para o hospital, mas ele gozava de boa saúde e a filha do coronel estava apaixonada por ele.

Duas semanas antes, passando de carruagem ao lado do cárcere militar, ela o vira, por mero acaso, através da janelinha gradeada. Tão logo o avistara, apaixonara-se por ele. Desde aquele dia, já viera ao cárcere três vezes, sob diversos pretextos: pela primeira vez, viera com seu pai para ver o irmão, oficial que comandava, daquela feita, as sentinelas; pela segunda vez, viera com sua mãe para dar esmola aos detentos e, passando perto dele, dissera baixinho que o amava e o tiraria dos apuros. Era estranho ouvir os finos detalhes com que ele me contava todo aquele absurdo, cuja totalidade surgira, bem entendido, em sua pobre mente desarranjada. O louco acreditava piamente em sua salvação do castigo. Quanto à paixão que aquela moça nutria por ele, mencionava-a de modo tranquilo e afirmativo, de modo que, não bastando o disparate geral de sua narração, era horroroso ouvir essa história romântica sobre a moça apaixonada da boca de um homem que estava para completar cinquenta anos e possuía, além disso, uma fisionomia tão desalentada, entristecida e repulsiva assim. Era estranho perceber o efeito que o medo de ser açoitado ocasionara à alma tímida daquele homem. Quem sabe se realmente não tinha visto alguém pela janelinha gradeada e se a loucura, que aos poucos se apossava dele por causa do medo e crescia a cada hora, não encontrara, dessa maneira, o seu desfecho instantâneo, a sua forma definitiva? Aquele infeliz soldado, que talvez nem houvesse pensado, nenhuma vez em toda a sua vida, em moças, idealizou de repente todo um romance, agarrando-se instintivamente a ele como se agarra a uma palhinha quem se afoga. Escutei-o calado e comentei a respeito com outros detentos. Mas quando estes se puseram a interrogá-lo também, o louco mergulhou num pudico silêncio. No dia seguinte foi examinado, com muito desvelo, pelo doutor e, dizendo-lhe não sofrer de doença alguma (o que correspondia, segundo o exame, à realidade), recebeu alta. Soubemos que do seu prontuário constava *sanat* apenas depois de os médicos terem saído da enfermaria, portanto não pudemos informá-los sobre a insanidade daquele soldado. Aliás, nós mesmos ainda não adivinháramos qual era o principal problema. Contudo, tratava-se do erro cometido pelos comandantes que o haviam mandado para o hospital sem explicar por que motivo ele deveria ser examinado. Ocorrera, pois, uma negligência. Também podia ser que nem os comandantes tivessem plena certeza de sua loucura e, baseando-se em surdos boatos e conjeturas, houvessem entregue o soldado nas mãos dos médicos. Fosse qual fosse a verdade, dois dias depois levaram o infeliz para o castigo. Decerto este o abalou muito por ser inesperado; até o último minuto, o louco não acreditava que seria mesmo açoitado e, quando foi passando por entre duas fileiras, rompeu a gritar: "Socorro!". Encaminhado, a seguir, para o hospital, não ficou internado em nossa enfermaria, mas, por falta de leitos, na outra. Eu perguntei acerca dele e soube que, em todos os oito dias de sua internação, o soldado não dissera uma só palavra a ninguém, permanecera muito aflito e triste... Depois foi mandado para algum lugar, mal sararam as suas costas. Eu, pelo menos, nunca mais ouviria falar dele.

No que se referia, em geral, aos tratamentos e remédios, quem padecia de doenças leves quase não cumpria prescrições nem tomava medicamentos, conforme eu mesmo observava; todavia, quem tinha alguma doença grave ou apenas estava de fato enfermo gostava demais de tratar-se, tomando suas poções e pós medicinais com toda a regularidade possível. Mas os remédios mais apreciados em nosso meio eram, sem dúvida, aqueles externos. As ventosas, as sanguessugas, as compressas e as sangrias, que nosso poviléu ama tanto e utiliza com tanta confiança, usavam-se de bom grado e mesmo com prazer. Fiquei pasmado com uma circunstância esquisita. Os homens tão firmes em suportar horribilíssimas dores causadas pelos porretes e varas não paravam de reclamar, faziam caretas e até gemiam devido à aplicação das mais simples ventosas. Não sei se deveria atribuir isso à denguice que eles desenvolviam no hospital ou tão somente a uma espécie de gozação. Por outro lado, nossas ventosas eram bem especiais. A maquininha que entrecorta momentaneamente a pele fora perdida ou estragada pelo enfermeiro outrora, em tempos imemoráveis, ou então se estragara por si só, e, assim sendo, o enfermeiro se via obrigado a praticar entrecortes necessários com uma lanceta. Fazem-se em torno de doze incisões para aplicar cada ventosa. Feitas com a maquininha, não provocam dor: doze pequenas lâminas cortam de supetão, num piscar de olhos, e a dor não se sente. Agora a lancetada é outra coisa. A lanceta corta a pele com relativa lentidão, a dor se torna incomodante, e, como é preciso fazer cento e vinte incisões desse gênero para aplicar, por exemplo, dez ventosas, toda a operação é certamente sensível. Aguentei-a, eu mesmo, e não achei que a dor por ela causada, por mais que me atenazasse na hora, fosse pungente a ponto de não me conter e soltar gemidos. De vez em quando, era até ridículo ver um homenzarrão se torcer e choramingar. Aquela situação poderia ser comparada à de um homem que, firme e forte num negócio sério, cai em melancolia e faz manhas em casa, não tendo nada a fazer: não come o que lhe servem e xinga sem trégua, pois tudo está errado, todos o apoquentam, todos o desafiam, todos o afligem — numa palavra, queixa-se de boca cheia, como se diz, por vezes, sobre aqueles senhores enjoados que existem, aliás, no meio do povo também. Em nosso presídio, convivendo nós todos num espaço restrito, eles apareciam com muita frequência. Acontecia que os próprios pacientes começavam a escarnecer um maricão desses ou então a injuriá-lo, e ele se calava logo em seguida, como se tivesse esperado que o injuriassem para fechar a boca. Quem detestava isso sobremaneira era Ustiântsev: nunca perdia oportunidade de passar um sabão na gente dengosa. De modo geral, não perdia ensejo de brigar com alguém. Eram seu deleite e sua necessidade, provindos, bem entendido, da sua doença e, parcialmente, da sua bronquice. A princípio, olhava atenta e seriamente, depois começava seus sermões com uma voz tranquila e persuasiva. Interessava-se por tudo, como se o tivessem nomeado para supervisionar a ordem na enfermaria e controlar a moral dos detentos.

— Aquele ali vai fundo — diziam, rindo, os pacientes. Poupavam-no, aliás, evitando brigar com ele; apenas riam de vez em quando.

— Vixe, quanta falácia! Nem três carroças levariam embora.

— Que falácia, hein? Não se tira o chapéu para uma besta, no duro. Por que é que gritas sob a lanceta? Gostaste de mel, vem cá, gosta de fel! Aguenta firme, quer dizer...

— E tu, o que tens a ver com isso?

— Não, maninhos — interrompeu um dos presos —, o canivete é pouca coisa, já experimentei. Mas quando te puxam muito tempo a orelha, nada dói mais que isso.

Todos desandaram a rir.

— Já te puxaram, então, a orelha?

— Pensaste que não? Mas é claro que puxaram.

— Ah, é por isso que tens essas orelhonas em pé...

Aquele detento, chamado Chápkin, tinha de fato orelhas compridíssimas e salientes de ambos os lados. Preso por vadiagem, era um homem ainda novo, sisudo e sossegado; sempre falava com um humor algo sério, subentendido, e isso tornava alguns dos seus relatos bem cômicos.

— Por que é que eu pensaria que te puxaram a orelha? Por que cargas-d'água, hein, cabeçudo? — intrometeu-se de novo Ustiântsev, dirigindo-se a Chápkin com indignação, ainda que este não conversasse pessoalmente com ele e, sim, com toda a enfermaria. No entanto, Chápkin nem sequer olhou para ele.

— E quem foi que te puxou a orelha? — perguntou alguém.

— Quem foi? Mas é claro que foi o *isprávnik*.[14] Aconteceu, maninhos, por causa da vadiagem. Chegamos então a K.; éramos dois: eu e mais um andarilho, Yefim sem alcunha. Tínhamos roubado um tiquinho, na aldeia de Tólmino, de um mujique. É uma aldeia assim, Tólmino, sabiam? Chegamos, pois, à cidade e olhamos pra lá e pra cá: que tal roubar mais umas coisinhas e dar logo no pé? O ermo tem quatro ventos e a cidade

---

[14] Delegado policial na Rússia antiga.

só tem maldade — todo mundo sabe! Entramos, antes de tudo, numa bodega. Olhamos pros lados. Vem logo um cara maltrapilho assim, de cotovelos pra fora, vestido feito um alemão. "E aí?" — diz. "Vocês dois, permitam-me perguntar, têm documentos?" — "Não temos, não" — respondemos. "Bom... nem a gente... Tenho aqui mais dois camaradas, também servem ao general Kukúchkin.[15] Pois me atrevo a perguntar, já que a gente fez uma farrazinha e não arrumou, por enquanto, dindim... Paguem-nos, por favor, meio *stof*." — "Com nosso grande prazer" — dizemos a ele. Bebemos, então. E foi ali que eles nos indicaram um negocinho de nosso comum interesse. Tinha uma casa rica assim, bem no fim da cidade, e morava nela um burguesinho cheio de grana; decidimos, pois, fazer uma visitinha de noite. Fomos à casa daquele burguês ricaço e ocorreu que caímos, todos os cinco, numa arapuca. Levaram-nos pra delegacia e depois até o próprio *isprávnik*. "Eu mesmo" — disse — "vou interrogar esses vagabundos". Veio com um cachimbo na mão — um sujeito enorme assim, de costeletas — e serviram pra ele uma xícara de chá. Ficou sentado. Aí trouxeram, além da gente, mais três vagabundos. Que homem engraçado, maninhos, é o vagabundo: qualquer coisa que acontecer, não lembra mais nada, nem que o arrebentem; esqueceu tudo, não sabe de nada. O *isprávnik* partiu logo pra cima de mim. "Quem és?" — rugiu como de dentro de um barril. É

[15] Consta do original um jogo de palavras intraduzível, sendo o sobrenome russo Kukúchkin derivado da palavra "cuco"; a expressão "servir ao general Kukúchkin" significa "morar na floresta" com o cuco e outras aves silvestres.

claro que respondi a mesma coisa que todos: não lembro nada, Vossa Excelência, esqueci tudo. "Espera" — diz ele e arregala pra cima de mim seus bugalhos —, "ainda vou bater um papinho contigo, que tua tromba não me é estranha". Pois eu nunca tinha visto aquele sujeito antes. "Quem és?" — perguntou a outro andarilho. "Bateu-Correu, Vossa Excelência". — "Assim é que te chamas, Bateu-Correu?" — "Assim mesmo, Vossa Excelência." — "Pois bem: tu és Bateu-Correu... E tu?" — perguntou ao terceiro. "E eu atrás dele, Vossa Excelência." — "Mas qual é teu nome?" — "Esse mesmo: e eu atrás dele, Vossa Excelência." — "Mas quem foi, canalha, que te chamou desse jeito?" — "Foi a gente boa, Vossa Excelência, quem me chamou. Sabemos bem, Vossa Excelência, que há gente boa neste mundo." — "Mas quem é essa gente boa?" — "Pois eu me esqueci um pouco, Vossa Excelência; tenha a bondade de me perdoar..." — "Esqueceste-te de todos?" — "Esqueci-me de todos, sim, Vossa Excelência." — "Mas tu também tiveste pai e mãe... Será que te lembras, ao menos, deles?" — "É de supor que sim, Vossa Excelência; também me esqueci um pouco, aliás. Talvez tenha tido, Vossa Excelência." — "Mas onde foi que moraste até agora?" — "Na mata, Vossa Excelência." — "O tempo todo na mata?" — "O tempo todo na mata". — "E no inverno?" — "Nem vi o inverno, Vossa Excelência..." — "E tu, vagabundo, como te chamas?" — "Sou o machado, Vossa Excelência." — "E tu?" — "Afia rapidinho, Vossa Excelência." — "E tu?" — "Afia bem afiadinho, Vossa Excelência." — "Ninguém se lembra de nada, não é?" — "De nada, Vossa Excelência." O *isprávnik* ficou rindo; os vagabundos também, de olhar pra ele, como quem procura por uma sova. E todos são valentões e gordos assim. "Levem-nos ao presídio" — diz o *isprávnik*. "Vamos papear mais tarde. E tu, fica aí" — fala, quer dizer, comigo. "Vem cá, senta!" Vejo uma mesa, uma folha de papel e uma pena. "O que é que vai fazer?" — penso. E ele me pega pela orelha e puxa com todas as forças: "Senta nessa cadeira" — diz —, "toma a pena e escreve!" — Olho então pra ele como o capeta prum padre: "Não sei escrever, Vossa Excelência." — "Escreve!" — "Piedade, Vossa Excelência!" — "Escreve como sabes, escreve de qualquer jeito!" E puxa a minha orelha, puxa e de repente a retorce assim, todinha! Pois digo pra vocês, manos: melhor seria que ele me desse trezentas chibatadas. E foi então que vi estrelas ao meio-dia: "Escreve, e ponto-final!".

— Mas ele endoideceu, aquele *isprávnik*?

— Endoideceu coisa nenhuma. É que na cidade de T. um escrivãozinho tinha pregado, pouco antes, uma peça: botou a mão no dinheiro da tesouraria e escafedeu-se com ele. Suas orelhas também eram meio compridas. Mandaram procurá-lo por toda parte. E eu me parecia um pouco com o fujão, por isso é que o *isprávnik* me torturou: queria saber se sei escrever e como é minha letra.

— Que coisa, moço! E doeu muito?

— Digo que doeu!

Houve uma explosão de risos.

— E tu escreveste?

— Escrevi o quê? Fui borrando aquele papel com a pena e depois larguei de mão. Levei uma dezena de murros e fiquei solto, quer dizer, também fui ao presídio.

— Será que sabes escrever mesmo?

— Antes sabia, sim; mas, quando começaram a usar penas, desaprendi...

No meio de tais relatos, ou melhor, no meio de tanta verborragia é que se passava, por vezes, o nosso tempo entediante. Meu Deus, que tédio era aquele! Dias longos e sufocantes, parecidos uns com os outros que nem duas gotas d'água. Se, pelo menos, houvesse algum livro! Não obstante, eu ia amiúde ao hospital, sobretudo no começo: às vezes estava doente mesmo; às vezes ia apenas para descansar, para me afastar do presídio. A vida era difícil lá, mais difícil que no hospital, moralmente difícil: fúria, hostilidade, discórdia, inveja, críticas constantes e imotivadas aos fidalgos, rostos maldosos e ameaçadores! Quanto ao hospital, todos estavam ali em pé de igualdade, conviviam de modo amigável. As partes mais tristes do dia eram a tardinha, quando se acendiam as velas, e o início da noite. Os pacientes se deitam bem cedo. A tênue luz da lamparina vê-se ao longe, rente às portas, como um ponto luminoso, e nossas camas ficam numa penumbra. O ar se torna fétido e abafadiço. Há quem não consiga adormecer: levanta-se e permanece sentado em seu leito, por uma hora e meia, inclinando a sua cabeça coberta por uma carapuça, como que refletindo sobre alguma coisa. A gente olha para ele uma hora inteira e busca adivinhar o que está pensando, também para fazer o tempo fluir mais rápido. A gente se põe a sonhar, a relembrar o passado, a pintar quadros amplos e vistosos em sua imaginação; surgem então na mente os pormenores de que noutros tempos ninguém se recordaria nem os sentiria com tanta intensidade como agora. A gente pensa no futuro: "Como é que sairei do presídio? Aonde irei? Quando isso ocorrerá? Será que voltarei um dia às plagas natais?". A gente pensa, pensa, e uma esperança vem brotando na alma... Ou simplesmente começa a contar, vez por outra: um, dois, três, etc., para adormecer, de qualquer maneira que seja, em meio a essa contagem. Eu mesmo contava, não raro, até três mil, mas não pegava no sono. Eis que alguém se revolve na cama. Eis que Ustiântsev expele sua pútrida tosse de tísico, depois solta um fraco gemido e repete sem parar: "Senhor, eu pequei!". É muito estranho ouvir essa voz quebrantada que geme num profundo silêncio. Eis que outros doentes, que tampouco conseguem dormir, encetam uma conversa num cantinho, estendidos em suas camas. Um deles começa a narrar os dias vividos, discorre sobre o seu passado já remoto, sobre a vadiagem, sobre sua mulher e seus filhos, sobre as antigas regras carcerárias. A gente percebe, tão só pelo seu cochicho, que tudo quanto ele conta nunca mais se dará em sua vida e que ele próprio, o narrador, é uma fatia cortada... Outro detento escuta. Ouve-se apenas um sussurro baixo e monótono como o da água a murmurejar algures ao longe... Recordo-me de uma daquelas narrações que ouvi numa longa noite de inverno. Logo de início, pareceu-me uma alucinação mórbida, como se eu tivesse muita febre e visse aquilo tudo num pesadelo ou num delírio...

IV
O marido de Akulka
Conto

Já era tarde da noite, passara das onze horas. Eu dormia, mas de repente acordei. Uma distante lamparina mal iluminava a enfermaria com sua fraca luzinha... Quase todos já estavam dormindo. Dormia até Ustiântsev;

em pleno silêncio ouviam-se seu respirar ofegante e o borbulhar da expectoração a inundar sua garganta com cada expiro. De súbito, os passos pesados das sentinelas que vinham substituir seus companheiros soaram ao longe, no corredor do hospital. Alguém deixou a coronha de seu rifle bater no chão. As portas se abriram; movendo-se bem cautelosamente, um cabo contou os doentes. Um minuto depois, a enfermaria ficou novamente trancada, um soldado foi posto às portas, a guarda se retirou e fez-se o mesmo silêncio. Só então é que percebi que à minha esquerda, não muito longe de mim, dois presos estavam acordados e pareciam cochichar algo um ao ouvido do outro. Isso acontecia nas enfermarias: os vizinhos passavam dias e meses lado a lado, mas sem trocar meia palavra, e repentinamente se punham a conversar tarde e a más horas, expondo um deles todo o seu passado para o outro.

Falavam, pelo visto, havia tempo. Eu não captara o início de sua conversa nem conseguia ouvir tudo quanto eles diziam agora; todavia, acostumei-me aos poucos e passei a compreender tudo. Estava sem sono: o que me restava fazer senão escutar?... Um dos presos contava entusiástico, meio deitado em sua cama, soerguendo a cabeça e esticando o pescoço em direção ao seu companheiro. Estava aparentemente excitado, até exaltado, ansioso por contar. Sentado em seu leito, o ouvinte estendia as pernas, sombrio e todo indiferente, mugia por vezes em resposta ou em sinal de interesse pela história narrada, porém não o fazia de modo sincero e, sim, por mera amabilidade, enchendo a cada minuto o seu nariz de tabaco tirado da sua bolsinha. Era o soldado Tcherêvin da companhia correcional, homem de uns cinquenta anos de idade: carrancudo pedante, frio arrazoador, imbecil transbordante de amor-próprio. O narrador, cujo nome era Chichkov, tinha em torno de trinta anos; era um dos presidiários civis que trabalhavam na oficina de costura. Até então eu dera pouca atenção àquele moço; nem mais tarde, aliás, no decorrer de toda a minha vida carcerária, sentiria vontade de me aproximar dele. Era um sujeito fútil e estouvado. Às vezes ficava silencioso, andava de cara amarrada, portava-se de maneira brutal, não dizia sequer uma palavra durante várias semanas. Noutras ocasiões, metia-se em rixas, espalhava fofocas, irritava-se com ninharias, corria de caserna em caserna, transmitia boatos e calúnias, perdia as estribeiras. Depois apanhava e calava-se outra vez. Era acovardado e débil. Todos o tratavam com certo desprezo. Era baixinho e magro; seus olhos ora se animavam ora se tornavam obtusamente pensativos. Quando narrava alguma coisa, começava entusiasmado, extático, chegando a agitar os braços, mas em seguida interrompia seu discurso ou mudava de tema, deixava-se levar por novos detalhes e esquecia o que vinha dizendo. Xingava amiúde e, quando xingava, costumava acusar os outros de terem culpa no tocante a ele; injuriava todo mundo com alma, quase chorando... Gostava de tocar balalaica e tocava bem; nas festas dançava — e nada mal, sobretudo se obrigado... Não era muito difícil obrigá-lo a fazer qualquer coisa: não é que fosse tão submisso assim, mas insistia em procurar amizades e bajular seus amigos.

Passei muito tempo sem entender o que ele contava. Parecia-me, a princípio, que se desviava como sempre do tema e atolava em sua logorreia. Talvez percebesse que Tcherêvin quase não se importava com sua narração, mas fazia esforços visíveis para convencer a si próprio de que seu ouvinte estava cheio de atenção e acabaria, sem dúvida, bem magoado caso se convencesse do contrário.

— Ia, de vez em quando, à feira — continuava ele —, e todos o saudavam, faziam salamaleques... Numa palavra, era ricaço.

— Mexia com o comércio, dizes?

— Pois é. Somos nós, os burguesinhos, que estamos pobres. Uma ralé. Nossas mulheres levam água do rio até a colina para regar a horta; dão um duro danado e mal têm, no outono, de que fazer *chtchi*. É uma miséria. Mas ele tinha lá sua gleba, fazia os camponeses lavrarem a terra (eram três, aqueles mujiques dele); mantinha, ainda por cima, um colmeal, vendia mel e gado também... Quer dizer, gozava de muito respeito em nosso canto. Já era bem velho: tinha uns setenta anos, os ossos lhe pesavam; grande assim, de cabelo branco. Vai à feira, com sua peliça de raposa, e todos o saúdam, mas todos mesmo. Sabem, quer dizer, com quem estão lidando! "Bons dias, querido Ankudim Trofímytch!" — "A ti também" — responde ele. Ou seja, não desdenha de ninguém. "Vida longa, Ankudim Trofímytch!" — "E tu, como vais?" — pergunta. "Nem guerra nem paz... E o senhor?" — "Vivemos também" — diz ele —; "aqui no sossego, conforme nossos pecados." — "Viva mais, Ankudim Trofímytch!" Não desdenha, pois, de ninguém e, quando fala, é como se cada palavra dele valesse um rublo inteiro. Era um homem versado, esclarecido; lia, o tempo todo, letras divinas. Botava a esposa na sua frente: "Escuta, mulher, e entende!", depois ia lendo. E sua esposa não era tão velha assim: casou-se com ela para ter filhos, porque a sua primeira mulher nunca dera à luz.

E tinha, com essa segunda esposa, Maria Stepânovna, um casal de filhos novinhos ainda: já era sexagenário, quando Vássia, seu caçula, nasceu, e sua filha Akulka, a primogênita, acabava de completar dezoito anos.

— É tua mulher, não é?

— Espera... No começo foi Filka[16] Morózov quem fez porcaria. "Deixa de ser mão de vaca" — diz Filka a Ankudim. "Entrega todos os quatrocentos rublos aí, ouviste? Não sou teu peão: não quero nem comerciar contigo nem me casar com a tua Akulka. Agora estou na esbórnia. Agora não tenho mais pais; vou beber até que o dinheiro se vá e depois me alistarei nos mercenários, quer dizer, nos soldados, e chegarei, daqui a dez anos, a marechal de campo!" Pois Ankudim entregou a Filka todo o dinheiro, fez, quer dizer, a partilha geral, porque ainda o pai daquele rapaz compartilhava os cabedais com ele. "És um homem perdido!" — disse. E Filka: "Quem sabe se estou perdido ou não, mas foi contigo, barbicha branca, que aprendi a usar a sovela em vez da colher. Corres atrás de dois vinténs miseráveis, juntas aí qualquer drogazinha: será que não serve para fazer mingau? Eu cá estou cuspindo nisso! Tu és tão ricaço que não comprarás nem bagaço. E eu tenho caráter. E não me casarei com a tua Akulka, de jeito nenhum: aliás, já dormi com ela..." — "Mas como ousas" — responde Ankudim e fica todo tremendo — "envergonhar o honesto pai e a filha imaculada? Quando é que dormiste com ela, toucinho de áspide, sangue de lúcio?"[17] Foi o próprio

[16] Forma diminutiva e pejorativa do nome Filipp.

[17] Peixe carnívoro que habita os rios de vários países europeus, inclusive os da Rússia.

Filka que me contou isso. "E não só eu mesmo como ninguém mais se casará agora com a tua Akulka" — diz ao velho. "Farei que ninguém mais a aceite, nem Mikita Grigóritch, porque está agora emporcalhada. Foi no outono ainda que a gente meteu. Não a quero, nem que me pagues cem lagostins.[18] Dá-me agora cem lagostins, que eu não aceito... Vamos provar, hein?" Caiu, pois, o moço na pândega! E pandegou tanto que a terra gemeu, que toda a cidade estremeceu. Bando de companheiros, monte de grana... e farreou por três meses, até que perdeu tudinho. "Quando gastar todo o dinheiro" — dizia —, "quando vender a casa, quando jogar tudo fora, aí virarei mercenário ou então vagabundo!" Bebia da manhã até a noite, andava numa caleche com sinetas. E como as raparigas gostavam dele, é um horror! Tocava bem *torba*.[19]

— Pois ele se deitava com essa Akulka desde antes?

— Espera, espera. Eu também acabava de enterrar meu pai, e minha mãe trabalhava então para Ankudim, fazia pãezinhos de mel... e assim a gente ganhava a vida. Vivíamos mal. Tínhamos um torrão lá detrás da floresta, semeávamos trigozinho, mas tudo se foi quando meu pai morreu, já que eu também, maninho, caí na gandaia. Batia na minha mãe para que me desse dinheiro...

— Não é bom bateres na genitora. É um grande pecado.

— Bebia, maninho, o dia inteiro. Nossa casa ainda estava boazinha — toda podre, mas nossa própria —, só que vazia por dentro: daria para caçar ali uma lebre!

---

[18] Gíria arcaica que designava a nota de dez rublos, impressa em papel vermelho (da cor de lagostim cozido).

[19] Corruptela da palavra "tiorba": instrumento musical de origem italiana, semelhante ao bandolim.

Passávamos fome, semana após semana, comíamos qualquer lixo. Minha mãe me xingava, xingava sem fim, mas eu não ligava a mínima! Não me desgrudava então, maninho, de Filka Morózov. Andava com ele dias e noites. "Toca violão para mim e dança" — dizia ele —, "e eu vou ficar aqui deitado e jogar dinheiro na tua cara, porque sou o homem mais rico". Quanta besteira fazia! Só não aceitava o roubado: "Não sou ladrão, mas um homem correto". "Vamos, rapaziada, borrar o portão de Akulka com piche" — inventou um dia. "Não quero que Akulka se case com Mikita Grigóritch. Isso me é agora mais doce do que o bolo." E o velho já queria mesmo que Mikita Grigóritch se casasse com sua filha. Aquele Mikita, comerciante, também era velho, viúvo; andava de óculos. Mal ouviu os boatos sobre Akulka, deu para trás: "Será, Ankudim Trofímytch" — disse —, "uma grande desonra para mim. Não quero, além disso, casar depois de velho". Fomos, pois, e borramos o portão de Akulka. Como os pais batiam nela por causa daquilo... Maria Stepânovna gritava: "Não vais mais viver!". E o velho: "Nos tempos idos, na época dos digníssimos patriarcas, ia cortá-la em pedaços e queimar na fogueira, mas hoje só há treva e podridão neste mundo". Ouve, às vezes, toda a vizinhança Akulka chorar e berrar, açoitada o dia todo. E Filka grita para que toda a feira o ouça: "Eta, que boa mocinha é nossa Akulka safada! O vestido é branquinho, o vestido está limpinho... Diz, ora bolas, com quem tu rolas! Eles lá nunca se esquecerão de mim, tanta bolacha lhes dei". Encontrei uma vez Akulka, naquele tempo — passava perto de nossa casa com dois baldes d'água —, e também gritei: "Bons dias, Akulina Kudímovna, saudações para Vossa Safadeza! Não te cales, ora bolas, diz aí com quem tu rolas!". Disse apenas isso, e ela olhou para mim de repente... toda magrinha que nem uma lasca e os olhos tão grandes assim. Olhou para mim, e sua mãe pensou que estava brincando comigo e gritou através do portão: "Arregaças os dentes, hein, sem-vergonha?". E bateu nela outra vez naquele dia. Batia horas inteiras, sem descansar. "Eu te matarei!" — dizia. "Não és mais minha filha."

— E a menina era safada mesmo?

— Escuta bem, titio. Quando a gente andava bebendo com Filka, vem minha mãe conversar comigo, e eu estou deitado. "Por que ficas deitado, vilão? És um canalha, assim e assado." Quer dizer, ela me xinga de novo. "Casa com Akulka, vai!" — diz. "Agora eles entregarão a moça até para ti, pé-rapado, com todo o prazer. Só em dinheiro vivo receberás uns trezentos rublos." Aí eu respondo: "Mas ela agora está desonrada para o mundo todo". "És burro!" — diz minha mãe. "O casamento encobre tudo. E para ti mesmo seria melhor se ela tivesse culpa pela vida afora. A gente arrumaria a nossa vidinha com o dinheiro deles. Já falei com Maria Stepânovna: ela me dá ouvidos." E eu: "Quanto ao dinheiro, bota agorinha vinte rublos na mesa, então vou casar". Acredites ou não, fiquei mortalmente bêbado até o casório. E Filka Morózov também me ameaçou: "Eu te quebrarei todas as costelas, seu marido de Akulka, e, se quiser, vou dormir com tua mulher toda noite". Eu respondi: "Mentes, carne de cão!". Pois ele me envergonhou ante a rua toda. Vim correndo para casa e gritei: "Não quero casar, a não ser que me botem na mesa outros cinquenta rublos!".

— E os pais dela queriam que se casasse contigo?

— Comigo? E por que não? Nós cá não éramos desonrados. Foi só pelo fim da vida que meu pai se arruinou num incêndio, e antes disso vivíamos melhor ainda que eles. "Vocês são todos escória maldita" — diz Ankudim. E eu respondo: "E seu portão está todo manchado de piche". E ele: "Por que é que estás zombando aí da gente? Prova primeiro que ela é safada, em vez desse bate-boca inútil. Eis a aliança, eis a cobrança: se não queres casar com ela, vai embora, mas devolve o dinheiro que me tomaste". E foi então que me decidi, com Filka: mandei Mítrei Býkov dizer ao velho que o desonraria agora por toda a parte e fiquei, maninho, mortalmente bêbado até o casório. Só na igreja é que me recobrei. Quando voltamos da igreja, veio Mitrofan Stepânytch, o tio dela, sentou-se com a gente à mesa e disse: "Não foi por bem, foi por mal, mas o negócio está feito e acabado". O velho Ankudim, que também estava bêbado, começou a chorar: fica ali sentado, e correm as lágrimas pela sua barba. Pois eu, mano, fiz então o seguinte... coloquei no meu bolso uma vergasta (foi antes ainda de me casar que a tinha guardado) e resolvi: puxa vida, como é que vou açoitar essa Akulka agora, para aprender a casar assim, de maneira suja, e para todos saberem que não sou qualquer besta aí.

— Bem feito pra ela! Ia sentir a força de seu marido...

— Não, titio, cala a boca. Na nossa terrinha levam a noiva, logo após a igreja, para o quarto, e a família dela fica bebendo enquanto isso. Deixaram-nos, pois, no quarto: eu mais Akulka. E ela ficou tão pálida assim, sem um pingo de sangue. Quer dizer, estava com medo. Seus cabelos também eram louros que nem o linho, quase brancos. E seus olhos eram bem grandes. Andava calada o tempo todo, ninguém a ouvia, como se uma muda vivesse comigo. Toda estranha. Pois é, maninho, podes imaginar? Eu preparei a vergasta e coloquei-a junto da cama, e ela, maninho querido, era inocente feito uma criança.

— Juras?

— Sim, inocente: moça imaculada de boa família. Por que é que, maninho, ela sofreu tamanha desgraça? Por que Filka Morózov a desonrou ante o mundo todo?

— Verdade.

— Então me ajoelhei na sua frente, lá mesmo, ao lado da cama... juntei as mãos: "Minha querida, Akulina Kudímovna, perdoa-me, que sou burro e também te achava safada. Perdoa-me" — disse —, "que sou um canalha!" E ela está sentada na cama, diante de mim, e olha para mim e me põe ambas as mãos nos ombros e ri... e as lágrimas correm dos seus olhos: chora e ri de uma vez... Assim que saí do quarto, disse a todo mundo: "Pois bem: se encontrar agorinha Filka Morózov, ele não viverá mais neste mundo!". E os pais dela nem sabem mais a quem rezar de tanta alegria; a mãe quase cai, uivando, aos pés de Akulka. E o pai diz: "Se a gente soubesse, nossa filha amada, não seria esse o teu marido". E quando fomos, logo no primeiro domingo, à igreja — eu com *chapka* de *smuchka*,[20] cafetã de tecido fino e bombacha de *plys*, ela com peliça novinha, daquela pele de lebre, e lencinho de seda —, valíamos bem um o outro, éramos, quer dizer, um casal garboso! O povo nos admirava: comigo estava tudo nos trinques, e minha Akulínuchka... Bom, embora não desse para a elogiar ante os outros nem para a injuriar, tampouco daria para a tirar da primeira dezena...

— É isso aí.

---

[20] Pele de cordeiro da raça homônima.

— Pois escuta. Logo no dia seguinte ao casório fugi dos meus convidados, se bem que estivesse bêbado; fugi deles e fui correndo. "Tragam-me agora esse vadio Filka Morózov, tragam-no aqui, esse canalha!" — gritei para toda a feira me ouvir. Estava bêbado, porém; apanharam-me três valentões perto da casa dos Vlássov e levaram-me à força de volta. E os boatos correm pela cidade. As moças dizem uma à outra na feira: "Será que não sabem, meninas? Akulka se casou virgem". E Filka me diz, pouco tempo depois, em público: "Vende tua mulher, beberás à farta. Nosso soldado, Yachka, casou para isso mesmo: não dormiu com sua mulher, mas bebeu por três anos seguidos". E eu respondo: "És cafajeste!" — "E tu" — ele retruca — "és apalermado. Estavas bêbado quando te acasalaram. O que é que podias entender daquilo ali, depois de pingado?" Voltei para casa e gritei: "Vocês me casaram bêbado!". Minha mãe já ia esbravejar, mas eu disse: "Teus ouvidos, mãezinha, estão tapados de ouro. Traz-me Akulka!". E comecei a bater nela. Bati, maninho, bati umas duas horas, até desabar, eu mesmo, de tão cansado. Foi por três semanas inteiras que ela ficou de cama.

— É claro — notou Tcherêvin, fleumático. — Se não bateres nelas, não dá certo... Será que a apanhaste com um amiguinho?

— Apanhar não apanhei, não — replicou Chichkov após uma pausa, com aparente esforço. — Mas fiquei tão magoado, o povo me atazanou tanto, e o pivô daquilo tudo foi Filka: "Tua mulher é como um modelo, para a gente ver". Reuniu todo mundo e fez uma arenga assim: "Sua mulher" — dizia — "tem alma piedosa, é nobre, amável, gentil e com tudo em cima — eis como é agora! Será que já te esqueceste, moço, de teres borrado o portão dela com piche?”. Eu estava ali sentado, meio bêbado, e ele me agarrou então pelos cabelos e curvou a minha cabeça para baixo: “Dança, marido de Akulka, para mim! Eu te segurarei, bem assim, pela cabelaça, e tu vais dançar para me divertir!”. — “Canalha!” — grito eu. E ele responde: “Irei até tua casa com meus amigos e açoitarei Akulka, tua mulher, com varas na tua frente, tanto quanto me aprouver”. Pois eu, acredites ou não, tive medo de sair de casa, um mês inteiro depois daquilo: e se ele vier, pensava, se me desonrar mesmo? E foi por isso que comecei a bater nela o tempo todo...

— Bater pra quê? Nem que amarrem os braços, não amarram a língua. Não dá pra bater demais. Castiga a tua mulher, ensina a ela bons modos e depois a afaga. Tua mulher é pra isso.

Chichkov se calou por algum tempo.

— Estava magoado — recomeçou — e criei um hábito: batia nela, às vezes, da manhã até a noite, quer ela se levantasse mal, quer andasse errado. Se não batia, ficava com tédio. Ela se senta calada, de vez em quando, perto da janela, olha para fora e chora... Chora e chora sem parar, e eu sinto pena dela, mas volto a bater, ainda assim. Minha mãe me xinga de novo, por causa dela: “Tu és canalha, tu és a carne de *varnak*!” — “Cala-te, senão te mato!” — grito eu. “E que ninguém me fale mais nisso: vocês me casaram por engodo.” No começo o velho Ankudim vinha para defender a filha: “Não és Deus sabe que figurão!” — dizia para mim. “Ainda te porei um freio.” Depois desistiu. E Maria Stepânovna se conformou totalmente. Um dia veio e pediu com lágrimas: “A causa é pequena, Ivan Semiônytch, mas o pedido é grande. Deixa-me ver a luz, queridinho" — fez uma mesura —, "apieda-te dela, perdoa-a! Foram pessoas más que caluniaram a nossa filha: tu mesmo sabes que ela se casou virgem..." Inclinou-se até o chão, soluçando. E eu cá me fiz de rogado: "Não quero agora saber de nada! Faço agora o que quiser de vocês todos, porque não me seguro mais. E Filka Morózov é agora meu camarada e o melhor dos amigos...".

— Caíram, pois, novamente na farra?

— Nem pensar! Mal cheguei perto de Filka. E ele afundou totalmente em suas bebidas. Gastou tudo e logo se alistou como mercenário, substituindo o filho mais velho de um burguês. E na nossa terra, se alguém se alista em substituição a outra pessoa, a família lhe dá tudo quanto quiser para que aproveite a torto e a direito até o dia em que o levarem embora. Recebe todo o dinheiro naquele dia e antes mora na casa daquela família; alguns lá moram por meio ano e fazem os donos pagarem tais coisas que não há mais quem aguente! Eu, digamos, serei soldado em vez de teu filho, quer dizer, sou o teu benfeitor, então vocês todos me devem respeito, senão vou desistir. Pois Filka armou uma farra danada na casa daquele burguês: dormia com sua filha, puxava o próprio dono pela barba todos os dias, após o almoço — fazia tudo o que dava na telha. Banhava-se todos os dias e mandava que aspergissem o vinho em vez da água, para que o vapor ficasse gostoso, e que a mulherada o carregasse em seus braços até a casa de banho. Quando voltava das suas festinhas, parava no meio da rua e cantava: "O portão não basta, abram o cercado!"; o pessoal quebrava a cerca em outro lugar, como se o portão não bastasse mesmo, aí ele entrava. Acabou finalmente a vida boa:

ficou Filka sóbrio e foi levado embora. E tanta gente, mas tanta gente se juntou na rua — Filka Morózov vai ser soldado! E ele passou de carroça, fazendo mesuras a todo mundo. Àquela hora Akulka voltava da horta; quando Filka a viu, ao pé do nosso portão, gritou: "Parem!", saltou fora da carroça e curvou-se na frente dela até o chão: "Alma minha" — disse —, "minha florzinha, eu te amei por dois anos e agora vou, com essa música toda, para a batalha. Perdoa-me, filha imaculada de pai honesto, por te tratar como um sujo patife. A culpa é toda minha!". E outra vez se curvou, diante de Akulka, até o chão. Akulka parou, como que assustada de início, depois se inclinou também, saudando aquele canalha, e respondeu: "Perdoa a mim, bom rapaz, que não tenho nenhum rancor contra ti". Corri atrás dela até a isbá: "O que foi que disseste, carne de cão?". E ela, acredites ou não, olhou para mim e disse: "Amo Filipp agora mais que a luz do sol!".

— Que coisa!...

— Naquele dia todo não troquei meia palavra com ela... Disse apenas de noite: "Agora, Akulka, é que te matarei!". Não preguei olho até o amanhecer; fui beber um pouquinho de *kvas* no quintal, e foi ali que o sol nasceu. Entrei na isbá. "Vamos, Akulka, para o campo". Já me preparava antes para ir lá, e minha mãe sabia que iríamos juntos. "Isso é que vale!" — tinha dito. "É hora de colher, e os lavradores, pelo que dizem, estão deitados, já faz três dias, de barriga para cima." Não falei nada, só atrelei o cavalo a uma carroça. Logo que se sai da nossa cidade, começa um pinheiral de umas quinze verstas de largura, e logo detrás desse pinheiral é que fica o nosso campo. Passamos umas três verstas pela floresta, e fiz o cavalo parar. "Levanta-te, vem, Akulina" — disse. "Teu fim chegou." Ela se assustou e olhou para mim; depois se postou na minha frente, calada. "Estou por aqui contigo. Reza a Deus!" Peguei-a então pelos cabelos, que ela tinha tranças compridas e grossas assim; enrolei suas tranças em volta do meu braço e segurei a safada por trás, dos dois lados, com os joelhos; tirei a faca, dobrei o pescoço dela e cortei a garganta de par em par... Como ela gritou, como o seu sangue jorrou! Larguei a faca, peguei-a de frente com ambos os braços, caí no solo, abracei-a... e grito e choro, feito um possesso, em cima dela. Eu grito e ela grita, e treme toda e se retorce, e o sangue esguicha sobre mim, escorre pelo meu rosto e pelas mãos, escorre, escorre... Deixei-a, apavorado, deixei o cavalo também e fui correndo, correndo; voltei para casa, por um atalho, entrei na casa de banho (tínhamos uma casa de banho antiga, que já não usávamos), escondi-me debaixo da prateleira e fiquei lá escondido. Fiquei lá até a noite.

— E Akulka?

— Parece que depois ela se levantou e também foi para casa. Encontraram-na a cem passos daquele lugar.

— Não a degolaste, pois.

— Não... — Por um minuto, Chichkov se calou.

— É uma veia assim — notou Tcherêvin. — Se não a cortares de uma só vez, aquela veia, o homem vai estrebuchar o tempo todo e, por mais sangue que perca, não morrerá.

— Mas ela morreu. Encontraram-na morta, de tardezinha. Chamaram a polícia, começaram a busca e prenderam-me, na mesma noite, naquela casa de banho... Já vai para quatro anos que estou aqui — acrescentou Chichkov após uma pausa.

— Hum... No duro, se não bateres na tua mulher, não dá certo — prosseguiu Tcherêvin num tom impassível e metódico, tirando de novo sua bolsinha de tabaco. Passou a cheirar, pausada e longamente. — O que acontece, moço — continuou —, é que tu és, por si só, muito bobo. Eu também apanhei, uma vez, a minha mulher com um homenzinho. Pois eu a levei para a granja, dobrei uma rédea ao meio... "Quem é teu marido?" — disse. "Quem é teu marido?" E bati nela com a rédea; oh, como bati nela, bati com força, bati uma hora e meia. Aí ela me prometeu, berrando: "Vou lavar teus pés e beber essa água". O nome dela era Ovdótia.

V
O verão

Contudo, estamos já em princípios de abril: eis que se aproxima a Semana Santa. Pouco a pouco, iniciam-se os trabalhos estivais. O sol se torna cada dia mais fúlgido e mais quente; o ar cheira a primavera e produz uma ação excitante sobre o organismo. A vinda dos belos dias emociona também o homem encarcerado, suscita-lhe vagos desejos, anelos e saudades. Parece que a gente anseia mais ainda pela liberdade sob aqueles intensos raios do sol que num dia nublado de inverno ou de outono, e isso se vislumbra em todos os detentos. Por um lado, eles se alegram com a luz desses dias, mas, por outro lado, vêm aumentando sua impaciência e sua impulsividade. Juro ter percebido que na primavera a violência estava mais presente em nosso presídio. O barulho, a gritaria, a algazarra ouviam-se com mais frequência, as brigas ocorriam volta e meia. Ao mesmo tempo, acontecia vez por outra, nas horas de trabalho, que algum dos presos cravava um olhar pensativo e obstinado naquela imensidão azul que se estendia para além do Irtych, onde a livre estepe quirguiza se desdobra, qual uma toalha imensurável, por mil e quinhentas verstas ou até mais que isso, ou então suspirava bem fundo, com todo o seu peito, como se almejasse sorver aqueles ares longínquos e livres, capazes de consolar sua pobre alma agrilhoada. "Puxa vida!" — diz enfim o detento e, de repente, como que fazendo seus sonhos e reflexões caírem por terra, agadanha, impaciente e lúgubre, sua pá ou aqueles tijolos que deve transferir de um lugar para o outro. Ao cabo de um minuto, esquece sua sensação repentina e põe-se a rir ou a xingar, de acordo com sua índole, ou passa a cumprir a tarefa que lhe foi dada com um enlevo extraordinário, desproporcional às necessidades reais, e começa a trabalhar exaustivamente, no suor do rosto, como se quisesse que o fardo de seu trabalho esmague algo que o oprime e atenaza por dentro. Em regra, é um homem forte, na maioria das vezes em plena flor dos anos... E os grilhões são pesados na juventude! Não estou poetando neste momento: tenho toda a certeza de que a minha observação é justa. Numa estação quente, sob um sol rútilo, ouvindo nós e sentindo com toda a alma, com todo o ser nosso, a natureza ressuscitar à nossa volta com uma força descomedida, a cela trancada, a escolta e a liberdade de outrem tornam-se ainda mais difíceis de suportar, mas não é apenas isso; na primavera, com o primeiro trino de cotovia, alastram-se pela Sibéria e por toda a Rússia os vagabundos: foge a gente de Deus das cadeias e esconde-se nas florestas. Após a prisão sufocante, após todos os tribunais, grilhões e chicotes, andam eles por toda a parte, por onde lhes apetecer, por onde encontrarem menos feiura e repressão, bebem e comem o que lhes cair nas mãos, o que Deus lhes conceder, e de noite adormecem pacificamente num matagal ou num campo, sem grande tormento nem pesar carcerário, iguais às aves silvestres, despedindo-se até a manhã seguinte apenas dos astros do céu e dormindo sob o olhar divino. O que se tem mais a dizer? Quem "serve ao general Kukúchkin" cansa-se muito, vive passando fome e outras provações. Não vê nem migalha de pão durante dias inteiros, precisa esquivar-se e esconder-se de todo mundo, chega a furtar, a roubar, por vezes a matar. "O banido é um artista: surrupia quanto avista" — dizem os siberianos sobre os degredados. Esse refrão, em toda a sua plenitude e mesmo com certo acréscimo, pode referir-se também aos vagabundos. É raro um andarilho não ser salteador; quase sempre é ladrão — mais por necessidade, bem entendido, que por vocação. Há vagabundos inveterados. Alguns fogem depois de cumprirem sua sentença, já terminado o prazo de trabalhos forçados. Parece que estão contentes, uma vez em degredo, com sua condição, mas não estão... Algo os incita a mudar de lugar! Sua vida selvagem, uma vida mísera e horrorosa, mas livre e cheia de aventuras, tem seu encanto, exerce uma misteriosa atração sobre quem a provou um dia, e eis que foge um homem humilde e sensato, um homem que parecia ter abandonado o nomadismo, indo transformar-se num bom camponês e dono de seu destino. Há mesmo quem se case e tenha filhos, quem permaneça uns cinco anos no mesmo local e, numa bela manhã, suma de chofre, deixando no maior espanto sua esposa, sua prole e toda a *vólost* onde morava. Mostraram-me, em nosso presídio, um fugitivo daqueles. Não cometera nenhum crime relevante (ao menos, não se ouvia falar dele nesse sentido), porém vivia fugindo e passaria fugindo toda a sua vida. Já estivera na fronteira meridional da Rússia, além do Danúbio, e na estepe quirguiza e na Sibéria Oriental e no Cáucaso — numa palavra, em toda parte. Quem sabe se não teria sido, noutras circunstâncias, um verdadeiro Robinson Crusoe com sua paixão por viagens? De resto, foram os outros que me contaram tudo isso: ele mesmo falava bem pouco em nosso presídio, limitando-se aos assuntos mais necessários. Era um mujique pequenino, já na casa dos cinquenta anos, extremamente manso, e seu semblante também era calmo em extremo, se não obtuso, calmo até a idiotice. No verão, aprazia-lhe tomar solzinho e cantarolar, sem falta, alguma cantiga em voz muito baixa, de forma que não a ouvissem a cinco passos de distância. Suas feições estavam algo enrijecidas; ele comia pouco e preferia o pão a todas as iguarias; nunca havia comprado um só *kalatch* nem um cálice de vinho; aliás, era pouco provável que jamais tivesse tido algum dinheirinho e quase improvável que soubesse contar. Tratava tudo com plena impassibilidade. Às vezes deixava os cachorrinhos presidiários comerem das suas mãos, embora nenhum dos presos alimentasse aqueles bichos. De modo geral, o homem russo não gosta de alimentar os cachorros. Diziam que já fora casado e até mesmo umas duas vezes; diziam que tinha filhos nalgum lugar... Eu nem imaginava por que ele viera parar em nosso presídio.

Todos os nossos pensavam que escaparia dali também, mas o andarilho vivia tranquilo, numa pacata contemplação daquele estranho ambiente que o rodeava: talvez esperasse ainda pelo momento propício à fuga ou então se sentisse velho demais para fugir. Não se podia, aliás, confiar nele, por mais que se perguntasse: por que diabos ele fugiria, que proveito tiraria disso? No entanto, aquela vida que um vagabundo leva pelas florestas, se vista em sua totalidade, é um paraíso em comparação à vida carcerária. É tão fácil compreender isso, ainda mais que no fundo nenhuma comparação seria possível. Não há maldade para quem viva em liberdade. Por isso é que todo detento russo, seja qual for a prisão onde é mantido, fica inquieto na primavera, com os primeiros raios afáveis do sol primaveril. Nem todos, porém, cogitam a fuga: pode-se dizer, positivamente, que só um em cada cem presos ousa empreendê-la, não obstante a dificuldade de tal empresa e a responsabilidade que ela pode acarretar, ao passo que os outros noventa e nove apenas sonham em como fugiriam e aonde se dirigiriam, consolando sua alma com a própria vontade de fugir, com a possibilidade que pinta sua imaginação. Alguns deles se lembram de ter fugido outrora... Refiro-me agora aos condenados, ressaltando que quem mais se atreve a fugir são, bem entendido, os réus. E aqueles cuja sentença já foi proferida tentam escapar tão somente no começo de sua reclusão. Ao cumprir dois ou três anos de trabalhos forçados, o condenado passa a valorizar esses anos e, pouco a pouco, chega à conclusão de que lhe seria preferível terminar, de maneira legítima, o prazo estabelecido, indo depois para o degredo, a assumir tamanho risco e perecer caso sua tentativa fracasse. E o fracasso é bem possível nessa situação. É no máximo um em cada dez fugitivos que consegue *mudar seu destino*. Quem se atreve também a fugir, dentre os condenados, são em especial os que receberam sentenças por demais rigorosas. Quinze ou vinte anos de reclusão parecem uma eternidade, e o detento cuja sentença é essa anda sempre disposto a sonhar com a mudança de destino, mesmo que já tenha aturado dez anos de trabalhos forçados. Afinal, as marcas deixadas em seu rosto pelo ferrete também dificultam, em parte, as tentativas de fuga. *Mudar de destino* é um termo técnico. Assim, uma vez flagrado na tentativa de fugir, o preso responde aos interrogadores que queria mudar seu destino. Essa expressão um tanto livresca é literalmente aplicável ao dado contexto. O fugitivo não procura recuperar sua liberdade, sabendo que é quase impossível, mas sim mudar de presídio ou seguir para o degredo, ou então ser julgado por novo crime, cometido após a fuga — numa palavra, procura ir aonde for, desde que não seja a mesma prisão abominável. Se porventura não encontrarem, no decorrer do verão, algum lugar incomum onde possam passar o inverno, deparando-se, por exemplo, com quem lhes dê cobertura em troca de algum favorzinho escuso; se finalmente não arranjarem, às vezes mediante um assassinato, algum documento que permita viver em toda parte, tais fugitivos afluem no outono, à exceção dos que foram apanhados de imediato, para a cidade e, presos por vadiagem, vêm aos magotes invernar na cadeia da qual pretendem, sem dúvida, escapar no verão seguinte.

A primavera me submetia também ao seu influxo. Lembro como olhava sofregamente através das frestas da cerca, como ficava por muito tempo ali, encostando a minha cabeça nas estacas da paliçada, como fitava, obstinado e insaciável, a relva que verdejava sobre o aterro da fortaleza e o longínquo céu que azulava cada vez mais deslumbrante. Minha inquietude e minha angústia não cessavam de crescer, o presídio me provocava, a cada dia, mais asco. Aquele constante ódio que, sendo fidalgo, eu suscitava nos presos ao longo dos primeiros anos de minha reclusão, tornava-se insuportável, envenenava toda a minha vida. Nos primeiros anos, ia amiúde, mesmo que não tivesse doença alguma, internar-me no hospital, unicamente para sair do presídio, apenas para me livrar desse ódio perseverante e generalizado que nada continha. "Seus bicões de ferro furam nossos olhos!"[21] — diziam os presos, e como eu invejava, por vezes, os mujiques que vinham ao nosso presídio! Eles não demoravam a travar amizade com todo mundo! Por isso a primavera, a miragem da liberdade, a alegria geral da natureza causavam-me sensações tristes e enervantes. Pelo fim da Quaresma (parece que foi em sua sexta semana), mandaram-me jejuar segundo o rito ortodoxo. Ainda na primeira semana, o sargento responsável dividira todos os presidiários em sete turnos correspondentes às sete semanas quaresmais. Desse modo, cada turno se compunha de umas trinta pessoas que tinham de jejuar. Gostei muito dessa semana de jejum. Quem jejuava estava isento de trabalho. Íamos à igreja que se situava perto do presídio, umas duas ou três vezes por

---

[21] Alusão aos capacetes de ferro, munidos de placa aguda que protegia o nariz e usados pelos cavaleiros da Rússia medieval.

dia. Havia tempos que eu não frequentava a igreja. As missas próprias da Quaresma, que conhecera tão bem ainda na mais remota infância, na casa de meus pais, as orações solenes e as profundas mesuras — tudo isso fazia o meu passado bem distante ressurgir em minha alma, lembrando-me as impressões de meus tenros anos, e agradava-me tanto, pelo que me recordo hoje, ir de manhã, por aquele solo meio congelado durante a noite, à casa de Deus, com com outros presos acompanhados por uma escolta armada. De resto, os soldados não entravam na igreja. Dentro do templo, espremíamo-nos logo ao pé das portas, na última das fileiras, tão longe do altar que só ouvíamos a sonora voz do sacristão e avistávamos, vez por outra, a casula negra e a calvície do sacerdote no meio da multidão. Eu recordava como ia à igreja, ainda criança, e olhava para a turbamulta de gente pobre que se reunia à entrada e manifestava seu servilismo ao abrir caminho ora a um oficial de vistosas dragonas, ora a um gordo senhor ou uma senhora toda ajanotada, mas exemplarmente piedosa, que se postavam sem falta na frente de todo mundo e estavam sempre prontos a disputar os melhores lugares. Então me parecia que lá, perto da entrada, as pessoas rezavam de uma maneira diferente da habitual, rezavam com humildade e fé sinceras, com plena consciência de sua condição rebaixada.

Agora eu mesmo ocupava um desses lugares vis, aliás, um dos lugares piores ainda. Estávamos agrilhoados, sentíamos muita vergonha; todos se afastavam do nosso grupo, todos aparentavam ter medo de nós, davam-nos cada vez esmola, e isso, pelo que me lembro atualmente, até me proporcionava certo prazer estranho em que transparecia uma sensação especialmente sutil e requintada. "Que seja, se for assim!" — pensava eu. Os presos rezavam com dedicação, e cada um deles trazia à igreja, todas as vezes que vínhamos lá, seus miseráveis tostões para colocar uma velinha perante os ícones ou pagar seu dízimo. "Eu também sou gente" — pensava ou intuía, talvez, cada um, entregando a sua moeda ao sacerdote —, "pois somos todos iguais ante Deus..." Comungávamos na hora da missa matinal. Quando o padre leu, com sua copa nas mãos: "... mas aceitai-me como um ladrão",[22] quase todos os presos tombaram no chão, fazendo tinir seus grilhões: decerto haviam tomado essas palavras ao pé da letra.

Mas eis que chegou a Semana Santa. Nosso comando passou a cada um de nós um ovo e uma fatia de pão fofo de trigo. Os moradores de nossa cidade voltaram a atulhar o presídio de dádivas. De novo veio um sacerdote com sua cruz, de novo apareceu o comandante, de novo serviram um *chtchi* gorduroso, de novo começaram a bebedeira e a patuscada — ocorreu tudo da mesma forma como no Natal, consistindo a única diferença em podermos agora passear no pátio do presídio e tomar sol. O ambiente parecia maior e mais claro que no inverno, porém a sensação geral era mais triste. Aquele longo, infinito dia de verão tornava-se insuportável, sobretudo nas festas. Nos dias úteis a tristeza se abrandava, ao menos, com o trabalho.

Nossos trabalhos estivais revelaram-se, de fato, bem mais difíceis que os hibernais. Trabalhávamos

---

[22] Frase da oração de Basílio de Cesareia (cerca de 330–379 d.C.), um dos mais influentes teólogos da igreja ortodoxa.

principalmente na construção civil. Os presos construíam, cavavam o solo, punham tijolos; havia quem exercesse ofícios de serralheiro, marceneiro ou caiador, na maioria das vezes para consertar algum prédio público. Outros detentos iam à olaria para fazer tijolos. Este último trabalho considerava-se, em nosso meio, o mais árduo de todos. A olaria se encontrava a umas três ou quatro verstas da fortaleza. Todos os dias, ao longo de todo o verão, um grupo composto de uns cinquenta presos encaminhava-se, por volta das seis da manhã, para a olaria. Quem se encarregava desse trabalho eram os operários braçais, ou seja, aqueles detentos que não tinham nenhuma profissão nem qualificação especial. Levavam consigo pão, já que era desvantajoso retornarem da longínqua olaria para almoçar no presídio e percorrerem, dessa maneira, umas oito verstas a mais, e almoçavam tão só à noite, depois do trabalho. Recebiam tarefas para o dia todo, sendo essas tarefas tão grandes que os detentos não poderiam cumpri-las senão labutando até o anoitecer. Primeiro o preso devia escavar e amontoar o barro, depois trazer água e calcar o barro naquele buraco onde o colocava e, finalmente, fabricar dele um montão de tijolos, umas duas centenas, se não me engano, ou até duas centenas e meia. Eu mesmo fui à olaria umas duas vezes. Quem trabalhava ali regressava apenas de noite, cansado, ou melhor, exausto, e não parava de reclamar, durante todo o verão, dizendo aos outros presidiários que fazia o trabalho mais penoso. Consolava-se, pelo visto, com isso. Apesar de tudo, havia quem fosse à olaria mesmo com certo gosto. Em primeiro lugar, ela se situava fora da cidade, num campo aberto, enorme, na margem do Irtych. Assim, era mais agradável olhar ao redor: nada daquele tédio da fortaleza! Podia-se também fumar, sem que ninguém impedisse, e até ficar meia hora deitado com todo o prazer. Quanto a mim, ora continuava a trabalhar na oficina de costura, ora triturava alabastro, ou enfim servia como carregador de tijolos na construção. Neste último caso, tive de carregar tijolos da margem do Irtych até a caserna que era erguida a umas setenta braças de lá, detrás do aterro de nossa fortaleza, e esse trabalho durou uns dois meses seguidos. Acabei por gostar dele, se bem que a corda usada para transporte de tijolos machucasse, o tempo todo, meus ombros. Contudo, esse trabalho me aprazia por desenvolver perceptivelmente a minha força. De início só conseguia levantar oito tijolos de vez, pesando cada tijolo cerca de doze libras. Depois cheguei a transportar doze e, mais tarde ainda, quinze tijolos, e isso me agradou em cheio. A força física é necessária no presídio a par da integridade moral, para aguentar todos os incômodos materiais dessa vida maldita. E eu queria viver depois do presídio também...

De resto, gostava de carregar tijolos não só porque esse trabalho fortalecia meu corpo mas também porque ele se fazia na margem do Irtych. Falo daquela margem com tanta frequência por ser o único lugar de onde se via o mundo de Deus em toda a sua grandiosidade pura e luminosa, estepes livres e despovoadas cujo vazio me deixava uma impressão muito estranha. Apenas na margem do rio é que se podia voltar as costas à fortaleza e não a ver mais. Todos os outros lugares em que trabalhávamos ficavam dentro da fortaleza ou perto dela. Desde os primeiros dias de minha reclusão, eu detestava o presídio e, mais ainda, as construções adjacentes. A casa de nosso major parecia-me um lugar amaldiçoado, abominável: mirava-a com ódio todas as vezes que passava ao seu lado. E na margem do rio a gente se esquecia dos sofrimentos, olhando para aquela deserta imensidão como um detento olha pela janela de seu cárcere. Tudo me agradava, tudo me era caro ali: o sol fulgurante a luzir no infindável azul do céu e o distante canto de um quirguiz que vinha da margem oposta. A gente olha por muito tempo e acaba por enxergar a pobre iurta[23] esfumaçada de um *baiguch*; avista depois uma fogueira próxima à iurta, uma quirguiza que cuida de seus dois carneiros. Aquilo tudo é parco e tosco, mas livre. A gente vê uma ave pairando no ar azul e translúcido e fica observando seu voo longa e obstinadamente — eis que ela passa rente às águas, eis que desaparece na vastidão azul, eis que ressurge como um ponto quase indistinguível... Até uma flor débil e murcha, que encontrei no início da primavera numa das rachaduras daquela margem pedregosa, atraiu minha atenção de certo modo pungente. O pesar que sentia ao longo de todo o primeiro ano de reclusão era insuportável, irritando-me muito com seu amargor. Sob o influxo daquele pesar, não reparava em tantas coisas ao meu redor. Fechava os olhos porque não queria ver nada. No meio dos meus companheiros presidiários, maldosos e repulsivos, despercebia as pessoas boas, capazes de pensar e sentir apesar da crosta asquerosa que as cobria por fora. No meio das palavras mordazes, despercebia as frases afáveis e carinhosas que valiam ainda mais por serem pronunciadas sem nenhum interesse, não raro de

[23] Tenda dos nômades da Ásia Central.

todo o coração, talvez mais aflito e infeliz que o meu. Por que, no entanto, falar demais nisso? Estava todo contente de me sentir exausto ao voltar para a caserna: tomara que adormecesse! É que dormir no verão era uma tortura pior ainda que no inverno. Aliás, as tardes eram, de vez em quando, muito boas. O sol que não se afastava, durante o dia inteiro, do nosso pátio enfim se punha. O ar se tornava mais fresco, e logo em seguida vinha uma fria (relativamente falando) noite de estepe. Uma multidão de detentos anda então pelo pátio, esperando pelo trancamento das casernas. A maioria deles se reúne, bem entendido, na cozinha. Lá sempre se discute alguma premente questão carcerária, proseia-se sobre coisas e loisas, debate-se, vez por outra, algum boato, frequentemente absurdo, mas apto a suscitar extraordinária curiosidade naqueles homens expulsos da sociedade humana. Vem, por exemplo, a notícia de que nosso major será logo exonerado. Os presos são crédulos feito crianças: bem sabem que essa notícia é um disparate, pois quem a trouxe foi o detento Kvássov, conhecido como falastrão e homem "com uma telha a menos", em cuja léria ninguém se dispõe a acreditar há tempos e que não diz uma só palavra de verdade, mas se agarram a ela, fazem mil suposições, ludibriam a si mesmos e acabam todos zangados e envergonhados consigo por terem dado ouvidos a Kvássov.

— Quem é que o mandará embora? — grita um dos detentos. — Seu pescoço é grosso, não se curva!

— Mas ele também tem seus comandantes, não tem? — argumenta um outro, rapaz irascível e nada bobo, que viu de tudo em sua vida, e o maior brigão que o mundo já produziu.

— Lobo não mata lobo! — replica, num tom soturno e como que falando sozinho, o terceiro interlocutor, homem de cabelos grisalhos que, recolhido num canto, termina de comer o seu *chtchi*.

— Pois esses comandantes virão pra te perguntar se o mandam embora ou não? — acrescenta, indiferente, o quarto, dedilhando as cordas de uma balalaica.

— E por que não viriam? — rebate o segundo com fúria. — Quer dizer, toda a rapaziada pede. Se alguém perguntar, que todos respondam. Pois qualquer um grita aí, mas, quando vem a hora de reclamar, dá para trás!

— E tu pensaste o quê? — diz o tocador de balalaica. — A gente tá na cadeia.

— E ontem — continua, sem escutá-lo, o brigão inspirado — sobrou um pouco de farinha. Juntamos aquelas sobras, quer dizer, umas migalhas miseráveis, e mandamos um cara vendê-las na feira. E o major ficou sabendo, que um dedo-duro falou com ele; perdemos toda a farinha, quer dizer, por economia. É justo ou não?

— Mas com quem é que queres reclamar mesmo?

— Com quem? Com o próprio inspector que vem aqui.

— Que inspector é esse?

— É verdade, maninhos, que vem aqui um inspector — diz aquele jovem desenvolto e letrado que já foi escriba e leu "A duquesa Lavalière" ou algo desse gênero. Anda sempre alegre e galhofeiro, mas os detentos respeitam-no por certos conhecimentos e experiências de vida. Sem dar atenção à curiosidade geral, atiçada pela notícia de que um inspetor está para chegar, aborda diretamente a cozinheira, isto é, o cozinheiro e pergunta se há fígado. Nossas "cozinheiras" vendiam amiúde tais quitutes: compram, por exemplo, um grande pedaço de fígado com seu próprio dinheiro, fritam-no e revendem, naco por naco, aos presos.

— Por um tostão ou por dois? — pergunta a "cozinheira".

— Por dois. Corta aí, que o pessoal me inveje! — responde o moço. — É um general, maninhos, um general que vem de Petersburgo e vai examinar toda a Sibéria. É certo. Foi na casa do comandante que disseram isso.

A notícia provoca uma comoção extraordinária. As especulações se arrastam por um quarto de hora: quem é, nomeadamente; que general é aquele, qual é a sua patente e se é superior às dos generais daqui? Os presos adoram conversar sobre as patentes e hierarquias — qual dos comandantes é mais poderoso, qual deles poderá vergar os outros e qual acabará vergado? — e chegam mesmo a altercar, por causa dos generais, quase até se baterem. Que proveito é que tiram disso? Mas é o conhecimento detalhado do generalato e do comando em geral que serve de medida para se avaliar o grau de instrução de uma pessoa, de seu senso crítico e daquela significância que ela tinha na sociedade antes de entrar no presídio. Em suma, esse bate-papo sobre os comandantes considera-se a mais refinada e a mais importante das conversas presidiárias.

— Então é verdade, maninhos, que alguém vai desbancar o nosso major — nota o tal de Kvássov, homenzinho de cara avermelhada, irrequieto e insensato no mais alto grau. Foi o primeiro a trazer essa notícia sobre o major.

— Subornará! — objeta, de forma entrecortada, o preso de rosto soturno e de cabelos grisalhos, que já deu conta do seu *chtchi*.

— E como não subornaria? — diz outro preso. — Não foi pouco que ele roubou! Já comandou um batalhão, antes de vir pra cá. E até quis casar agorinha com a filha do arcipreste.[24]

— Mas não casou, que mostraram para ele onde fica a porta. Quer dizer, é um pobre coitado. Que noivo é ele? Mal se levantou da cadeira e levou tudo o que tem consigo. Perdeu sua dinheirama na Semana Santa, jogando baralho. Foi Fêdka quem disse.

— Pois é: sua bolsa é boa, dá para gastar à toa.

— Eh, mano, mas eu também já fui casado. É ruim um pobretão se casar, que a noite feliz tá curta! — comenta Skurátov, intrometendo-se na conversa.

— É mesmo! É sobre ti que a gente fala — responde o jovem letrado que já foi escriba. — Pois eu te digo, Kvássov, que és um grande pateta. Será que tu pensas que nosso major subornará mesmo aquele general e que aquele general virá de Petersburgo só para fiscalizar nosso major? Mas tu és bobo, rapaz, eis que te digo!

— E por que não? Se for um general, então não pega propina? — nota algum cético no meio da multidão.

— Claro que não pega. E, se pegasse, seria uma propina gorda.

— Gordíssima, conforme a sua patente.

— Um general sempre pega propina — declara Kvássov, todo resoluto.

— Já tentaste suborná-lo? — diz, num tom desdenhoso, Baklúchin, entrando de supetão. — Será que já viste, pelo menos, um general?

---

[24] "Título de dignidade que dá aos párocos de certas igrejas preeminência e jurisdição sobre os demais párocos" (Dicionário Caldas Aulete).

— Claro que vi.

— Mentira.

— És tu quem tá mentindo aqui.

— Rapaziada, se ele viu mesmo algum general, que diga agora, na frente de todo mundo, qual foi. Diz aí, vem, que eu conheço todos os generais.

— Vi o general Zibert — responde Kvássov com certa hesitação.

— Zibert? Pois esse general não existe. Acho que olhou para as tuas costas aquele Zibert, quando era, quem sabe, apenas tenente-coronel, e tu pensaste, de tão medroso, que fosse um general.

— Não, rapazes, escutem a mim — grita Skurátov —, que sou homem casado! Esse general Zibert realmente vivia em Moscou: era um alemão, mas russo. Confessava a um padre russo, todos os anos, seus namoricos e só bebia água, maninhos, feito um pato. Cada dia tomava quarenta copos de água do rio Moscovo. Dizem que se tratava assim, com aquela água, de alguma doença. Foi o camareiro dele quem me contou.

— Com tanta água, deve ter tido peixes na barriga — conjetura o tocador de balalaica.

— Chega, chega! Falamos de uma coisa séria, e eles ali... Quem é esse inspector, manos? — pergunta, todo preocupado, um dos presos inquietos, o velho militar Martýnov, que já serviu no corpo de hussardos.

— Mas como o povinho mente! — nota um dos céticos. — De onde tiram aquelas coisas e onde as botam? É tudo bobagem.

— Não é bobagem, não — retruca, num tom dogmático, o detento Kulikov, que tinha mantido um grave silêncio. É um homem respeitável, de uns cinquenta anos de idade, extremamente bem-apessoado, cujas maneiras são de certo modo desafiadoras e, ao mesmo tempo, imponentes. Ele está consciente de seu prestígio e orgulha-se com isso. Tem sangue cigano, entende de veterinária, arranja dinheiro tratando cavalos pela cidade e vende bebidas em nosso presídio. É um sujeito inteligente e experiente. Solta palavras como se cada uma valesse um rublo.

— É pura verdade, maninhos — prossegue com tranquilidade. — Ouvi a notícia ainda na semana passada: vem um general dos mais importantes, vai fiscalizar toda a Sibéria. É claro que também será subornado por aqui, só que o nosso "oito olhos" não ousará nem chegar perto dele. Os generais são todos diferentes, maninhos. Há generais e generais. Só que eu digo para vocês que em todo caso nosso major continuará no mesmo cargo de hoje. Isso é certo. Somos um povo sem língua, e nossos comandantes não vão delatar um deles. O inspetor visitará o presídio, irá logo embora e dirá que está tudo em ordem...

— Por isso, maninhos, é que o major tá pingado desde a manhãzinha: ficou com medo!

— E de noite vai tomar mais umas e outras. Foi Fêdka quem disse.

— Pau que nasce torto nunca se endireita. Não é a primeira vez que está bêbado.

— Mas que coisa é essa, se nem o general faz nada? Não, chega de aceitar essa porcaria! — dizem os presos um ao outro, emocionados.

A notícia sobre o inspetor espalha-se, num instante, pelo presídio. Perambulando no pátio, os detentos transmitem-na um ao outro com impaciência. Há quem permaneça calado e guarde, propositalmente, seu sangue-frio, buscando, pelo visto, aumentar dessa forma seu peso; há quem não se importe com os boatos. Alguns presos com balalaicas nas mãos acomodam-se às entradas de nossas casernas. Outros continuam a prosear. Outros ainda entoam canções, já que nessa noite todos estão bem animados.

Por volta das dez horas, todos os presos eram contados, mandados para as casernas e trancados até o amanhecer. As noites passavam depressa: acordavam-nos pelas cinco da manhã, se bem que nunca adormecêssemos antes das onze. Até então havia sempre agitação e balbúrdia; de vez em quando, assim como no inverno, tramavam-se *maidans*. O calor e o abafo noturnos eram insuportáveis. Ainda que um leve frescor entre pela janela, cujo caixilho está erguido, os presos se revolvem em suas tarimbas durante a noite inteira, como que delirantes. As pulgas fervilham ali às miríades. Estão presentes também no inverno, e sua quantidade é considerável, mas com a chegada da primavera multiplicam-se em tais proporções que, mesmo ao ter ouvido falar a respeito, só acreditei nisso depois de conhecer essas pulgas de perto. E, à medida que o verão se aproxima, elas se tornam mais e mais furiosas. É verdade que a gente se acostuma às pulgas (senti isso na própria pele), mas não é nada fácil. Atormentam-no tanto que você acaba prostrado, como se tivesse muita febre, e percebe que não está dormindo e, sim, delirando. Por fim, quando até as pulgas se quietam, como que entorpecidas, pouco antes do amanhecer, e quando você mesmo pega, naquele friozinho matinal, num doce sono, o implacável ribombo do tambor estoura de súbito ao pé do portão carcerário, anunciando a alvorada. Você escuta, praguejando e embrulhando-se em sua peliça, aqueles sons altos e nítidos, como se os contasse maquinalmente, enquanto se infiltra, através dos sonhos, em sua cabeça o pensamento insuportável de que assim será amanhã e depois de amanhã e ao longo de vários anos seguidos, até que lhe devolvam a liberdade. "Mas quando é que a terei de volta, essa liberdade" — pensa então — "e onde é que ela está?" Todavia, chegou a hora de acordar: começam os afazeres e a celeuma de sempre... Os detentos se vestem e vão, apressados, trabalhar. De fato, poderão dormir mais uma horinha ao meio-dia.

A notícia sobre o inspetor foi verídica. Os boatos se confirmavam a cada dia; afinal, todo mundo soube que um general bem importante vinha mesmo de Petersburgo a fim de inspecionar toda a Sibéria, que já viera, aliás, e que estava em Tobolsk. Com o passar dos dias, novos e novos rumores alcançavam o nosso presídio. Chegavam notícias da cidade também: dizia-se que todos andavam com medo e faziam de tudo para se mostrar da melhor maneira possível. Contava-se que a fina flor da cidade preparava recepções de gala, bailes e festas. Os presos eram mandados, aos magotes, nivelar as ruas da fortaleza, remover cômoros, pintar cercas e postes, caiar paredes ou simplesmente dar uma mão de tinta aqui ou acolá — numa palavra, os comandantes queriam que arrumássemos, num piscar de olhos, tudo quanto pudesse atrair a atenção do inspetor. Os nossos compreendiam muito bem tudo isso e discutiam entre si com fervor e arroubo cada vez maiores. Sua fantasia tomava dimensões colossais. Até pensavam em apresentar uma *pretensão*, quando o general fosse indagar sobre as condições de sua vida. Entrementes, não paravam de altercar, injuriando um ao outro. Nosso major estava preocupado. Mais vinha ao presídio, mais esbravejava, mais descompunha os presos, levava-os mais frequentemente para o *corps de gardes* e controlava, com todo o desvelo, a limpeza e a ordem cotidianas.

Nesse meio-tempo, como que de propósito, aconteceu em nosso presídio uma pequena história que, diga-se de passagem, não causou o mínimo transtorno ao nosso major, mas, ao contrário de todas as expectativas, proporcionou-lhe mesmo certo prazer. Durante uma briga, um dos detentos enfiou uma sovela no peito de seu companheiro, quase no coração dele. O detento que cometeu esse crime chamava-se Lómov; aquele que ficou ferido, um vagabundo inveterado, era chamado em nosso meio de Gavrilka. Não lembro se tinha outro apelido: sempre o chamavam de Gavrilka.

Lómov era um camponês abastado, originário do distrito de K. Sua família era muito unida: o velho pai, três filhos e o tio deles, também chamado Lómov, viviam juntos. Eram mujiques endinheirados. Por toda a província corriam rumores de que seus capitais chegavam a trezentos mil rublos. Eles lavravam a terra, curtiam o couro, tinham seu próprio comércio, mas, antes de tudo, praticavam agiotagem, abrigavam pessoas foragidas e escondiam bens roubados, entre outras artes. Emprestavam dinheiro aos camponeses, de modo que metade daquele distrito estava em suas mãos. Eram respeitados como gente sabida e astuciosa, mas acabaram por se orgulhar desmedidamente, sobretudo quando um homem bem poderoso naquelas plagas passou a hospedar-se amiúde em sua casa, conheceu o velho Lómov e apreciou a inteligência e o espírito empreendedor dele. Pensaram de chofre que nenhuma lei valia para eles e começaram a arriscar-se cada vez mais em suas empresas espúrias. Todo mundo se queixava dos Lómov, todo mundo desejava que fossem para o inferno, mas sua arrogância crescia a cada dia. Não se importavam mais com a polícia nem com a justiça. Desgarraram-se, afinal, e perderam-se, mas não foi por causa dos males perpetrados nem dos crimes ocultos e, sim, por mero acaso. Tinham, a umas dez verstas da sua aldeia, um grande sítio, chamado na Sibéria de *zaímka*. Morava ali, um outono, meia dúzia de lavradores quirguizes, escravizados pelos Lómov havia tempos. E eis que, numa só noite, todos esses lavradores quirguizes foram degolados. Iniciou-se a investigação. Durou muito tempo. Foi descoberta uma porção de outros negócios escusos. A promotoria acusou os Lómov de terem assassinado seus trabalhadores. Foram eles mesmos que reconheceram a culpa, e todo o presídio estava a par disso: suspeitava-se que devessem uma quantia vultosa aos quirguizes e, avarentos e gananciosos que eram, apesar de sua imensa fortuna, tivessem decidido matá-los para não pagar o devido. Todos os seus capitais pereceram durante a investigação e o julgamento. O velho Lómov morreu. Seus filhos foram encarcerados. Um deles veio, bem como seu tio, ao nosso presídio, condenado a doze anos de trabalhos forçados. E depois? Soube-se que não tinham nada a ver com a morte daqueles quirguizes. Mais tarde apareceu no presídio Gavrilka, velhaco e vagabundo bem conhecido, moço alegre e desenvolto que assumia toda a culpa da carnificina. Não o ouvi, aliás, culpar-se pessoalmente daquilo, mas todo o presídio tinha plena certeza de que os quirguizes haviam caído em suas mãos. Gavrilka conhecera os Lómov ainda quando estava na vadiagem. Fora mandado para a cadeia como desertor e vagabundo, por um prazo mínimo. Teria degolado os quirguizes junto com três outros vadios, esperando roubar muita coisa naquele sítio.

Os presidiários não gostavam dos Lómov, não sei por quê. Um deles, o sobrinho, era um rapaz corajoso, inteligente, e dava-se bem com todos, porém o seu tio, que feriu Gavrilka com a sovela, era um mujique aparvalhado e escandaloso. Já tinha brigado, antes disso, com vários detentos, levando sovas homéricas. Quanto a Gavrilka, todos gostavam dele pela sua índole jovial e sociável. Embora os Lómov soubessem que cumpriam a pena pelo crime que cometera esse vagabundo, não conflitavam com ele; de resto, nem se aproximavam de Gavrilka, e ele próprio não lhes prestava a menor atenção. De súbito, discutiu com o tio Lómov por causa de uma rapariga asquerosa. Gavrilka começou a gabar-se de sua benevolência, o mujique ficou enciumado e, num belo dia, enfiou a sovela no peito dele.

Se bem que os Lómov tivessem falido no decorrer do processo, viviam no presídio em grande estilo. Pelo visto, ainda lhes sobrava dinheiro. Tinham um samovar e tomavam chá. Nosso major estava ciente disso e nutria por ambos os Lómov um ódio extremo. Todos percebiam que os atenazava sem motivo e, de modo geral, buscava qualquer pretexto para fazê-los sofrer. Os Lómov explicavam isso com sua intenção de cobrar-lhes propina, mas não se dispunham a suborná-lo.

Entenda-se bem que, se Lómov tivesse enfiado a sovela um pouco mais fundo, teria matado Gavrilka.

Contudo, o ferimento não passou de um arranhão. O major foi informado sobre a briga. Lembro como ele veio correndo, tão ofegante quanto entusiasmado. Tratou Gavrilka com extraordinária meiguice, como se ele fosse seu filho.

— E aí, meu amigo, consegues ir ao hospital caminhando? Não, é melhor que vás de carroça. Atrelem logo o cavalo! — gritou, às pressas, a um dos sargentos.

— Mas eu cá não sinto nada, Vossa Excelência. Ele me picou só um pouquinho, Vossa Excelência.

— Não sabes, meu querido, não sabes... Vais ver. É que o lugar é perigoso, e tudo depende do lugar. Quase atingiu o teu coração, aquele bandido! E tu, tu... — bramiu, dirigindo-se a Lómov — pois agora tu vais apanhar!... Levem-no para o *corps de gardes*!

E Lómov apanhou mesmo. Foi julgado: a ferida era apenas um furinho insignificante, mas a intenção de matar não gerava dúvidas. A sentença do criminoso aumentou, levando ele, ademais, mil chibatadas. Nosso major ficou totalmente contente...

Enfim chegou o inspetor. Logo no segundo dia de sua visita à nossa cidade, veio ao presídio. Era uma festa. Tudo estava lavado, engomado e arrumado havia vários dias. Os detentos andavam recém-barbeados, de roupas brancas e limpas. No verão usávamos todos, conforme as regras, blusões e calças de linho branco. Nas costas de cada um fora bordado um círculo preto de uns dois *verchoks* de diâmetro. Nossos comandantes gastaram uma hora inteira para ensinar os presos a cumprimentar, se fosse preciso, o homem importante. Fizeram diversos ensaios. O major se azafamava qual um possesso. Uma hora antes de o general vir, todos estavam em posição de sentido, imóveis como estátuas. Afinal, a uma hora da tarde, o general apareceu. Era um general poderoso, tão poderoso que os corações de todo o oficialato da Sibéria Ocidental haveriam de palpitar em sua presença. Entrou severo e majestoso; atrás dele espremia-se uma grande comitiva de autoridades locais, inclusive alguns generais e coronéis. Acompanhava-o também um civil, alto e bonito senhor de casaca e sapatos, que viera de Petersburgo e portava-se com desenvoltura e independência extraordinárias. O general se dirigia amiúde a ele, tratando-o de maneira muito amável. Isso deixou os presidiários extremamente curiosos: tão só um civil, mas quanta cortesia por parte de um general daqueles! A seguir saberiam como se chamava e quem era de fato, porém as lorotas a seu respeito seriam inúmeras. Com seu uniforme de gola laranja, abotoado até o queixo, seus olhos injetados de sangue e seu rosto vermelho e espinhoso, nosso major não parecia ter causado ao general impressões agradáveis. Por especial deferência àquele visitante prestigiado, estava sem óculos. Mantinha-se afastado, reto que nem uma tábua, e todo o seu ser esperava, febricitante, pelo momento em que lhe cumprisse ficar às ordens de Sua Nobreza e realizar suas incumbências urgentes. Contudo, nenhuma ordem foi dada. Sem uma palavra, o general passou pelas nossas ccasernas, deu uma olhada na cozinha e, pelo visto, provou o *chtchi*. Alguém apontou para mim, comentando que era um fidalgo.

— Ah, é? — perguntou o general. — E como se comporta agora?

— Por enquanto satisfatoriamente, Vossa Nobreza — responderam-lhe.

O general abanou a cabeça e, uns dois minutos depois, saiu do presídio. Os presos ficaram, sem dúvida, deslumbrados e atarantados, além de tomados de certa perplexidade. Nem se tratava, bem entendido, de reclamarem do nosso major. Aliás, o próprio major estava de antemão absolutamente seguro disso.

VI
Os animais carcerários

A compra do Gnedkó,[25] que pouco depois ocorreu em nosso presídio, entreteve e divertiu os detentos muito mais que a visita do general. As regras carcerárias previam um cavalo para trazer água, levar embora o lixo, etc. Um preso era designado para cuidar desse animal. Conduzia-o também, bem entendido sob escolta. Nosso cavalo tinha bastante trabalho, tanto pela manhã quanto à tarde. O Gnedkó estava conosco havia tempos. Era um cavalinho bom, mas debilitado pela idade. Numa bela manhã, justamente às vésperas do dia de São Pedro, o Gnedkó que acabava de trazer um tonel de água tombou e morreu em alguns minutos. Reunidos ao seu redor, os detentos lamentavam sua morte, discutiam e altercavam. Os cavalarianos expulsos do exército, os ciganos, os veterinários e similares pessoas mantidas no presídio chegaram a demonstrar, nessa ocasião, um bocado de conhecimentos especiais com relação aos equídeos, até brigaram entre si, mas não ressuscitaram o Gnedkó. Ele jazia morto, de barriga inchada, e todos

[25] O nome do cavalo faz alusão à sua cor baia. (гнедой em russo)

se achavam no dever de fincar um dedo naquela barriga. O major foi informado acerca da vontade de Deus que se realizara e decidiu ordenar a compra imediata de um novo cavalo. No dia de São Pedro, logo após a missa matinal, quando todos os presidiários estavam presentes, apareceram vários vendedores de cavalos. É claro que o negócio devia ser delegado aos próprios detentos: havia verdadeiros conhecedores em nosso meio, de modo que seria difícil algum patife enganar duzentos e cinquenta homens que tinham mexido com os cavalos ao longo de toda a sua vida. Acorriam quirguizes, feirantes, ciganos, burgueses. Os presos esperavam, impacientes, por todos os cavalos postos à venda. Estavam alegres como crianças. O que mais os lisonjeava era o fato de comprarem, iguais à gente livre, *seu* próprio cavalo, como se o pagassem mesmo do *seu* próprio bolso e tivessem pleno direito de comprá-lo. Três cavalos foram vistos e mandados embora, resultando a barganha na aquisição do quarto. Ao entrar no presídio, os vendedores olhavam à sua volta com certo espanto e mesmo com certa timidez, dirigindo, por vezes, olhadas medrosas aos soldados de escolta que os acompanhavam. Aquela turba de duzentos presidiários agrilhoados, de cabeça raspada e testa ferreteada, que estava em sua casa, em seu ninho carcerário cuja soleira não atravessava ninguém vindo de fora, impunha uma espécie de respeito. Quanto aos nossos, eles se esgotavam em artimanhas para testar cada cavalo que lhes ofereciam. Não sobrava nenhuma parte do corpo que não tivessem examinado e apalpado — ainda por cima, com ares tão sérios, azafamados e preocupados que o bem-estar de todo o presídio parecia depender principalmente da sua diligência.

Os circassianos até montavam aqueles cavalos; seus olhos brilhavam, e eles falavam depressa a sua língua incompreensível, arreganhando seus dentes brancos e inclinando seus rostos morenos de nariz aquilino. Alguns dos russos prestavam uma atenção exagerada à sua conversa, como que desejando adentrar-lhes a mente. Não entendiam suas palavras, mas procuravam adivinhar, ao menos pela expressão dos olhos, qual era a conclusão dos circassianos, se o cavalo tinha algum valor ou não. Quem os observasse de longe poderia até estranhar tal atenção espasmódica. Por que diabos é que ficaria tão angustiado assim um detento bem ordinário, humilde e submisso que não se atrevia a dar um pio nem sequer na frente dos seus companheiros? Como se comprasse um cavalo para si mesmo, como se as qualidades desse cavalo não lhe fossem indiferentes! Além dos circassianos, destacaram-se os ciganos e antigos vendedores de cavalos, a quem os presos cediam o primeiro lugar e a primeira palavra. Até sobreveio uma espécie de nobre duelo entre o detento Kulikov, cigano que teria roubado e revendido muitos cavalos em sua vida, e nosso veterinário autodidata, astuto mujique siberiano que, vindo ao presídio havia pouco tempo, já arrebatara de Kulikov toda a sua freguesia na cidade. É que os veterinários autodidatas de nosso presídio eram bastante valorizados em toda a cidade, e não apenas os pequenos-burgueses e comerciantes como também os maiores figurões recorriam aos serviços deles quando seus cavalos adoeciam, embora houvesse por ali alguns veterinários diplomados. Antes da chegada de Yólkin, aquele mujique siberiano, Kulikov não tinha rivais, possuía uma extensa clientela e recebia, bem entendido, recompensas pecuniárias. Sabendo bem menos do que dizia saber, atuava à cigana, isto é, como um charlatão de primeira. Em matéria de lucros, era um aristocrata presidiário. E, graças à sua experiência e sua inteligência, à sua coragem e sua firmeza, fizera havia tempos que todos os detentos o respeitassem, nem que fosse de modo involuntário. Ouviam-no, em nosso meio, e obedeciam-lhe. No entanto, ele falava pouco, como se cada palavra sua valesse um rublo inteiro, e tão somente nos casos mais importantes. Era um verdadeiro fanfarrão, mas estava cheio de energia útil e autêntica. Já havia entrado nos anos, mas continuava muito bonito e inteligente. Tratava-nos, os fidalgos encarcerados, com uma polidez requintada e, ao mesmo tempo, com uma dignidade incomum. Acho que, uma vez fantasiado e apresentado num clube metropolitano, digamos, sob a máscara de um conde, nem lá perderia a cabeça, ficaria jogando baralho e conversando otimamente — não muito, mas com toda a imponência —, e ninguém adivinharia, talvez, que não é nenhum conde e, sim, um vagabundo. Estou falando sério: assim é que esse homem era inteligente, sagaz e ágil em seus pensamentos. Suas maneiras eram, ademais, excelentes, marcadas por elegância. Decerto vira muita coisa em sua vida. Aliás, seu passado estava oculto nas trevas, ainda mais que o mantinham na divisão especial. Todavia, com a chegada de Yólkin, mujique rude, mas astuciosíssimo, de uns cinquenta anos de idade, que antes pertencia a uma seita de *raskólniks*, a notoriedade veterinária de Kulikov eclipsou-se. Em cerca de dois meses, Yólkin lhe arrancou quase toda a sua clientela urbana. Curava, com muita facilidade, aqueles cavalos que Kulikov tinha condenado. Curava mesmo aqueles que tinham condenado os veterinários profissionais. Tal mujique esperto viera ao presídio com um bando de fazedores de moeda falsa. Será que precisava mesmo envolver-se, depois de velho, num negócio desses? Zombando de si próprio, ele contava que de três verdadeiras moedas de ouro conseguira fazer só uma moeda falsa. Kulikov ficou um tanto ofendido com o sucesso de seu concorrente, e sua fama no meio dos presos começou a deslustrar-se pouco a pouco. Tinha uma amante no *Vorstädt*, vestia uma *poddiôvka* de *plys*, usava um anel de prata, um brinco e um par de botas com orladura e, de repente, por falta de renda, foi obrigado a tornar-se um bodegueiro; portanto todos os detentos acreditavam que, discutindo a compra do novo Gnegkó, os desafetos acabariam por entrar em luta corporal. Até esperavam por isso, cheios de curiosidade. Cada um apoiava seu próprio partido. Os membros mais ativos dos dois partidos já se agitavam e, aos poucos, trocavam injúrias. A carantonha manhosa do próprio Yólkin já esboçava o mais sarcástico dos sorrisos. Mas ocorreu o contrário: Kulikov nem pensou em brigar, fazendo, sem uma palavra grossa, uma jogada de mestre. Fez, antes de tudo, uma concessão, ouvindo as opiniões críticas de seu adversário com todo o respeito; porém, observou-lhe um erro, disse num tom modesto, mas insistente, que estava errado e, antes de Yólkin se recobrar e mudar de rumo, comprovou que errara mesmo em tal e tal ponto. Numa palavra, Yólkin foi alfinetado de um jeito extremamente hábil e quando menos esperava por isso; bem que derrotasse, no fim das contas, seu rival, o partido de Kulikov ficou muito contente.

— Não, rapazes, aquele ali não se rende tão cedo: luta para valer. Nem pensar! — diziam uns presos.

— Yólkin sabe mais do que ele! — rebatiam os outros, mas rebatiam com transigência. Aliás, ambos os partidos se tornaram, de súbito, bem transigentes.

— Não é que saiba mais, não, apenas sua mão é mais leve. Quanto aos bichos, Kulikov não dá o braço a torcer.

— Não dá, não!

— Verdade...

Afinal, o novo Gnedkó foi escolhido e comprado. Era um bom cavalinho: novinho, bonito, forte e muito alegre e ligeiro em aparência. É claro que, no tocante a todas as demais qualidades, também se revelou impecável. Abriu-se uma barganha: o vendedor pedia trinta rublos, os nossos ofereciam vinte e cinco. A discussão foi longa e acalorada, com vários descontos e contrapropostas. Acabou em risadas.

— É do teu bolso que vais tirar a graninha, hein? — diziam uns presos. — Para que tanta conversa?

— Pois vamos poupar o dinheiro público? — gritavam os outros.

— Mas é o dinheiro, maninhos, ainda assim: é o dinheiro de todos...

— De todos! Não, rapaziada, parece mesmo que não semeiam os bobos, que eles nascem sozinhos...

Enfim o negócio foi fechado por vinte e oito rublos. Comunicaram o preço ao nosso major, e ele autorizou a compra. Trouxeram logo, bem entendido, pão e sal e levaram o novo Gnedkó, com essas honrarias todas, para o presídio. Não havia, pelo visto, um só detento que não lhe afagasse, nessa ocasião, o pescoço ou desse um tapinha nas suas fuças. No mesmo dia o novo Gnedkó foi atrelado à carroça do aguadeiro, e todos vieram, curiosos, vê-lo puxar o tonel. Nosso aguadeiro Roman mirava o novo cavalinho com uma satisfação extraordinária. Era um mujique taciturno e imponente, de uns cinquenta anos de idade. Em geral, todos os cocheiros russos são imponentes e alheios à tagarelice, como se a constante proximidade dos cavalos fosse realmente capaz de conferir ao homem uma especial seriedade e mesmo de assoberbá-lo. Roman era pacato, tratava todo mundo amavelmente, falava pouco, cheirava rapé e, desde os tempos imemoráveis, cuidava dos cavalos de nosso presídio. O Gnedkó que acabávamos de comprar era já o terceiro. Todos os presos estavam persuadidos de que a cor baia combinava bem com o nosso ambiente, que era uma marca de nossa *casa*. Roman confirmava isso. Um cavalo de pele mosqueada, por exemplo, não teria sido comprado em caso algum. O cargo de aguadeiro cabia sempre, não se sabe por que direito, a Roman, e ninguém de nosso meio nem sequer pensaria em questionar esse seu direito. Quando morreu o antigo Gnedkó, não passou por nenhuma cabeça, nem mesmo pela de nosso major, a ideia de culpar Roman dessa desgraça: por um lado, cumprira-se a vontade de Deus; por outro, Roman era um bom cocheiro. Nosso Gnedkó não demorou a tornar-se o queridinho de todo o presídio. Por mais severos que fossem, os presos vinham frequentemente acariciá-lo. De vez em quando, ao voltar da margem do rio para o presídio, Roman tranca o portão que lhe abriu o sargento, e o Gnedkó fica parado, enquanto isso, com seu tonel, espera pelo dono e olha de esguelha para ele. "Vai indo!" — grita-lhe Roman, e o Gnedkó logo carrega o tonel sozinho, leva-o até a cozinha e fica parado outra vez, esperando pelas "cozinheiras" e limpadores de latrinas que vêm buscar água com seus baldes. "Mas que cabeça tem o Gnedkó!" — gritam os detentos. "Trouxe água sozinho! Obedeceu..."

— Que coisa: um bicho daqueles, mas entende tudinho!

— Bravo, Gnedkó!

O cavalo inclina a cabeça e dá um bufido, como se entendesse mesmo tudinho e estivesse contente com tais elogios. Alguém lhe traz logo, sem falta, um pedaço de pão com sal. O Gnedkó come o pão e inclina de novo sua cabeça, como que dizendo: "Já te conheço, conheço! Eu sou um bom cavalinho, tu és gente boa!". Eu também gostava de dar pão ao Gnedkó. Era agradável olhar para o seu bonito focinho e sentir seus lábios macios e tépidos recolherem destramente a guloseima da palma de minha mão.

De modo geral, nossos detentos bem poderiam gostar de bichos e, se isso lhes fosse permitido, criariam no presídio, com todo o prazer, muitíssimos animais e aves domésticos. E, seja dita a verdade, o que mais viria a abrandar, a enobrecer o caráter bruto, animalesco, de nossos detentos, senão, por exemplo, uma ocupação dessas? Mas cuidar de animais era proibido. Nem as regras presidiárias, nem as próprias circunstâncias de nossa vida, seriam propícias a tanto. Não obstante, ao longo de toda a minha permanência no presídio, apareceram lá por acaso alguns bichos. Além do Gnedkó, faziam-nos companhia cães, gansos, o bode chamado Vaska e, durante algum tempo, até uma águia.

A título de cão presidiário permanente morava conosco, segundo já havia comentado antes, o Chárik, cachorro inteligente e meigo a que eu me ligara com fortes laços de amizade. Mas, como todo o poviléu considera qualquer cachorro um animal asqueroso, que não merece um pingo de atenção, quase ninguém de nosso meio reparava no Chárik. Andava por ali um cachorro, dormia no pátio, comia sobras de cozinha e não suscitava nenhum interesse especial em nenhuma pessoa; no entanto, conhecia todo o presídio e tomava todo presidiário pelo seu dono. Quando os detentos voltavam do trabalho e rente ao *corps de gardes* ressoava o grito "Ó, cabo!", vinha correndo ao portão, recebia alegremente cada grupo de presos, abanava o rabo e olhava, todo acolhedor, bem nos olhos de cada um que entrava, esperando por um afago. Contudo, no decorrer de vários anos, não conseguiu nenhum carinho de ninguém, salvo de mim. Por isso é que gostava de mim mais que de todo mundo. Não lembro de que maneira apareceu, mais tarde, em nosso presídio uma cadela chamada Bêlka.[26] Quanto ao terceiro bichinho, cujo nome era Kultiápka,[27] fui eu mesmo que o trouxe um dia, ainda filhote, após o trabalho. A Bêlka era um ser esquisito. Fora atropelada outrora por uma carroça e seu dorso se encurvava para dentro, de forma que, avistando-a de longe, a gente tinha a impressão de ver correrem dois animais brancos, colados um ao outro. Ademais, era toda sarnenta, de olhos remelentos; seu rabo estava como que esfolado, quase desprovido de pelos, e pendia o tempo todo entre as pernas. Deserdada pela natureza, ela parecia conformar-se com isso.

---

[26] O nome do segundo cachorro faz alusão à sua cor branca. (белый em russo).

[27] O nome do terceiro cachorro significa "coto" (parte restante de um membro amputado).

Nunca latia nem rosnava contra ninguém, como se lhe faltasse coragem. Alimentava-se de sobras de pão e andava, principalmente, detrás das casernas; quando via um dos nossos passar, logo se virava de costas em sinal de submissão: "Faz de mim o que quiseres, já que nem penso, como estás vendo, em revidar". E cada detento, na frente do qual a Bêlka se virava assim, dava-lhe um pontapé como que percebendo nisso seu dever obrigatório. "Eta, safada!" — diziam, por vezes, os detentos. A Bêlka não se atrevia nem a guinchar de dor e só uivava, de certo modo discreto e lastimoso, se a contusão lhe doía demais. Ao sair do presídio por suas razões caninas, virava-se, de igual maneira, diante do Chárik e de qualquer outro cachorro. Virava-se de costas e ficava quieta, ao passo que um grande cão de orelhas caídas partia, rugindo e latindo, para cima dela. Porém, os cachorros gostam da submissão e da mansidão de seus semelhantes. O cão feroz acalmava-se de imediato, detinha-se, um tanto meditabundo, sobre a mansa cadela prostrada na sua frente, de patas para o ar, e começava devagarinho, com muita curiosidade, a cheirar-lhe todas as partes do corpo. O que é que podia pensar, nesse meio-tempo, a trêmula Bêlka? "E se ele me fizer em pedaços, esse facínora?" — tal ideia devia passar pela sua cabeça. Mas, ao cheirá-la com todo o esmero, o cão a deixava em paz por não ter descoberto nela nada que fosse interessante. A Bêlka ficava logo em pé e, mancando, corria de novo atrás de uma grande matilha a seguir, assanhada, uma Jutchka qualquer. E, mesmo sabendo ela que jamais lhe seria possível conhecer de perto nem sequer essa reles Jutchka, o próprio fato de acompanhá-la de longe já a consolava de suas desgraças.

Por certo, deixara de lado toda a sua dignidade. Privada de todas as esperanças futuras, vivia só para comer suas sobras de pão e estava bem consciente disso. Tentei uma vez afagá-la; era algo tão novo e inesperado para a Bêlka que de repente ela se abaixou toda, dobrando as quatro patas, e pôs-se a tremer e a guinchar alto de tanta comoção. Vinha acariciá-la amiúde, por mera piedade, e a cadela não conseguia mais encontrar-me sem aquele seu guincho estridente. Quando me via de longe, rompia a guinchar dolorosamente, como se estivesse chorando. No fim das contas, foi dilacerada pelos cães no aterro que cercava o nosso presídio.

A índole do Kultiápka era bem diferente. Não sei por que o trouxe, sendo ele ainda um cego filhote, da nossa oficina para o presídio. Sentia prazer em alimentá-lo e criá-lo. O Chárik aceitou logo o Kultiápka como seu protegido e deixou-o dormir ao seu lado. Quando o Kultiápka começou a crescer, deixou também que lhe mordesse as orelhas e puxasse os pelos, brincando os dois como os cães adultos brincam de praxe com os filhotes. Estranhamente, o Kultiápka quase não se tornava mais alto: só aumentavam seu comprimento e sua grossura. Os pelos dele eram hirsutos, de certa cor cinza-claro, semelhante à cor de rato; uma das suas orelhas crescia para baixo, a outra para cima. Era impetuoso e extático por natureza, igual a qualquer cachorrinho que, feliz de ver o seu dono, vem lamber-lhe o rosto, guinchando, latindo, e não consegue reter, na frente deste, todas as demais manifestações exageradas: "As conveniências não significam nada, contanto que o arroubo esteja patente!". Eu chamava: "Kultiápka!" e, fosse qual fosse o lugar onde estava, ele surgia repentinamente, como que brotando do solo, e surpreendia-me com seu latido esganiçado de tanta felicidade, correndo ao meu encontro feito uma bolinha, caindo e rolando pelo caminho. Gostava muito daquela criaturinha feiosa. Parecia que o destino lhe preparava uma vida folgada e cheia de alegrias. Contudo, num belo dia, o detento Neustróiev, que fazia calçados femininos e curtia couros, prestou-lhe uma atenção especial. Ficou de improviso pasmado, chamou o Kultiápka, apalpou o seu pelo e, com um gesto carinhoso, fê-lo rolar pelo chão. O Kultiápka, que não suspeitava de nada, guinchava de tão contente. Na manhã seguinte, sumiu. Passei muito tempo a procurar meu cachorro, mas não encontrei o mínimo rastro dele. Apenas duas semanas depois é que tudo se esclareceu: Neustróiev achara excelente o pelo do Kultiápka. Escorchou o cãozinho e forrou com seu pelo os botins de veludo que a esposa do ouvidor lhe encomendara para o próximo inverno. Ao terminar o trabalho, mostrou-me aqueles botins. Seu forro era de admirar. Pobre Kultiápka!

Muitos detentos se ocupavam da curtição de couros e amiúde traziam para o presídio cachorros peludos, os quais desapareciam no mesmo instante. Furtavam aqueles cachorros e, vez por outra, chegavam mesmo a comprá-los. Lembro-me de dois presos que vi, um dia, detrás das nossas cozinhas. Azafamados, estavam discutindo alguma coisa. Um deles segurava um lindo cão preso por uma corda, de grande porte e, pelo visto, de uma raça valiosa. Fora um lacaio canalha que o tirara da casa de seu patrão e vendera aos nossos sapateiros por trinta copeques de prata. Os presos se aprontavam para enforcá-lo. Tudo se faria de modo bem cômodo:

arrancariam a pele do cão e jogariam o cadáver numa larga e profunda vala de esgoto, situada no canto mais distante da parte traseira de nosso presídio, que no verão, quando o tempo estava bem quente, exalava um fedor horroroso. Raramente a limpavam, aquela vala de esgoto. O desgraçado cachorro parecia compreender o que esperava por ele. Fitava-nos inquieto, um por um, e só se atrevia, por momentos, a abanar seu rabo felpudo, encolhido entre as pernas, como se quisesse enternecer a nós três com esse sinal de simpatia. Fui logo embora, e eles dois não falharam, bem entendido, na execução de seu plano.

Os gansos também apareceram no presídio fortuitamente. Não sei quem os criara e a quem eles pertenciam afinal de contas, mas o fato é que, durante algum tempo, divertiram muito os detentos e até ficaram conhecidos pela cidade. Criados no presídio, eram mantidos na cozinha. Quando a ninhada cresceu, esses gansos se acostumaram a acompanhar, todos juntos, os presos que iam trabalhar. Tão logo se ouvia o ribombo do tambor e todos os nossos se dirigiam à saída, os gansos corriam, grasnando, no encalço da gente, abriam as asas, saltavam, um atrás do outro, a alta soleira do portão e agrupavam-se sem falta no flanco direito das nossas fileiras onde se alinhavam até o fim da chamada. Sempre se uniam ao maior grupo de detentos, pastando por perto enquanto estes trabalhavam. Assim que o grupo se dirigia de volta ao presídio, os gansos também abandonavam seu pasto. Na fortaleza surgiram rumores de que os gansos fossem trabalhar com os presos. "Vejam só os ladrões com seus gansos!" — diziam, às vezes, os transeuntes. "Como foi que os ensinaram?" Havia quem acrescentasse: "Isto é para seus gansos!", dando-nos esmola. Mas, apesar de toda a sua lealdade, todos os gansos foram degolados por ocasião de um desjejum religioso.

Por outro lado, nosso bode Vaska jamais teria sido degolado se não tivesse surgido uma circunstância excepcional. Tampouco sei quem e de onde o trouxe, mas o fato é que apareceu de repente, em nosso presídio, um cabrito branquinho e bonitinho. Os presos se apegaram a ele em poucos dias: tornou-se a diversão e mesmo o consolo de todos. Até foi inventado um motivo para criá-lo, visto que um bode calharia para a cocheira da fortaleza. De resto, ele não ficava tão só na cocheira: primeiro se insinuou na cozinha e depois tomou conta de todo o presídio. Era uma criatura graciosíssima e travessa até dizer chega. Acorria quando chamavam por ele, pulava sobre os bancos e as mesas, dava cornadas nos detentos, estava sempre alegre e engraçado. Um dia, tendo já seus corninhos crescido bastante, o lezguiano Babai, que estava sentado, de tardezinha, à entrada de nossa caserna, decidiu marrar com o bode na presença de uma turba de presos. Bateram testa contra testa por muito tempo, sendo essa a brincadeira preferida dos nossos com o bichinho; de súbito, o Vaska subiu ao degrau mais alto da escada que levava à caserna e, logo que Babai lhe virou, por um segundo, as costas, empinou-se, contraindo suas patinhas dianteiras, e deu com todas as forças uma bela chifrada na nuca de Babai, de modo que, para júbilo de todos os presentes e sua própria alegria, este tombou e rolou pelos degraus da tal escada. Numa palavra, todos gostavam demais do Vaska. Quando ele começou a crescer, foi submetido, após uma séria discussão geral, a certa cirurgia que nossos veterinários sabiam fazer muito bem. "Senão ia feder adoidado" — disseram os presos. Depois disso o Vaska foi ganhando peso, tanto mais que o empanturravam de comida. Enfim se transformou num grande bode magnífico, provido de compridíssimos chifres e extraordinariamente gordo. Andava assim, balançando de um lado para o outro. Também se acostumou a acompanhar os detentos que iam trabalhar, divertindo quem encontrássemos pelo caminho e a nós mesmos. Todo mundo conhecia o nosso bode presidiário, chamado Vaska. De vez em quando, trabalhando, por exemplo, na margem do rio, os presos recolhiam aqueles flexíveis ramos de salgueiro, bem como folhas caídas e flores que se espalhavam pelo aterro, e adornavam o Vaska da cabeça aos pés: envolviam seus chifres com ramos e flores, estendiam guirlandas por todo o seu corpo. Feito isso, o Vaska retornava ao presídio ornado e enfeitado, sempre na frente da multidão de detentos, e eles o seguiam como que ostentando a sua arte perante o público que passava. A admiração pelo bode fora tão longe que havia mesmo quem pensasse, como uma criança, em banhar-lhe os cornos de ouro. Ainda bem que só se falava nisso! Recordo-me, aliás, de ter perguntado a Akim Akímytch, nosso segundo melhor dourador depois de Issai Fomitch, se era realmente possível dourar os cornos do bode. Ele começou por examinar o bicho, em seguida ficou refletindo com seriedade e, afinal, respondeu que era possível, sim, mas "seria coisa precária, além de totalmente inútil". Assim acabou a trama. E nosso Vaska teria vivido conosco até a velhice, morrendo talvez de obeso, mas eis que um dia, encabeçando, todo ornado e enfeitado, o grupo de presos a voltar para o presídio, saltou aos olhos do major que vinha de *drójki* ao seu encontro. "Parem!" — bramiu o major. "De quem é o bode?" Explicaram-lhe a situação. "Como? Um bode no presídio e sem a minha permissão? Chamem o sargento!" Veio o sargento e foi-lhe ordenado de imediato que abatesse o bode sem a menor delonga: a pele do coitado seria tirada e vendida na feira, o dinheiro recebido, incluso naquela quantia que se destinava ao sustento dos presos, e a carne, usada para cozinhar nosso *chtchi*. Os presos sentiram pena do bode, falaram a respeito, porém não ousaram descumprir a ordem. O Vaska foi degolado em cima da nossa vala de esgoto. Um dos detentos comprou toda a sua carne de vez, pagando ao presídio um rublo e meio. Esse dinheiro serviu para arranjarmos *kalatchs*, e o detento que tinha comprado o Vaska fez dele vários bifes e revendeu-os, peça por peça, a seus companheiros. A carne estava, de fato, bem saborosa.

Durante algum tempo viveu conosco também uma águia chamada *karaguch*, daquela raça de águias pequenas que habitam as estepes. Alguém a trouxe, ferida e extenuada, para o presídio. Todos os presos se reuniram ao seu redor. A águia não conseguia voar: sua asa direita arrastava-se pelo solo, uma das patas estava deslocada. Lembro como ela se voltava, enfurecida, para todos os lados, fitava a multidão curiosa e abria seu curvo bico, pronta a cobrar caro pela sua vida. Quando os detentos se fartaram de olhar para ela e a turba se dispersou, a águia foi capengando, saltitando numa só pata e agitando de leve sua asa saudável, para a parte mais afastada do presídio e lá se recolheu num cantinho, grudando-se nas estacas da paliçada. Ficou naquele lugar uns três meses e nenhuma vez, nesse tempo todo, deixou seu abrigo.

De inicio, os presos vinham frequentemente olhar para a águia, atiçavam o cão para que a atacasse. O Chárik se atirava contra ela com fúria, mas, aparentemente, não tinha a coragem de aproximar-se, o que divertia muito os detentos. "Que fera!" — diziam eles. "Não se rende!" Depois o Chárik também passou a atenazá-la: não a temia mais e, quando o instigavam, mordia-lhe a asa enferma. A águia se defendia com todas as forças, usando tanto as garras quanto o bico; retraída no seu canto, mirava os curiosos que vinham vê-la com orgulho e destemor, tal e qual uma soberana ferida. No fim das contas, todos se enfastiaram dela, todos a abandonaram e esqueceram; não obstante, pedacinhos de carne fresca e um caco cheio d'água viam-se ao seu lado todos os dias. Alguém estava cuidando da águia. Primeiro ela não queria comer, aturando a fome por alguns dias; enfim começou a alimentar-se, mas nunca tomava comida das mãos humanas nem comia em público. Eu mesmo cheguei a observá-la, mais de uma vez, de longe. Não vendo ninguém por perto e achando que estava sozinha, a águia se atrevia, por vezes, a sair do seu canto e a manquejar, por uns doze passos, ao longo da paliçada, depois voltava para trás e tornava a andar, como se fizesse um exercício fortalecedor. Ao reparar em mim, corria apressada, manca e saltitante, até o seu refúgio e, erguendo sua cabeça, abrindo o bico e eriçando as penas, logo se preparava para o combate. Nenhuma carícia minha lhe abrandava o ódio: a águia se debatia e dava bicadas, não aceitava a carne de vaca que eu lhe oferecia e, durante todo aquele tempo que estava inclinado sobre ela, cravava seu penetrante olhar ferino bem nos meus olhos. Solitária e furiosa, esperava a morte sem confiar em ninguém nem se reconciliar com ninguém. Afinal, os detentos se lembraram da águia e, posto que não se tivessem compadecido nem mesmo falado dela por uns dois meses, manifestaram todos uma espécie de compaixão inesperada. Disseram que era preciso soltar a águia.

— Ainda que morra, não será no presídio! — comentaram uns presos.

— Pois é: uma ave livre, soberba, não se acostuma à cadeia — concordaram os outros.

— Não é igual à gente — acrescentou alguém.

— Eta, besteira: é uma ave, e nós aqui somos homens.

— A águia, maninhos, é a rainha das matas... — ia dizer Skurátov, porém dessa vez não lhe deram ouvidos.

Um dia, rufando o tambor após o almoço, fomos trabalhar e levamos a águia conosco: um dos detentos fechou-lhe o bico com a mão, pois se pusera a debater-se com todas as forças, e carregou-a para fora do presídio. Chegamos ao aterro. Todos os doze homens que compunham o nosso grupo queriam ver, curiosos, aonde a águia iria. E algo estranho: estavam todos contentes, como se fossem eles próprios reaver parte de sua liberdade.

— Vejam só essa carne de cão: a gente faz coisa boa, e ela não para de bicar! — dizia o homem que segurava a águia, olhando para a maldosa ave quase com amor.

— Solta-a, Mikitka!

— Pois não a botem, safada, na gaiola de ouro. O que ela quer é a liberdade, aquela liberdade livre, a verdadeira.

Jogamos a águia do aterro para a estepe. Era em fins de outono, num dia frio e nublado. O vento silvava naquela estepe desnuda, fazia sussurrarem os tufos de ervas amareladas e ressequidas. A águia foi para frente, agitando sua asa enferma e como que se apressando a deixar-nos para todo o sempre. Os presos observavam com curiosidade a sua cabeça que sumia e ressurgia por entre as ervas de estepe.

— Vejam só! — disse um deles, pensativo.

— Nem olha pra trás! — acrescentou um outro. — Não virou a cabeça uma vez só, maninhos: corre e corre!

— E tu pensavas que voltaria para agradecer? — notou o terceiro detento.

— A gente sabe o que é a liberdade. Foi a liberdade que ela sentiu.

— Tá livre, pois.

— Nem dá mais para ver...

— Por que estão parados? Vão indo! — gritaram os soldados que nos escoltavam, e todos nós fomos, calados, para o trabalho.

VII
A reclamação

Ao iniciar este capítulo, o editor das memórias do finado Alexandr Petróvitch Goriántchikov considera seu dever informar os leitores sobre o seguinte.

No primeiro capítulo das *Memórias da Casa dos mortos* foram ditas algumas palavras acerca de um parricida de origem fidalga. Aliás, ele foi citado como exemplo daquela insensibilidade com que os presidiários falam por vezes dos crimes cometidos. Foi dito também que o assassino não assumira seu crime perante o tribunal, mas, a julgar pelos relatos de quem conhecia todos os detalhes dessa história, os fatos estavam tão claros que era impossível não acreditar na culpa dele. As mesmas pessoas contaram ao autor das *Memórias* que o criminoso sempre levara uma vida completamente desregrada, contraíra muitas dívidas e acabara matando seu pai por almejar a herança. De resto, toda a cidade em que o tal parricida servira antes contava essa história de igual maneira. O editor das *Memórias* dispõe de dados bastante confiáveis sobre este último fato. Afinal, nas *Memórias* foi dito que no presídio o assassino sempre estava de ótimo humor e andava todo alegre, que era um homem estouvado, leviano, insensato no mais alto grau, embora nada bobo, e que o autor das *Memórias* nunca lobrigara nele nenhuma crueldade peculiar. E logo vinham as palavras seguintes: "Entenda-se bem que eu não acreditava naquele crime".

Um dia destes, o editor das *Memórias da Casa dos mortos* recebeu da Sibéria a notícia de que o criminoso em questão era de fato inocente e havia sofrido dez anos de trabalhos forçados em vão. Sua inocência foi oficialmente provada pela justiça, tendo os verdadeiros facínoras sido encontrados e incriminados, e o infeliz saiu da prisão. O editor não tem a mínima dúvida quanto à autenticidade dessa informação...

Não há nada a acrescentar. Não é necessário falar e deliberar sobre a trágica profundeza do referido fato nem sobre a vida desfeita, desde bem cedo, por causa daquela horrível acusação. O fato é claro demais, impactante demais por si só. E a gente acha que, sendo tal fato possível, essa própria possibilidade acresce a caracterização e a plenitude do quadro geral da Casa dos mortos de um traço novo e extremamente nítido.

Agora voltemos à narração.

Já disse antes que me acostumara enfim à minha situação no presídio. Mas aquele "enfim" se revelara bem demorado e doloroso, viera a passo de tartaruga. No fundo, precisei de quase um ano para tanto — e foi o ano mais árduo de minha vida. Foi justamente por isso que ele ficou por inteiro gravado na minha memória. Parece que me recordo de todas as horas daquele ano, dispostas em sua sequência. Já disse também que nem os outros detentos conseguiam *aceitar* essa vida. Lembro-me de ter refletido amiúde, naquele primeiro ano, comigo mesmo: "E eles lá, como estão? Será que se acostumaram? Será que vivem tranquilos?". Essas questões me inquietavam muito. Já mencionei que todos os presos viviam ali como que fora de casa, como quem se hospeda numa estalagem ou faz uma breve parada no meio de seu caminho. Até os condenados à prisão perpétua andavam entristecidos, sentiam saudades, e cada um deles sonhava sem falta com algo quase impossível. Aquela contínua inquietude que os detentos expressavam mesmo sem falar, aquela estranha ansiedade, aquela impaciência das esperanças que vez por outra afloravam de modo involuntário, tão infundadas que mais se assemelhavam a um delírio e, o detalhe mais assombroso de todos, não raro enraizadas nas mentes de feitio sóbrio e prático — aquilo tudo munia o presídio de aspecto e caráter extraordinários, tanto assim que precisamente esses traços constituíam, talvez, a sua propriedade mais emblemática. Adivinhava-se, quase à primeira vista, que não havia nada disso fora do presídio. Todos ali eram sonhadores, e isso saltava aos olhos. Isso causava dor, notadamente porque os sonhos tornavam a aparência da maioria dos presos lúgubre e soturna, impunha-lhe certa morbidez. A maioria esmagadora era sombria e maldosa até o ódio, não gostava de exibir suas esperanças. A candura e a sinceridade eram desprezadas. Quanto mais bizarro parecesse o sonho e quanto mais o próprio sonhador se desse conta de que nunca chegaria a realizá-lo, tanto mais ele insistia em guardá-lo, imaculado, lá dentro, sem poder desistir dele. Quem sabe se alguns dos presidiários não se envergonhavam, no íntimo, com esses seus sonhos. A índole russa tem tanta positividade e imparcialidade, tanta ironia oculta com relação a si própria... Pode ser que tal constante insatisfação consigo mesmos gerasse tamanha impaciência na comunicação diária desses homens uns com os outros e provocasse tamanha intolerância e tamanho sarcasmo. Se, por exemplo, aparecia de súbito um deles, ainda mais ingênuo e impaciente que os demais, e falava em voz alta daquilo que todos os seus companheiros tinham em mente, se mergulhava em sonhos e esperanças, logo se via brutalmente reprimido, interrompido e escarnecido; parece-me, todavia, que o mais importuno dos perseguidores era, nesse caso, exatamente quem teria ido mais longe ainda em seus sonhos e esperanças. Já havia dito que as pessoas ingênuas e simplórias eram tidas por todos de nosso meio como os bobalhões mais inúteis e tratados com menosprezo. Cada um estava tão insociável e presunçoso que passava a desdenhar da gente bondosa e humilde. À exceção de tais falastrões ingênuos e simplórios, todos os outros presidiários, ou seja, todos os presidiários de poucas palavras, dividiam-se claramente em bons e maus, em tristes e serenos. Os tristes e maus eram incomparavelmente mais numerosos; se algum deles gostava, por natureza, de bater papo, havia de ser um fofoqueiro agitado ou então um invejoso estabanado. Interessava-se por tudo o que se referia a outrem, mas não mostrava a ninguém sua própria alma nem seus negócios escusos. Isso não estava em voga, não se praticava. Os bons (um grupo muito pequeno) viviam em silêncio, escondiam bem suas esperanças e, sem dúvida, tendiam mais que os tristes e maus a acreditar num futuro melhor. Parece-me, aliás, que no presídio existia também a classe dos desesperados. Assim era, por exemplo, o ancião dos sítios de Starodúbie; em todo caso, eram pouquíssimas pessoas. O ancião estava aparentemente tranquilo (já tinha falado a respeito dele), porém certos indícios me permitiam supor que o estado de seu espírito fosse terrível. De resto, ele possuía uma solução, uma saída: suas orações e sua ideia do martírio. O preso enlouquecido pelas leituras bíblicas, que eu tinha mencionado também, aquele que atacara o nosso major com um tijolo na mão, decerto integrava a mesma classe dos desesperados, dos que haviam perdido sua última esperança; e, como não é possível sobreviver sem esperança alguma, ele deve ter achado uma solução em seu voluntário e quase artificial sacrifício. Declarou que atacara o major sem maldade, mas unicamente para se tornar mártir. E quem sabe que processo psicológico se efetuou, naquele momento, em sua alma! Nenhum homem vivo existe sem algum objetivo, sem o desejo de alcançá-lo. Perdendo seu objetivo e sua esperança, o homem sucumbe à sua tristeza e muitas vezes se transforma num monstro... Os objetivos que tinham todos em nosso meio eram a liberdade e o fim dos trabalhos forçados.

Eis que me esforço agora para repartir todos os nossos presidiários em classes... mas seria isso possível?

A realidade é infinitamente variada em comparação com quaisquer conclusões do pensamento abstrato, inclusive com as mais requintadas: ela não admite contrastes grandes e demarcados. A realidade tende a ser detalhista. E nós tínhamos, pois, nossa própria vida particular; por mais precária que fosse, era nossa vida e não apenas oficial como também interior, intrínseca a nós todos. Mas, conforme já tinha contado em parte, eu não conseguia nem mesmo podia penetrar nas profundezas internas dessa vida, logo no início de minha reclusão, portanto todas as suas manifestações externas me torturavam então com uma aflição inexprimível. De vez em quando, passava simplesmente a odiar quem sofria igual a mim. Até sentia inveja dos outros detentos e praguejava contra o meu destino. Sentia inveja deles, porque eles viviam juntos, em plena camaradagem, e compreendiam uns aos outros, se bem que no fundo estivessem, assim como eu, enfastiados e aborrecidos com essa camaradagem imposta por chicotes e varas, com essa convivência forçada, e cada um pensasse consigo em como deixar os outros de lado. Volto a repetir: essa inveja, que me dominava em momentos de fúria, tinha seus fundamentos legítimos. Na verdade, está decididamente errado quem diz que um fidalgo, um homem instruído, etc., sofre as mesmas penas em nossos presídios que todo e qualquer mujique. Estou ciente dessa conjetura, tenho ouvido falarem dela nos últimos tempos, li a respeito dela. A essência dessa ideia é certa, é humana: todos nós somos gente. No entanto, a ideia em si é abstrata demais. Muitas e muitas condições práticas, que não podem ser entendidas senão na realidade como ela é, perdem-se de vista. Não digo isso porque um fidalgo e um homem instruído teriam sensações mais agudas e sentimentos mais refinados ou seriam mais desenvolvidos. É difícil adequarmos a alma e o grau de seu desenvolvimento a dado nível. Neste caso, nem sequer a própria instrução poderia servir de medida. Estou pronto a ser o primeiro a testemunhar que até no meio mais bronco e oprimido daqueles infelizes encontrei os indícios do mais refinado desenvolvimento espiritual. Ocorre por vezes, ali no presídio, que a gente conhece alguém há vários anos e pensa que não seja um homem e, sim, um bicho, passando então a desprezá-lo. E de repente chega o momento em que a alma daquele bicho se abre, num impulso fortuito e espontâneo, para fora, e o observador vislumbra nela tanta riqueza de sentimentos cordiais, tanta sincera compreensão dos sofrimentos próprios e alheios, que seus olhos se abrem por sua vez, e no primeiro minuto ele mal acredita naquilo que acabou de ver e ouvir. Ocorre também o contrário: a instrução coexiste, às vezes, com tanta barbárie, com tanto cinismo, que o observador sente nojo e, por maiores que sejam a sua bondade e a sua condescendência, não encontra em seu coração desculpas nem justificativas.

Tampouco me refiro à mudança de hábitos, de modo de viver, de comida, etc., decerto mais dolorosa para um homem das altas camadas sociais que para um mujique, o qual costuma passar fome em liberdade e no presídio, ao menos, come à farta. Não vou discursar sobre isso. Suponhamos que para um homem provido da mínima força de vontade tudo isso não passe de uma ninharia em comparação com outros desgostos, embora a mudança de hábitos não seja, no fundo, o último dos desgostos.

Contudo, há dissabores ante os quais tudo isso se torna tão ínfimo que a gente não presta mais atenção nem à imundice de sua morada, nem aos seus grilhões, nem à sua comida escassa e suja. Ao trabalhar o dia inteiro no suor do rosto, de forma como jamais trabalhou fora do presídio, até o maricas mais bonitinho e mimadinho comerá tanto pão preto quanto *chtchi* temperado de baratas. Ainda daria para a gente se acostumar com isso, conforme é mencionado naquela modinha humorística dos detentos sobre um folgazão que ficou na cadeia:

> Me dão repolho com aguinha,
> E rango feito um lobo mau.

Não, o mais importante é que, duas horas depois de ingressar no presídio, cada novato se torna igual a todos, sente-se *em casa*, faz-se um membro titular da comunidade carcerária como qualquer outro preso. Todos o compreendem, e ele compreende a todos; todos o conhecem e reconhecem como *um dos nossos*. Mas não é isso que acontece a *um nobre*, a um fidalgo. Por mais que ele seja justo, bondoso, inteligente, será odiado e desprezado, ano após ano, por todos os presidiários em massa: não o compreenderão e, o principal, não acreditarão nele. Não é amigo nem companheiro; ainda que faça por fim, ao longo dos anos, que deixem de magoá-lo, nunca será aceito de bom grado e sempre terá a pungente consciência de sua alienação e solidão. Essa alienação se forma, de vez em quando, sem nenhuma maldade por parte dos presos, mas assim, de maneira inconsciente. Fulano não é dos nossos e ponto-final. Não há nada de mais horrível do que viver num ambiente hostil. Um mujique transferido de Taganrog para o porto de Petropávlovsk[28] não demorará a encontrar lá um idêntico mujique russo; os dois se entenderão num instante, entrarão em acordo e, duas horas depois, passarão talvez a viver juntinhos, do modo mais pacífico, na mesma isbá ou na mesma choça. Mas não é isso que acontece aos nobres. Um abismo imensurável separa-os do povo humilde, e isso se percebe *deveras* só quando um desses *nobres* se vê realmente privado, por força das circunstâncias externas, dos seus antigos direitos e transformado num mujique. Caso contrário — nem que conheçamos o povo durante a vida toda, nem que nos misturemos com ele todos os dias, no decorrer de uns quarenta anos a fio, por motivos de trabalho (digamos, por negócios convencionais e administrativos) ou mesmo de forma simples e amigável, na qualidade de benfeitores e, em certo sentido, de pais desse povo — jamais saberemos o xis do problema. Tudo será apenas uma ilusão ótica e nada mais que isso. Eu sei que todos, seguramente todos os que lerem esta reflexão minha, dirão que estou exagerando. Não obstante, tenho plena certeza de que ela está correta. Não me convenci disso por meio de livros ou especulações lógicas, mas, sim, por meio das experiências pessoais, e tive bastante tempo para verificar minhas convicções. Pode ser que todo o mundo venha a saber mais tarde até que ponto elas são justas...

---

[28] Dostoiévski tem em vista as duas extremidades geográficas da Rússia, localizando-se a cidade de Taganrog no litoral do mar de Azov e o porto de Petropávlovsk na península de Kamtchatka, banhada pelo Oceano Pacífico.

Desde o primeiro passo, os acontecimentos confirmavam, como que de propósito, essas observações minhas e exerciam sobre mim uma ação enervante e aflitiva. Naquele primeiro verão eu enfrentava no presídio uma solidão quase absoluta. Como já dissera, meu estado de espírito era tal que eu nem sequer conseguia estimar e destacar aqueles detentos que poderiam gostar de mim e que gostariam de mim mais tarde, mesmo sem nunca me tratarem de igual para igual. Tinha alguns companheiros de origem fidalga, porém o companheirismo deles não libertava minha alma de todo o seu fardo. Achava-me prestes a dar cabo de tudo, mas não teria para onde fugir. Eis, por exemplo, um desses casos que me deram a entender, desde o começo, quão alienada e inusual era a minha situação no presídio. Naquele mesmo verão, lá pelo mês de agosto, num dia útil, ensolarado e quente, por volta de uma hora da tarde, quando os presidiários descansavam, como de praxe, antes de retomar seu trabalho, todos se levantaram de supetão, até o último homem, e puseram-se em fileiras no pátio da nossa prisão. Eu não sabia de nada até aquele momento. Estava, por vezes, tão voltado para dentro de mim mesmo que quase despercebia o que se passava ao meu redor. Fazia, entretanto, uns três dias que o presídio se encontrava numa agitação latente. Talvez essa agitação tivesse começado bem antes — compreenderia eu mais tarde, ao relembrar sem querer algumas das conversas presidiárias, bem como aquela rabugice redobrada dos detentos que se percebia nos últimos tempos, seu estado sombrio e especialmente malvado. Eu atribuía aquilo ao trabalho pesado deles, aos dias estivais, longos e tediosos em demasia, aos sonhos involuntários com as florestas e a liberdade libérrima, às noites curtinhas que não lhe permitiam se saciar com o repouso. Talvez tudo isso se tivesse aglomerado, provocando agora uma única explosão, mas o pretexto de tal explosão fora a comida. Havia alguns dias, nos últimos tempos, que os detentos se queixavam em voz alta, reclamavam pelas casernas e, sobretudo, na cozinha onde se reuniam para almoçar e jantar: descontentes com "as cozinheiras", até tentaram substituir um desses homens, mas logo despacharam o substituto e chamaram o mestre-cuca antigo de volta. Numa palavra, estavam todos para se rebelar.

— O trabalho tá duro, e a gente só come tripas — resmungava, vez por outra, alguém na cozinha.

— Se não gostares, manda trazer manjar branco — retrucava um outro detento.

— Adoro, maninhos, o *chtchi* com tripas — respondia o terceiro —, que tá saburoso!

— E se comesses só tripas o tempo todo, também acharias tão *saburoso*?

— Agora é mesmo a estação da carne — dizia o quarto presidiário. — A gente dá duro, lá na usina; depois do trabalho estamos com uma fome danada. E as tripas, mas que comida é essa?

— Pois dessas tripas se faz coração.[29]

— Aquele coração não presta pra nada. Só tripas e coração: a mesma coisa todo santo dia. Que comida é essa? Falo verdade ou não?

— Pois é, a comida tá ruinzinha.

— São os graúdos que enchem o bolso.

---

[29] Consta do original russo o mesmo jogo de palavras, alusivo a um trabalho extenuante.

— E tu com isso?

— E quem mais, se não for eu? A barriga é minha! Se fizermos uma reclamação, nós todos aqui, vai dar certo.

— Uma reclamação?

— Sim.

— Foi pouco, parece, que apanhaste por causa das tuas reclamações. Vejam só!

— É verdade — acrescentava, também resmungando, um detento que se calava até então. — Planta-se rápido, colhe-se devagar. Conta primeiro o que vais dizer nessa tua reclamação, hein, cabeção com nuca?

— E vou dizer mesmo. Se todos falassem juntos, aí eu também falaria com todos. A gente é pobre, né? Aqui conosco, um come o que tem e o outro o que roubou de alguém!

— Eta, que falcão invejoso! Vê de longe a grana dos outros.

— Abriste o bocão para o meu pedação, então larga o meu e procura o teu!

— O meu, hein?... Pois vou barganhar contigo, nesse negócio, até que a minha cabeça embranqueça. Pois tu és rico, desde que queres ficar assim, de braços cruzados?

— Como sou ricão: tenho gato e cão!

— É mesmo, maninhos: por que ficar parados? Chega de aguentar as besteiras deles, né? Arrancam a pele da gente! Por que não reclamar?

— Por que não? Vou mastigar antes de te botar na boca, já que só comes o mastigado. A gente está na cadeia, por isso!

— O que acontece, pois: sofre, meu Deus, o povão pra agradar o chefão?

— Isso mesmo. O "oito olhos" engordou demais. Comprou um par de cavalos cinza.

— E não tá nem um pouco a fim da branquinha.

— E bateu ontem no veterinário, quando jogavam baralho.

— Jogaram a noite inteira. O nosso apanhou duas horas seguidas. Foi Fêdka quem disse.

— Daí essas tripas com coração.

— Mas vocês são bobos! Com nossa vidinha é que vamos reclamar?

— Se sair todo mundo, aí veremos que razão ele vai inventar. E nem um passo pra trás.

— Que razão, dizes? Um murro daqueles e ponto-final.

— Ainda vão julgar outra vez a gente...

Numa palavra, estavam todos em ebulição. Àquela altura nossa comida era de fato ruim. Acumularam-se também vários outros motivos. E o principal de todos: nossa tristeza geral, o sofrimento oculto de sempre. Os presos tendem naturalmente a protestos e rebeliões, mas raras vezes se amotinam todos ou em grande massa. A razão disso consiste em divergirem sempre uns dos outros. Cada um deles percebia bem isso, portanto havia mais algazarras em nosso meio do que ações efetivas. No entanto, daquela vez a agitação não passou em vão. Os presidiários começaram a formar grupos; discutindo pelas casernas, xingando, rememorando com raiva toda a gestão de nosso major, eles perscrutavam todo o seu lado obscuro. Alguns se inquietavam sobremaneira. Em todo caso como aquele há quem excite os ânimos. Em semelhantes casos, ou seja, em se tratando de reclamar, os instigadores são uma turma interessantíssima — e não apenas em presídios mas também em todos os conjuntos, equipes, etc. É um tipo peculiar, o mesmo em toda parte. São pessoas de pavio curto que anseiam pela justiça e, do modo mais ingênuo e mais honesto, acreditam que ela seja infalível, incontestável e, o principal, inadiavelmente realizada. Essas pessoas não são mais tolas que as outras (algumas delas chegam a ser mesmo inteligentes), mas têm uma índole ardorosa demais para agirem com astúcia e calculismo. Se há, em todo caso parecido àquele, pessoas que sabem manipular habilmente a multidão e ganhar a contenda, são representantes de outro tipo de líderes populares e guias naturais do povo, sendo esse tipo raríssimo em nosso país. Mas aqueles líderes de que falo agora, os instigadores dos protestos em massa, quase sempre perdem suas batalhas e vão povoar em seguida os presídios siberianos. Perdem a luta em função de seu ardor bélico, mas influenciam a multidão mediante o mesmo ardor. Os outros não hesitam muito em apoiá-los. Sua paixão e sua honesta indignação contagiam a todos, tanto assim que até os mais pusilânimes acabam por aderir a eles. Sua fé cega na futura vitória seduz mesmo os céticos mais inveterados, embora tenha, por vezes, fundamentos tão frágeis e tão infantis que, observando-a de longe, a gente acha estranho um líder daqueles ter atraído tantos sequazes. E o essencial é que são os primeiros a atacar e vão para a frente sem sombra de medo. Fazem como os touros que se arremessam inclinando seus chifres, muitas vezes sem conhecimento de causa nem prudência, sem essa praticidade jesuítica que não raro permite mesmo à pessoa mais reles e desacreditada lograr bom êxito, alcançar a meta e sair seca da água.[30] Quanto aos líderes

[30] Provérbio russo que significa "evitar quaisquer consequências danosas".

imprudentes, eles quebram inevitavelmente seus chifres. Na vida normal são biliosos e rabugentos, irascíveis e intolerantes; na maioria das vezes, muito limitados, o que, aliás, constitui boa parte de sua força. E o traço mais lamentável que se vislumbra nesses homens é que, em vez de seguirem um caminho reto, eles escolhem frequentemente um rumo oblíquo, ocupando-se de ninharias em vez do assunto principal. Por esse exato motivo é que perecem. Todavia, as massas os compreendem, e disso resulta a sua potência... De resto, cumpre-me dizer ainda duas palavras sobre o significado da tal *reclamação*...

Havia em nosso presídio alguns homens condenados por terem reclamado. Eram justamente esses presos que se inquietavam demais, sobretudo um deles, chamado Martýnov, que antes servira no corpo de hussardos — um homem colérico, turbulento e desconfiado, conquanto honesto e franco. O outro era Vassíli Antônov, homem que se irritava sem perder o sangue-frio, olhava com insolência e ostentava um sorriso altivamente sarcástico; era bastante desenvolvido e também honesto e franco. Não é possível enumerá-los todos, pois eram muitos. Petrov, diga-se de passagem, andava o tempo todo de lá para cá, escutava as conversas de todos os grupos, falava pouco, mas estava visivelmente alvoroçado. Foi o primeiro a correr para fora da caserna, quando os presidiários começaram a alinhar-se.

O sargento que estava de plantão em nosso presídio não demorou a aparecer, assustado. Uma vez em fileiras, os presos lhe pediram polidamente para dizer ao major que gostariam de falar com ele e de reclamar a respeito de certos pontos. Logo atrás do sargento saíram das casernas todos os inválidos, alinhando-se do outro lado do pátio, defronte dos presos. A solicitação dirigida ao sargento era extraordinária e deixou-o apavorado. Contudo, ele não se atreveu a deixar de levá-la de imediato ao conhecimento de nosso major. Em primeiro lugar, a rebelião dos detentos poderia acarretar consequências piores ainda: todos os nossos comandantes tinham um medo particular dos presidiários. Em segundo lugar, mesmo se não acontecesse nada e todos eles mudassem de ideia, indo dispersar-se na hora, o sargento deveria, ainda assim, informar imediatamente seus superiores acerca do ocorrido. Pálido e trêmulo de medo, foi rápido avisar o major, mesmo sem ter tentado conversar com os presos nem os exorzar. Percebia que ninguém falaria agora com ele.

Sem saber literalmente de nada, eu também fui ao pátio. Só mais tarde é que descobriria todos os detalhes do caso. Naquele momento pensava que fosse uma chamada, mas, sem ver os guardas que costumavam efetuar chamadas, fiquei surpreso e comecei a olhar ao meu redor. Os rostos manifestavam ansiedade e irritação. Alguns dos detentos haviam mesmo empalidecido. Estavam todos apreensivos e calavam-se à espera de sua conversa com o major. Notei que muitos dos presos olhavam para mim com enorme pasmo e viravam, calados, as costas. Estranhavam, pelo visto, a minha presença ao seu lado. Decerto não acreditavam que eu também tivesse vindo reclamar com eles. Aliás, quase todos os que estavam à minha volta tornaram, pouco depois, a encarar-me. Olhavam para mim de modo interrogativo.

— Por que estás aqui? — perguntou-me, alto e bom som, Vassíli Antônov, que estava mais longe de mim que os outros detentos. Até então sempre me tratara por "senhor" e falara comigo amavelmente.

Mirei-o atônito, buscando compreender o que significava aquilo e já adivinhando aos poucos que era algo inabitual.

— Realmente, por que vieste? Volta à caserna — disse um dos militares, um rapaz bondoso e pacato que eu não conhecia ainda. — Isso não é da tua conta.

— Mas todo mundo se alinhou — respondi-lhe. — Pensei que fosse uma chamada.

— Puxa, ele também desentocou! — gritou um dos presos.

— Bicão de ferro — replicou outro preso.

— Mata-moscas! — comentou o terceiro com inexprimível desdém. Essa nova alcunha provocou uma gargalhada geral.

— Aboletou-se perto da cozinha — acrescentou alguém.

— Pra eles tudo é paraíso. A gente tá na cadeia, e eles lá comem *kalatchs* e compram leitões. Já tens a tua comida, então por que vens aí?

— Não é seu lugar — disse Kulikov, aproximando-se de mim com ares de desafio. Pegou-me na mão e conduziu-me para fora da fileira.

Ele próprio estava pálido e mordiscava o lábio inferior; seus olhos negros brilhavam. Esperava pelo major sem sombra de sangue-frio. Por sinal, agradava-me muito observar Kulikov em todos os casos iguais àquele, ou seja, em todos os casos em que ele podia mostrar seu caráter. Exibia-se demais, porém não agia a esmo. Parecia-me que até subiria ao cadafalso com certo chique, com elegância. Agora que todos me tratavam por "tu" e me injuriavam, ele redobrou propositalmente as cortesias que me dispensava em aparência, se bem que suas palavras expressassem, ao mesmo tempo, uma insistência bem especial, mesmo sobranceira, e não admitissem nenhuma objeção minha.

— O negócio é nosso, Alexandr Petróvitch, e o senhor não tem nada a fazer aqui. Vá embora, aguarde um pouco... Veja bem: todos os seus estão na cozinha. Vá lá, pois.

— Vai aonde Judas perdeu as botas! — reforçou alguém. — Vai à baixa da égua!

Através da janela entreaberta da cozinha, eu tinha visto, de fato, os nossos poloneses; achara, de resto, que houvesse ali, a par deles, várias outras pessoas. Perplexo, fui à cozinha. Os risos e palavrões, os gritos "tiu-tiu" (que substituíam, no meio carcerário, os assovios) estouraram atrás de mim.

— Não gostou, não!... Tiu-tiu-tiu! Peguem nele!...

Ainda nunca ficara tão ofendido em nosso presídio; daquela feita senti-me profundamente magoado. Todavia, o momento era assim mesmo. Na antessala da cozinha encontrei o fidalgo T-wski, jovem de índole firme e generosa que não tinha grande instrução e estava muito apegado a B. Os presidiários o distinguiam de todos os outros fidalgos e mesmo gostavam um tanto dele. Era corajoso, viril e forte; de certa forma, essas qualidades se viam em cada gesto seu.

— O que tem, Goriántchikov? — gritou ele para mim. — Venha cá!

— Mas o que está acontecendo?

— Eles vão reclamar, será que não sabe? Por certo, não conseguirão nada: quem vai acreditar nos presidiários?

Vão procurar pelos agitadores e, se nós estivermos lá, acusar-nos-ão logo de tramar o motim. Lembre por que viemos aqui. Eles apanharão simplesmente, e nós seremos julgados. O major nos odeia a todos e terá prazer em acabar conosco. Vai justificar a si mesmo por nossa conta.

— E esses ladrões nos entregarão à chefia — acrescentou M-cki, quando entramos na cozinha.

— Pode ficar tranquilo, que não terão pena de nós! — confirmou T-wski.

Além dos fidalgos, encontravam-se na cozinha várias outras pessoas, uns trinta homens ao todo. Tinham ficado ali porque não queriam reclamar: uns por serem covardes, outros por estarem plenamente convictos da inutilidade total de quaisquer reclamações. Estava lá Akim Akímytch, inimigo jurado e natural de todas as ações desse gênero, nocivas ao curso normal do serviço militar e aos bons costumes. Esperava pelo desfecho calado e extremamente calmo, nem por sombras se preocupava com o que ia acontecer; pelo contrário, estava absolutamente seguro de que a ordem e a vontade dos superiores triunfariam sem falta. Estava lá também Issai Fomitch: cheio de perplexidade, mantinha-se de cabeça baixa e escutava nossas conversas com timidez e sofreguidão. Estava muito angustiado. Todos os poloneses de origem pobre, que também aderiam aos fidalgos, espremiam-se na cozinha. Havia uns russos medrosos, sempre calados e submissos. Não ousavam apoiar a reclamação de seus companheiros e esperavam, tristes, pelo término do motim. Havia, finalmente, alguns detentos de caráter sombrio e severo, assaz destemidos. Eles teriam ficado na cozinha pela sua obstinada e desdenhosa convicção de que tudo aquilo não passava de uma bobagem e só poderia acabar mal. Parecia-me, no entanto, que se sentiam então meio acanhados e olhavam em volta sem muita presunção. Apesar de entenderem que tinham toda a razão quanto àquela reclamação (o que se comprovaria mais tarde), achavam-se como que renegados ao abandonarem a sua comunidade, como se tivessem deixado seus companheiros nas mãos do major. Estava ali Yólkin, aquele astuto mujique siberiano que fora condenado por falsificar moedas e arrebatara de Kulikov toda a sua prática veterinária. O velho dos sítios de Starodúbie também estava ali. Todas "as cozinheiras", sem nenhuma exceção, permaneciam na cozinha; decerto persuadidos de que faziam parte da própria administração carcerária, pensavam que por esse motivo seria indecoroso protestar contra ela.

— Pois bem... — comecei indeciso, dirigindo-me a M-cki. — Mas, além destes, todos foram reclamar.

— E o que temos a ver com isso? — resmungou B. — Arriscaríamos cem vezes mais do que eles, se estivéssemos lá fora. E para quê? *Je haïs ces brigands.*[31] E será mesmo que o senhor pensa, apenas por um minutinho, que a reclamação deles faz sentido? Por que é que quer tanto participar desse absurdo?

— Não vai dar em nada — replicou um dos detentos, um velho teimoso e revoltado.

Almázov, que também estava por perto, apressou-se a corroborar sua resposta:

— Só vão açoitar uns cinquenta homens e, fora isso, não vai dar em nada.

---

[31] Eu odeio esses bandidos (em francês).

— O major chegou! — exclamou alguém, e todos correram, sôfregos, às janelas.

O major irrompeu furioso, vermelho de raiva. Achegou-se aos detentos, de óculos como viera; estava calado, mas se portava com firmeza. Mostrava-se, em tais casos, realmente corajoso e não perdia ânimo. De resto, quase sempre estava meio embriagado. Até o seu quepe sebento de cinta laranja e suas dragonas de prata, também ensebadas, aparentavam nesse momento algo sinistro. Quem o acompanhava era o escrivão Diátlov, um homem importantíssimo que, feitas as contas, regia tudo em nosso presídio e mesmo influenciava o próprio major, um sujeito astuto e muito dissimulado, mas bom em seu íntimo. Os presos gostavam dele. Atrás vinha o nosso sargento, que, pelo visto, já levara um sabão terribilíssimo e esperava ainda levar o décuplo de reprimendas; seguiam-no os soldados de escolta, no máximo uns três ou quatro homens. Os presidiários, que estavam sem bonés desde aquele minuto em que tinham pedido para chamar o major, endireitaram-se, arrumaram as roupas; cessaram todos de se virar de um lado para o outro e ficaram imóveis, aguardando a primeira palavra ou, melhor dito, o primeiro brado de seu comandante supremo. Este não se fez esperar: desde a segunda palavra, o major se pôs a gritar com todas as forças e mesmo a guinchar, pois nessa ocasião estava enraivecido em excesso. Víamos pelas janelas como ele corria ao longo das fileiras, partia para cima dos presos, interrogava-os. Aliás, não ouvíamos suas perguntas nem as respostas dos presidiários por causa da distância que nos separava. Apenas chegavam aos nossos ouvidos os berros guinchantes do comandante:

— Rebeldes!... Pela rua verde!... Quem começou?... Tu começaste! Tu começaste! — atirou-se contra alguém.

Não ouvimos a resposta, mas vimos, um minuto depois, um dos detentos sair das fileiras e dirigir-se ao *corps de gardes*. Passado mais um minuto, outro detento foi atrás dele, seguido logo pelo terceiro.

— Todos serão julgados, prometo! Quem é que está ali, na cozinha? — rugiu o major, vendo-nos através das janelas abertas. — Todos para cá! Tragam-nos para cá, agora!

O escrivão Diátlov veio à cozinha. Dissemos-lhe que não queríamos reclamar. Ele foi embora e transmitiu de pronto a nossa resposta ao major.

— Ah, não querem reclamar! — disse ele dois tons mais baixo, com aparente alívio. — Tanto faz! Tragam-nos todos para cá!

Saímos da cozinha. Eu sentia vergonha em sairmos assim. Todos caminhavam, aliás, de cabeça baixa.

— Ah, Prokófiev! E Yólkin também... És tu, Almázov?... Venham, fiquem aqui, juntinhos — dizia o major com uma voz rápida, mas branda, mirando-nos com carinho. — M-cki também está aqui... É só anotar. Diátlov! Anota logo todos os contentes e todos os descontentes em separado, todos sem exceção, e manda a lista para mim. Levarei vocês todos... para o tribunal! Eu prometo, canalhas!

A tal lista surtiu efeito.

— Estamos contentes! — elevou-se de supetão uma voz lúgubre na multidão dos rebeldes, mas já sem tanta coragem.

— Ah, contentes? Quem está contente? Quem estiver contente, que venha cá.

— Contentes, contentes, sim! — ouviram-se outras vozes.

— Contentes? Então ficaram ludibriados? Houve, então, agitadores, rebeldes? Pior para eles!...

— Que é isso, meu Deus! — gritou alguém no meio da multidão.

— Quem foi que gritou, quem? — bramiu o major, arrojando-se para aquele lado de onde viera a exclamação. — Foste tu, Rastorgúiev, foste tu quem gritou? Levem-no para o *corps de gardes*!

Rastorgúiev, um alto moço de cara inchada, saiu das fileiras e foi lentamente ao *corps de gardes*. Não fora ele quem gritara aquilo, mas, uma vez apontado, preferira obedecer.

— Reclamam aí de boca cheia! — uivou o major detrás dele. — Vejam só essa fuça gorda, nem em três dias... Ainda vou pegar vocês todos! Contentes, venham aqui!

— Estamos contentes, Vossa Excelência! — disseram umas dezenas de vozes lúgubres. Os outros detentos se calavam teimosamente, mas o major não esperava por coisas melhores. Ele próprio se dispunha, pelo visto, a resolver o problema o mais depressa possível, entrando em acordo com os presidiários.

— Ah, pois agora estão *todos* contentes! — resumiu com pressa. — Já via isso... Sabia. Foram os agitadores! No meio deles há, com certeza, agitadores! — prosseguiu, dirigindo-se a Diátlov. — Temos que investigar isso a fundo. E agora... agora é hora de trabalhar. Batam o tambor!

Presenciou em pessoa a chamada. Silenciosos e tristes, os presos iam trabalhar, contentes ao menos de se afastarem logo do medonho major. Todavia, mal acabou a chamada, este não demorou a ir ao *corps de gardes* e castigar "os agitadores", de resto sem muita severidade. Até se apressou a castigá-los. Pelo que se dizia mais tarde, um deles pediu perdão e foi perdoado de imediato. Via-se bem que o major não estava nada à vontade e talvez estivesse mesmo com medo. Em todo caso, a queixa formal é algo melindroso e, posto que a dos presidiários nem pudesse, na realidade, ser chamada de queixa, porquanto eles não a tinham apresentado aos comandantes superiores e, sim, ao próprio major, a situação era incômoda, constrangedora. Sobretudo se afligiam os presos com o fato de se terem amotinado de vez, todos juntos.

Precisava-se, pois, encobrir o motim custasse o que custasse. "Os agitadores" foram soltos pouco depois. Logo no dia seguinte a comida melhorou, mas essa melhora não duraria muito. Nos primeiros dias posteriores à rebelião o major passou a visitar o presídio com mais frequência, achando cada vez mais infrações de ordem. Nosso sargento andava confuso e preocupado, como se não conseguisse ainda recuperar-se do pasmo. Quanto aos presos, continuavam inquietos por muito tempo após o acontecido: não se inquietavam como antes, mas estavam tomados de uma angústia tácita, de uma espécie de desconcerto. Havia mesmo quem se entregasse à melancolia, ao passo que outros detentos discutiam mal-humorados, embora sem tanta perplexidade, sobre aquele caso. Muitos escarneciam maldosamente a si próprios, criticando em voz alta a sua reclamação.

— Toma aí, mano, esse quitute! — diz, vez por outra, um deles.

— Quem sabe gargalhar sabe também trabalhar! — acrescenta um outro.

— Onde está aquele rato que pôs a sineta no gato? — comenta o terceiro.

— É claro que nossa laia não aprende sem cacetada. Ainda bem que não tenham açoitado a todos.

— E tu mesmo, de hoje em diante, pensa mais e fala menos, aí vai dar certo! — nota alguém com raiva.

— Por que é que me ensinas, hein, sabichão?

— Ensinar não faz mal.

— Mas quem és tu e de que buraco saíste?

— Por enquanto sou gente, e tu, quem serás?

— Aquele osso que o cachorro largou, eis quem tu és.

— Tu és aquele osso.

— Chega, vocês aí, chega! Chega de bate-boca! — gritam os presos de todos os lados para acalmar os disputadores...

Na mesma noite, quer dizer, no mesmo dia da rebelião, ao voltar do trabalho, encontrei Petrov detrás das casernas. Ele já estava procurando por mim. Aproximando-se, murmurou algo parecido a duas ou três interjeições indistintas, mas logo se calou, distraído, e foi caminhando maquinalmente ao meu lado. Todo aquele caso ainda me pesava no coração; pareceu-me que Petrov me daria alguns esclarecimentos.

— Diga, Petrov — perguntei-lhe —, os seus não se zangam com a gente?

— Quem é que se zanga? — replicou ele, como que acordado.

— Os presos conosco... com os fidalgos.

— Por que se zangariam com vocês?

— Porque não fomos reclamar...

— Mas por que é que vocês reclamariam? — indagou Petrov, como se buscasse decifrar as minhas perguntas. — Vocês têm sua própria comida.

— Ah, meu Deus! Pois no seu meio também há quem tenha sua comida, mas foram reclamar todos. E nós deveríamos ter ido... por camaradagem.

— Mas... mas que camarada nosso o senhor é? — perguntou ele, perplexo.

Olhei rápido para ele: decididamente, Petrov não me compreendia, não entendia aonde eu queria chegar. Em compensação, fui eu quem o compreendeu, naquele momento, até o fim. Já havia muito tempo que uma ideia me perseguia, revolvendo-se, incerta, dentro de mim, e eis que ela se esclareceu, pela primeira vez, em definitivo: de súbito, entendi aquilo que mal adivinhava até então. Entendi que os presidiários nunca me deixariam entrar em sua comunidade, nem que fosse o criminoso dos criminosos, mantido até a morte na divisão especial. Mas o que me ficou mesmo na memória foi o aspecto de Petrov naquele momento. Em sua pergunta: "Mas que camarada nosso o senhor é?" ouviam-se tanta ingenuidade sincera e tanta perplexidade simplória! Pensei se não havia nessas palavras alguma ironia, maldade ou gozação. Nada disso: apenas não era meu camarada e ponto-final. Segue lá teu caminho, e nós seguiremos o nosso; nós temos nossos negócios, e tu tens os teus.

Imaginei, a falar a verdade, que após aquela reclamação os detentos iam simplesmente martirizar os fidalgos, que não os deixariam mais viver. Nada disso aconteceu: não ouvimos nem o menor reproche nem mesmo a mínima alusão a reproche, não percebemos o rancor dos detentos crescer nem um pouco. Eles só nos incomodavam de vez em quando, serrazinavam como dantes, e nada mais que isso. Tampouco se zangavam, aliás, com todos aqueles que não queriam reclamar e tinham ficado na cozinha ou então tinham sido os primeiros a gritar que estavam contentes com tudo. Ninguém mencionava sequer aquela história. Eu não consegui entender, sobretudo, esta última circunstância.

VIII
Meus companheiros

É claro que mais me atraíam os meus, ou seja, "os fidalgos", sobretudo naqueles primeiros tempos. Todavia, dentre os três antigos fidalgos russos que se encontravam em nosso presídio (Akim Akímytch, o delator A-v e o detento considerado parricida), comunicava-me apenas com Akim Akímytch. Confesso que me aproximava de Akim Akímytch, por assim dizer, de desesperado, nos momentos do tédio mais doloroso e quando não havia ninguém, além dele, de quem pudesse aproximar-me. No capítulo anterior tentei repartir toda a nossa gente em classes, mas agora, lembrando-me de Akim Akímytch, creio que poderia adicionar mais uma classe. De resto, era só ele quem a integrava, aquela classe dos presidiários absolutamente indiferentes. Entenda-se bem que os presidiários absolutamente indiferentes, isto é, aqueles que não percebiam diferença alguma em viver fora ou dentro da prisão, não existiam nem sequer podiam existir em nosso meio, mas Akim Akímytch constituía, nesse sentido, uma aparente exceção. Até se instalara no presídio como quem pretendesse ficar lá pelo resto da vida: tudo ao seu redor, a começar pelo seu colchão, pelos seus travesseiros e utensílios de uso corrente, dispunha-se de maneira tão coesa, tão fixa, tão duradoura. Não se notava naquele homem nada que aludisse ao acampamento, nada que fosse provisório. Ainda tinha vários anos a passar no presídio, porém era pouco provável que tivesse pensado uma vez só em abandoná-lo. Conformando-se com a realidade, não o fizera de boa vontade, mas tão somente por subordinação, o que redundava, aliás, no mesmo para ele. Era um homem bondoso e ajudava-me, a princípio, com certos conselhos e favorzinhos; devo reconhecer, no entanto, que me suscitava, por vezes (em especial nos primeiros tempos) e sem querer, uma tristeza imensurável que fazia piorar o meu estado de espírito, já muito abalado. Era por causa dessa tristeza que eu conversava com ele. Ansiava, de vez em quando, por uma palavra viva, mesmo que fosse biliosa, impaciente ou impregnada de ódio: ao menos íamos, nesse caso, enfurecer-nos juntos com nosso destino; mas ele se mantinha calado, fazendo suas lanterninhas, ou contava sobre a parada militar que se passara, tal ano, em sua divisão, especificava quem era o comandante e como eram seu nome e patronímico, se ficara contente com a parada ou não, como os sinais para atiradores haviam sido alterados, e assim por diante. Contava tudo aquilo com uma voz tão regular e monótona que parecia a água cair gota após gota. Quase não se animava, nem mesmo contando que tivera a honra de receber, tendo participado de uma batalha no Cáucaso, uma "Sant'Anna"[32] a enfeitar o punho de sua espada.

[32] Trata-se da Ordem de Santa Anna do 4º grau, cuja cruz se prendia à empunhadura da arma branca do oficial condecorado.

Apenas a sua voz se tornava, nesse momento, bem imponente e orgulhosa; Akim Akímytch passava a falar um pouco mais baixo, adotava um tom algo misterioso para pronunciar a palavra "Sant'Anna" e depois disso ficava, por uns três minutos, particularmente silencioso e majestoso... Havia momentos estúpidos, naquele primeiro ano, em que eu chegava (sempre de modo inesperado) quase a odiar Akim Akímytch, sem saber por que razão, e amaldiçoava, calado, o destino por ter-me posto na tarimba vizinha à daquele homem, de forma que dormíssemos cara a cara. De praxe, censurava a mim mesmo por isso, uma hora depois. Mas isso me ocorria tão só no primeiro ano; depois me resignei totalmente, cá dentro, a Akim Akímytch, envergonhando-me com minhas tolices de antes. Que me lembre, nunca briguei com ele às escâncaras.

A par desses três russos, outros oito fidalgos passaram, durante a minha reclusão, pelo nosso presídio. Aproximei-me, íntima e mesmo prazerosamente, de alguns deles, mas não de todos. Os melhores daqueles homens tinham índoles doentias, exclusivistas e intolerantes no mais alto grau. Um dia, deixei simplesmente de conversar com dois deles. Apenas três fidalgos eram instruídos: B-ski, M-ki e o velho Rz-ki, que antes ensinava matemática em algum lugar, um velho bondoso e amável, embora muito esquisito e, apesar de sua instrução, limitado em aparência. M-ki e B-ski eram homens de outro tipo. Dava-me bem com M-ki desde o nosso primeiro encontro: nunca brigava com ele, respeitava-o, se bem que não conseguisse amá-lo nem me apegar a ele. Era um homem profundamente desconfiado e amargurado, porém sabia controlar suas emoções com uma mestria espantosa. Eu não gostava precisamente dessa sua mestria extraordinária: sentia, de certa forma, que ele jamais abriria sua alma a ninguém. Entretanto, talvez me enganasse. Era uma pessoa forte e nobilíssima. Aquelas extremas, até meio jesuíticas, habilidade e prudência que ele manifestava em suas relações com outrem revelavam seu profundo ceticismo oculto. Enquanto isso, sua alma sofria notadamente por causa desse dilema: M-ki era cético, mas tinha uma imensa fé em certas convicções e expectativas pessoais, e nada podia abalar essa fé. Todavia, não obstante toda a sua flexibilidade cotidiana, hostilizava de modo irreconciliável B-ski e seu amigo T-wski. B-ski era um homem doente, algo propenso à tísica, irritadiço e nervoso, mas no fundo cheio de bondade e até mesmo magnânimo. Seu nervosismo resultava, por vezes, numa extrema intolerância, tornava-o caprichoso. Não suportei aquele caráter e afastei-me mais tarde de B-ski, porém não deixei nunca de amá-lo; quanto a M-ki, não brigava com ele nem o amava nunca. Rompendo com B-ski, tive também de romper logo com T-wski, aquele jovem que mencionara no capítulo precedente, quando contava sobre a nossa reclamação. Lamentei muito ter feito isso. Embora inculto, T-wski era um jovem bondoso e destemido — numa palavra, um jovem digno. Contudo adorava e respeitava tanto B-ski, tratava-o com tanta veneração que rejeitava de imediato quem discordasse minimamente dele, e nisso consistia todo o problema. Parece que se apartou também de M-ki por causa de B-ski, ainda que se tivesse contido por muito tempo. Aliás, eles todos eram homens moralmente enfermos, atrabiliários, irritadiços, desconfiados. Dá para entender isso: sua vida era muito difícil, bem mais difícil do que a nossa. Eles estavam longe da sua pátria. Alguns deles cumpriam sentenças cruéis, haviam sido condenados a dez ou a doze anos de reclusão e, o principal, mostravam-se muito parciais no tocante a todos os que estavam à sua volta, percebiam nos presos somente sua selvageria e não podiam nem mesmo queriam ver neles nenhum traço bom, nada humano, o que também era compreensível: fora o próprio fado, a força das circunstâncias, que lhes impusera tal infeliz ponto de vista. É claro que a tristeza afligia a todos em nosso presídio. Tratavam carinhosa e afavelmente os circassianos, os tártaros e Issai Fomitch, mas evitavam com asco todos os demais presos. Foi apenas o *starover* de Starodúbie que conquistou seu pleno respeito. É notável, aliás, que ao longo de toda a minha permanência no presídio nenhum dos detentos lhes reprochou sua origem, sua crença ou seu modo de pensar — reprimenda que nosso povo humilde dirige vez por outra aos estrangeiros, sobretudo aos alemães, embora isso aconteça bem raramente. De resto, tão só se ri dos alemães: um alemão representa algo profundamente cômico para a gentinha russa. Quanto aos nossos poloneses, os presos tratavam-nos mesmo com certa deferência, ao invés dos fidalgos russos, e nem por sombras *buliam* com eles. Mas, pelo visto, os poloneses não se dispunham jamais a reparar nisso nem a levá-lo em conta. Comecei a falar de T-wski. Era ele quem carregava, quase o tempo todo, B-ski em seus braços, quando os transferiam do lugar de seu primeiro degredo para a nossa fortaleza e B-ski, fraco de saúde e compleição, ficava extenuado a meio caminho. Mandaram-nos, a princípio, para U-gorsk.[33] Segundo eles contavam, vivia-se bem naquela cidade, ou seja, sua vida era lá bem melhor que em nossa fortaleza. No entanto, passaram a corresponder-se (por sinal, de maneira totalmente inócua) com os degredados que moravam noutra cidade, e foi a razão pela qual o comando achou necessário transferir esses três poloneses para a nossa fortaleza, a fim de mantê-los sob a vigilância das autoridades máximas. O terceiro companheiro deles era Rz-ki. Antes de sua chegada, o único polonês recluso em nosso presídio era M-ki. Como ele devia ter sofrido no primeiro ano de sua sentença!

Rz-ki era aquele mesmo velho que sempre rezava a Deus, já mencionado por mim. Todos os nossos criminosos políticos eram jovens, alguns mesmo em demasia; apenas Rz-ki tinha mais de cinquenta anos. Era um homem certamente honesto, mas levemente estranho. Seus companheiros B-ski e T-wski não gostavam nem um pouco dele, nem mesmo falavam com ele, alegando que era teimoso e briguento. Não sei até que ponto estavam com a razão nesse caso. Parece-me que num presídio, bem como em qualquer outro lugar onde as pessoas não se reúnem por vontade e, sim, por força, é muito mais fácil conflitarem e mesmo se odiarem mutuamente que em liberdade. Várias circunstâncias contribuem para isso. Aliás, Rz-ki era de fato um homem bastante obtuso e, sabe-se lá, desagradável. Todos os outros poloneses também estavam de ponta com ele. Eu mesmo, ainda que nunca brigasse com aquele velho, tampouco me aproximava dele. Parece que

[33] Dostoiévski se refere à cidade siberiana de Ust-Kamenogorsk.

entendia bem de sua matéria, ou seja, de matemática. Lembro como se esforçava para me explicar, em seu russo primário, um singular sistema astronômico que ele próprio inventara. Diziam-me que o divulgara, certa vez, por escrito, mas fora escarnecido pela altaroda científica. Acho que seu juízo estava um tanto desarranjado. Rz-ki passava dias inteiros ajoelhado, rezando a Deus, o que lhe rendeu o respeito de todo o presídio, respeito de que gozaria até sua morte. Ele morreu em nosso hospital, após uma grave moléstia, na minha presença. De resto, havia adquirido aquele respeito dos presos desde o primeiro passo que dera em nosso presídio, graças ao seu confronto com o major. Não barbeavam os poloneses durante toda a viagem de U-gorsk à nossa fortaleza, e suas barbas haviam crescido muito, de modo que, quando os levaram diretamente até o nosso major, este ficou raivosamente indignado com tal atentado à subordinação, de que os detentos não tinham, bem entendido, nenhuma culpa.

— Que caras é que eles têm? — bramiu o major. — São vagabundos, ladrões!

Rz-ki ainda compreendia o russo muito mal e pensou que o comandante perguntava quem eram eles, vagabundos ou ladrões.

— Não somos vagabundos — respondeu-lhe. — Somos prisioneiros políticos.

— O quê? Pois tu me desafias, hein, desafias? — rugiu o major. — Para o *corps de gardes*! Cem varadas, agora, imediatamente!

O velho foi castigado. Obediente, deitou-se sob as varas, segurou a sua mão com os dentes e aturou o castigo sem o menor grito ou gemido, sem se mover.

B-ski e T-wski tinham entrado, nesse meio-tempo, no presídio e M-ki, que já esperava por eles ao pé do portão, viera correndo abraçá-los, conquanto nunca os tivesse visto antes. Abalados com a recepção do major, contaram-lhe tudo sobre Rz-ki. Lembro como M-ki me falava disso: "Estava arrasado" — dizia ele. "Não entendia o que se dava comigo e tremia como que de febre. Aguardava Rz-ki perto do portão. Ele havia de voltar logo do *corps de gardes* onde o castigaram. A portinhola se abriu de repente: sem olhar para ninguém, de rosto pálido e lábios descorados e trêmulos, Rz-ki passou por entre os detentos que se tinham reunido no pátio ao saber que um fidalgo estava sendo castigado, entrou na caserna, foi direto à sua tarimba e, sem uma palavra, ajoelhou-se e começou a rezar a Deus. Os detentos ficaram surpresos e mesmo comovidos. Quando eu vi aquele homem de cabelos brancos..." — dizia M-ki —, "aquele velho que tinha deixado, lá em nossa terra, sua mulher e seus filhos... quando o vi de joelhos, vergonhosamente punido, rezando, corri esconder-me por trás das casernas e fiquei duas horas ali, como que enlouquecido. Estava num frenesi..." Desde então, os presos passaram a respeitar muito Rz-ki: tratavam-no sempre com plena consideração. O que lhes agradou, sobretudo, é que o polonês não tivesse gritado sob as varas. É preciso, porém, dizer toda a verdade: com base nesse exemplo, não se pode julgar a respeito do tratamento que os comandantes dispensam na Sibéria aos fidalgos degredados, sejam os degredados em questão russos ou poloneses. Esse exemplo mostra apenas que há homens truculentos por lá e certifica que, se um desses homens truculentos comandasse um dos presídios siberianos, a vida do fidalgo recluso nele seria muito ruim, especialmente caso o comandante truculento não gostasse dele. Não se pode, contudo, deixar de reconhecer que o mais alto comando, do qual dependem os modos e usos de todos os demais comandantes siberianos, é muito escrupuloso no tocante aos degredados nobres, dispondo-se mesmo, de vez em quando, a facilitar sua situação, ao contrário da dos outros presos, daqueles de origem popular. As razões disso estão bem claras: primeiro, esses comandantes mais altos também são fidalgos; segundo, já vinha acontecendo que alguns dos fidalgos não se deitassem sob as varas e atacassem seus carrascos, o que tinha consequências terríveis; terceiro (e, pelo que me parece, este ponto é o principal), há muito tempo, uns trinta e cinco anos atrás, apareceu na Sibéria, de uma vez só, uma grande massa de degredados nobres,[34] e foram exatamente esses homens que souberam, ao longo de três décadas, alcançar tal posição e reputação em toda a Sibéria que, ainda na minha época, os comandantes viam os criminosos de estirpe nobre com outros olhos e tratavam-nos involuntariamente, conforme um hábito enraizado que passava de geração em geração, de outra forma que todos os presidiários comuns. A par dessas altas autoridades, os comandantes locais também se habituaram a tratá-los assim, seguindo, bem entendido, o ponto de vista e o estilo de seus superiores, obedecendo-lhes ou submetendo-se a eles. De resto, muitos desses comandantes locais se portavam obtusamente,

[34] Trata-se dos fidalgos que participaram da chamada rebelião dezembrista, ocorrida em 1825, cujas metas consistiam em modernizar a Rússia arcaica e despótica.

criticavam às ocultas as ordens vindas de cima e ficariam muito, mas muito contentes se não os impedissem de mandar e desmandar à sua maneira. Todavia, nem sempre os deixavam mandar a seu bel-prazer. Estou firmemente convicto disso, e o motivo é o seguinte. As condições da segunda classe dos presidiários, a que eu pertencia e que se compunha de presos destituídos de seus direitos sociais e mantidos sob o comando militar, eram incomparavelmente mais penosas que as das duas outras classes, ou seja, da terceira (a das fábricas) e da primeira (a das minas). Eram mais penosas não só para os fidalgos como também para todos os presos, notadamente porque o comando e o estatuto dessa classe eram militares e bem semelhantes aos das companhias correcionais da Rússia. O comando militar é mais severo, as regras são mais rígidas, os detentos estão sempre acorrentados, escoltados, trancafiados, enquanto as duas outras classes não têm regulamentos tão duros assim. Ao menos, era essa a opinião de todos os nossos presidiários, no meio dos quais havia quem entendesse bem do assunto. Todos eles passariam com gosto para a primeira classe, que as leis consideram a mais penosa, e até sonhavam amiúde com isso. Quanto às companhias correcionais da Rússia europeia, todos os nossos que lá tinham sido mantidos falavam delas com pavor e asseguravam que em toda a Rússia não existia lugar mais horrível que aquelas companhias correcionais vinculadas às fortalezas, e que a vida na Sibéria era um paraíso em comparação com a naquele lugar. Por conseguinte, se na vigência das regras tão rígidas como as do nosso presídio, sob o comando militar e nas barbas do próprio governador militar, levando, afinal, em conta os casos (que vez por outra aconteciam) em que certas pessoas alheias, mas oficiosas, estavam prestes, por maldade ou dedicação ao serviço, a comunicar discretamente a quem de direito que tais comandantes mal-intencionados tratavam com indulgência os criminosos da tal classe — se mesmo num lugar desses, digo eu, os criminosos de origem nobre eram vistos, de certa forma, com outros olhos, ao contrário dos demais presos, então os comandantes da primeira e da terceira classes haviam de conceder-lhes ainda mais benefícios. Por conseguinte, parece-me que, se eu julgasse pelo presídio em que fui recluso, poderia julgar a respeito de toda a Sibéria. Todos os boatos e relatos que chegavam aos meus ouvidos por parte dos degredados da primeira e da terceira classes confirmavam essa conclusão minha. De fato, os comandantes de nosso presídio tratavam-nos, os fidalgos, com mais atenção e cautela. Quanto aos trabalhos e às condições da nossa reclusão, não tínhamos decididamente concessão alguma: a mesma labuta, os mesmos grilhões e cadeados — numa palavra, o mesmo que cabia a todos os outros detentos. Aliás, o comando nem poderia poupar-nos nesse sentido. Que eu saiba, havia nessa cidade, naquele recente pretérito,[35] tantos delatores, tantas intrigas e tantas pessoas urdindo golpes uma contra a outra que nosso comando temia, naturalmente, ser denunciado. E o que poderia ser mais temível, naquele tempo, que uma denúncia de os criminosos de tal ou tal classe serem tratados com

[35] Por meio deste aparente paradoxo, Dostoiévski se refere ao cruento reinado de Nikolai I (1825 – 1855), em que a Rússia era apelidada, sem mais nem menos, de "cadeia dos povos".

indulgência? Destarte, todo oficial estava com medo, e nós vivíamos em pé de igualdade com todos os demais presos: apenas tínhamos certo desconto com relação aos castigos corporais. É verdade que seríamos açoitados com muito zelo, caso merecêssemos uma chibata, quer dizer, cometêssemos alguma falta. O dever de ofício e o princípio de igualdade ante o castigo corporal exigiam isso. Ainda assim, não nos açoitariam debalde, daquele modo leviano, enquanto os detentos comuns eram, bem entendido, tratados levianamente diversas vezes, em especial pelos comandantes inferiores que gostavam de abusar do poder e de impor a sua vontade em qualquer ocasião favorável. Sabíamos que, informado sobre o caso do velho Rz-ki, o alto comando ficara revoltado com nosso major e solicitara que se dignasse a dominar, dali em diante, seus ímpetos. Assim é que todos me contavam daquilo. Sabíamos, outrossim, que o governador militar em pessoa, o qual confiava em nosso major e até gostava dele, em parte, como de um bom executor de ordens e homem provido de certas capacidades, também o admoestara ao saber daquela história. E nosso major tomou tudo isso em consideração. Adoraria, por exemplo, atingir M-ki, por quem nutria ódio devido às calúnias de A-v; contudo, não conseguia mandar açoitá-lo, por mais que buscasse pretextos, importunasse e perseguisse aquele homem. Toda a cidade ficou, em breve, ciente do caso de Rz-ki e a opinião pública voltou-se contra o major: muitos o criticaram, alguns lhe causaram incômodos.

Lembro-me agora do meu primeiro encontro com o major. Nós dois, ou seja, eu mesmo e um outro fidalgo condenado que entrara no presídio comigo, ficáramos assustados, ainda em Tobolsk, com uns relatos sobre a índole ríspida desse homem. Os degredados de origem nobre, radicados ali havia vinte e cinco anos, que nos acolheram com profunda simpatia e mantinham contato conosco ao longo de toda a nossa permanência na casa de detenção provisória, preveniam-nos contra o futuro comandante e prometiam fazer tudo quanto pudessem, com a ajuda de seus conhecidos, para nos proteger das suas perseguições. De fato, três filhas do governador militar, vindas, nesse meio-tempo, da Rússia para visitá-lo, receberam umas cartas desses degredados e, parece-me, intercederam em nosso favor junto ao seu pai. Mas o que é que ele podia fazer? Apenas disse ao major para tratar-nos com mais atenção. Por volta das três horas da tarde, nós dois, ou seja, eu e meu companheiro, chegamos àquela cidade e fomos levados, sob escolta, até o nosso soberano. Ficamos esperando por ele numa antessala. Enquanto isso, já haviam mandado buscar um sargento do presídio. Tão logo este apareceu, veio também o major. Seu rosto maldoso, avermelhado e coberto de espinhos, causou-nos uma impressão muito sinistra, como se uma terrível aranha viesse agadanhar uma pobre mosca que caíra em sua teia.

— Qual é o teu nome? — perguntou o major ao meu companheiro. Falava rápido, de maneira brusca e entrecortada: pelo visto, queria impressionar-nos.

— Fulano.

— E o teu? — prosseguiu o major, dirigindo-se a mim e focando em mim seus óculos.

— Beltrano.

— Sargento! Leve-os agora ao presídio e mande raspar, no *corps de gardes*, metade da cabeça, de modo civil, imediatamente. Que troquem de grilhões amanhã mesmo. Que capotes são esses, onde os arranjaram? — perguntou de repente, ao reparar nos casacões cinza, com círculos amarelos nas costas, que nós recebêramos em Tobolsk, aparecendo vestidos assim diante dos seus olhos de águia. — É o novo uniforme! Deve ser um novo uniforme... Inventam as coisas... lá em Petersburgo — dizia, fazendo que nos virássemos de um lado para o outro. — Eles têm pertences pessoais? — perguntou de súbito ao gendarme que nos escoltava.

— Têm roupas próprias, Vossa Excelência — respondeu o gendarme, endireitando-se num instante e mesmo com certo tremor. Todos conheciam o nosso major, todos tinham ouvido falar dele, todos o temiam.

— Confiscar tudo. Deixar com eles somente as roupas de baixo, se forem brancas; e, se forem coloridas, levá-las embora. Vender todo o resto em leilão, recolher o dinheiro como receita. O preso não tem bens — continuou, mirando-nos com austeridade. — Comportem-se direito, entenderam? Que eu não ouça nenhuma reclamação! Senão... o casti-go corpo-ral! Pela menor falha... var-r-radas!...

Por falta de hábito, passei toda a noite quase doente após essa cena. De resto, a minha impressão foi reforçada por aquilo que vira no presídio. Mas já contei sobre a minha chegada à prisão.

Acabei de dizer que os superiores não nos faziam nem mesmo ousavam fazer nenhuma concessão que pudesse facilitar o nosso trabalho, se comparado com o dos demais presos. Uma vez, no entanto, foi feita uma tentativa: eu e B-ski íamos, por três meses inteiros, ao escritório de engenharia militar onde trabalhávamos como copistas. Mas isso se fez às escondidas, e quem o fez foi o comando da engenharia. Em outros termos, todos os comandantes que precisavam saber disso estavam, talvez, a par da história, porém se fingiam de desentendidos. Isso se deu quando o comandante dos engenheiros era G-v. O tenente-coronel G-v apareceu em nosso presídio de chofre, como que caindo dos céus, passou ali pouco tempo — se não me engano, em torno de meio ano ou menos ainda — e voltou para a Rússia, deixando aos nossos detentos uma impressão extraordinária. Eles não apenas gostavam de G-v, eles o adoravam, se é que essa palavra pode ser empregada nesse contexto. Não sei como ele realizou tal façanha, mas conquistou-os a todos desde o primeiro passo. "É nosso pai, nosso pai! Com ele nem precisamos de pai!" — repetiam os presos a cada minuto, ao longo de todo aquele período em que ele comandava a unidade de engenharia. Parece que era um farrista horribilíssimo. De estatura baixa, tinha um olhar atrevido e presunçoso. Apesar disso, tratava os presos carinhosamente, chegando quase a dispensar-lhes afagos, e amava-os no sentido literal, como se fosse realmente seu pai. Não posso dizer por que amava tanto os presidiários, mas o fato é que, avistando um deles, nunca deixava de dirigir-lhe uma palavra meiga ou engraçada, de rir ou brincar com ele, e o principal: não havia nisso sequer uma alusão à sua superioridade, sequer uma gota daquilo que pudesse significar um carinho condescendente, vindo do chefe ao subalterno. Era um camarada, "um dos nossos" no mais alto grau. Contudo, não obstante todo o seu democratismo instintivo, os presos não admitiram nenhuma vez, em sua presença, nem sombra de desrespeito ou familiaridade. Pelo contrário, apenas o rosto do preso fulgia todo quando ele encontrava o engenheiro: mal o via aproximar-se, tirava de pronto a *chapka* e fitava-o sorridente. E, se o engenheiro se punha a falar com ele, era como se lhe entregasse um rublo de gratificação. Há mesmo pessoas tão populares assim. E G-v ostentava ares de valentia, andava aprumado, de costas retas. "Que figurão!" — diziam os presos de vez em quando. É claro que não podia facilitar, de maneira alguma, a situação deles: supervisava tão só os trabalhos de engenharia, os quais se efetuavam, bem como sob o comando de todos os outros oficiais, segundo as regras técnicas, estabelecidas de uma vez por todas. Entretanto, ao encontrar por acaso um grupo de presidiários a trabalhar e percebendo que sua tarefa já estava cumprida, não fazia questão de forçá-lo também a cumprir o horário: deixava os presos irem embora antes que o tambor rufasse. Agradavam a confiança que ele demonstrava aos presos, a ausência de pedantismo tacanho e de irritabilidade, a total ausência de outras manifestações ofensivas em suas atividades de comandante. Acho que, se G-v tivesse perdido mil rublos, seria o primeiro dos nossos ladrões quem os devolveria a ele, tão logo os encontrasse. Estou convencido, sim, de que isso aconteceria mesmo. Com quanta pena profunda é que os detentos souberam da briga de foice que ocorrera entre o figurão engenheiro e o major odioso! Foi no primeiro mês de sua estada naquele lugar. Nosso major tinha servido outrora com ele. Encontraram-se, após uma longa separação, como bons amigos e juntos caíram na patuscada. De súbito, romperam as relações. Brigaram feio, e G-v se tornou um inimigo figadal do major. Até correram rumores de que se tivessem engalfinhado nessa ocasião — algo peculiar ao nosso major, que dava pancadas a torto e a direito. Desde que os detentos ouviram falar nisso, sua alegria não tinha mais limites. "Será que o Oito Olhos se daria bem com aquele ali? É um figurão, e o nosso é..." — de praxe, acrescentava-se uma palavrinha incompatível com o texto impresso. Interessava muito, em nosso meio, quem deles dois batera em quem. Se a notícia daquela briga se revelasse falsa (o que era, quiçá, assim mesmo), nossos rapazes ficariam, por certo, muito decepcionados. "Não, com certeza foi o engenheiro quem venceu" — comentavam os presos. "Ele é miúdo, mas topetudo, e o outro se escondeu, parece, debaixo da cama." Pouco depois, G-v foi embora e os detentos se entristeceram de novo. É verdade que todos os comandantes da unidade de engenharia (revezaram-se umas três ou quatro vezes em minha presença) eram gente boa, mas... "Ninguém foi melhor que aquele homem" — diziam os presos. "Era um figurão, era defensor nosso." Pois era justamente aquele G-v que gostava muito de todos nós, os fidalgos, e ordenou finalmente a mim e a B-ski que viéssemos, vez por outra, ao seu escritório. Quando ele se retirou, nosso trabalho se tornou ainda mais regular. Havia alguns engenheiros (sobretudo, um deles) que simpatizavam conosco. Íamos ao escritório, copiávamos os papéis, de modo que até nossa letra acabou melhorando, e de repente os superiores mandaram que retornássemos de imediato aos nossos trabalhos antigos: alguém nos denunciara! Aliás, não foi nada ruim, pois o escritório já nos havia enfastiado. Depois faríamos, eu e B-ski, quase sempre o mesmo trabalho por uns dois anos, principalmente na oficina. Conversávamos à porfia, falávamos sobre as nossas esperanças e convicções. Era um homem bom, ainda que suas convicções fossem, às vezes, bem esquisitas, excepcionais. É frequente certa classe de pessoas muito inteligentes conceber ideias inteiramente paradoxais. Contudo, sofreu-se tanto por elas nesta vida, um preço tão alto foi pago por elas que seria por demais dolorido, quase impossível, abandoná-las. B-ski escutava com dor cada objeção minha e respondia-me com mordacidade. De resto, não sei: talvez ele tivesse bem mais razão do que eu em diversas questões. Separamo-nos, afinal, e isso me deixou todo aflito, já que vivêramos tantas coisas juntos.

Nesse ínterim M-ki ficava, com o passar dos anos, mais triste e amargurado. Os pesares subjugavam-no. Logo de início, nos primeiros tempos de minha reclusão, ele estava mais sociável, sua alma se externava com mais frequência e força. Já ia para três anos que ele se encontrava naquele presídio, quando eu entrei lá. Mostrou-se, a princípio, muito interessado em saber o que se passara no mundo, nesses dois anos e tanto, o que ignorava completamente ali na prisão; indagava-me, escutava, emocionava-se. Entretanto mais tarde, no decorrer dos anos, aquilo tudo começou a condensar-se em seu íntimo, fundo no coração. O carvão se apagava, cobria-se de cinzas. Sua revolta crescia o tempo todo. *Je haïs ces brigands* — repetia ele volta e meia, olhando com ódio para os presos que eu já conhecia de perto, e nenhum argumento meu a favor deles o dissuadia. Ele não entendia as minhas falas; raras vezes é que concordava distraidamente comigo, porém no dia seguinte voltava a repetir: *Je haïs ces brigands*. A propósito: falávamos amiúde francês, e foi por isso que o mestre de obras, soldado de engenharia Draníchnikov, chegou a apelidar-nos, não se sabia por que motivo, de "ferschels".[36] M-ki se animava apenas se lembrando da sua mãe. "Ela é velha, está doente" — dizia-me então. "Ela me ama mais do que tudo no mundo, e eu cá nem sei se está viva ou não. Basta ela saber, coitada, como me arrastaram pela rua verde..." M-ki não era fidalgo e, antes de ser degredado, sofrera um açoitamento. Quando se recordava disso, cerrava os dentes e procurava olhar para o lado. Ultimamente, andava cada vez mais solitário. Uma manhã, já depois das onze, chamaram-no para o gabinete do comandante. Este o recebeu com um sorriso alegre.

— Pois bem, M-ki, o que foi que viste hoje em sonhos? — perguntou-lhe.

"Estremeci todo" — contava M-ki ao voltar para a caserna —, "como se algo pungisse o meu coração".

— Sonhei que tinha recebido uma carta de minha mãe — respondeu ao comandante.

— Melhor ainda, melhor! — disse o comandante. — Estás livre! Tua mãe pediu... e seu pedido foi atendido. Eis aqui sua carta e eis a ordem que te concerne. Agora mesmo sairás do presídio.

Quando M-ki retornou à caserna, estava pálido: ainda não se recuperara dessa notícia. Viemos felicitá-lo. Ele nos apertava as mãos com suas mãos trêmulas e geladas. Muitos detentos também o felicitavam, compartilhando a sua alegria.

M-ki ficou em nossa cidade como um exilado livre. Dentro em pouco arranjou um emprego. De início,

---

[36] Corruptela do termo alemão *Feldscher*, isto é, enfermeiro diplomado.

vinha frequentemente até o presídio e, quando podia, comunicava-nos várias notícias. Interessava-se, sobretudo, por novidades políticas.

No que tange aos outros quatro poloneses, tirante M-ki, T-wski, B-ski e Rz-ki, dois deles eram ainda bem novos, cumpriam sentenças curtas, não tinham muita instrução, mas pareciam honestos, simples e francos. O terceiro, chamado A-czukowski, era simplório demais e não possuía nenhum traço que o destacasse, enquanto o quarto, B-m, um homem já idoso, causava a todos nós uma péssima impressão. Não sei como ele veio parar no meio dos criminosos daquele tipo; aliás, ele próprio se negava a contar sua história. Era um pequeno-burguês mesquinho e bruto, cujos costumes e regras de vida traíam um comerciante que enriquecera juntando copeques surrupiados dos seus fregueses. Não tinha instrução alguma nem mesmo se interessava por nada além do seu ofício. Era pintor, mas um pintor fora de série, um pintor excelente. O nosso comando soube rápido de suas capacidades, e toda a cidade passou a solicitar B-m para que pintasse paredes e tetos. Em dois anos ele deu conta de quase todos os apartamentos funcionais. Quanto aos apartamentos privados, seus donos pagavam por seu trabalho, de modo que B-m sempre tinha um dinheirinho. Mas o melhor era que seus companheiros iam também trabalhar com ele. Dentre os três poloneses que o acompanhavam constantemente, dois aprenderam o seu ofício, passando um deles, T-rzewski, a pintar tão bem como B-m. O nosso major, que também ocupava uma casa funcional, chamou por sua vez B-m e mandou que lhe pintasse todos os cômodos. Nesse caso B-m se esforçou de verdade: nem a morada do governador militar teria uma decoração tão fina assim. A casa era de madeira e tinha um só andar; bastante vetusta e repelente por fora, brilhava por dentro que nem um palácio, e o major se encantava com isso... Dizia, esfregando as mãos, que agora se casaria sem falta. "Com esse apartamento não dá mais para viver solteiro" — acrescentava de forma bem séria. Estava cada vez mais contente com B-m e, graças a ele, com todos os seus ajudantes. O trabalho durou um mês inteiro. Ao longo daquele mês, o major mudou totalmente sua opinião a respeito de todos os presos e começou a favorecê-los. Acabou por mandar, um dia, que trouxessem do presídio Rz-ki.

— Rz-ki! — disse ele. — Eu te ultrajei! Açoitei-te à toa, sei disso. Estou arrependido. Vê se me entendes: sou eu, *eu*, *eu* quem se arrepende!

Rz-ki respondeu que entendia bem isso.

— Entendes mesmo que sou eu, *eu*, teu comandante, quem te chamou para te pedir perdão? Estás mesmo sentindo isso? Quem és *tu* diante de mim? Um verme, algo menor que um verme: és um detento! E eu cá sou um major por graça de Deus.[37] Um major, vê se me entendes!

Rz-ki respondeu que entendia isso também.

— Pois faço agora as pazes contigo. Mas será que tu sentes isso plenamente, em toda a extensão? Serias capaz de compreender e de sentir isso? Imagina só: eu, eu, um major... — e assim por diante.

---

[37] Expressão literal, usada, na minha época, não apenas pelo nosso major como também por diversos comandantes de pouca monta, em especial por aqueles que ascenderam a partir das patentes mais baixas. (N. A.)

Foi o próprio Rz-ki quem me contou toda aquela cena. Havia, então, sentimentos humanos naquele homem embriagado, agressivo e desregrado. Levando em conta suas ideias, bem como o grau de seu desenvolvimento, poder-se-ia considerar a sua ação como quase magnânima. De resto, quem sabe se a embriaguez não contribuíra muito para tal magnanimidade.

Seu sonho não se realizou: ele não se casou, embora estivesse completamente decidido após a reforma em sua casa. Em vez de casar-se, foi processado e impelido a reformar-se. Foram rememorados, na ocasião, todos os seus pecados antigos. Teria sido, que me lembre, o prefeito daquela mesma cidade... O golpe atingiu-o de supetão. E no presídio todos se alegraram imensamente com essa notícia. Era uma festa, um jubileu! Dizem que o major chorava feito uma velha mulherzinha, que afundava em lágrimas. Aliás, não tinha mais nada a fazer. Reformou-se, vendeu primeiro o seu par de cavalos cinza e depois todo o seu patrimônio, ficou até mesmo pobre. A gente o encontrava mais tarde, de sobrecasaca civil, toda gasta, e quepe com distintivo. O major olhava com raiva para os presos. Mas toda a sua significância acabara tão logo ele tirara seu uniforme. Quando uniformizado, era um manda-chuva, um deus. Ao envergar uma sobrecasaca, tornara-se de repente um lagalhé e parecia mesmo um lacaio. É assombroso o valor do uniforme para aquelas pessoas!

IX
A fuga

Pouco depois do afastamento de nosso major ocorreram mudanças radicais em nosso presídio. Os trabalhos forçados foram extintos; uma companhia correcional do exército, organizada a exemplo de semelhantes instituições russas, veio substituí-los. Isso significava que os degredados de segunda classe, condenados a trabalhos forçados, não seriam mais trazidos para o nosso presídio. Quem o povoava, desde então, eram unicamente os detentos do meio militar, ou seja, os homens que preservavam seus direitos sociais, os mesmos soldados que todos os outros soldados, apenas punidos: vindo cumprir sentenças curtas (até, no máximo, seis anos de reclusão), eles voltavam, ao sair do presídio, para os mesmos batalhões e serviam lá, como dantes, na qualidade de soldados rasos. Aliás, quem tornava a ser encarcerado por novos crimes levava, como nos velhos tempos, uma pena de vinte anos. Na verdade, uma divisão dos detentos militares existia mesmo antes dessa mudança, mas eles conviviam conosco porque não havia outro lugar onde poderiam ser mantidos. Agora todo o presídio se transformou nessa divisão militar. Entenda-se bem que os presos antigos, aqueles verdadeiros presidiários civis, privados de todos os seus direitos, de testas ferreteadas e cabeças raspadas pela metade, ficaram no presídio até terminar as suas sentenças; novos presidiários não vinham, e os antigos completavam, pouco a pouco, seus prazos de reclusão e iam embora, de forma que, ao cabo de uns dez anos, não restaria em nosso presídio nenhum detento civil. A divisão especial também foi conservada:

entravam nela, de vez em quando, os criminosos militares de alta periculosidade, "até que fossem instaurados na Sibéria os mais penosos trabalhos carcerários". Assim sendo, a nossa rotina continuava, no fundo, inalterada: as mesmas condições de vida, o mesmo trabalho, quase as mesmas regras... Apenas a administração mudou e ficou mais complexa. Foram designados o oficial superior, o comandante da companhia e, além deles, quatro suboficiais que se revezavam em seus plantões no presídio. Os inválidos foram extirpados; em lugar deles apareceram doze sargentos e um almoxarife. Os presos foram repartidos em dezenas, alguns deles se tornaram cabos (a título nominal, bem entendido) e, como não poderia deixar de acontecer, Akim Akímytch logo se fez um cabo. Toda essa nova estrutura e o presídio em si com todos os seus guardas e presos permaneceram sob o comando de nosso chefe antigo. Eis tudo o que se passou. É claro que no começo os detentos estavam bem agitados, discutiam sobre os novos comandantes, bisbilhotavam e conjeturavam como eles seriam; porém, quando perceberam que tudo estava, no fundo, como antes, quietaram-se num piscar de olhos, e nossa vida foi seguindo os mesmos trilhos. Mas o principal era que todos se viram livres do antigo major; todos se animaram e retomaram fôlego. Sumiu aquela postura intimidada; cada um sabia agora que, caso houvesse necessidade, poderia falar com o comandante e que só por erro um inocente sofreria castigo em vez de um culpado. Até o vinho se vendia em nosso presídio da mesma maneira e com a mesma justificativa de antes, se bem que os sargentos tivessem substituído os inválidos corrompidos. Esses sargentos eram, em sua maioria, pessoas decentes e inteligentes, compreendiam bem a sua condição. Alguns deles mostraram, de início, sua intenção de abusar do poder e, devido à sua inexperiência, tentaram tratar os detentos como os soldados comuns. Mas, dentro em pouco, entenderam qual era a diferença. E quem demorou a entender isso sozinho foi ensinado pelos próprios detentos. Houve umas colisões assaz violentas: seduziam, por exemplo, um desses sargentos com a bebida, embebedavam-no e depois lhe diziam — aliás, de modo amigável — que tinha bebido com os presidiários, por consequência... No fim das contas, os sargentos passaram a ver com indiferença ou, melhor ainda, a desperceber quem trouxesse garrafas ao presídio e vendesse lá vodca. E, mais que isso, iam à feira, tais e quais os antigos inválidos, e compravam para os presos *kalatchs*, carne de vaca e outras coisas, ou seja, aquilo que podiam arranjar sem muito risco. Por que tudo isso mudou tanto e para que foi organizada a companhia correcional, desse assunto não tenho ideia. Isso se deu já nos últimos anos de minha reclusão. Cumpria-me, no entanto, viver mais dois anos sob esse novo regime... Será que vale a pena descrever toda a minha vida, todos os anos que passei no presídio? Acho que não. Se relatasse, numa sequência ininterrupta, tudo o que me sucedera, tudo o que eu vira e aturara nesses anos, bem poderia compor ainda o triplo ou o quádruplo de capítulos além dos que já escrevi. Mas este relato acabaria sendo, mesmo que eu não o quisesse, monótono em excesso. Todas as aventuras seriam descritas no mesmo estilo, sobretudo para quem já tivesse adquirido, ao ler os capítulos feitos de início, uma noção minimamente satisfatória da vida dos nossos presidiários de segunda classe. Apetecia-me representar todo o nosso presídio e tudo aquilo que eu vivenciara ao longo dos anos por meio de um só quadro forte e expressivo. Não sei se realizei essa meta. Em parte, nem sequer sou eu mesmo quem vai julgar a respeito disso. Todavia, estou convencido de que posso terminar a minha narração aqui. Além do mais, fico aflito, por vezes, com estas recordações minhas. E é pouco provável que consiga recordar tudo. Os anos posteriores parecem ter-se apagado da minha memória. Tenho a certeza de que me esqueci totalmente de várias circunstâncias. Lembro, por exemplo, que todos esses anos eram, em sua essência, tão parecidos uns com os outros e arrastavam-se tão indolentes e tristes. Lembro que esses dias longos e tediosos eram tão iguais quanto as gotas d'água a cair do telhado após a chuva. Lembro que apenas o meu anelo por ressurreição, renovação e vida nova incentivava-me a esperar sem perder esperanças. Resignei-me, por fim: estava esperando, contava todos os dias vividos e, apesar de haver mil dias pela frente, deliciava-me em subtrair cada um desses dias, em despedir-me dele, em sepultá-lo e, quando chegava outro dia, sentia-me feliz de que não sobrassem mais mil dias, mas tão somente novecentos e noventa e nove. Lembro que, durante todo esse tempo, permanecia imerso numa solidão horrível, conquanto centenas de companheiros me rodeassem, e acabei gostando dessa solidão minha. Sozinho cá dentro, eu revisava toda a minha vida anterior, examinava tudo até os menores detalhes, refletia sobre o meu passado, julgava a mim mesmo com um rigor implacável, até chegava, em certas ocasiões, a bendizer o destino por me ter outorgado esse recolhimento espiritual sem o qual não me seria possível nem julgar a mim mesmo nem revisar com austeridade a vida passada. E que esperanças pulsavam então no meu coração! Pensei, resolvi e jurei a mim mesmo que não haveria, em minha vida futura, aqueles erros e pecados que cometera antes. Tracei o programa de todo o meu porvir e decidi segui-lo com plena firmeza. Ressurgiram a minha fé cega e a certeza de que podia realizar e realizaria tudo isso... Esperava pela liberdade, clamava por ela; queria submeter-me novamente à prova, travar uma nova luta. Ficava dominado, às vezes, por uma convulsa impaciência... Contudo, as lembranças daquele estado de minha alma fazem-me hoje sofrer. Decerto aquilo tudo só diz respeito a mim... Mas foi justamente por isso que o contei, por achar que qualquer um me compreenderia, pois o mesmo haveria de sobrevir a qualquer um que, na flor de sua idade, ficasse encarcerado ao longo de muitos anos.

Mas não adianta falar daquilo!... É melhor contar outra coisa ainda para não terminar a minha narração com um corte abrupto.

Veio-me agorinha a ideia de que alguém poderia perguntar: será que não se podia fugir do nosso presídio e ninguém escapou de lá nesses anos todos? Já escrevi que, ao passar dois ou três anos na prisão, um detento começa a valorizar esses anos e chega involuntariamente à conclusão de ser bem melhor cumprir o resto de sua sentença sem confusões nem perigos e converter-se finalmente, de maneira legítima, num degredado livre. Todavia, essa conclusão cabe apenas na mente de um detento cuja sentença é curta. Quem for condenado a muitos anos de reclusão dispõe-se, quiçá, a tentar a sorte... Mas em nosso meio tais coisas não se faziam. Não sei se os presos eram medrosos demais, se as regras militares se revelavam sobremodo rígidas ou se a localização de nossa cidade, situada numa estepe aberta, desfavorecia a fuga — é difícil encontrar o porquê. Creio que todos esses motivos exerciam sua influência. De fato, era meio complicado escapar do nosso presídio. Não obstante, ainda em minha presença ocorreu um caso daqueles: dois criminosos (e, como se não bastasse, dentre os mais importantes) arriscaram-se a fugir...

Uma vez reformado o major, A-v (aquele crápula que espionava para ele o presídio inteiro) ficou totalmente só e desprotegido. Era ainda bem novo, mas seu caráter se consolidava e amadurecia ao longo dos anos. De modo geral, era um homem ousado, resoluto e até muito esperto. Mesmo se continuasse a espionar e a ganhar a vida com vários negócios escusos, caso lhe devolvessem a liberdade, não se deixaria prender outra vez tão estupidamente, por falta de cálculo, como dantes, pagando a sua tolice com o degredo. Em nosso meio ele mexia, entre outras coisas, com passaportes falsos. Não vou, aliás, afirmá-lo: ouvi os nossos detentos falarem nisso. Diziam que atuava nessa área ainda quando frequentava a cozinha de nosso major, apurando assim, bem entendido, lucros razoáveis. Numa palavra, ele parecia pronto a fazer de tudo para mudar de destino. Eu tive o ensejo de conhecer, em parte, a alma daquele sujeito: seu cinismo beirava a mais revoltante insolência, o mais frio escárnio, e suscitava um asco insuperável. Parece-me que, se ele quisesse muito tomar um calicezinho de vinho, mas não pudesse consegui-lo de outra forma senão degolando alguém, degolaria sem falta essa pessoa, contanto que fosse possível fazer isso às escondidas, sem ninguém saber. Fora no presídio que aprendera a medir seus passos. E foi justamente nesse homem que reparou o detento Kulikov da divisão especial.

Já contei sobre Kulikov. Era um homem não muito jovem, mas passional, vivaz, forte, dotado de faculdades raras e variadas. Ainda tinha forças e queria viver mais um pouco; de resto, as pessoas de sua estirpe querem viver até na mais funda velhice. E, se me sentisse perplexo com o fato de que ninguém fugia do nosso presídio, seria, por certo, o próprio Kulikov que me causaria a maior perplexidade. Contudo, Kulikov tomou sua decisão. Não sei quem dos dois, Kulikov ou A-v, mais influenciava quem, mas eram ambos farinha do mesmo saco e, nessa ocasião, valiam bem um ao outro. Ficaram amigos. Pelo que me parece, Kulikov esperava que A-v fabricasse os passaportes. A-v era fidalgo e filho de boa família; isso lhes prometia certa diversidade nas aventuras por vir, tão logo chegassem à Rússia. Não se sabia que trato eles haviam feito nem que esperanças acalentavam, mas, certamente, suas esperanças iam muito além da rotina diária da vadiagem siberiana. Kulikov era um ator nato, sabia escolher muitos e diversos papéis nesta vida; assim, podia contar com muitas vantagens, ao menos com a diversidade. As pessoas desse tipo sentiam-se, sem dúvida, oprimidas em nosso presídio. E eis que os dois combinaram fugir.

No entanto, não se podia fugir sem a ajuda de um soldado de escolta. Cumpria-lhes, pois, corromper um soldado. Num dos batalhões aquartelados em nossa fortaleza servia um polonês, homem enérgico e digno, talvez, de uma vida melhor, já vivido, valente e sério. Na juventude, quando acabava de vir à Sibéria, fugira de tanta saudade da sua terra. Fora apanhado, punido e, por uns dois anos, mantido nas companhias correcionais. Voltando depois a servir, mudou de ideia e tornou-se um soldado exemplar, dedicado de corpo e alma ao seu serviço. Por seu desvelo foi promovido a cabo. Era um homem ambicioso e seguro de si; prezava-se muito. Até se portava e conversava como quem se prezasse. Encontrei-o algumas vezes, no decorrer desses anos, entre os nossos guardas. Os poloneses também me contaram algo a seu respeito. Pareceu-me então que suas antigas saudades se teriam transformado num ódio oculto, surdo, inesgotável. Aquele homem era capaz de tudo, e Kulikov não errou ao escolhê-lo por cúmplice. Seu sobrenome era Koller. Os dois se entenderam e marcaram o dia. Era no mês de junho, numa estação quente. O clima daquela cidade é assaz regular: no verão faz calor o tempo todo, e isso é bom para um andarilho. Entenda-se bem que eles não poderiam, de modo algum, sair assim mesmo da fortaleza: toda a cidade se encontra num lugar elevado e aberto de todos os lados; em volta dela, num raio bastante largo, não há floresta. Precisariam vestir roupas urbanas e, para tanto, infiltrar-se de início no *Vorstädt* onde Kulikov mantinha, havia muito tempo, um esconderijo. Não sei se tinha também parceiros secretos por lá; suponho que tivesse alguns, sim, porém mais tarde, abrindo-se a investigação, isso não seria devidamente esclarecido. Naquele ano, num dos recantos do *Vorstädt*, começava sua carreira uma rapariga jovem e muito bonita, apelidada de Vanka-Tanka,[38] que

[38] Apelido composto das formas diminutivas e pejorativas do nome masculino Ivan e do nome feminino Tatiana, que pode designar uma mulher emancipada e desinibida em excesso ou então uma pessoa que "de dia é Maria, de noite é João".

prometia ir longe e, de fato, teria depois um sucesso considerável. Também a chamavam de fogo. Parece que ela também participou, em parte, daquele negócio. Fazia um ano inteiro que Kulikov gastava seu dinheiro com ela. Nossos valentões foram, de manhãzinha, atender à chamada e, por meio de artimanhas, fizeram que os mandassem rebocar, com o detento Chílkin, forneiro e estucador, as casernas vazias dos batalhões que já se tinham deslocado para os acampamentos de verão. A-v e Kulikov acompanhavam Chílkin como seus ajudantes. Koller escoltava-os e, como três presos deviam ser escoltados por dois soldados, um jovenzinho recruta fora entregue, com todo o gosto, aos cuidados do velho e experiente cabo Koller para que aprendesse com ele a vigiar os presidiários. Nossos fujões exerciam, destarte, uma influência fortíssima sobre Koller, o qual, sendo um homem vivido, sóbrio e racional, acreditara neles a ponto de abandonar o seu longo e, nos últimos tempos, bem-sucedido serviço e de ousar segui-los.

Eles chegaram às casernas por volta das seis da manhã. Lá não havia ninguém além deles. Ao trabalhar uma hora, Kulikov e A-v disseram a Chílkin que iriam à oficina: primeiro, para ver certa pessoa e, segundo, para pegar um instrumento que lhes faltava. O tal de Chílkin precisava ser tratado com astúcia, isto é, do modo mais natural possível. Era um pequeno-burguês moscovita, forneiro por seu ofício, ladino, intrometido, inteligente. Falava pouco e parecia todo mofino e doentio. Devia ter passado a vida toda à moscovita, de roupão ou colete, porém o fado julgou de outra maneira e, depois de muitas andanças, ele ficou para sempre trancado em nossa divisão especial, ou seja, no meio dos mais terríveis criminosos militares. Não sei como Chílkin mereceu a sua sentença; contudo, nunca se percebia nele nenhuma insatisfação peculiar: comportava-se calma e mansamente, apenas se embebedava, por vezes, feito um sapateiro, mas mesmo nesses casos sua conduta era decente. Não estava, bem entendido, a par da conspiração, mas tinha vista aguda. É claro que Kulikov lhe disse, com uma piscadela, que iam buscar o vinho guardado na oficina desde o dia anterior. Chílkin se sensibilizou com isso: sem suspeitar de nada, ficou somente com o recruta, indo Kulikov, A-v e Koller para o *Vorstädt*.

Passou-se meia hora; os ausentes não regressavam, e de repente, todo preocupado, Chílkin começou a raciocinar. Aquele rapaz conhecia a vida de cabo a rabo! Pôs-se a recordar: o humor de Kulikov estava algo diferente, A-v viera cochichar, umas duas vezes, com ele e Kulikov lhe piscara, pelo menos, umas duas vezes em resposta — Chílkin o vira e agora se lembrava bem disso. Koller também deixara entrever umas coisas: indo embora com os detentos, pregara um sermão ao recruta, explicara o que fazer em sua ausência, e isso era, em certo sentido, falso, ao menos por parte de Koller. Numa palavra, quanto mais Chílkin lembrava, mais desconfiança sentia. Enquanto isso, o tempo passava, os homens não retornavam, e a angústia de Chílkin chegou ao extremo. Compreendia muito bem que riscos corria nessa situação: as suspeitas do comando podiam voltar-se contra ele. Os comandantes podiam achar que tivesse deixado seus companheiros fugir com premeditação, de comum acordo, e, se demorasse em denunciar o sumiço de Kulikov e A-v, essas suposições se tornariam mais plausíveis ainda. Não tinha mais tempo a perder.

Ali se lembrou de que, nos últimos tempos, Kulikov e A-v estavam estranhamente próximos um do outro, andavam cochichando amiúde, recolhiam-se detrás das casernas, longe de todos os olhos. Também se lembrou de que já então vinha suspeitando deles... Lançou um olhar penetrante ao soldado que o vigiava: este bocejava, apoiando-se em sua espingarda, e limpava, com plena inocência, o nariz com um dedo, de modo que Chílkin nem sequer se dignou a comunicar-lhe seus pensamentos, mas disse apenas que o conduzisse para a oficina de engenharia. Na oficina bastou perguntar se os homens tinham passado por lá. Esclareceu-se que ninguém os vira. Todas as dúvidas de Chílkin dissiparam-se logo. "Se fossem simplesmente beber e farrear no *Vorstädt*, o que Kulikov fazia de vez em quando" — pensou Chílkin —, "não inventariam tanta coisa assim. Teriam dito para mim, porque não valia a pena esconder isso". Chílkin largou seu trabalho e, sem passar pelas casernas, foi direto ao presídio.

Eram quase nove horas da manhã quando ele se apresentou ao sargento-mor e denunciou-lhe a fuga. O sargento-mor ficou assustado e, a princípio, nem quis acreditar nisso. Entenda-se bem que o próprio Chílkin lhe informou tudo isso somente a título de hipótese, de suspeita. O sargento-mor foi correndo avisar o major. O major, por sua vez, avisou imediatamente o comandante do presídio. Um quarto de hora mais tarde, todas as medidas necessárias já haviam sido tomadas. A notícia foi levada ao conhecimento do governador militar. Os fugitivos eram perigosos e, por causa deles, um grave escândalo podia deflagrar em Petersburgo. Com razão ou à toa, A-v era considerado um criminoso político;

quanto a Kulikov, ele era mantido na divisão especial, ou seja, era arquicriminoso e, ainda por cima, militar. Não houvera, até então, nenhum caso de fuga na divisão especial. Lembraram a propósito que, segundo as regras, cada detento da divisão especial devia ser escoltado, nas horas de trabalho, por dois soldados ou, pelo menos, observado por um. Essa regra não fora cumprida! O negócio, pois, era feio. Os mensageiros foram mandados para todas as *vólosts* e todas as povoações vizinhas a fim de divulgar a fuga dos presos e espalhar, por toda parte, seus sinais particulares. Mandaram também os cossacos atrás dos fugitivos, para que os apanhassem, enviaram cartas aos distritos e províncias limítrofes... Numa palavra, nosso comando levou um grande susto.

Nesse ínterim, uma agitação de outro tipo começou no presídio. Os presos não demoravam a saber, à medida que voltavam do trabalho, o que ocorrera. A notícia chegou aos ouvidos de todos, e todos a receberam com uma alegria extraordinária, embora oculta. O coração de todos deu um pulo... Além de tal caso mudar a vida monótona do presídio, como que revirando um formigueiro — foi uma fuga e uma fuga que teve repercussão íntima em todas as almas e tocou em suas cordas há muito esquecidas! — uma espécie de esperança, de valentia, uma alusão à possível mudança de destino brotou em todos os corações: "Aqueles rapazes fugiram, então por que é que a gente?...". E, pensando assim, cada um se animava e olhava para os outros com ares de desafio. Subitamente, todos os presos ficaram bem orgulhosos e passaram a mirar os sargentos de cima para baixo. É claro que o comando veio voando ao nosso presídio. Veio até o próprio comandante. Os nossos andavam encorajados, olhando com afoiteza e mesmo com certo desdém, ostentando uma imponência severa e silenciosa: "Sabemos fazer as coisas, não é?". A vinda de todos os superiores foi, bem entendido, prevista em nosso meio. Os presos previram igualmente que haveria sem falta buscas e esconderam tudo de antemão. Sabiam que, nesses casos, os comandantes costumam chorar pelo leite derramado. Foi isso que aconteceu: houve uma grande azáfama, ficou tudo de cabeça para baixo, mas nada proibido foi encontrado. Após o almoço, os presos foram trabalhar com escolta reforçada. De noite os guardas visitavam o presídio a cada minuto; os detentos foram contados mais uma vez, e a conta se perdeu, ao contrário dos dias comuns, umas duas vezes. Por isso o corre-corre recomeçou: levaram todos os presos para o pátio e contaram-nos novamente. Depois os contaram de novo, já no interior das casernas... Numa palavra, houve muitos vaivéns.

Todavia, os detentos não se importavam com isso. Estavam todos extremamente independentes e, como era comum em semelhantes casos, portavam-se direitinho em toda aquela noite: "Não tem, pois, de que acusar a gente, tem?". Decerto o comando pensou: "Será que restaram, aqui no presídio, os cúmplices dos fugitivos?" e mandou observar e escutar os detentos. Mas eles apenas riam: "Não é um daqueles negócios em que restam ainda cúmplices! Não se fazem aquelas coisas de outro jeito senão por baixo do pano. Seriam mesmo Kulikov e A-v tais homens que deixam rastros num negócio daqueles? Fizeram tudo de mansinho, nem visto nem ouvido. Os dois já comeram fogo... Será que as portas trancadas os deteriam?". Em resumo, o prestígio de Kulikov e A-v aumentou consideravelmente: todo o presídio tinha orgulho deles. Sentia-se que sua proeza chegaria à mais distante posteridade carcerária, sobreviveria ao próprio presídio.

— Que povo esperto! — diziam uns presos.

— Pensavam que não se foge da nossa cadeia. Mas eles fugiram!... — acrescentavam os outros.

— Fugiram! — intrometia-se alguém, olhando com certa prepotência ao seu redor. — Mas quem foi que fugiu, hein?... Não foi o teu par, com certeza.

Noutra ocasião o detento a que se referiam essas palavras aceitaria, sem dúvida, o desafio e defenderia a sua honra. Mas agora ele se calava modestamente: "É verdade que nem todos são como Kulikov e A-v. Deve-se primeiro mostrar o serviço...".

— E por que será, manos, que a gente se demora aqui? — rompe o silêncio um preso humildemente sentado perto da janela de nossa cozinha, falando como quem canta de uma sensação indolente, mas nuançada, lá dentro, de pleno contentamento, e apoiando sua bochecha numa das mãos. — O que fazemos aqui? Quando vivos, não somos viventes; quando mortos, não somos defuntos. E-eh!

— A sorte não é um sapato, não se tira do pé. Por que "e-eh"?

— Mas Kulikov... — replica um dos valentões, um rapazote que mal conhece a vida.

— Kulikov? — rebate logo um outro, mirando o tal rapazote de esguelha e com desprezo. — O que tem Kulikov?... Queres dizer que são muitos, os Kulikov, por aqui?

— E A-v, maninhos, é um pilantra... Ui, como é pilantra!

— Pois é! Aquele ali botará até Kulikov no chinelo: ninguém o enrolará!

— Será que já estão longe, maninhos? Eis o que interessa...

E logo começam aquelas conversas: será que já estão longe? para que lado foram? por onde seria melhor que fossem? que *vólost* fica mais perto? Há quem conheça os arredores. Ouvem-no com curiosidade. Fala-se sobre os moradores das aldeias vizinhas e deduz-se que são um povinho imprestável. Eles são sabidos, aqueles aldeões lá, porquanto vivem próximo da cidade; não deixarão os detentos fugirem — se pegos, serão entregues na hora!

— O mujique daqui é danado, maninhos! Oooh, que mujique!

— Um mujique sem cabimento!

— Aquele siberiano de orelhas salgadas. Não deixes que te apanhe, senão te mata.

— Mas os nossos...

— Verdade pura: vai saber quem vence quem. Os nossos também não são fracos.

— Se a gente não morrer, saberemos ainda de tudo.

— O que tu achas? Vão apanhar os nossos?

— Acho que não os apanharão nem que a vaca tussa! — exclama outro valentão, desferindo uma punhada na mesa.

— Hum. Pois isso depende.

— E eu, maninhos, penso o seguinte — diz Skurátov. — Se fosse eu andarilho, não me apanhariam de jeito nenhum!

— Tu?

Uns presos se põem a rir, outros fazem de conta que nem querem ouvi-lo. Contudo, Skurátov já perdeu as estribeiras.

— De jeito nenhum! — prossegue num tom enérgico. — Eu, maninhos, penso nisso frequentemente com meus botões e fico até pasmado comigo mesmo: passaria, parece, através de uma frestinha assim, mas não me apanhariam.

— E se estivesses com fome, não roubarias pão do mujique?

Sucede uma gargalhada geral.

— Que pão? Mas que papo é esse?

— E tu mesmo aí, pra que soltas a língua? Mataste, com teu tio Vássia, a morte das vacas,[39] por isso é que vieste pra cá.

As gargalhadas se seguem em dobro. Os presos de índole séria indignam-se mais ainda com essa cena.

— Mentira! — grita Skurátov. — Foi Mikitka que mentiu pra cima de mim, e não mentiu sobre mim, mas sobre Vásska, e colocou-me no meio por sacanagem. Sou de Moscou e, desde criança, ando com vagabundos. Ainda quando o sacristão me ensinava a ler, puxava a minha orelha e dizia: "Repete: Tende-me, meu Senhor, em vossa imensa graça, e assim por diante...". Pois eu repetia: "Prende-me, seu polícia, pra minha imensa desgraça e arrasta-me adiante...". Eis como me virava desde a minha mais tenra idade.

Todos gargalharam de novo. Entretanto Skurátov só esperava por isso. Não sabia viver sem suas piadas. Os presos deixaram-no, dentro em pouco, de lado e retomaram as conversas sérias. Quem mais palestrava

---

[39] Quer dizer, eles mataram um homem ou uma mulher por suspeitarem que tivesse feito um sortilégio capaz de provocar a morte do gado. Um assassino desses era mantido em nosso presídio. (N. A.)

eram os velhos e conhecedores de causa. Quem era mais novo e menos inquieto apenas se alegrava a olhar para eles, esticando o pescoço para ouvir melhor. Uma multidão se reuniu na cozinha; bem entendido, os sargentos não estavam ali: em sua presença não se diria tanta coisa. No meio dos que se alegravam sobremaneira, eu avistei um tártaro, chamado Mametka, baixinho, de maçãs salientes — uma figura bem cômica. Ele quase não falava russo nem entendia quase nada daquilo que diziam os outros, mas também esticava o pescoço, por trás da multidão, e escutava, escutava com deleite.

— E aí, Mametka, *yakchi*?[40] — Abandonado por todo mundo, Skurátov veio atenazá-lo por falta de quefazeres.

— *Yakchi! Uh, yakchi!* — murmurou Mametka, animando-se de repente e inclinando em direção a Skurátov sua cabeça engraçada. — *Yakchi!*

— Não os apanharão, *yok*?[41]

— *Yok, yok!* — Mametka tornou a tagarelar, dessa vez agitando os braços.

— Então, a tua mentia e a minha não entendia, é isso?

— Isso, isso, *yakchi*! — respondeu Mametka, abanando a cabeça.

— *Yakchi*, pois!

E Skurátov, dando uma pancada na *chapka* do tártaro para que esta lhe descesse até os olhos, saiu da cozinha todo alegre e deixou Mametka numa espécie de estupor.

Por uma semana inteira continuou-se a vigiar rigorosamente os detentos no presídio e a buscar diligentemente os fugitivos nas redondezas. Não sei de

---

[40] Está bem (em tártaro).

[41] Não (em tártaro).

que modo, mas os presos recebiam, de imediato e com precisão, todas as notícias sobre as manobras que o comando empreendia lá fora. Nos primeiros dias, todas essas notícias eram favoráveis aos fugitivos: nem pista nem mesmo sinal, sumiram e ponto-final. Os nossos apenas riam. Toda e qualquer preocupação com o destino dos companheiros desapareceu. "Nada encontrarão, ninguém pegarão!" — comentavam os presos com muita satisfação.

— Nadinha de nada: sumiram!

— Adeus e não me esperem, que nunca voltarei! — Os presos sabiam que todos os camponeses das cercanias estavam de pé, que todos os lugares suspeitos, todas as florestas e ravinas estavam sob vigilância.

— Bobagem — diziam os nossos, rindo. — Na certa, eles têm lá alguém de confiança e moram agora na casa dele.

— É claro que têm! — respondiam os outros. — Não são patetas: tramaram tudo de antemão.

Iam ainda mais longe em suas suposições: diziam, entre outras coisas, que os fugitivos talvez estivessem, até agora, no *Vorstädt*, aguardando num porão até o "pirigo" passar e seus cabelos crescerem. Ficariam ali meio ano, quiçá um ano inteiro, e depois iriam embora...

Numa palavra, o estado de espírito geral era, de certa forma, romanesco. De súbito, uns oito dias depois da fuga, correram rumores de que a pista dos nossos tivesse sido encontrada. É claro que tais boatos absurdos foram desmentidos na hora e com desdém. Todavia, confirmaram-se na mesma noite. Os presos ficaram angustiados. Na manhã seguinte, já se dizia pela cidade que os fugitivos haviam sido apanhados e que os trariam logo de volta. Após o almoço surgiram outros detalhes: os dois teriam sido pegos a setenta verstas do presídio, em tal aldeia. Chegou finalmente a notícia certa. Ao conversar com o major, o sargento-mor declarou com todas as letras que os trariam à noitinha e mandariam direto para o *corps de gardes*. Não havia mais sombra de dúvidas. É difícil descrever a impressão que essa notícia produziu no meio dos presos. De início todos pareciam zangados, depois abatidos. A seguir, despontou certa disposição para a galhofa. Os detentos se puseram a escarnecer, mas não a quem estava caçando e, sim, a quem era caçado: primeiro alguns deles, mais tarde quase todos, exceto uns presidiários de índole séria e firme que tinham suas próprias convicções e não se deixavam engabelar com pilhérias. Eles olhavam com desprezo para aquela turba leviana e abstinham-se de comentários.

Numa palavra, Kulikov e A-v eram agora humilhados na mesma medida em que haviam sido exaltados pouco antes, humilhados até com prazer, como se tivessem ofendido, de alguma maneira, todo mundo. Contava-se, com ar desdenhoso, que estavam com muita fome, que simplesmente não tinham aguentado a fome, indo àquela aldeia para pedir comida aos mujiques. Para um andarilho, era o último grau de humilhação. De resto, esses relatos não correspondiam à realidade. A pista dos fugitivos foi detectada de fato, e eles se esconderam numa floresta; então a floresta ficou cercada de todos os lados. Vendo que não poderiam salvar-se, os nossos se entregaram. Não lhes restava mais nada a fazer.

Mas, quando os trouxeram mesmo à noite, escoltados por gendarmes, de braços e pernas amarrados, todos os presos correram até a paliçada para ver o que se daria com eles. Não viram nada, bem entendido, além das carruagens do major e do comandante estacionadas junto do *corps de gardes*. Os fugitivos foram postos numa cela secreta, acorrentados e, logo no dia seguinte, mandados para o tribunal. O escárnio e o desprezo dos presidiários cessaram, dentro em pouco, por si só. Souberam os pormenores do caso, souberam que não havia outro recurso senão entregar-se e foram todos acompanhando, compadecidos, o julgamento.

— Vão enfiar mil varadas — diziam uns deles.

— Que mil varadas? — diziam os outros. — Vão bater neles até matar. A-v talvez leve mil varadas, mas o outro morre na certa, porque é, mano querido, da divisão especial.

Não adivinharam, porém. A-v levou apenas quinhentos golpes, tomando-se em consideração sua boa conduta anterior e a atenuante de ter cometido sua primeira falta. Kulikov levou, pelo que parece, mil e quinhentas chicotadas. Bateram neles complacentemente. Homens sensatos que eram, não tinham envolvido ninguém perante o tribunal, explicando o caso em termos claros e justos, dizendo terem fugido direto da fortaleza, sem passar por outros lugares. De quem eu sentia mais pena era de Koller: ele perdera tudo, suas últimas esperanças, levou mais golpes que os demais fugitivos — parece, dois mil ao todo — e foi mandado algures, como detento, mas não ficou em nosso presídio. A-v sofreu um castigo brando, condescendente; quem o ajudou foram os médicos. Ufanava-se, entretanto, e dizia em voz alta no hospital que agora era capaz de tudo, estava pronto para tudo que desse e viesse e que faria ainda coisas piores. Kulikov se portava como de praxe, ou seja, com reserva e imponência; quando voltou, após o castigo, para o presídio, fazia de conta que nunca se ausentara dali. Contudo, os presos não o viam mais com os mesmos olhos: se bem que Kulikov soubesse manter as aparências em qualquer lugar e momento, eles não o respeitavam mais em seu íntimo, passando a tratá-lo de modo muito menos cortês. Numa palavra, a fama de Kulikov eclipsou-se depois dessa fuga. O sucesso tem tanto valor para a gente...

X
Saindo da prisão

Tudo isso aconteceu já no último ano de minha reclusão. Esse último ano permanece na minha memória quase tão nítido quanto o primeiro, sobretudo os derradeiros dias que passei no presídio. Não vale a pena, porém, arrolar os detalhes. Lembro apenas que nesse ano, apesar de todo o meu anseio por cumprir logo a sentença, minha vida era mais fácil do que em todos os anos precedentes. Em primeiro lugar, já tinha, no meio dos presos, diversos amigos e companheiros que haviam decidido em definitivo considerar-me uma boa pessoa. Além de me serem leais, muitos deles gostavam sinceramente de mim. O pioneiro estava para chorar quando se despedia de mim e de um companheiro meu, saindo nós dois do presídio, e quando mais tarde, já em liberdade, morávamos por um mês naquela cidade, num prédio público, vinha quase todos os dias apenas para nos ver de perto. Havia também pessoas severas e intratáveis até o fim: parecia que lhes era difícil trocar comigo uma só palavra, Deus sabe por quê. Parecia que uma espécie de muro se erguia entre nós.

De modo geral, eu gozava, naqueles últimos tempos, de mais benefícios que em todo o período de minha reclusão. Dentre os militares que serviam naquela cidade havia meus conhecidos e mesmo antigos amigos de escola. Reaproximei-me deles. Com sua ajuda podia arranjar mais dinheiro, escrever para a minha terra, até conseguir alguns livros. Fazia já vários anos que não lia nada, e ser-me-ia difícil especificar aquela impressão estranha e comovente que me produzira o primeiro livro lido no presídio. Lembro que comecei a lê-lo ao anoitecer, uma vez trancada a caserna, e passei lendo a noite inteira, até que amanhecesse. Era uma revista. Sentia-me como se acabasse de receber uma notícia do outro mundo: a minha vida anterior ressurgiu diante de mim em todo o seu brilho, e eu me esforçava para adivinhar, à medida que lia, se essa vida me deixara bem para trás, se as pessoas que conhecia tinham vivenciado muitas coisas sem mim e quais eram aquelas novas questões que as inquietavam e interessavam agora. Esquadrinhava cada palavra, lia nas entrelinhas, tentava achar o sentido oculto do lido, algumas alusões ao passado; buscava os traços daquilo que atraía as pessoas antes, na minha época, e como me entristecia de compreender, naquele momento, até que ponto eu era alheio à vida nova, à que não tinha mais nada a ver comigo. Necessitava acostumar-me às novidades, conhecer aquela geração nova. Devorava, em especial, o artigo assinado pelo nome de um homem que conhecia outrora e que me era próximo... Contudo, soavam já outros nomes: havia novos literatos na praça, e eu me apressava com sofreguidão a conhecê-los, aflito por ter poucos livros ao meu alcance e consegui-los com tanta dificuldade. E noutros tempos, sob o comando de nosso antigo major, era até perigoso trazer livros para o presídio. Em caso de busca, haveria sem falta perguntas: "De onde trouxeste os livros, onde os arrumaste? Pois então tens relações lá fora?...". O que é que podia responder a essas indagações? Portanto, vivendo sem livros, aprofundava-me sem querer em mim mesmo, fazia-me questões e procurava resolvê-las, de vez em quando sofria com elas... Mas não é possível contar tudo isso agora!...

Ingressara no presídio no inverno e, assim sendo, devia recuperar minha liberdade também no inverno, no mesmo dia do mês em que tinha chegado. Com quanta impaciência eu esperava pelo inverno, com quanto prazer observava, no fim do verão, as folhas murcharem nas árvores e as ervas se desbotarem pela estepe. Mas eis que passou o verão, o vento outonal começou a uivar; eis que a primeira neve foi volteando no ar... Chegou, afinal, o inverno que eu esperava por tanto tempo! Meu coração batia, por vezes, surda e fortemente, animado pelo meu grande pressentimento da liberdade. Mas, coisa estranha: quanto mais tempo passava e quanto mais se aproximava o fim de minha sentença, tanto mais paciente eu me sentia. Foi bem nos últimos dias que fiquei mesmo surpreso e censurei a mim mesmo: parecia que me tornara absolutamente insensível e indiferente. Muitos dos presos que me encontravam no pátio, nas horas do sabá, puxavam conversa comigo, felicitavam-me:

— Daqui a pouco é que vai sair, querido Alexandr Petróvitch, desta cadeia, bem rapidinho. E ficaremos aqui sozinhos, viúvos.

— Por muito tempo ainda, hein, Martýnov? — respondia então.

— Eu? Nem me fale! Uns sete anos de sofrimento...

E o detento suspirava às escondidas, detinha-se, olhava com distração, como se perscrutasse o seu futuro... Sim, muitos me felicitavam sincera e jovialmente. Parecia que todos os presos me tratavam agora com mais amabilidade. Pelo visto, já me apartava do seu círculo: eles já se despediam de mim. O fidalgo polonês K-czynski, um jovem humilde e sossegado, também gostava, como eu, de caminhar muito pelo pátio nas horas do sabá. Pensava que conseguiria, com o ar fresco e seus passeios, preservar a sua saúde e superar todos os danos que lhe causara o abafo das noites carcerárias. "Espero pela sua saída com impaciência" — disse-me ele sorrindo, quando nos encontramos, um dia, durante a caminhada. "O senhor irá embora daqui, e *aí vou saber* que falta exatamente um ano para que eu saia também."

Notarei cá de passagem que, em consequência de minha índole sonhadora, bem como por ter-me desacostumado, havia vários anos, da liberdade, ela me parecia, lá no presídio, mais livre que a liberdade verdadeira, ou seja, aquela liberdade que existe de fato, na vida real. Os presos tinham uma ideia exagerada da liberdade autêntica, e isso é tão natural, tão intrínseco a todo detento! O ordenança esfarrapado de um oficial era considerado, em nosso meio, quase um rei, quase o ideal de homem livre em comparação conosco, pois tinha a barba por fazer e andava sem grilhões nem escolta.

Às vésperas do meu derradeiro dia, ao cair do crepúsculo, contornei *pela última vez*, indo ao longo da paliçada, todo o nosso presídio. Quantas mil vezes é que andara ao pé daquelas estacas em todos os anos de minha reclusão! Lá detrás das casernas perambulava no primeiro ano: sozinho, indefeso, desesperado. Lembro-me de ter contado então os milhares de dias que me restavam. Meu Deus, quanto tempo já se passara! Aqui, bem neste canto, ficava nossa águia aprisionada; acolá, encontrava-me amiúde Petrov. Nem mesmo agora ele se afastava de mim. Acorria e, como que adivinhando os meus pensamentos, acompanhava-me calado e aparentemente pasmado com algo. Quanto a mim, despedia-me, no fundo da alma, daqueles madeiros enegrecidos de que eram feitas as paredes das nossas casernas. Que impressão lúgubre é que eles me tinham causado *então*, nos primeiros tempos! Decerto eles também haviam envelhecido nesses anos todos, mas eu não o percebia.

E quantas pessoas jovens foram sepultadas debalde nessas casernas, quantas grandes forças lá pereceram em vão! Cumpre-me dizer tudo: eram pessoas extraordinárias. Quem sabe se não eram notadamente as pessoas mais talentosas e mais fortes de todo o povo nosso? Mas suas imensas forças pereceram em vão, pereceram de forma anormal, ilegal e irreversível. E de quem é que seria a culpa disso?

Pois sim, de quem é que seria a culpa?

Na manhã seguinte, antes ainda de começar o trabalho, aos primeiros raios do amanhecer, eu passei por todas as casernas para me despedir de todos os presos. Muitas mãos calosas e fortes estenderam-se amigavelmente para o meu lado. Alguns me cumprimentavam com todo o carinho, mas eram poucos. Os outros compreendiam bem que agorinha me tornaria um homem muito distinto deles. Sabiam que eu tinha conhecidos na cidade, que logo iria à casa *dos senhores*, que me sentaria junto desses senhores como seu par. Compreendiam isso e, mesmo que se despedissem de mim com carinho e amizade, não me saudavam, ainda assim, como seu companheiro, mas como um fidalgo. Havia quem me virasse as costas e ignorasse severamente a minha saudação; havia quem me fitasse até com ódio.

Rufou o tambor; todos foram trabalhar, e eu fiquei no presídio. Suchílov se levantara, naquela manhã, mais cedo que todo mundo e esforçava-se tanto para preparar logo o meu chá. Pobre Suchílov! Ficou chorando quando eu lhe ofereci meus trapos presidiários, camisas, subgrilhões e algum dinheiro. "Não é isso, não é!" — dizia ele, tentando conter o tremor de seus lábios. "Como é que vou perder o senhor, Alexandr Petróvitch? Com quem é que vou ficar aqui, sem o senhor?" Despedi-me também, pela última vez, de Akim Akímytch.

— Falta pouco para você também! — disse-lhe.

— Ainda muito, mas muito tempo ficarei aqui — balbuciava ele, apertando a minha mão. Abracei-o num ímpeto, e nós nos beijamos.

Uns dez minutos depois de saírem os detentos, nós também saímos do presídio para nunca mais retornar — eu e meu companheiro que viera comigo. Precisávamos ir direto à forja para tirar os grilhões. Todavia, não era mais um soldado de escolta que nos acompanhava com seu rifle: fomos lá com um sargento. Os nossos detentos tiraram-nos os grilhões, na oficina de engenharia. Esperei até que meu companheiro fosse liberado e depois me aproximei, eu mesmo, da bigorna. Os ferreiros fizeram que me virasse, levantaram por trás a minha perna, puseram-na sobre a bigorna... Afobavam-se para tirar os grilhões tão rápido e tão bem quanto pudessem.

— O rebite, gira primeiro o rebite!... — mandava o ferreiro-mor. — Coloca-o assim, direito... Agora bate com o martelo...

Os grilhões caíram. Apanhei-os do chão... Queria segurá-los um pouco, olhar para eles pela última vez. Estava como que admirado de tê-los portado nos pés.

— Deus abençoe, Deus abençoe! — diziam os presos com suas vozes brutas, entrecortadas, que pareciam contentes não sei de quê.

Sim, Deus abençoe! Liberdade, vida nova, ressurreição dos mortos... Mas que momento maravilhoso!

Sobre o tradutor

Nascido na Bielorrússia em 1971 e radicado no Brasil desde 2005, Oleg Almeida é poeta, ensaísta e tradutor, sócio da União Brasileira de Escritores (UBE/São Paulo). Autor dos livros de poesia *Memórias dum hiperbóreo* (2008, Prêmio Internacional Il Convivio, Itália/2013), *Quarta-feira de Cinzas e outros poemas* (2011, Prêmio Literário Bunkyo, Brasil/2012), *Antologia cosmopolita* (2013) e *Desenhos a lápis* (2018), além de diversas traduções de clássicos das literaturas russa e francesa. Para a Editora Martin Claret, a par de *Diário do subsolo*, traduziu *O jogador*, *Crime e castigo*, *Memórias da Casa dos mortos*, *Humilhados e ofendidos*, *Noites brancas* e *O eterno marido*, de Dostoiévski, *Pequenas tragédias*, de Púchkin, *A morte de Ivan Ilitch e outras histórias*, de Tolstói, e *O esplim de Paris: pequenos poemas em prosa*, de Baudelaire, bem como uma extensa coletânea de contos russos.

Título original em russo: *Записки из Мёртвого дома*.
Traduzido com base na edição: Достоевский Ф. М. Собрание сочинений в пятнадцати томах. Том III. Ленинград, 1988.

DIREÇÃO
Martin Claret

PRODUÇÃO EDITORIAL
Carolina Marani Lima
Giovana Quadrotti

CAPA
Allora

TRADUÇÃO E NOTAS
Oleg Almeida

REVISÃO
Alexander Barutti A. Siqueira

IMPRESSÃO E ACABAMENTO
Bartira Gráfica

Dados Internacionais de Catalogação na Publicação (CIP)
(Câmara Brasileira do Livro, SP, Brasil)

Dostoiévski, Fiódor, 1821-1881.
Memórias da casa dos mortos / Fiódor Dostoiévski; tradução e notas por Oleg Almeida. — São Paulo: Martin Claret, 2024.

Título original: *Записки из Мёртвого дома*

ISBN 978-65-5910-307-2

1. Romance russo I. Almeida, Oleg. II. Título

24-240424 CDD-891.73

Índices para catálogo sistemático:

1. Romances: Literatura russa 891.73
Aline Graziele Benitez – Bibliotecária – CRB-1/3129

EDITORA MARTIN CLARET LTDA.
Rua Alegrete, 62 – Bairro Sumaré – CEP: 01254-010 – São Paulo, SP
Tel.: (11) 3672-8144 – www.martinclaret.com.br
Impresso – 2025